荷 马

之 旅

荷马之旅

HOMER

理由 —— 著

读书与远行

生活·讀書·新知 三联书店

Copyright © 2019 by SDX Joint Publishing Company.
All Rights Reserved.
本作品版权由生活·读书·新知三联书店所有。
未经许可，不得翻印。

图书在版编目（CIP）数据

荷马之旅：读书与远行/理由著．—北京：生活·读书·新知三联书店，2019.6
ISBN 978-7-108-06442-4

Ⅰ.①荷⋯　Ⅱ.①理⋯　Ⅲ.①散文集-中国-当代　Ⅳ.①I267

中国版本图书馆CIP数据核字（2019）第012095号

责任编辑	唐明星
装帧设计	罗　洪
责任校对	曹忠苓
责任印制	宋　家
出版发行	生活·讀書·新知 三联书店
	（北京市东城区美术馆东街22号　100010）
网　　址	www.sdxjpc.com
经　　销	新华书店
印　　刷	河北鹏润印刷有限公司
版　　次	2019年6月北京第1版
	2019年6月北京第1次印刷
开　　本	787毫米×1092毫米　1/32　印张17.25
字　　数	268千字　图37幅
印　　数	0,001-7,000册
定　　价	68.00元

（印装查询：01064002715；邮购查询：01084010542）

荷马塑像

女妖塞壬的歌声

目 录

前言 裸露的人性 /1
走近荷马 / 文学与"荷马学" / 衷心鸣谢

第一章 特洛伊悬疑 /7
土耳其的旷野 / 荷马寻踪 / 初访特洛伊 / 真有这场恶战吗?

第二章 凿过头的开拓 /29
小镇学徒 / 一通皆通 / 芳草天涯 / 看到阿伽门农的脸? / 小小九命猫 / 考夫曼的皈依 / 凭吊古战场 / 读书和走路

第三章 人性何曾裸露 /64
天台囤遇 / 故事的浓缩 / 大俗即雅 / 携美骤然而至 / 匠心之端 / "残酷"的荷马 / 他偏向谁? / 荷马蒙太奇 / 被曲解的荷马 / 在轴心时代之外 / 人性浅说 / 人性曾经裸露 / 比较两个苹果

第四章　云端上的宫阙 / 101

世界的肚脐眼儿／希腊的"创世记"／宙斯的王朝
／也说神性不彰／人可胜神／希腊人相信自己的宗教吗？
／希腊人凭什么相信他们的宗教？／叩问上天的殷商
／垂直升腾的线条

第五章　米诺斯悖论 / 146

蓝色的诱惑／两条大斜线／环境雕塑人文
／伊文思的机遇／海心黄金屋／抚牛腾跃
／"巴黎女人"／百合王子／官殿的误会
／安乐何来？

第六章　大海的脊背 / 185

海上长城／谁是海盗？／以动态为常态
／山海之交／浪迹萍踪／迁徙中的文化
／回望中原／散落与统一／玄关、跳板、旋转门
／一个细节两个视角／翻转始于荷马／烛光下感怀

第七章　闪动的土地 / 224

半岛掠影／碰道盘虚空／似曾相识天际线
／初入狮子门／古堡随感／这一怒何过之有？

第八章 主题的挪移 /250

劝和使团被拒/荣誉与物质/青灯烛照
/荷马大挪移/体育:人性的阀门/东方之镜
/阿基琉斯的应答

第九章 弓弦与琴弦 /285

"金发的野兽"/荷马超越评价/弓弦与竖琴
/荷马与柏拉图/盔甲包裹的心

第十章 打开新窗口 /317

吹皱一池春水/也说"荷马诸问题"/中国无史诗
/走向田野/两门艺术的区分/不许荷马加动词?
/谁动了荷马?/不止一次修订/双峰并峙
/特洛伊妇女

第十一章 西渡伊萨卡 /349

无往不在的偶像/环形结构和三组故事/用荷马比较荷马
/红尘浊世/这面盾与那张弓/现代佩涅洛佩

第十二章 水波诗韵 /372

虚席的王国/奥德修斯的库房/人性不再全裸
/疯狂的尾声/水波诗韵

第十三章 文明的断崖 /398

海岬寻访/烽火狼烟/两块泥板
/谁为罪魁祸首?/缓慢的"入侵"/权力的销蚀
/在主人家的阳台上

第十四章 雅典漫步 /427

质变与量变/老城遗韵/打散、轮换与抽签
/古代世界大战/巅峰时代/兄弟阋墙
/雅典城屠

第十五章 人性与文化 /464

上天给了我们什么?/人性是善还是恶?
/《利维坦》是性恶论吗?/文化先贤为什么明知故问?
/世界缘何如此多样?/江山易改裹性难移吗?
/人性需要悉心呵护

前言　裸露的人性

笔者接触荷马缘于一项须臾不忍离手的嗜好，那就是以老旧的方式读纸质的书。并非好学不倦，而是纸质的书籍更便于来回翻阅咀嚼，它的墨香、式样和沉甸甸的感觉作为一种审美意象，带给人的心灵愉悦是无可替代的。一个夏日的午后，我下意识地在书堆里寻觅遥远而陌生的东西。我们常用"史诗"来做定语，例如"史诗般的音乐"或"史诗般的历程"，但中国却压根儿没有史诗。为了弄清史诗为何物，将手伸向《伊利亚特》，不料这一下子消磨了笔者四年的时光。

走近荷马

荷马的两部史诗《伊利亚特》和《奥德赛》，读完后深感震撼，不禁令人想起一位欧洲学者的话：凡是喜欢文学的人都会走向荷马！这句话的出处在皮埃尔·维达尔-纳杰所著《荷马的世界》一书中，也被译为"每一位书籍爱好者总有一天都要去阅读荷马史诗"。

中国读书人的另一个愿望是"行万里路"，于是笔者沿着荷马史诗的路线对爱琴海周边做了一轮又一轮的踏访。不仅出于中国读书人的传统，还有许多西人的研究者垂范在先。英国史学家阿诺德·汤因比在20世纪以徒步旅行的方式走过希腊大片地区，靠自己的腿，凭自己的眼，加上他的细致和耐心，才有可能从日益全球化的表象下去察觉历史的阡陌，寻找其间的渊源、差异和纠葛。他的观察超脱了从书本到书本的局限，呈现出穿越时空的立体感。

如今仍在"言必称希腊"吗？世上有两个希腊。今日的希腊是债务违约国家，被欧元区看作坏榜样，常常受到来自西方的敲打。而古希腊却使整个西方世界心甘情愿地拜倒在它的脚下。从欧洲到北美洲到大洋洲，直至大半个亚洲，都把希腊视为自己的精神家园。那是2500年前的希腊，一个遥远的梦乡，一个膜拜的偶像，一个在他们看来人类管理自身可能达到的最高胜境。至今欧盟每年都在出钱帮助雅典修复帕特农神殿，那是帮助再现希腊过往的辉煌。

西方历来桀骜不驯，世上很难有什么令其服气的事物，唯对古希腊心向之，神往之，这其中必有需要探究的原因。

文学与"荷马学"

在西方，"荷马学"是远较中国"红学"更庞大繁杂的学术体系，许多大城市都有不止一个荷马学会，许多大学都设有专题研究。中国也早有一批可敬的专家为之皓首穷经。笔者手边至少有三种不同的全诗中文译本和若干零星片译，还有一大批专门著作和参考文献，但是鲜见有喜欢文学的中国当代作者置身其间。也就是说，荷马是文学，荷马学是人文学科，对于荷马的研究多由非文学的学科来打理。

本书认同荷马当之无愧地矗立于西方文学之源，甚至也是西方文明之源。荷马生活在公元前8世纪，作为一位横空出世、大有造诣的文学先驱，深刻地影响了希腊乃至整个西方文化的走向。尤其值得关注的节点——几乎就在希腊城邦文化兴起的同时，中国也以儒家文化为转捩，从此与西方各奔前程，各行其是，各异其志。面对当今世界许多纷繁的冲突，与其舍本求末，不如回溯人性和文化的本源，这对于认识我们自己和认识他人的世界都有所助益。

解读荷马史诗有许多视角。哲学、史学、古典学、语言学、考古学、人类学、宗教学、社会学、文化比较学等学科对荷马史诗的解读是全方位的、不厌其详的。阅读这些学科的研究专著有时产生奇异的感觉：一个自认为是局内人的文学读者反倒成为局外人。照理说，以文学视角解读荷马史诗应更加贴近荷马史诗的原旨。或许，这种局外人的角色，只缘不在此山中的审美间离，欲知他乡几多事的审美取向，会蕴含着比较的乐趣。

就方法来说，本书以贴近文学的人性论视角，进入早已被现代各门人文学科深耕过的领地。文学一向偏重感性并且视理念化为大忌，作家涉入荷马学将会是怎样一番景象？可能有两种结果：它既可能在壁垒森严又杂说纷呈的围墙之外茫然徘徊不得其门而入；又可能像一头粗鲁的豪猪闯入瓷器店把精美的文物撞成了一地碎片。这两种结果都不是笔者所乐见的。

本书尽可能以通俗的叙述减少阅读困难。为文者不外乎四种叙述风格的排列组合，其中以浅入深出最不可取，深入浅出最不易为；用文学语言来写论文几乎是一场白日梦，但心怀为读者着想的善念则是不可缺少的。不仅面向各类专家的审视，还盼望和中层文化水准的读者有所交流，跳脱高处不胜寒的小众圈子境地。引起更多读者阅读人类早期两部伟大史诗的兴趣，这是笔者的小小奢望。

在西学早已东渐的背景下，中国的荷马学大体来说就是西方的荷马学，本书在方法的比较之余还会遇到不同文化的比较，双重的纠缠难免会出现与主流共识相悖的述说。越是在这些地方，笔者就越是如履薄冰，也意识到这些述说只可能是个人的视角。不过，一种朴素的意念始终在提醒，如果一本书只求圆融附会而不见新意，它的出版意义形同直接丢进废纸篓。同时，千万不要以为作者读了书去了希腊就找到什么答案，恰恰相反，这部笔记只记下感受，从希腊归来更欣赏罗素的一句话："这个世界的问题在于聪明人充满疑惑，而傻子们坚信不疑。"

本书尽量少用典故。荷马史诗衍生了希腊宏大的神话传说和伟大的悲剧、喜剧，其中的每一个细节都可能被剧作家再创作和发挥，例如美女海伦和金羊毛的故事、阿伽门农家族的故事和众神祇的故事……许多各式各样而又互相矛盾的传说几乎令人绝望。本书在有限的篇幅中不宜太过铺展，尽可能沿着史诗的主干来叙述。此外，书中遇有学术专著的征引，借用他人的原话都会注明出处，依旧例注明作者与篇名。至于引用荷马的诗句，本书主要采用人民文学出版社出版的罗念生和王焕生的译本，那些段落对于研究荷马的人来说应是耳熟能详的，为免去烦琐不再注明出处。

衷心鸣谢

中国文人的传统，工作习惯于势单力孤地单干，从资料检索到写作不免望洋兴叹。一位长期在希腊生活的朋友说我在做一个团队的工作，此话显然出于鼓励，也令我平添自不量力之慨。值得庆幸的是得到诸位友人的帮助。由衷感谢杨恒达教授、老同事章德宁以及杨少波、Alice、石磊、刘未沬、吕明烜等诸位博士和各擅其长的学者对我的帮助。更要感谢陪同我在希腊踏查时的年轻朋友们，他们与我数度横穿伯罗奔尼撒半岛，又多次渡海去造访梦幻中的岛屿。

同时感谢家人的支持，帮我得以在身体健康和安静的环境中写作。当然还要衷心感谢三联书店和本书的责任编辑唐明星，他们的辛勤劳动令我一向深怀崇敬。

作为一种尝试，书中的错误在所难免，敬请各方同好与读者教正。

理由
2017年8月于北京西山

第一章 特洛伊悬疑

走近荷马并不轻松,既有坎坷的道路也有始料不及的危险。

迄今为止中国几乎没有直通希腊的航班,许多航线都要途经欧洲的其他城市中转,这次我们选择了土耳其航空公司的航班,在伊斯坦布尔降落。为了赶时间,我们降落后对这座历史名城只是匆匆地逛了半圈儿。就像世界上任何现代化大都市一样,伊斯坦布尔马路两旁矗立着熠熠闪光的玻璃大厦,交通拥堵得和北京一样令人没脾气。在此地稍作逗留的第一件要紧事,是请租车公司的人设定前往北爱琴海的导航,目的地是特洛伊的古战场。

土耳其的旷野

随之,我们就仓促上路了。汽车在土耳其东部乡村小路上剧烈颠簸，就像孤独的小船在大海中飘摇。在驾车经历中，从未领教过如此刁钻古怪的道路，多年风雨侵蚀的路面已退变为一望无尽的蜂窝状，支离破碎，又如岩石般坚硬。每当车轮陷入一处坑洼，车厢里就传来令人惊心的巨响。

比路况更糟糕的是在这片陌生的国土迷失了方向。按原来的计划，从伊斯坦布尔上路，穿越黑海和马尔马拉海之间宽阔的地峡，向西行驶300多公里，在天黑之前抵达北爱琴海之滨的恰纳卡莱，那里是踏访特洛伊必经的落脚点。

车驶上高速公路，风驰电掣，不久左侧出现了明丽的海岸线。正当前方迎来第一个指向恰纳卡莱的路标时，导航仪却发出向右转的指令。到底向左还是向右？听谁的？有驾车经验的人都知道这一刻间不容发，在犹豫的瞬间向右几个大盘旋，就驶入这片苍莽无边、曲陌倾斜的田野。

途经一个又一个村庄，简陋、破旧，几乎与中国的偏僻地区相似，却空寂无人，像沉睡般宁静。此去再也见不到地名和路标，只能靠阳光投下的影子猜测方向。偶然遇到一位农民，急于向他问路，对方却不能用英语沟通。这时唯有导航仪显得超级灵敏，忽而发出或向左或向右或掉头的指令，就连几米半径的小弯都不会漏掉。而目的地却离我们愈来愈远了。

车轮更加频繁地发出撞击坑洼的声响,一次比一次沉重,叫人担心随时可能发生切轴事故,被抛置在这前不着村后不着店的旷野。此刻才感悟到一种无奈的惶惑,在既没有方向感又没有地面标识的异国他乡,仅凭导航仪发神经似的调度,就像陷入令人绝望的怪圈,顿时心情紧缩起来……

记得离开北京前在一次艺术沙龙聚会中有朋友问我:"你在忙什么?"

我说:"在看荷马。"

"河马?"他惊异地睁大眼睛,"去动物园?"

我在北京有一个艺术家的朋友圈,这些朋友见多识广,却对"荷马"两个字如此陌生。我想大概因为它既非显学,读来又很费功夫;这是不该被中国文学界忽略的一个角落,醉心于荷马的人为数不多,其中也包括迟迟而来的我。

如今掏出手机扫一眼微博或微信中的故事,就翻开一个比文学更鲜活也更沉重的世界;一个人的纸质阅读趣味不免变得挑剔。在夏日一个炎热的午后,我的手在书架上寻觅,仿佛下意识地要触碰一下最生疏最艰涩而被冷落的东西,偶然抽出《伊利亚特》,翻开来,一眼看到下面两行诗句:

请歌唱佩琉斯之子阿基琉斯的致命的愤怒,

那一怒给阿开奥斯人带来无数的苦难……

开头的古希腊故事古老而陌生。对于中国读者来说,令人最困顿的莫过于那些"繁杂"的人名,不仅要记得人物的名字,还要记住他父系的名字;不然还没弄清人物关系,他早已死在弓箭枪矛之下了。随着情节层层展开,很快就把人带入诗人营造的世界。紧迫的节奏,曲折的情节,严谨而宏大的结构,一行行,一页页,不停歇地埋首疾读。荷马仿佛身怀一种令读者不容间歇的叙述魔力,一旦被他攫住,就进入他那惊心动魄的场景和环环相扣的旋涡。

用了四天读完这本如同砖头厚的《伊利亚特》,接着又用三天去读荷马名下的《奥德赛》,读完掩卷而思,霎时间愣在那里……

在阅读荷马之前,我对荷马的认知和中国大多数读者一样,只限于特洛伊木马之类的肤浅传说。合上荷马的诗卷才察觉自己的知识少了一半的空间,而那半个空间对于认识人性、认识自己,乃至认识世界都是不可或缺的。

伴随着中国翻译界持续地活跃,中国读者的阅读眼界已足够宽阔。我们熟知莎士比亚,也知道但丁、歌德、普希金、拜伦、雪莱、泰戈尔……这些诗人一概俯伏在荷马的脚下。年轻的拜伦投身希腊的解放战争,雪莱曾高呼:"我们都是希腊人!"如今,不仅美国一些著名大学将"荷马的英雄主义"列为基础课之一,在我国也偶见读书榜单把《伊利亚特》列作人生必读的十大书籍之一。

荷马的文学魅力在于它的原初性,它是整个西方文化的万泉之源。文学可以有千百种定义,而对于人性的贴近是文学始终不移的焦点。在西方,每当人性处于焦虑和迷惘时刻,人们总是一次又一次地叩问希腊,回望荷马,似乎那里存有可解决问题的取之不尽的宝藏,视为魂牵梦绕的精神家园:

> 这两部史诗树立了诗歌艺术的最高典范,自古以来就是希腊文化和教育的基石。
>
> (K.W.格林斯登:《荷马与史诗》)

对于中国一介文人来说,这真是一次奇特的读书经历。国人讲读书,必讲王国维所说的三重境界;西人讲荷马,既是直捣源头也是直点要穴,一点就点到荷马。荷马史诗的文化意义堪比中国的《诗经》,前者作为两部长篇叙事体裁所承载的信息规模却宏大无比。

说来奇怪,荷马虽然古老,阅读他的史诗所描绘的青铜世界却伴随着无往不在的"当下感",仿佛他就在你身旁,就在你耳边,驱使你和当下的世界做一番比较。一位西方学者把古希腊精神与现代关系讲得很通透:

> 所有人都同意希腊属于古代世界。任何历史学家,无论他怎样划分古代和现代,希腊人都无可争辩地属于古代。但是就时间的先后而言,他们是在古代社会的时间段中;希腊人身上没有任何他们所处的那个时代的标志……他们给这个世界带来一些全新的东西。他们是最早的西方人;西方精神,也就是现代精神,是属于希腊人的创建,希腊人是属于现代社会的。
>
> (依迪丝·汉密尔顿:《希腊精神》)

不久,有关荷马和古典希腊研究的各种著述就积满我的一个书架。当读完半个书架仍有半个书架待读时,一股不可抑制的冲动油然而生,于是就盘算着这一程荷马之旅。按计划,土耳其只是第一站。接下来还有希腊半岛和海上航线的一连串行程。

不料还没到达第一站,就因迷路陷入四顾茫然的困境。这次从北京出发之前,甚至没来得及对目的地做个粗略的安全评估。最近的国际新闻报道中说,与土耳其接壤的伊拉克和叙利亚局势动荡不安,而且这里是"伊斯兰国"向中东转运恐怖分子的枢纽,还时有恐怖分子袭击华人的事件发生。此行不假思索就急忙上路,显得多少有些莽撞。

天色已近黄昏,山丘、树木在倾斜的地峡拖下长长的影子。环顾左右,前不着村后不着店,令人担心这死寂的荒野在天黑之后会发生什么意外……

荷马寻踪

说到荷马其人,归在他名下的两部宏大的史诗历历在目,读来如闻其声、如临其境,却唯独不知其人身世;后世人看荷马,穿过层层的历史迷雾去看他徘徊在爱琴海之滨的身影,人也朦胧,事也朦胧。他的生平逸事一直停留在考证、揣测和无休止的争辩当中。

荷马两部史诗《伊利亚特》和《奥德赛》分别16000行和12000多行,任凭后人穷尽想象力去解读。在古希腊史一个特殊的时代,在爱琴海沉沉的暗夜中,荷马史诗有着星悬日揭、云蒸霞蔚般的光芒。不过,荷马其人相对其作,就像一副模糊的面容躲在史诗绚丽光环的暗影处。

荷马生平缘何不详?他名下的两部史诗中缺少一句哪怕最谦恭或最简要的自我介绍。他把自己的才华横溢归功于女神缪斯，而将自己隐藏起来。这种艺术处理本应是叙事文学的不凡境界，但在学者眼中却弄得荷马作品的作者模糊难辨。而在希腊普罗大众心目中，荷马就是神，其才情、灵性和创造力与神无异。

比荷马生存年代稍晚，大体属于同时代的诗人赫西俄德，甚至有传说曾经与"神一样的荷马"同台竞技，后者的生平就略显真实。他留下两本薄薄的小册子——《神谱》和《工作与时日》，一本是对希腊众神族裔的排序，另一本是对自己兄弟的劝谕，诗中都以第一人称留下多处印迹，于是著述权便毫无争议地归属在他的名下了，他也被后世誉为"我们所能知晓的第一个希腊诗人"。据说两人竞赛时，赫西俄德因题材不涉及战争而获胜；这难免有人为荷马打抱不平。从文学角度来看，赫西俄德的《神谱》不太像诗歌艺术而更像一位脾气不好的牧师在布道；《工作与时日》又像一位债主在向欠债的亲戚去说教。相较之下，赫西俄德的才华难望荷马项背：

> 他没有荷马的激情，没有他的尖锐，没有他狂野的想象力。如果赫西俄德是一轮苍白的月亮，那荷马就是光芒四射的太阳。
>
> （约翰·朱利叶斯·诺威奇：《地中海史》）

在那不勒斯、波士顿、慕尼黑以及希腊的博物馆，我们都可以看到荷马的大理石头像。卷曲的长发、浓密的络腮胡子、棱角分明的轮廓，一脸沧桑和悲天悯人之态，看得出是个盲人。这座头像的照片被许多正规的希腊史书所采用。不过，在最好的情况下，我们看到的是公元前5世纪希腊艺术鼎盛时期按照当时一个模特雕塑的复制品，晚于荷马300年；其依据是有关文艺女神缪斯的传说：缪斯钟爱荷马的才华，给予他快乐也给予他不幸，取去他的双目同时给予他美妙的歌喉。有关荷马最早的雕塑尽管不大可靠，却也给后人勾勒出对于荷马最具感性的想象空间。

在爱琴海克里特岛的伊拉克利翁考古博物馆，有一尊竖琴演奏者的青铜小塑像，早已锈迹斑斑。大脑袋、小身子，四肢比例令人可笑地失调，怀抱一架古老而残破的竖琴，就如原始造型艺术那样拙朴。这是一件确凿的证物，证明在荷马之前的年代，环地中海一带已生活着一批以说唱为业的游吟诗人，"它"是荷马的先行者，干着同一个行当。

公元前约470年的一尊双耳陶瓶的彩绘，令游吟诗人的形象清晰起来：身披优雅的长衫，手持多节拐杖，仿佛一位盲人在探路。而且按照苏格拉底的评价，这一行当很受尊敬，可登大雅之堂，奉若上宾礼遇。在《奥德赛》中荷马也提到一个游吟诗人出现并且受到优渥的款待。

通常认为荷马生活在公元前8世纪。被称为古希腊历史学之父的希罗多德曾估算过荷马的生存年代;希罗多德大约生活于公元前482年至公元前430年,他说:"荷马的时代比之我的时代不会早过四百年。"(希罗多德:《历史》)而且,荷马的诗句最早被记录为文字,见之于考古发现的埃及莎草纸、陶器瓶画和金属盘上的铭文,也约在公元前8世纪。现代学者通常认为,荷马史诗在公元前8世纪下半叶就用文字记录出多种手抄本,距今已将近3000年了。如果仅以叙事篇幅比较,中国出现篇幅相近的叙事文学则是两千多年后的明清小说。

荷马的出生地一旦确定,注定将成为文化和旅游的洞天福地,全希腊至少有七座城市在争此殊荣。其中被认为最有可能的地点是士麦那或希俄斯岛。

修昔底德(公元前471—前440年),这位古希腊的信史的奠基者,在《伯罗奔尼撒战争史》中引用一首《阿波罗颂歌》,说明荷马故乡在希俄斯岛:

> 少女们,我向你们全体告别了,
> 愿阿波罗和阿提密斯保佑你们。
> 在将来,请你们想到我,

> 无论什么时候，有其他旅行中疲乏的人来到这里，
> 询问你们："少女啊，请告诉我，
> 在所有流浪歌手中谁的歌声最甜蜜？"
> 请告诉我，谁的诗歌你们最喜欢？
> 那时候，你们一定要用你们优雅的言辞，众口同声地回答：
> "住在希俄斯石岛上的盲目歌人。"

史学家修昔底德认为这首诗中的"我"就是荷马。不过，后世学者认为荷马不会如此自负并大言不惭；又有人考证在希俄斯岛上生活过自成一派的吟诵诗人"荷马立达"，这些人奉荷马为先祖。其实，指认了"荷马立达"也就指认了荷马。这不禁令人想起西方一位作家的调侃：历史学家靠歧义性而生，新闻记者靠确定性而活。到底依据什么对七个出生地进行筛选？一个人最难改的两件事都和口舌有关：一是乡音，二是口味。由于口音永远带着乡土的痕迹，人们首要关注荷马使用的语言。

爱琴海东部现今土耳其的西岸，当初名为安纳托利亚以及周边的海上岛屿，早期被称为伊奥尼亚。据希罗多德记载，这个南北狭长地区使用四种方言，其中的士麦那和希俄斯岛使用爱奥尼亚方言。爱奥尼亚人是古希腊民族的

一个分支,曾经在雅典所在的阿提卡地区生活,后来迁徙到小亚细亚一带,形成一个与雅典密切关联的文化语言集团。最早的荷马史诗就是以爱奥尼亚方言为主,又在流变中混杂了当地和其他方言。

> (史诗的)程式句法是爱奥尼亚人从埃俄利亚人那里习得的,尔后尽管他们在自己言语习惯的压力下,将之爱奥尼亚化了,但无论在怎样的情形之下,都无损于对之加以运用的技巧。
>
> (约翰·迈尔斯·弗里:《口头诗学:帕里—洛德理论》)

说到这里,笔者提醒一下当今的旅游者:古爱奥尼亚非今日的爱奥尼亚,与今日所谓爱奥尼亚的地理方位大调角,位于希腊西部与意大利隔海相望的爱奥尼亚群岛,传说中是足智多谋的奥德修斯的故乡。

2014年全希腊的荷马年会在希俄斯岛上举行,主持人不无骄傲地说,尽管荷马的出生地有几份名单,每份名单上都有希俄斯岛。我们把荷马出生地设想在爱琴海东部的一个岛屿上大致不会离谱。不仅由于荷马的"乡音"是这里的;而且这一带人文荟萃,诞生过古希腊许多著名的诗人、史学家、哲学家，诸如希罗多德、泰洛斯、毕达哥拉斯以及整个米利都学派，可谓人杰地灵。

对于荷马是盲人的推断相当一致。其根据是古希腊身强力壮的人都当战士，只有盲人适于充当歌手。并且唯有盲人才具备超群的记忆力，才可以驾驭两部鸿篇巨制的演唱。

但是，随之而来的问题是，荷马的诗歌中对色彩有着丰富而细腻的描述，若没有感性认知何来色彩绚丽的诗句？

> 当那初升的有玫瑰色手指的黎明呈现时，
> 他们就开船回返，向阿开奥斯人的
> 广阔营地出发，远射的阿波罗给他们
> 送来温和的风，他们就立起桅杆，
> 展开白色的帆篷。和风灌满帆兜，
> 航行的时候，紫色的波浪在船头发出
> 响亮的歌声，船破浪航行，走完了水程。
> 他们到达阿开奥斯人的宽阔营地，
> 把黑色的船拖上岸……

天空、海浪、黎明、白帆……这一切在荷马的诗中备显灿烂多彩，比喻精妙，非亲睹者所莫为。因此学者们相信荷马是后天致盲的。他先前见多识广，后来又博闻强记；若果真如此，那可是天造地设的降大任于斯的妙合。

虽然荷马的墓葬地也有不同说法，如今却只剩一处——爱琴海中央的小岛洛斯，他葬于这座小岛的普拉科托海滩。不论与传说是否相符，全希腊无异议。那里没有墓碑，也找不到有人借亚里士多德之口在《残篇》中记载的墓铭：

> 在这里的土地下掩盖着一颗属于神的头脑，诸英雄的荣耀，神圣的荷马。

洛斯海滩只有强烈的阳光映射着一堆几乎被晒焦的乱石，荷马仿佛把自己的归宿深深嵌入蓝色爱琴海的海心。

倘若把以上对于荷马其人的记述作为生平简介，当即看出这些记述多么闪烁不定。其实，有关荷马的传说不是太少，而是太多，例如，公元前5世纪有人不但知道荷马的出生地和归宿地，还说荷马在世时有许多人亲眼见过他，甚至还能说出荷马的原名和他父母的名字，对他的音容笑貌的描述，绘声绘色，不厌其详……各种说法见之于古希腊无名氏的《荷马与赫西俄德之间的辩论》，但不被学界采信。

学界能够"求同"的太少,留下"存异"的太多。倘若对荷马其人再多问一两句,例如荷马是一个人、两个人还是一群人,顿时变成剪不断理还乱的一团乱麻。被总称为富于经典色彩的"荷马问题",引无数学人竞折腰。

初访特洛伊

特洛伊是荷马史诗的地望,《伊利亚特》的全部故事都在特洛伊发生。或可说,这是世界上最神秘也是令许多人心驰神往的废墟之一,是笔者在踏足希腊之前的必访之地。

从上午开车一路颠簸到傍晚,我们的汽车终于在土耳其旷野中无奈地停下来,前方再也无路可走。一道横亘的深沟出现在面前,有挖土机正在施工,道路被拦腰切断。那道壕沟很宽,施工人员离我们很远,我们向对方大声问路也无法听清。

这才顿时明白过来:如果不是导航仪在伊斯坦布尔设置有误,就是导航仪的版本太过陈旧,把我们引向了一条早已废弃多年的旧路。我们的汽车在马尔马拉海与黑海宽阔的地峡之间像没头苍蝇一般东奔西突,天知道这条无名的道路通向何方。

我们决心不再受导航仪的摆布,任凭它一再发出这样那样的指令,也坚决按照自己判断的方向反其道而行。导航仪执拗地用英语喊叫"掉头!掉头!",烦得人索性关掉它。

几经折腾,终于见到路标,驶上了一条通往恰纳卡莱的高速公路,不久前方出现了久违的超市,赶紧下车去探问。在超市中遇到一位中年男人,一袭普通的白衬衣和长西裤,显得与当地普通人不同,像个斯文的知识分子。他可以用英语沟通,还十分认真地在一张A4纸上画出一幅详细的路线图。

这时才弄明白,我们是从伊斯坦布尔沿着黑海南岸和马尔马拉海的北岸向西行驶的,刚才驶过的地峡伸展为一条狭长的半岛揳入海岬,汽车需要找到渡口上船向回折返,横渡北爱琴海之滨的马尔马拉海峡,与目的地尚有一海之隔。

赶到渡口,庆幸渡轮停泊在那里还没起航。买票上船按排队顺序把汽车停好,运气真不错,稍候一小会儿这艘巨大的渡轮就开足马力,在轮机的轰鸣声中驶向对岸的恰纳卡莱,湍急的水流竟然把大型渡轮冲出一条U形的航线才到达对岸。倚在渡轮的栏杆上注视着海峡激流拍打着船舷,悠然间意识到我正在走入希腊的历史,这里就是古希腊史上屡屡提到的科勒斯滂,公元前480年,波斯王薛西斯驱赶几十万大军,正是在这道水流汹涌的海峡架设浮桥入侵希腊,发动了著名的希波战争。这真是一次冒险之举,即使在今天看来"锁住大海的咽喉"也是疯狂妄为。一个帝王竟然硬是要用野心跟海浪与潜流较劲,也难怪科勒斯滂的浮桥架设不久就被冲毁。

恰纳卡莱是一座质朴的小城,沿着横贯市区的主要马路找到预订的酒店,终于松了一口气。至此,我们已在土耳其的航班上度过12个小时,又连续在土耳其大陆上行驶8个多小时,再加上登机前候机和降落后取行李的时间,算来超过一天一夜的时间都在奔波劳顿中度过;抵达酒店已近落日时分,但并未感觉到疲倦。

这家酒店恰好坐落在马尔马拉海峡的入口处,酒店宽阔的游泳池是所谓无边界游泳池,与海水处于一个平面,看上去淡水与咸水融为波光粼粼的一片,许多孩子在海边嬉戏。我们安排停当,便抄起照相机,去拍摄海峡落日。

海峡对岸是低缓的远山,夕阳愈是向下沉落就变得愈加浓艳。当落日衔山时,万道光芒把天空和海洋染得姹紫嫣红,海水像火焰燃烧一般。片刻间有一艘又一艘巨型货轮驶入海峡,一如几千年来的古老航道,驶过狭长的马尔马拉海峡,再驶过博斯普鲁斯海峡,驶向黑海沿岸的某个港口。有时是货轮,有时是军舰。

如今黑海正因为克里米亚争端炮声隆隆;而在土耳其南端的中东地区,宗教与种族之间的残杀尤为血腥,世界超级大国的插手令那里更加动荡不宁。此刻,面对异国的良辰美景,手捧一杯当地佳酿,不免生发怀古之幽情:荷马叙述的特洛伊之战,希腊联军的舰队至少有一处登陆点就在马尔马拉海峡的入口;遥想当年这里帆樯如林,金戈铁马;三千年后的世上依然纷扰不断,人类仍然不能妥善解决自己的问题。从循环论历史观看来,似有一种置身度外的悲悯与洒脱,胸中泛起一阵"青山依旧在,几度夕阳红"的感慨。

一转念,不对头!循环论的背后是东方式的宿命观,是对中国几千年历史深刻的无奈。从《东周列国传》的卷头诗,到《三国演义》的卷头词,再到《红楼梦》的《好了歌》,无不笼罩着中国人对自身历史循环往复的厌倦以及被压抑的幽默感。

笔者此行将要走近荷马,也走近西方文化的深处,以获得对异域文化的感知;他们可不都是历史循环论者,其中有许多人把历史看作激流卷起的漩涡,翻滚着奔腾的泡沫,夹杂难以预见的偶然性。

言归正传,还是让我们把思绪转向荷马——

真有这场恶战吗？

不论存在多少争议，多少知道一些历史背景会有助于对荷马史诗的理解。笔者尽可能用简约的方法，概述一下希腊的早期史。

随着学术界持续地考古发掘和文献研究，古希腊历史呈现出清晰的断代。一般认为，古希腊文明始于公元前2000年至公元前1600年的克里特时代。

克里特是横亘在爱琴海南端的一座小岛，从青铜时代早期，那里的社会文化就绽放得无比灿烂，甚至不逊于它的后继者迈锡尼文明。尽管克里特原住民并非希腊人，但两代文明都曾拥有对方的一部分；米诺斯曾强迫雅典每年向克里特纳贡，迈锡尼人也曾入主克里特宫殿。一团繁花似锦的爱琴海文明深刻影响了希腊乃至欧洲文化的发展。

迈锡尼是位于伯罗奔尼撒半岛的小地方，那里的考古发掘最能代表公元前1600年至公元前1200年由青铜武士主宰的时代，诸邦林立、英雄辈出、尚武好勇。仅就题材来看，荷马史诗是以迈锡尼时代晚期作为故事背景的。

对于荷马史诗，人们最常提出的问题就是：特洛伊战争真的发生过吗？头号英雄阿基琉斯、足智多谋的奥德修斯、希腊联军统帅阿伽门农、特洛伊大将赫克托耳，这些诗中人物是不是确有其人？一场浴血大战竟然因为一个女人而不可收拾，可信吗？

特洛伊之战是一切问题的起点。历史上究竟有没有发生过这场战争乃三千年之问。人们对这个问题的浓烈兴趣从未衰减。

大致来说，离荷马生活的年代愈相近的人就愈当真。例如，史学家修昔底德写道：

> 在特洛伊战争之前，我们没有关于古希腊人整体行动的任何记载。
>
> 阿伽门农似乎是当时最为强大的统治者之一；这就是他为什么能够聚集力量前去攻打特洛伊的原因。
>
> 我们完全没有理由认为对特洛伊的远征，不曾是已发生的一次最大的军事行动。

对于特洛伊之战发生的年代有各种各样的推算，一般大致认为发生在公元前1200年前后。前文所说波斯国王薛西斯一世，还有后来的一代天骄亚历山大大帝和罗马军事统帅恺撒大帝，这几位盖世豪杰都曾追随荷马史诗的足迹，造访过特洛伊遗址，酒酹豪杰，携卷吟咏。

尽管他们沿着不同的路线取向，或南下或北上，却有着共同的心态——对头号英雄阿基琉斯的崇拜和对征服世界的渴望。

此后，岁月的风尘湮没了这个遗址，从地貌模糊难辨，渐至消失。当欧洲到19世纪上半叶时，许多人对荷马史诗的热情从历史的视角转向文学的视角，不再认为史诗中的故事与历史事实存在多少关联。信者相当于索引派，不信者相当于虚无派，双方仍在各执一词。皆因这件事处在欧洲文化的源头信证不足，随着每一步坚持不懈地探索，争论就更趋于白热化。

史诗与史实之争的根本问题在于对史诗的定义。如果它是文学，凭什么非得精确，还要把它坐实不可？人们喜爱文学，需要精彩愉悦的感受与思考的启迪，并不需要件件事出有据。

不过，把文学与史实扯在一起，似乎是东西方共同的癖好，差别在于方法各异。对红学的热闹讨论中，中国近代文人总是特别热心地在书本里推敲揣度。西方则有所不同，他们当中的成功者首推携带各种工具的考古学家。

当今的考古学从理论到手段都突飞猛进。但在19世纪的欧洲，虽然已进入第一次工业革命，而考古学还处于懵懂的孕育之中，理念与方法都很稚嫩。对特洛伊的讨论也停留在从故纸到故纸的徘徊。当时有一个人即将翻开考古学簇新的一页,并为解读荷马史诗打开炫目的视野;不过,谁也没有料到此人的出身和学历如此卑微,当他捧着《伊利亚特》如痴如醉的时候,还是德国一个小镇上境遇窘困的孩子。

【意】提埃波罗《特洛伊木马的游行》

在俄罗斯时年轻的谢里曼

佩戴"普里阿摩斯宝藏"的索菲亚

特洛伊地层发掘,有如九命猫

第二章 凿过头的开拓

至今人们还在不断地争论,从现代考古学的意义来说,德国人海因里希·谢里曼所做的惊世之举,究竟是蛮干大于理性,抑或是贡献多于破坏?无论怎样,谢里曼那富于传奇性的故事都会令现代读者一口气读到底,并不无对人生多有激励。特别是他的语言天才还有冒险的性格,在中国读者看来尤为鲜见。

小镇学徒

生活在19世纪德国小镇的海因里希·谢里曼(1822—1890年),终其一生保有收藏和整理文件的痼癖,他去世后留下近两万件各类文献,有日记、笔记、书信、电报、账本、备忘录和他亲自编纂的十几种语言的词典,还有那些他与学术对手火花四溅的争论。而且,在复印机还远没有被发明的年代,他把自己寄出的每一封信件都抄录一遍留为副本,把别人给他的每一封书信甚至便笺都分门归类存档。如果敏于行动的人都像他那样勤于记录,历史将会更加清晰。

谢里曼留下的大量文献为传记作家提供了丰富的写作依据,例如埃米尔·路德维希的《发现特洛伊——寻金者谢里曼的故事》、C. W.策拉姆的《神祇、陵墓与学者》等,此外还有一些考古专著中的插图也是很好的素材。由于谢里曼的资料之丰足以装满雅典一座博物馆,本书在这一章节无须旁征博引,从而采取直叙的方式以便于阅读。

谢里曼14岁那年,在德国梅克伦堡州一个无名小镇的杂货店里,孩子偶遇一次毕生难忘的经历:一个嗜酒成瘾的醉醺醺的磨坊工,闯进烛光昏暗的小杂货铺。谢里曼写道:

> 就在那个夜晚,他给我们朗诵了不下一百行那个诗人(荷马)的诗句,而且节奏和表情都极好。我虽然一个字都听不懂,可是那些充满韵律的词句深深地打动了我,使我对自己的命运流下热泪。我请他把那些神圣的诗句重复朗读了三遍,同时赏给他三杯烈酒,都是我用自己仅剩的那几文钱为他买的。从那以

后，我就一刻不停地祈祷上帝，求他有朝一日赐福给我，让我有机会学习希腊语。

从这个小小的细节中我们知道了两件事：从欧洲最南端的爱琴海到遥远北方的德国小镇，荷马史诗早已闻名遐迩，震撼着人们的心灵。再有，我们也知道谢里曼具有敏感、好奇、进取、对于未知世界狂热追求的个性。

可是他当时的境遇非常糟糕。

就在好学向上的谢里曼即将进入大学预科之前，他的父亲破产了。他被送到这个无名小镇的杂货店当学徒，在五年当中，苦难使他与人类的文化生活完全绝缘。尽管他心中充满对希腊、对荷马炽热的憧憬，但在当时看来，他的贫穷处境与他后来实现的伟大成就之间遥不可及，纯粹是白日做梦。他的传记作者称那是他微贱的年轻时代。

1841年，19岁的谢里曼徒步来到汉堡，他身无分文，听说大洋彼岸的哥伦比亚有一个就业的机会，便搭上一艘小方帆双桅船闯入波涛汹涌的大海。经过几天几夜与暴风搏斗，最后海水漫灌，船翻人落水，谢里曼抱着一个木桶在冰冷的海水中漂流，被冲到荷兰的一个离岛。

德国驻阿姆斯特丹的领事通知把此次事故中的德国人

送回汉堡时，谢里曼说："我认为我的前途是在荷兰。"惊愕不解的领事先生塞给他两个荷兰盾，便不再搭理他。

一通皆通

不论对谢里曼后来的成就有多少歧义，但没人怀疑他是一位语言学的旷世奇才。他对阿姆斯特丹的灯红酒绿毫无兴趣，三年中完全靠自学掌握了多门语言。第一年学会法语，第二年学会荷兰语、西班牙语、意大利语和葡萄牙语。第三年受聘于施罗德公司，为拓展俄罗斯的贸易又很快学会俄语。他一生掌握18种语言，可以随机用各种语言交谈、写信、起草文件。他的学习方法并不高深莫测，往往找来几篇目标语言的散文在老师的指导下反复朗读，散文是语言的精粹；打个比方，倘若有一位老外可以把朱自清的《荷塘月色》背得滚瓜烂熟并能深得其妙举一反三，他的汉语水平就非同一般了。谢里曼晚年时驻足于雅典，他故意不用现代希腊语而用早已消亡的古希腊语与最亲密的人交流。这位国际主义者执拗地认为那是全世界最优雅、最浪漫又富于活力的语言。

对于欧洲人来说，19世纪上半叶的俄罗斯还是一片遥远而未知的莽原，没有铁路，海上航线迷茫，交通往往靠雪橇在冰天雪地里滑行。谢里曼正是因地理阻隔而猜想到在圣彼得堡和莫斯科有流动于地面上的财富。他于1846年被施罗德作为商务代表派驻俄国,第二年就自立门户接受订单。这位年方26岁说着一口流利俄语的德国人,在俄国的上流社会如鱼得水,很快就与公爵巨贾们打成一片。如果说此时的谢里曼和爱琴海文明有什么关联的话,那就是"靛蓝":靛蓝是从海洋蚌壳中提炼出的颜料。在荷马吟唱的那个世界,靛蓝是爱琴海贸易的主要项目,而靛蓝也使谢里曼财源滚滚。虽然谢里曼后来成为一位奔走于世界各地的银行家、铁路家、证券家,他却一直称自己是个"靛蓝商人"。

在浪迹天涯的旅途中,《伊利亚特》常伴着他。人们发现他蹲在甲板下的轮机舱背诵荷马史诗。他说他向往希腊的哲学、建筑、人文情趣和新鲜的空气。

1853年爆发的克里米亚战争使欧洲第一次领略了那个北方大国的强悍。俄罗斯挥师向多瑙河流域进军,最终以大战塞瓦斯多波尔告终。俄国虽然战败,年轻的谢里曼却在战争期间日进斗金,跃升为知名的杰出商人。28岁的谢里曼操着熟练的英语远渡大洋,去追逐美国西部大开发的热潮,聚集更多的财富。他大手笔投资铁路,开办银行,晋身世界级富豪的行列,曾先后得到两任美国总统的接见。

1854年,他又相继学会波兰语、希腊语、拉丁语和阿拉伯语。谢里曼还到过中国和日本,并留下一部游记。据说他来中国是被万里长城所吸引,还带走了长城上的一块砖。中国与日本是他仅有的两个游历过但没有学会当地语言的国家。

年逾不惑的谢里曼似乎已经看透地上黄金的奥秘。这位德国出生、曾经归化于俄国、后来又加入美国籍的天涯浪子,最后选择在雅典定居。他第二次结婚时娶了一位美若海伦的希腊女子。按谢里曼生平年表计算,当年他46岁,妻子索菲亚16岁。

他决定结束经商,走向荷马,寻找地下的宝藏。

芳草天涯

谢里曼手捧《伊利亚特》行走在宽阔的特洛伊平原上,身边只有一个当地向导和一匹没有鞍具的马;他像狂迷的信徒,坚信荷马史诗就是史实,每一行诗句都熟稔于心,按图索骥去寻找特洛伊的遗址。

当时的考古学还停留于在昏暗油灯下的书房里摸索的阶段。"这片土地曾经有百十个学者写过上百本专著,但迄今为止却还没有一个人尝试过进行挖掘……"谢里曼在考察报告中写道。没有现场考察也就没有考古的组织架构，也没有发掘设计方案，没有发掘的技术规范，更没有前车之鉴可以参考。这门学科就像心智未开的婴儿。了解这样的背景事关对谢里曼此后功过的评价。

那个时代的学者大都认为史前的特洛伊是在一座名为布纳尔巴什的小村庄，荷马屡屡提到那儿有两眼清泉：

> 他们一直跑到了清澈见底的两股泉水旁边，
> 正是汹涌的斯卡曼德罗河的源头
> ……

在史诗中，那是头号英雄阿基琉斯出战特洛伊大将赫克托耳时两人相遇的地方。

谢里曼很快排除了学者们的假设，他不光笃信《伊利亚特》的诗句，还相信自己的直觉。他步测了从这里到古战场的距离，如果学者们认定的特洛伊在那座小村庄，希腊联军在第一天的战斗中不要说打仗，单是走完遥远的路途就已精疲力竭。

是科学，是直觉，还是从美国驻土耳其副领事兼希沙利克私人业主那里得到了一些忠告？或许三者兼而有之，令这个阅历老练的商人独具慧眼。他依据文物的碎片和地理测算，把特洛伊所在地锁定在希沙利克的平缓山丘，此地远离布纳尔巴什小村,却离希腊联军登陆的海滨只有一小时路程。同时,他又依据《伊利亚特》中的情节,认为这个山丘的方圆恰好适合满腔怒火的阿基琉斯追着赫克托耳跑三圈儿。他写道:

> 在踏上特洛伊平原,看到希沙利克这座土丘的那一刻,人们会立刻为之震惊,造物主创造它似乎就是要用来筑建一座宏伟雄壮的城市。

谢里曼再次显现了他所具有的语言天赋,他几乎一眨眼就学会了土耳其语;三个星期前他还听不懂一句当地话,但很快就能用流利的土耳其语与人交谈了。在买下这座山丘并和土耳其当局反复交涉并达成妥协之后,1870年7月,谢里曼雇用大约一百名工人,铲出希沙利克小山上的第一铲土。年轻的妻子索菲亚也来到这里,成为他最得力的助手。这一年的挖掘略有收获,他在土丘向下五米的深处发现了罗马时代的墙壁。

当时的工作环境极为恶劣。他们住在简陋的木屋里,忍受着蛇的惊扰和蚊虫的叮咬;谢里曼患上疟疾,靠服用大量奎宁支撑身体。这里的确像荷马所说是"多风的伊利昂",一年四季都刮着大风,尤其是狂风暴雨来时就像世界末日来临。他们的挖掘没有现代技术支撑，牛车在没有路径的陡坡上缓慢地爬行。在接下来的三年里，谢里曼发现了厚重的城墙、宫殿和神庙的废墟，挖出了一大批早期的石器、铜像和陶瓷碎片。地质的年代像剥洋葱头似的剥开一层又一层。事后人们方知特洛伊是条九命猫，谢里曼挖出了七层，还有两层是在他身后发现的。

第三年的5月，有了更有趣的发现：两扇大门呈现出来，还有锁头和猫头鹰图像的花瓶，房间里有许多珍罕之物，以及被大火焚烧的痕迹。谢里曼认为那就是荷马所说的特洛伊国王普里阿摩斯的宫殿。随后他发表了一篇篇文章和整本的著述，以及200幅插图和3500多幅文物素描，全世界考古界的目光都被特洛伊吸引了。

到底哪一层是荷马时期的特洛伊？当时对地层断代的知识还很不完善，碳14同位素技术远未发明，谢里曼并没有确切的把握。争论、诋毁、嘲笑随之哄然而起。

脾气暴躁的谢里曼激动地反击：

> 所有学者的恶毒言行都不能把50英尺高、300英尺厚的希沙利克山丘推到被人遗忘的大海中去。

艰苦的挖掘历时三年，开挖了25万立方米的土方，谢里曼已感到厌倦。他宣布达到了目标,将在6月15日结束在特洛伊的挖掘,随之就打道回府。

接下来发生的事只能归于运气,真的是苦尽甜来。6月中旬,计划次日即将偃旗息鼓。当时谢里曼夫妇身边只有一两个工人,他们在挖掘现场一处次要的角落、地层深度九米多的地方,忽然看到了奇妙的金属光芒。

他的反应极其敏捷,对妻子说:"快去告诉他们休息!"

索菲亚有些犹豫,这时才中午11点。

"快!告诉他们今天是我的生日,不用上工就可以拿到钱!"

索菲亚传达了这个编造的喜讯,工人们高兴地散去。

谢里曼要求妻子把她的大披肩拿来。

> 在铜制容器的表面覆盖着一层坚硬的红色灰烬和大约五英尺厚的烧毁的废墟……我不得不挖掘的那座防御工程的墙壁,它随时都会倒塌下来砸在我身上,但看到这么多宝物,每一件都价值连城,也就顾不得想什么危险了。

他们回到小屋清点收获。谢里曼把黄金饰物佩戴在20岁的希腊妻子身上,她看上去堪与倾城倾国的海伦媲美。

事后他拍下一张著名的黑白照片。这幅照片后来被无数次翻拍,刊载于许多刊物和书籍的扉页,有人题为"这或许是世界上最著名的首饰"。

清点登记表明,他俩发现了两个金王冠,其中一个由 90 根链子、12271 个金环、4066 个心形饰板、16 个偶像组成。还有 24 个金项圈,加上耳坠、扣子、针、棱柱,共 8700 件黄金制品。另外,还有一个 601 克的金黄色大酒杯、一个金瓶,以及一批银具。

谢里曼把这批宝物全部暗中运出土耳其,他违背了和土耳其当局签订的挖掘所获各分一半的协议,引发了一场漫长的诉讼,各方对这场官司的是非曲直描述不一。可能的结果是,谢里曼对土耳其当局做出高额的现金补偿,并交给伊斯坦布尔国家博物馆部分挖掘的文物,双方达成和解,谢里曼还得到继续在特洛伊合法挖掘的许可。此后多次挖掘持续到他的暮年,他还促成了在特洛伊召集的两次国际考古学会议。

谢里曼称他发现的黄金就是荷马史诗中"普里阿摩斯国王的宝藏"。事实上,三年看似漫长的挖掘,其工作还是做得太急躁了,谢里曼把从最底层向上数的第二层认作荷马史诗中的特洛伊,事后验证那是公元前 16 世纪的文物,早于荷马所说的特洛伊之战几百年。晚年时谢里曼承认自己的判断有误。在他死后三年,他的助手多尔普菲尔德借助主人留下的资金完成了九层的全部挖掘,对于地层做出更准确的断代。现在学者们趋于认定,第七层A才是特洛伊之战的那层。多尔普菲尔德还宣布这桩伟大的考古功绩仍应归于开拓者谢里曼。

挖掘的宝物几经周折,由谢里曼亲手捐献给柏林博物馆,威廉王子主持了仪式。谢里曼获得柏林荣誉市民的称号,成为与铁血宰相俾斯麦和战功赫赫的毛奇元帅共享此项殊荣的三人之一。随后,在第二次世界大战苏军攻克柏林的炮火中,这批宝物全部失踪;20世纪90年代,俄罗斯宣布宝物保存在莫斯科的普希金博物馆,与世人缘悭一面的瑰宝才得以重放光彩。

看到阿伽门农的脸?

谢里曼迅即把目光转向伯罗奔尼撒。他急切地想进行对迈锡尼的挖掘,以让特洛伊交战双方国王的遗物在三千年后的阳光下相会。看似激情满怀的浪漫之举,其实并不失他对现场的清醒认识。

迈锡尼的情况与特洛伊大不相同。在迈锡尼,既有文献记载又有裸露的地标,那是一片被叫作"巨人墙"的废墟,早在很久以前就被盗墓者多次光顾。在希腊人民的集体记忆中，迈锡尼的悲惨故事比特洛伊更加刻骨铭心。那是一连串家族内部爱恨情仇血雨腥风的谋杀，深埋在希腊人的记忆深处，此事容后文再做叙述。

对于谢里曼来说，这是一次非功利的现代学术性挖掘。他与希腊政府几度谈判，结果是由他出钱出力进行挖掘，一切挖掘所获归希腊政府，他只有发表文献的权利。

迈锡尼埋藏着黄金早有传说，此前的挖掘也时断时续，但是从无所获。就在谢里曼动手挖掘的同时仍然有考古人员在那里工作，学者们经过分析后大多在巨人墙的周边外围布点；而谢里曼依然把荷马史诗当作金科玉律，当然还依靠他那与生俱来的天赋，凭着直觉认定，联军统帅阿伽门农的坟墓必定在巨人墙内侧，黄金也一定在坟墓中。他的逻辑就是这样直接。

1876年夏，谢里曼率领150名工人走进著名的狮子门——在巨岩的门楣上有一双雄狮拱立的雕塑；随行的还有政府派来的监督员。在挖掘的高峰期，雇用的工人达到300人。这次谢里曼选择住在路途不远的纳夫普利翁的酒店，那里面向蓝色的港湾，居住条件比特洛伊工地的小木屋舒适多了，他每天亲临现场，像一位考古专家那样指挥若定。

挖掘前后又持续了三年，这期间渐渐有了进展，开始发现女神赫拉的一些小塑像、箭头、短柄斧、匕首与铁锁,还发现了一颗刻有图案的宝石,最多的是花瓶。随后发现一座特别的建筑——石板围起来的圆形广场,谢里曼认为这就是贵族们议事的地方。生活在公元2世纪的希腊地理学家波萨尼阿斯曾写道:"他们在这儿修建了议会的场所,以便能将英雄们的坟茔容纳其中。"谢里曼目光锐利,他坚信园墙中的石柱就是墓碑,指向基岩下的墓藏。

随着五座坟墓被发现,全部工人当即被解雇。现场只留下三个人:谢里曼、索菲亚以及政府指派的一个监督员。迈锡尼外围则由士兵组成了严密的警戒圈。接下去的挖掘完全要依靠谢里曼夫妇,尤其要靠索菲亚那双年轻、灵巧的手。她跪在地上用小折叠刀刮,用双手挖,一寸寸地清理废墟,取出宝物。

其中一座坟墓有三具骨骸,每一具都有纯金的王冠,四个由金月桂树叶子摆成的十字形。

另一座坟墓里躺着三个女人,周围堆满宝石和黄金。有700片雕饰精美的金叶子,还有许多造型不同的金饰。其中一具骸骨戴着华丽的黄金王冠,额带上钉有36片金叶。其余的两具也戴着精美的冕状头饰。此外还找到5顶黄金冕饰,无数的金十字、胸针、发夹、金酒杯和金小盒、紫晶、玛瑙以及嵌有水晶握柄的镀金银质节杖。

有最重要发现的那一座坟墓,内有高大的男子,头部覆盖着黄金面具,胸部有黄金护甲,身边放着黄金剑鞘的青铜长剑。谢里曼立即认定这是攻打特洛伊的主帅阿伽门农。另一骸骨也覆有黄金面具,面部特征各不相同,面具也形状各异,仿佛呈现死者生前的样子。头骨一经挖出,几个小时后就被风化。这里还有很多古代军队抢劫的东西相伴:长矛、战斧、金饰板、金酒杯、金戒指、金纽扣……还有80把宝剑。

有人传说,狂喜的谢里曼迅即给希腊国王乔治一世发出一封电报,大意是他看到了阿伽门农的脸!可以考据的电文是:

> 在这些坟墓里,我找到一笔巨大的财富:纯金的古代物品,这些财富可以装满一个巨大的博物馆,它将会是世界上最美的博物馆,并且在未来的那些世纪里,将把千千万万的外国人吸引到希腊来。

他还写信向巴黎的同事炫耀:他所发现的宝藏,就是把全世界博物馆的东西加在一起也不及它的五分之一。

可是,这一次他又因弄错了年代而招致嘲笑。今天我们已经知道,所谓阿伽门农的面具,要早于荷马笔下的阿伽门农生存年代约四百年,属于公元前1600年迈锡尼时代的早期。

但他的说法似乎无伤大雅。至今那个黄金面具仍是雅典国家考古博物馆的镇馆之宝,也仍然被称作"阿伽门农的面具",陈列在跨进博物馆大门最显著的地方。既然整个荷马史诗和史前史还有许多未解之谜,不妨沿用这个具有象征意味的称谓。

谢里曼在此后的考古生涯中变得谨慎了,他在晚年不再固执己见。在紧接着对梯林斯城堡的发掘中,他聘请建筑师多尔普菲尔德来担当主力,工作愈来愈井然有序。多尔普菲尔德的后续发掘持续了很久,这位睿智的建筑师在特洛伊确立了考古地层之间正确的关系,厘清了各自的历史断代,其结论至今仍然得到现代考古学界的认同。

处在谢里曼的那个年代,人们对希腊史前史的认识相当模糊。除了荷马史诗神话一般的叙述以外,一个年代久远、雄强勃发的迈锡尼时代,被历史的大幕严密地遮掩着。谢里曼的激情与意志穿透历史的暗夜,照射出希腊史前那个金光闪闪的时代——被后人称作英雄辈出的黄金时代,使油灯下的考古学成为在阳光下亲眼可见的信证体系。

1890年圣诞节前夕,谢里曼在德国做了耳疾的手术,绕道塞浦路斯的庞贝赶回雅典。此前他曾写信给妻子：

> 我要自豪地邀请我所有的亲戚朋友来参加我们结婚二十一周年的纪念庆典，因为在神殿保佑下，我们拥有了一段幸福、安康的生活。

就在圣诞节那天，他步行途经一个小镇时，突然瘫倒在地，失去语言能力。警察从这个衣衫破旧的老人身上找到一张医生的处方和一袋金币，确认了他的身份。第二天，谢里曼在小镇的医院里与世长辞。

谢里曼的遗产使他陷入功过毁誉永无休止的争论。

谢里曼按图索骥的考古方法显然把文学太当真了，许多专家学者把他看作太过业余，对特洛伊地望造成伤害。另一些人折服于他的雄心、坚毅和顽强的性格，在一个尚无现代考古专业的年代，人们把荷马史诗当作神话看待，神话比文学离开历史更荒远；按照弗洛伊德的说法，神话只是一种排列人类经验的方法，关乎兴趣而无关历史。谢里曼以他的践行提出一个反证：神话有可能变成传说，传说有可能隐含着历史。

尽管人言人殊，有一点是确定的：生活在今天的学者有可能比谢里曼更高明，如果换在他那个年代，却不一定比他更成功。他当之无愧地属于世界考古学的先驱。在他的身后,来自世界各国的考古学家的发掘遍及希腊全境,并且有了克诺索斯宫殿、皮洛斯宫殿、科林斯城堡等一系列的伟大发现;对迈锡尼的发掘也在持续,许多工作跨越了千禧之年。人们不会忘记,在这场考古学界风云际会的盛宴中,谢里曼第一个举起了祝酒杯。

小小九命猫

我们计划翌日一早前往特洛伊踏访,已经和当地向导在电话中接上头。特洛伊离此地仅有32公里,目的地指日可达。

晚餐时分,一股忧思在心中萦绕——在我之前有许多考古学家前赴后继,有许多历史学家呕心沥血,还有一批批徐霞客式的旅行家踏破铁鞋,但对特洛伊之战的真实性仍然存疑,仍嫌证据不足,对若干细节更是众说纷纭。而我作为遥远中国的一介书生,两手空空,来了又能做些什么?

稍稍整理了一下思绪:中国文学得心应手的体裁之一就是凭借所见所识所感所悟,以体验为己任,不以发现者自居。有此自知之明,但愿不虚此行。

清晨,我们的汽车刚驶出十几分钟,公路右侧的远方就出现了高耸的木马身影，不禁令人生疑。落下车窗仔细看去，木马的脚下是一排低矮的木房子。原来那是一家咖啡馆，"特洛伊木马"是它诱人消费的招牌。看穿它的把戏遂掉头向前驶去。似曾相识的感觉浮上心头，在中国也是这样，只要能和历史或文化沾边儿，就大加夸张地加以商业化。

汽车爬上一道和缓的坡道，地势渐渐升高，树木也变得茂密葱郁，路边时而闪过鲜艳的玫瑰花丛。沿着这条气象氤氲的道路，来到一片百年橡木掩映的广场；随着指示的路标，我们确信已到了特洛伊。

如今的特洛伊已被土耳其当局列为文物保护遗址，吸引着世界各地慕名而来的人们。广场上矗立着比刚才所见更高大的"特洛伊木马"，木马的上身就像三四层楼房那样开了许多采光的小窗，供游人爬上爬下。再向前走几步，古老的特洛伊就露出沧桑面貌。广场周边的草地上，摆放着从古代城堡发掘出的许多大型储物罐，还有当初的给排水管道。有建筑学家说，这些3000年前的地下设施，比19世纪欧洲许多城市的管道还要完善。

迈过一道石板铺就的路径来到城堡遗址。此刻是7月的正午，炽热的阳光直射头顶，也照射着一堆高低错落的巨石堆积的残垣断壁。我循着《伊利亚特》中的描述，指认着头号英雄阿基琉斯追赶特洛伊主将赫克托耳跑了三圈的城墙,还有"普里阿摩斯宝藏"出土的宫殿,却很难把语言还原为眼前的具象。据说全世界撰写特洛伊的书籍有34000种之多,我在思忖特洛伊给我的第一观感——

在缓缓隆起的坡岗上呈现出一片由巨石构成的废墟,它与荷马史诗的壮观描述相比,显得实在太渺小了。

把它说成"废墟"有两层含义:它不但是亘古留下的废墟,也是屡经挖掘留下的废墟:历尽沧桑,粗糙裸露。自谢里曼多次挖掘之后,在20世纪80年代,来自德国、美国、英国、奥地利等国的许多专家再次启动挖掘工程。据说汽车业巨头梅塞德斯·奔驰给予慷慨赞助。后续挖掘又有新的发现,文物在精确记录后被小心地加以封存,以把这份文化财富留给子孙后代。一次次的挖掘不绝如缕,顽强地表达了一种欲望——人们欲知历史真相而永不休止的饥渴。眼前的特洛伊就是由过去与现在人类行为交叠穿梭的堆积物。

幸好土耳其文物保管部门还够明智,没有像中国的一些地方为门票收入常做的那样,用钢筋混凝土外加调和漆把遗迹改造成为一座貌似壮观的山寨城堡。眼前的废墟尽管失去风采,却足以引发思古之幽情。当你向前跨进一步,一不小心就从一个年代跨向另一个年代,期间可能相隔上千年,从迈锡尼一步跨到罗马时代,历史时光在这里被浓缩为一道土坎或一截短径。

我们从东面登上第六至七层的遗址,这里的正东方向是北爱琴海之滨,正北方向则是达达尼尔海峡的入口。迈过几级石阶,面前出现一条甬道,两侧都是高耸的石墙。左侧的岩石切割整齐,堆砌有序,还有地震留下的闪电状裂纹。土耳其向导不无赞叹地说,这就是特洛伊的普里阿摩斯国王的城墙,它的布局极为巧妙,站在这里丝毫不能察觉东门的入口处,当年也没有任何工具可以突破关隘。只需关闭东门,城堡就固若金汤。

听着向导侃侃而谈,我以沉默表示礼貌。其实,眼前这座城堡的规模,不可能容纳荷马史诗中普里阿摩斯国王的正殿、议事大厅以及50个王子居住的广厦,更遑论还有宽阔的街道、高耸的塔楼和庞大的军队。

我相信,每个来访者当把史诗的语言还原为眼前的景观时,都会发现其间明显的差异。仅凭目测估计,特洛伊城堡的方圆大致相当于一座现代田径运动场的占地面积。《伊利亚特》所对应的第七层城墙范围也差不多,有计量的最大直径不过110米。对于一场大战的攻占目标来说小得可怜,这也成为一些专家质疑特洛伊之战真实性的关键。

此刻回头再去看矗立在广场上的那座高大的木马,将会有一个微妙的发现,木马与废墟之间构成互为否定的关系。如果你相信特洛伊木马的故事,就不会相信眼前的废墟是特洛伊,因为木马太高大,城堡太矮小。即使把城墙打开豁口也不足为信,就算把木马拖进城里也没有一条道路能够容纳木马的通行,难道真会愚不可及地拆毁宫殿和房屋吗?

广场木马的高度应是参照荷马之后的诗系《洗劫伊利昂》的描述而定,这首诗虽然归在荷马名下,作者实不详。其中有一段木马计的描述:

> 第一个是厄各昂,溥尔塔洛的儿子(从木马中)跳了出来,摔死了;后面的人就用一根绳子爬下来,并来到门边,打开城门让那些从特涅多斯划船回来的人进来。

(《英雄诗系笺译》,崔嵬、程志敏译)

木马被特洛伊人拖进城后,从木马腹中第一个跳出的希腊勇士摔死了;一个年轻力壮的人在有备而跳的情况下摔死,其高度应不低于六米,木马的体积应很大。矗立在现场,未免顿生困惑。人造木马愈高大,城堡就愈显狭小；倘若将木马缩小到容不下武士们藏身，盛传的木马计就更不可信。看来，就连主管遗址保护的当局也没有厘清两者之间难以协调的数据。

对于从事文学写作尤其是虚构文学写作的人来说，史诗与实物之间的差距则不难理解，那就是夸张的尺度、渲染的浓淡以及想象力驰骋的空间。把文学看作无本之木，错看了；把文学当作史料，过头了。文学需要一个原点或一个象征物作为想象力的附着；作家皆知文学与素材之间的袖里乾坤。特洛伊象征的是资源、利益和争霸。哪怕原点再小，也可以生发为一座城池和广厦。

史学家修昔底德曾指出，文学隐藏着某些真实的元素又极具夸张的本能，他的见解即便从现代看来也不过时。否则荷马史诗就不是史诗，而只可能是拘泥的记录性文字。阉割了文学的想象力，荷马史诗至多成为传唱的一个小角落方志史，而不会是石破天惊的杰作。这也恰好应验了王国维的模糊哲学：可爱者不一定可信，可信者不一定可爱。

我们沿着土耳其管理部门规划设置的路径，不到一个小时，就细细察看了整个遗址。大凡在路径转折处，都有各个层面城堡轮廓和地质年代的标识，令人一目了然。但在我看来，向导的解说和管理部门的标识都没有引进最新的考古成果，仍然局限于谢里曼的视野。

先后九层不同年代的特洛伊遗址堆积在希沙利克的山丘上,堪称人类学的奇迹。从距今 6000 多年的新石器时代以降,人类一层层地建设它,又一层层地毁灭它;建设得够极致,毁灭得也够彻底。隆起的高地,坚固的城墙,隐蔽的城门,无数的大型储物器皿,仿佛都在无言地宣示着一个简单的词语——防御!防御对应着攻击。特洛伊诉说着人类与生俱来、亘古不变的两项动物性本能:攻击与防御!

荷马把人性诉诸诗歌,它不该是历史的真实,而应是艺术的真实。同时也意识到,谢里曼的发掘不足以构成考古发现的完整坐标,我们需要借助另一位现代考古学家——曼弗雷德·考夫曼的贡献。

考夫曼的皈依

此行在特洛伊的收获之一,就是确认一批德国和美国的考古学家于 20 世纪 80 年代来到这里,持续的最新发掘跨越了千禧之年。这些人的发掘主管是德国史前史和古代史专家曼弗雷德·考夫曼,时年 44 岁。

考夫曼并非荷马的信奉者,亦非谢里曼的追随者,他甚至怀有职业的抵触。作为生活在信息时代的学者,他以全新的视角来面对特洛伊。

特洛伊似乎是一座永不枯竭的宝藏。每一场大雨过后都会冲出一些稀奇古怪的东西，每一次发掘都会收获数以万计的陶片。碳14技术和数字化应用使考古作业得心应手，考古人员把每一块出土的陶片、石块、兽骨、种子都登记在册，再把几十万测量点的数据汇入电脑，一幅还原的地层图呈现在众人面前。

早在20世纪60年代，瑞典的学者就发现特洛伊的地层犹如一个黑森林樱桃蛋糕，一层蛋糕，一层樱桃，一层奶油……如此反复。考夫曼的团队认为，特洛伊的居住层不但上下堆积，而且左右交错，更似被切了一刀的洋葱头，有半边塌陷下来，其间的对应关系清晰可见。荷马所说的特洛伊之战可能发生在被大火焚烧的第七层A。他们还发现青铜时代的特洛伊位置更临近海边，更适宜做港口。由于斯卡曼德河与西摩伊斯河水流的冲刷导致泥沙淤积，如今的特洛伊"退"至海岸之后。

应用特大型金属探测器进行探查有了新的突破，在特洛伊平原之下，隐藏着一座更大的城市，是山丘城堡面积的八倍，约27万平方米，使荷马的特洛伊规模变得更加可信。他们还找到了荷马笔下的两股清泉，以及《伊利亚特》中双方展开拉锯战的沟壕。考夫曼说："这块地方属于全世界被研究得最透彻的地区，我们了解所有地表出土物，地质勘探钻孔达250次。"

借助现代科学技术的发掘对于考夫曼来说不乏戏剧性，他因质疑荷马而来，最终却向荷马回归。

考夫曼于2005年去世，年仅61岁。他的学术命运也与谢里曼殊途同归，招致一些学者的挑剔和诋毁。

主持考古发掘期间考夫曼有一项惊人的发现——英国人唐纳德·伊斯顿于1995年在山丘城堡废墟的建筑中发现一枚公元前11世纪的青铜印章，上面镌刻着象形文字。研究表明，印章的文字是赫梯—安纳托利亚流行的鲁维语，考夫曼由此推论特洛伊可能属于古老的近东文明。

赫梯帝国在世界历史中以《赫梯条约》著称于世，它的核心是地缘事务的誓言和义务。考夫曼的论断是颠覆性的，他把特洛伊看作亚洲大国美索不达米亚与赫梯的前沿阵地，这意味着特洛伊之战可能是东西方早期文明的一场冲突。

凭吊古战场

《伊利亚特》中有多处情节不能自圆其说。例如，这场战争为海伦打了十年，而海伦依然容颜如初，双方战士仍然认定为她血洒疆场大有所值，这可信吗？再如，希腊联军背井离乡，十年征战早已师老兵疲，对后勤供应却只字未提，究竟怎样保障？

我早就听说当地流传的笑谈，如果有一对现代男女情侣来特洛伊观光，男士最常发出的议论是："为了一个女人打了十年仗，她早就老了，我才不信呢！"女士听了顿起疑窦："亲爱的，难道你不肯为我去打十年仗吗？"

特洛伊战争的肇因一直是人们津津乐道的话题。学界大致认为古希腊人旨在扼住达达尼尔海峡的咽喉，控制进出航道的贸易，坐收川流不息的买路钱，从而发动了这场战争。天姿国色的海伦象征着霸权、税收和财富。荷马也够机敏，他把乏味的物质欲望化为诗意的浪漫。

间接的参照来自公元5世纪一座石碑的镌文，拜占庭当局要求把这方石碑竖立在尽可能靠近海滩的地方。碑文中规定任何需要通过达达尼尔海峡的商贾必须做出以下支付：

> 把酒带到君士坦丁堡的所有酒商，必须支付达达尼尔官员6个福利斯（古罗马货币）外加2塞克斯塔琉斯（容量单位）的酒。
>
> 所有橄榄油、蔬菜和猪油的商人必须支付官员6个福利斯，西里西亚海洋商人必须支付3个福利斯，另外，进入时还要支付1个克雷迅（古罗马货币），

离开时支付2个克雷迅。

　　所有小麦商人进入达达尼尔时,必须为每马地奥斯(4—6公斤)向官员支付3个福利斯,离开时再增加支付2个福利斯。

两个不同的年代,同一处地理位置,明显的横征暴敛,也暗示了特洛伊你争我夺的战略价值,这方石碑现藏于伊斯坦布尔考古博物馆。

达达尼尔咽喉的险要,不论怎样强调都恰如其分;在著名的伯罗奔尼撒战争中,它决定了国家的生死存亡。

我们此行的驻地恰纳卡莱是爱琴海东北的重镇,因此在参观了考古博物馆之后,我们悉心规划着下一步行程。寻来当地的古今地图,寻找阿伽门农率领古希腊联军可能的几处登陆地点,又对斯卡曼德河与西摩伊斯河交汇之处的古战场心仪神往。几经周折,聘请一位研究当地地形的工程师作为向导,再次上路,目标是特洛伊脚下那一大片舒展的平原。

我们的汽车行驶在特洛伊平原的乡间小道,迎面而来的是万物争荣的田野,一望无际的向日葵、番茄架、玉米田和橄榄树,在夏日阳光下茂盛生长。这里是伊达山奔流而下的斯卡曼德河的冲积扇,从东向西北微微倾斜,有着肥沃的黑土地、充裕的水源，至今仍然是土耳其重要的农业产区。我还在路边看到涓涓不息的自流泉，当地管理者特意安装多个水龙头，向人们提供清澈甘洌的泉水。

这里的生态环境令人羡慕。但是，古希腊人在这里一面耕种一面打仗，以解决后勤供应的传说不足为信。希腊联军面山背水的排兵布阵已是兵家大忌，又打仗又种地更非一个海洋民族的行为方式。阿基琉斯说过，在决战之前他曾经劫掠过特洛伊地区 11 座城市，这种"就地取材"以战养战的方式不失为便捷的办法。再说，从希腊本土至达达尼尔海峡，古代战船如果不遇逆风，只需要三天的航程，希腊联军也可能不会终年来此久战，间或运来几船葡萄酒或折返老家补充给养。登陆地点不会是一处而会是多处。

联军登陆地点又是人们热衷议论的话题。第一个可能的登陆点在斯卡曼德河的入海口，位于达达尼尔海峡南岸的库姆卡莱。我们驱车来到库姆卡莱的港湾，这里的进攻路线最便捷；港湾却风大浪急，需要选择季节和风向。右侧有一道现代修筑的防波堤伸入海中。古代如果没有这道人工堤的缓冲，水流会更加汹涌，战船难以停泊。对于希腊联军来说，在这里登陆的好处是去特洛伊城堡一日之间可实现往返，两者直线距离不过四公里。

第二处登陆地点是贝西湾。出现在眼前的是一片异常开阔的新月形沙滩,如今是天然的海滨游泳场。隔海相望的忒涅多斯岛宛如天造地设的屏障,阻挡了大海波涛的奔涌,致使湾内的海水格外平静,偶尔掀起几道轻柔的波纹,就像一只无形的纤纤玉手抚摸着蓝色丝缎留下的皱痕。这里是抢滩登陆的最佳地点,从地貌特征来看,几千年海水冲积的淤泥改变了地貌,古代的贝西湾可能更深地揳入特洛伊平原,更接近特洛伊城下。你可以站在贝西山的高地去遥想当年,阿伽门农率领大批黑色的船队如何在这里像乌云一般压向海滩,战士们如何趁着水浅沙多把船拖上岸来安营扎寨……

第三处传说的登陆地点在贝西湾南侧,僻静,荒凉,避风避浪。据说这里曾经是阿基琉斯停靠的港湾。阿基琉斯在这一带弹琴遣兴倒是符合《伊利亚特》的剧情。孤独的阿基琉斯躲在静寂的角落怒火中烧,但又不妨碍他侧目旁观战争的动态。

在踏查三处港湾之后,我请求驱车回到贝西湾,从那个方位眺望古战场。这一带与传说中的地形颇为相似,是一个兵家必争之地,举目四望果真有一股千古难消的戾气。

工程师引领着去查看贝西湾沙滩后边一道凸起的沙墙,向海的一面长满歪歪斜斜的苇草,背海的一面是颓弃的黄沙长滩。他说,这就是《伊利亚特》中描绘的希腊人修筑后又坍塌的"防御工事"。他的解释似嫌勉强,几千年前防御工事的遗迹不可能躲过近岸狂风大浪的考验。

从这里再向后穿过一片橄榄树林,就看到开阔的特洛伊平原;向北偏东远望,可以看到特洛伊城堡。直觉会告诉你,这里是当初引发龙争虎斗的中轴线。对于特洛伊来说,居高临下易守难攻;对于来自海上的民族来说,似乎唾手可及胜利在望,冲上去就扼住一大片区域的咽喉。

这里发生过多少次战争?海边防御工事究竟是属于哪一场的?青铜时代、铁器时代还是从冷兵器到坚船利炮的近代?一概都发生过,各朝各代的战争不胜枚举。只要有人想控制进出黑海的入口,无疑就要先在这里立足。距今不过100年前的第一次世界大战,以惨烈而著名的加里波利战役就爆发在此处。英法联军试图攻占加里波利半岛,控制达达尼尔海峡,在登陆时遭遇土耳其军队的顽强阻击;双方先后共投入百万大军在这里激战,战斗的高潮是铁器时代的白刃战拼搏,伤亡人数约在50%以上。英法联军铩羽而归,土耳其军队也尽失精锐,成为此地有史以来最血腥的一场厮杀!

一批年轻的英国诗人和作家披上戎装,投入士兵的行列,奔赴特洛伊脚下的平原。他们在生死关头,无不联想到荷马述说的特洛伊。投笔从戎的鲁伯特·布鲁克在血染沙场前留下的最后诗句是：

> 他们说，阿基琉斯在黑暗中咆哮……
> 普里阿摩斯和他的五十个儿子
> 在惊恐中醒来，听到了枪声。
> 特洛伊再一次惨遭劫掠。
>
> （迈克尔·伍德：《追寻特洛伊》，沈毅译）

细拣这些诗人和作家的许多遗言，几乎都从荷马的特洛伊之战到加里波利之战当中抒发了对于战争的厌恶和对生命的惋惜。

在造访特洛伊时就曾留意到，距离那里不远的地方有一处土耳其当局修建的烈士陵园，纪念为国捐躯的"一战"英灵。在那场战争中土耳其折损了数十万将士。恰与这座陵园遥相对望，在特洛伊平原临近贝西湾的丘陵顶端，可以看到多处奇异的弧线，对称的、拱起的、不似天然更似人工的钟形弧线。当地人告诉我，那里有头号英雄阿基琉斯和他的密友帕特罗克洛斯之墓。

在我见到的一些年代久远的希腊地图中，也曾标注有阿基琉斯之墓。这是此行凭吊古战场时铭记在心的意象。

荷马在演唱

阿基琉斯刺杀赫克托耳

事先从文献中得知,钟形弧线是迈锡尼文明特有的圆形墓葬的顶端,很容易与自然景观区别开来,构成这一带独具一格的天际线。

我久久地凝视着钟形的墓顶,力求在脑海中刻下它的轮廓和曲线,并且预感到在即将前往的伯罗奔尼撒还将再次见到这样独特的天际线。它们隔海相望,同属于迈锡尼时代,那个时代希腊半岛的军队不止一次地侵入特洛伊,他们的英雄完全有可能长眠于此。

我们在恰纳卡莱盘桓数日,急于踏上前往希腊的旅程。土耳其西部虽然和希腊东北部的国境相连,却没有方便的陆路交通,需要驱车几百公里向东折返伊斯坦布尔,再搭乘飞往雅典的航班。

飞机起飞后掉头向西,窄窄的博斯普鲁斯海峡像一条飘逸的缎带在机翼下掠过,波斯帝国、马其顿帝国、罗马帝国以及奥斯曼帝国,多少刀光剑影的场景在脑海中飞闪。此刻直观地感到,欧洲和亚洲不是地理的概念,而是文化的概念;早期的希腊人以地中海为中心划分了欧亚非三个大洲。

读书和走路

抵达雅典后,一位雅典大学的朋友问起这次特洛伊之行的观感。我猜,他问的是特洛伊之战的可信性,这是研究古希腊的学者屡提不厌的话题。

"那里没打过仗就奇怪了。"我给出一个确定的回答,"如果曾经打过一场特洛伊之战并不奇怪!"

我的答复并未尽言。如今考古已发展为一门成熟的科学,现场发现的无声资料,科学能说的都说了,没说的他人也不宜多加猜测。像我们这般马后炮式的踏访,充其量只获得一点点感受。但我更想说基于人性的逻辑,需要对荷马史诗做出更深入的解读。

学术界至今不能确认特洛伊之战,那是仅就技术层面而言。考古学尚未发现在这座山丘上发生过的无数次战争当中,有一场战争可以请特洛伊普里阿摩斯老国王和头号英雄阿伽门农对号入座。但就文学意义来说,不论双方统帅姓甚名谁,荷马所言不虚。

我丝毫没有惋惜这次特洛伊之行,就算有一点儿感受都很必要。如果没有踏访特洛伊脚下那一大片平原,就不会确信这是人类数度残酷相争犹如绞肉机的一处战场,也不能体验人性中屡屡重演的残忍性。特洛伊是洗涤人对战争认识的好地方。

在研究希腊史或荷马的专家中,颇有几位倾情于读书与走路相结合的,这样的旅行从公元前就有人迈开脚步,此后未曾停歇。汤因比一生多次游历希腊,翻山越岭去考察一个个古老的村落,感受希腊的夏日骄阳如何把人击垮,冬天的满地霜雪如何把人逼退,亲身体验环境对人文风貌的刻画,写作中渗透了对希腊文明的体悟,获得一种无可替代的质感。

笔者亦有同感,从书本到书本是平面的寻觅,走向远方才可能善用上苍赋予人的全部感官。

希腊是一个特别值得涉足之地。虽然希腊现在属于发达经济体,但它的大多数地区仍保留了原初的地貌,没有受到过度现代化的惊扰。当你置身于伯罗奔尼撒的一处山谷,或伊萨卡的一处海湾,你可能面对着与希腊古人几乎一样的景观,这是我雅典之行开始后逐渐体会到的。

第三章 人性何曾裸露

初到雅典入住位于市中心的一座酒店。据说"二战"时期丘吉尔就在这座酒店指挥作战;从酒店的天台可以眺望雅典全貌,也可以直视闻名遐迩的帕特农神殿。

天台囧遇

时值薄暮时光,天气炎热,空气质量也不大好。雅典三面环山,一面向海;在刮南风的季节,日益增多的汽车尾气扩散不出去,城市笼罩着黄色的烟雾,身上感觉不清爽。在酒店房间匆匆收拾一下,便赶至天台的花园餐厅打发肚子。

离开房间之前犹豫片刻;我知道,西方的习俗视晚餐为正餐,正规酒店多有着装要求。而我刚由"特洛伊前线"归来,不修边幅,饥不择衣,又因气候闷热一身短打,上面文化衫,下面大裤衩,不知是否得体?转念一想,花园餐厅算是室内还是室外?可能既算室内又算室外,室外的要求或许宽松。人在两可之间本能地选择省事,于是坦然登上电梯升到天台。

这家生意兴隆的餐厅有两个区域,露天的一圈餐桌环绕着室内的间隔,都已宾客满座,觥筹交错,入口处早已排起长队。我迅即扫视一眼,进餐的人虽然装扮休闲,男士们却都一律穿长裤;这里不似巴黎一些花园餐厅,闷热的夏夜坐在大树下还要穿着一丝不苟的正装,为了法兰西文化还要忍受着树上鸟儿滴滴答答的方便……还好,雅典较宽容。

此刻站在入口处的队中已无退路,便打量着领台的知客,且看他如何对付我这个大裤衩?

那位男侍者人已中年,一身笔挺的职业套装,脑门儿微秃,精神抖擞;他似乎已经注意到我这个东方面孔,轮到我时只见他挺了挺胸,用英语提高嗓门儿说:"欢迎光临!你要的座位是室内还是室外?"他说话的内容无可挑剔,语调却是异样的严厉,眯缝的目光透露出与"欢迎"毫不相关的逼视,我感到了敌意。他同时发出两种截然矛盾的信息。

我想,既然你不拒绝,我就泰然入座,随即示意选择室外。

室外餐桌凉风习习,风光怡人。对面山上的卫城就是帕特农神殿;卫城下的山冈隐没在迷蒙的夜色中,神殿却用灯光组成的线条勾勒出秀美的轮廓,宛如悬浮在空中的金色楼阁,这家酒店因此景观而闻名遐迩。

用餐时随意浏览了一下天台上人们的着装,男士们皆一律长裤,最随意者也是长牛仔裤,唯有我的大裤衩格外扎眼。于是又回味起那位侍者的举止——以两种完全相反的思维模式行事的同时无碍其并行不悖,这是西方文化还是东方文化?

有文献称道,二元相悖是古希腊人行为特征之一,说白了就是睁眼说反话,被罗马人调侃为"希腊式的忠诚"。但是,别冤枉,以此来揣度那位英俊的知客未必恰当。其实,说一套做几套是现代西方政治的行为惯例,并非只属于希腊。

多情应笑我神经!吃饭时还比较哪门子文化!

故事的浓缩

自从接触荷马的两部史诗,一个挥之不去的问题就萦绕于脑际:荷马凭什么在西方世界具有穿透历史的经久不衰的魅力?

《伊利亚特》16000行,《奥德赛》12000行,每部各分为24卷,就篇幅而言都令人望而生畏。席勒曾说,他准备用三天时间读完《伊利亚特》,其速度已然超快;如果再去读完《奥德赛》,加起来少说也需要一个星期。向尚未读过荷马史诗的文学爱好者推介两部史诗的故事梗概,最常见的方法就是逐卷做出简短说明。即便如此,也需要把两部史诗浓缩为48节文字,颇为挑战现代读者的耐心,本书不宜采用此法。

文学有一项基本训练,即用尽可能简短的语言去概括一部作品的中心故事,以寥寥数语提炼出故事的主题、人物关系、情节发展……再长的原作也把其梗概限定在几百字以内。要大致呈现一部文学作品价值和审美取向,既可以向他人介绍阅读观感,也可以在同行中交流各自谋篇的新作,更可节省彼此时间。

《伊利亚特》叙述特洛伊之战的一个片段。战争起因是希腊倾国倾城的第一美女海伦被特洛伊王子帕里斯劫持,惹得希腊的各方英雄群情激愤不堪此辱。在迈锡尼国王阿伽门农的统率下,发舰千艘,横渡爱琴海,直抵小亚细亚的特洛伊城下。这场旷日持久的战争一打就是十年。

《伊利亚特》并未从战争肇因说起,而以第十年希腊联军召开的一场全军大会开篇,联军内部再一次因红颜美女问题骤然分裂。希腊联军主帅阿伽门农强行索取阿尔戈斯英雄阿基琉斯身边的女俘,导致联军最强大的头号英雄阿基琉斯愤然退出战斗,撤到海滨置身度外。希腊联军与特洛伊大军在城下平原展开大战,血流成河,形同拉锯。天神们也介入人间战争,雅典娜坚定站在希腊一方,阿波罗则支持特洛伊,主神宙斯态度暧昧摇摆不定;天上人间的故事在现实和超现实之间穿梭得极为流畅。失去头号英雄阿基琉斯支援的希腊人犹如雄鹰折翅,被特洛伊人冲溃壁垒退到海边。危机中懊悔的希腊联军主帅阿伽门农派人向阿基琉斯劝和,许以大量金银财宝、香车美女、土地城池,头号英雄阿基琉斯仍不为所动。特洛伊主将赫克托耳率众火烧希腊战船。头号英雄阿基琉斯的挚友帕特罗克洛斯不忍希腊全军覆灭挺身出征,却被赫克托耳杀害。悲痛欲绝的阿基琉斯为友复仇披挂上阵,锐不可当,当着特洛伊国王的面诛特洛伊主将赫克托耳于城下。全诗以希腊人庆功大会和祭祀天神收尾。

说到《奥德赛》的中心故事,让我们借用亚里士多德简短的原话:

> 一个人离开家很多年,海神波塞冬一直用怀疑的眼睛注视着他,他孤身一人。他家里情形是:他妻子的求婚者们在耗费他的财产,情节设计成这些人要害

死他的儿子。在遭遇许多次风暴之后,他回到家,表明了他的身份。他杀了敌人,保全了自己的性命。这就是《奥德赛》的基本故事,其余都是插曲。

(亚里士多德:《诗学·诗艺》,郝久新译)

这段话虽然概括简洁却略嫌抽象。《奥德赛》有几条平行并置的线索。主人公奥德修斯好事多磨,途中屡遭风暴袭击、妖魔劫持、怪兽阻拦,丧失了所有的同伴,还曾遇到仙女挽留以及好客国王的款待……本应几天走完的航程却走了十年。就在返乡的同时,故乡伊萨卡向奥德修斯妻子求婚者窥视他的王位,竟有百余人挤满了城堡的大厅,赖着白吃白喝。两条线索的情节的交叉步步紧绷。足智多谋的奥德修斯最终回到故乡,巧妙用计,开弓射杀了全部求婚者,于是合家团聚。

大俗即雅

荷马史诗显然是贵族史诗,《奥德赛》里有几处游吟诗人出现的场景,听众都是少数贵族阶层。追溯非洲古埃及莎草文献,发现有关荷马的内容竟比其他人的总和还要多。就古典文学而言,可谓天下三分明月,二分独照荷马。

他的诗歌从欧洲横过俄罗斯到北美和南美再到大洋洲，在广袤的土地上回荡，穿越社会阶层的格局俘获大批读者，其中就有像谢里曼童年时期那样的小镇学徒；西方学者谦恭地承认，他们是罗马人的孙辈和希腊人的重孙，而荷马就是他们的文化始祖。我们需要重视这一世界性的文化现象。回答上述问题，先从荷马的当行本色说起，即史诗的文学性。

以说唱艺人来给荷马做出角色定位，接下去带来的问题就是"角色期待"。即荷马的听众期待并反塑于荷马，因而决定了荷马是一个什么样的角色。

让我们随手举出一个例子，《伊利亚特》第2卷以鸟瞰的方式呈现了希腊联军庞大的舰队和排兵布阵，通常被称为"海船谱"。这一节曾被西方学者所诟病，被认为原来可能是早先就在流传的"段子"，被荷马生硬地插进来。其理由是战争已经打了十年，这不是希腊联军第一次向特洛伊进攻，没有必要从头交代如何排兵布阵。

但是，这一节对于荷马的角色来说，不仅是必要的，而且是精彩的。

虽然这不是希腊联军的第一次进攻，但很可能是听众第一次听到荷马演唱；即使有老听众在场也不失重温的乐趣。荷马提前暗示了这一章的演唱难度，他祈求女神给予他超常的技巧，否则"即使我有十根舌头，十张嘴巴，一个不倦的声音，一颗铜心也说不清"，如此提示显然是为了提起听众的胃口来洗耳恭听。

接下来荷马用流畅的语言述说了几十处不同的人名、地名、地貌特征和风土人情，其中很少程式化的语句，没有喘息的间隙，需要灵活的脑筋急转弯和伶俐的口舌技巧，用一口气述说了联军的三十支舰队各自的组成，令人想起中国语言艺术的"绕口令"。其实这是全诗中最具口头表演色彩的篇章，有着明显的炫技成分。它宜听而不宜读，如同卖力地叫板，按照剧场环境惯例，接下来会是一阵热烈的满堂彩。

荷马的说唱艺术当初不应是后世研究者强加于它的许多抽象的深奥的意涵。两部史诗显然具有声乐艺术的某些特征，也属于"时间的艺术"或"流动的艺术"，即荷马吟诵的旋律和节奏在时间中流动，占据的资源是听众的时间。荷马向人们讲述了漫长而曲折的古希腊英雄伟业。他的声音一定很好听，他的故事一定很迷人。荷马史诗的初衷不应是规范道德，宣扬宗教，创建哲学。那不是文学乃至一切艺术的宗旨。

对于荷马来说什么最重要？亚里士多德在他那著名的专论中说："诗仅有美的特质是不够的，如果要牵动观众的思绪,还必须有魅力。"(《诗学·诗艺》)荷马每部史诗都可以连唱几个昼夜,他最需要拥有听众,让人爱听、耐听,听了还想再听,这是荷马赖以生存并延续传唱的前提。古今中外,叙事文学最具吸引力的题材不外乎爱情纠葛、英雄传奇、战争暴力、神怪灵异,还有像奥德修斯那般历尽千难万险回归的故事……这几样题材都被荷马占全了,令今人不由得不佩服荷马具有敏锐受众感。纵观西方和中国数千年的文学史,大凡构成经典之作流传至今的,也不外乎这几样题材;而荷马早在文学混沌初开的时刻,就把这些题材资源悉数收入囊中,深谙文学魅力之精奥。对受众的吸引力和驾驭力,既是荷马的饭碗也是他的荣耀。我们需要记住,但我们常常忘记——

> 他(们)不是神学家,而是说唱艺人。他试图吸引他的听众。他不时这样做,带着幽默,特别是当涉及众神的时候,他很清楚他的听众只把他看成是一个讲故事的人,他本来就是如此。我们无法了解荷马本人所信奉的宗教……荷马史诗的作者就更加和任何一个正统的宗教无关。他可以和所有的神祇嬉戏玩笑,事实上,他经常这么做。
>
> (皮埃尔·维达尔-纳杰:《荷马的世界》)

在艺术发生论的另一角度，表现论同样适用于荷马。荷马出类拔萃的天赋毋庸置疑，荷马需要展现他的歌喉、音色、激情、令人折服的记忆力和出口成章的创作力。

但是，文学史一再证明，实用的未必崇高，广受欢迎的未必持久流传，又是当红热门又可垂之永恒的杰作少之又少。而荷马却雅俗兼得，在捕获听众与读者的同时，他的诗歌大有深意，有伦理诉求，有哲学意涵，有对生命的思考和对世界与社会犀利的剖析，引后世无数学者竞折腰。

荷马似乎是一个矛盾的双面体，文野共存，不可分割。它费解，难理喻，又因费解和非理性增添了迷人的光彩。

携美骤然而至

荷马给西方文化所带来的强烈震撼，在中国读者看来，还在于两个"突然"，即突然呈现，突然成熟。

对于当今熟读欧洲现代文学作品的人来说，或是对于看遍好莱坞大片或电视连续剧的人来说，叙事体裁已是见多识广，曾经沧海难为水。想想看，公元前8世纪离我们有多遥远，那是欧洲的史前史或早期史，意大利南部还是希腊人开辟的殖民地，高卢人尚未表现出有什么过人的艺术天赋，日耳曼人可能还在森林里猎熊，高加索人还处在游牧状态。而荷马已掌握了叙事文学的全部奥妙,并且展现出崇高的人文襟怀。

荷马的"突然性"在于他生活在希腊史前史的尾声。米诺斯文明已经发明了文字,这种文字在迈锡尼文明时期又得到改进;尽管那些文字犹如中国殷商的甲骨文仅在社会上层小范围使用,但毕竟迈过了从无到有的初阶。但在希腊黑暗时代,这些曾经拥有的文字一概消失了。文字是文明社会的标志之一。没有文字的社会失去文明的足迹,失去教育传承,在黑暗中蹒跚地摸索,而且后人甚至不知道他们身处的时代是怎样的黑暗。

古希腊值得庆幸,虽然文字荡然无存,却有一缕歌声仍在空旷荒寂的大地上回响。恰恰因为文字的失忆致使很多事情无迹可寻,而在后世人眼中没有看到荷马史诗形成过程中的淬炼与打磨,也没有看到它的传统与绵延,却看到了荷马的美与突然。

荷马的歌词相对于早期文字来说,前者是成熟的,后者是稚拙的。语言必然比文字更生动、更丰满也更多细节。当人们从黑暗中走出时,荷马史诗被新近发明的从而更加实用的文字记录下来,传之于世。在后人眼中,荷马犹如横空出世,携美骤然而至,从空旷的荒野中发出高亢的呼唤,手擎熊熊火炬向人们走来,他的史诗是洒在人们身上的第一线霞光,荷马不鸣则已,一鸣则万山呼应,惊艳人间。

匠心之端

荷马开创了文学中许多的"第一次"。在那样古老的年代,在整个西方尚无文学可言的语境中,荷马史诗几乎展现了长篇叙事文学的全部艺术技巧。

其中令人印象最深刻的是匠心独运的谋篇,就技巧层面来说是史诗结构与剪裁。《伊利亚特》中文译本长达500多页,如果没有非凡的结构技巧,不可能令读者手不释卷。

冲突与悬念是叙事文学的驱动力。在《伊利亚特》中有三条明显的冲突线索。其一是希腊联军与特洛伊联军你死我活的冲突;其二是希腊联军主帅阿伽门农与希腊悍将阿基琉斯因红颜祸水引发的内部冲突;还有就是常为一些专家们乐道的以宙斯为首的所谓"宙斯计划",即天神之间的冲突。

细心的读者一眼就可以看出,其中第二条线索才是故事的主轴,即所谓"阿基琉斯的愤怒"。从开端阿基琉斯冲冠一怒为红颜,与阿伽门农断然决裂,到故事结尾时阿基琉斯与阿伽门农终归和解并肩战斗,主线冲突已得到消解，荷马的收尾干净利索，故事结构形同虎头豹尾。

在荷马吟唱《伊利亚特》的同时，古希腊肯定不仅只有这一部史诗与特洛伊之战相关。在古希腊许多散见的神话故事的组诗当中，有攻打忒拜的故事、金苹果的故事、阿基琉斯之死的故事、木马屠城的故事，等等，它们都可能构成特洛伊战争的前缀、后续或旁支。

荷马第一次告诉我们，在述说宏大冗杂的事件时大可不必从头说起。旷日持久的特洛伊战争打了十年，《伊利亚特》只讲述了特洛伊之战第十个年头大约50天当中发生的故事，这50天的故事又浓缩在其中的四天两夜，占据了全诗24卷的第2卷到第23卷；其余的天数分布在首尾两卷。

而今众所周知，这种叙事方式是横断面的截取，精心淬炼事件当中最精彩、最浓烈也最具悬念的那一时段；于是整个故事结构就获得了横向发育的空间，充分展开情节，描绘细节，从容刻画人物；在《伊利亚特》中出现了交战双方上百个有名有姓的人物，都在短暂的时间内一决生死，使整个事件更加紧凑生动也更加丰富饱满。

> （史诗应）着意于一个完整划一、有起始、中段和结尾的行为。这样，它就能像一个完整的动物个体一样，

给人一种应该由它引发的快感。史诗不应该像历史那样编排事件……荷马可真谓出类拔萃。尽管战争本身有始有终,他却没有试图描述战争的全过程。

(亚里士多德:《诗学》)

"残酷"的荷马

荷马的叙事风格毫不隐晦。事实上,评论家对于荷马的叙事风格的评价有两个要点最为常见:明喻和直叙。所谓明喻就是用两个事物之间相似和宛如的比喻加强叙述效果,荷马经常用狮子扑向羊群、雄鹰俯冲猎物那样比喻英雄们的勇猛。

当他描述大场面时也用明喻:

> 有如海浪在西风的推动下,一个接一个
> 冲击那回响的沙滩在海面露出浪头,
> 随即在地上打散,发出巨大的声吼,
> 躬着背涌向岬角,吐出咸味的泡沫,
> 达那奥斯人的队伍就是这样出动,
> 一队接一队,继续不断,奔向战场。

荷马的长明喻在史诗中的不同场景反复出现,给人的感受是明快、爽利、直截了当的。在后世的欧洲文学中,不论是诗歌或小说,随处可以看到荷马长明喻的影响。

明喻对应着暗喻,后者为中国文人所擅长,即以纯属象征的方法隐含喻义以加强感受。例如,李商隐的千古暗喻,留下所谓的"义山之谜":

> 锦瑟无端五十弦,一弦一柱思华年。
> 庄生晓梦迷蝴蝶,望帝春心托杜鹃。
>
> 相见时难别亦难,东风无力百花残。
> 春蚕到死丝方尽,蜡炬成灰泪始干。

西方亦有学者认为荷马史诗充满了暗喻。一个洗衣的动作,一个人的穿着打扮,一个喝水的杯子或一次战斗的背后都具有象征性,因而许多细节意味深长。例如,英国学者加斯帕·格里芬所做的潜心研究。我们乐见西方学者如此别具东方风格的探讨。

整体而言,直指格杀的暴戾是荷马风格的一大特征。描绘战场上的战士捐躯,荷马表现出惊人的直露和解剖学一样的暴露。例如:

>（提丢斯的儿子）击中埃涅阿斯的
>髋关节，正是他大腿转动的地方，
>人们管它叫杯骨；两条韧带被撞断，
>粗石砸破了皮肤。埃涅阿斯倒在膝头上，
>跪在那里，用他的巨掌支在地上，
>黑暗的夜色飘来，笼罩着他的眼睛。

还有更血腥的描述：

>枪尖击中潘达罗斯眼旁的鼻子，
>穿过白色的牙齿。那支顽强的铜枪
>把舌头从根上凿掉，枪尖从颔下冲出去。

这类的描述连篇累牍，有人认为：

>（荷马）描述心理现象的全部语汇都是物质化和外在的，心理状态被等同于他们的生理特征，头、肺、肠胃和膝盖都被视为感情的居所。
>（奥斯温·莫里：《早期希腊》，晏绍祥译）

的确，荷马叙述暴力既不把握分寸，也不顾及有什么禁忌，以致有学者误认为荷马的精神层面是粗糙的。阿基琉斯留给读者最强烈的印象是他的"卓越"——抽空了道德、伦理和思想内涵的卓越，仅属于臂力过人、身手敏捷、一往无前的出类拔萃。我们看到：缺了他，希腊联军就兵败如山倒；有了他，希腊联军就无敌于天下。于是，一种物理量级的卓越致使古代的听众为之心醉。或许，这也证明了那是人性裸露的年代。

这种对力量的崇拜和对残忍的兴趣就如尼采所说，"让我们不寒而栗"。这让荷马蒙受不白之冤。人性的审美范畴，历来存有窥视残忍的倾向，还有对强者无条件的崇拜。时至今日，战争大片和武打题材依然是票房的保证，只是多些审查和删减的伎俩。真正令我们困惑不解的是，在荷马那个遥远的年代，因何对人体解剖学竟然有深入的了解。他对人体内脏、骨骼、肌腱的结构和称谓每一处都不失为精当。那时，希腊医学的开拓者希波克拉底远未诞生，而荷马至少先于其四百多年就在侃侃述说人体的知识，这是研究荷马的未解之谜。

想当年荷马的听众必定津津有味地听着骇人听闻的说唱，并未对他横加指责。荷马的高明之处在于一场天昏地暗的大厮杀竟然留下审美情趣，更加沉重的思考被剪裁在故事之外，就像巨幅画面的留白。其他的部分是另一部故事的主题,是欧里庇得斯的悲剧《特洛伊妇女》的题材,荷马留给别人再去发挥。

荷马对死亡也有颇为优雅叙述,如普里阿摩斯的一个王子被强弓利箭射中胸膛的细节,调动鲜花、果实、春雨的比兴,颇有美化暴力的倾向:

> 有似女神美丽的卡斯提阿涅斯所生。
> 他的脑袋垂向一边,像花园里的
> 一朵罂粟花受到果实和春雨的重压,
> 他的脑袋也这样低垂,被铜盔压倒。

荷马史诗的叙述风格,存在完全相反的两个极致,呈现不难发觉的两相对照。一方面,他酣畅淋漓地讲述着故事,器宇轩昂,散发着他那个年代的粗野气息;另一方面,他将自身的倾向深深隐藏起来,在激昂澎湃的表象下,是静水深流。

让我们观察一下荷马的静水深流。

他偏向谁?

这是一个谜。荷马究竟站在哪一方?他更同情希腊人还是更倾情于特洛伊的赫梯人?这问题并非通读荷马史诗就可一目了然。历来有许多聪明的读者和学者沉浸其中,从字里行间寻找蛛丝马迹,揣测荷马的偏心眼儿,却依然不得其要。

美国的史学大家威尔·杜兰特读过之后说,特洛伊的普里阿摩斯国王和赫克托耳等人

> 都要比犹豫不决的阿伽门农、狡猾的奥德修斯、暴躁的阿基琉斯更能得人喜欢……总之特洛伊在其敌人描写之下,似乎要比希腊人较少欺诈,更为忠心,更似君子。

(威尔·杜兰特《世界文明史——希腊的生活》)

杜兰的感受所言不虚,但未必就是荷马的倾向。荷马对希腊和特洛伊将领的刻画一概尽心尽力。黑格尔在他的《美学·第一卷》中多处以荷马为例谈论人物性格塑造,豪气冲天的狄奥墨得斯,有胆有识的埃阿斯,强大无比的阿基琉斯,德高望重的涅斯托尔,有血肉、有性格、有厚度的人物可以数出二十多个,组成一条青铜时代英雄风貌的画廊。荷马站在特洛伊人和希腊人之间丝毫不失均衡与公允。

一般来说,叙事文学都会预设一个己方的视角、立场和关注,也预设了善恶分明的壁垒,其他人物和事件都是

衬托。读者就会随着这个视角关心主人公的命运安危,与预设的这一方同呼吸共悲喜,构成贯穿的悬念。毫无疑问,《伊利亚特》以希腊人(诗中称为亚该亚人)为视角,以阿基琉斯为万人之杰;特洛伊是敌方,一般观众的心理,敌人必定没有好下场。

亚里士多德早就察觉到荷马的"隐匿性",这是叙事文学上乘之要:摒弃概念,规避说教,诉诸形象。至于孰是孰非,谁善谁恶,任由听众和读者去判断,叙事者则始终不露声色地隐藏起自身情怀。

> 荷马是值得称赞的,尤其是在这一点上:他是唯一知道自己应该在诗歌中扮演什么角色的诗人。诗人应该尽量少用自己的身份说话,因为这不是他描述行为的方式。
>
> (亚里士多德:《诗学·诗艺》)

以人物的行动、语言及情节和细节去深化主题,此法在西方文学中似乎没有简单的词汇表达;在中国则有从绘画引借而来的说法,谓之白描。作为文学风格的白描,不完全等同绘画的定义。鲁迅提倡的白描是狭义的,即凝练、简洁、质朴;所谓:有真意,去粉饰,少做作,勿卖弄；似乎侧重于文字修养兼为人准则。广义的白描可理解为文学的一种境界，实属难能可贵，即文学以诉诸形象为高明的手法，摒弃了一切概念化与主观化的赘述。这一处理方式不只于叙述技巧，还属于一种包容心，其真意听凭读者去解读与发挥，这是荷马史诗的"白描"。

中国文人推崇白描难工。相较绘画的白描，荷马虽然有更多的铺陈，更浓重的渲染以及更生动的绘声绘色，但他仍然致力于广义的白描；荷马的明快风格遮盖了他的苦心孤诣。他口中的人物都有特定的冠语，却从不出现是非好坏的道德评价；如捷足的阿基琉斯，多谋的奥德修斯，目光炯炯的雅典娜和爱笑的阿芙洛狄忒。荷马仿佛除了叙事以外，他什么都没说，他的叙事顺其自然。

席勒在读过荷马之后非常推崇两部史诗浑然天成的风格。他的读后感是一首诗：

> 将荷马史诗的花环分成花瓣，
> 历数这完美永恒之作的父辈们！
> 但它还有一个母亲，还有其母亲的特征
> 永恒的特征，啊，自然！

荷马的白描给读者留下了深长的境外之象、弦外之音、言外之意,语尽而意不竭,从而引起读者永无休止的讨论,这些讨论涉及哲学、人类学、社会学、宗教学等多元话题,还引申出生与死、英雄与荣誉、耻感与罪感、合作与竞争等一系列争辩。而荷马犹如高坐在九天之外,微笑地看着人们喋喋不休。荷马的立场是超然物外的。

荷马可能就像前文所说是爱奥尼亚人,属于希腊人的一个分支,但是他的祖国、民族与社会的视角未必一定就是他的视角。一位伟大的诗人和作家,是既身在传统之中又在反叛传统的,必然超出他的时代和区域,俯瞰着滚滚红尘的芸芸众生。

荷马蒙太奇

阅读荷马史诗常常惊叹于强烈的画面感,一幅幅精彩画面即使以当下电影文学脚本来衡量也不乏"现代"感。诗人在叙述希腊人进攻时穿插着优雅的诗句:

> 像焚扫一切的烈焰,吞噬着无边的森林,破毁覆盖群峰的林木,从远处亦可眺见火光闪烁,同此,战勇们雄赳赳地向前迈进,灿烂辉煌的青铜甲械射出耀眼的光芒,穿过气空,直指苍穹。

那是青铜武士们阵列的铺排画面,铺排带来烘托的效果。十万将士的军威雄壮被烘托到炽热。《伊利亚特》正是由一次又一次的铺垫、烘托、高潮迭起,在转折时依然绷紧悬念,由一幅幅画面构成史诗宏大的篇章。

奇妙的是,在大战的间歇时出现了诗意盎然的场景,跳跃到另一幅异彩纷呈的画面——

> 此后,所有的人安顿下来准备过夜,多么美妙的景象:数不清的篝火燃烧着,就好像在那风和月朗的日子里,那点点的星星围着苍穹中的一轮明月在闪闪发光。突然间,山峦显露出来了,还有那岬角、山谷。茫茫的天空被划破,牧羊人满心欢喜。特洛伊人在伊利昂前点燃的篝火就这样在桑索斯河和轻舟之间熠熠发光。

这简直就是现代电影剧本中的蒙太奇,镜头从篝火摇向月朗星稀的天空,扫过一幅幅剪影般的空镜头,又落回人群围坐的篝火,伴随着一种回味不尽的遐思。这里没有程式化的套语,却有现代读者足可领略的审美意境,中西读者在这一情境中是心有灵犀的。

意境是中国文学特有的审美范畴,意境不仅意味着情景交融,还意味着情景之外的延伸,是情景内在的含蓄性向外多层次溢出的审美感受——残酷的战争与美好的祥和形成鲜明、剧烈、被断然撕裂、令人为之心颤的反差。

> 时代的发展证明,古代著作和艺术品是新颖、持久和现代的,它甚至比现代人进行改编之后的作品还要现代,即使到了今日也是如此。
>
> (克里斯蒂安·迈耶:《自由的文化——古希腊与欧洲的起源》,史国荣译)

我们的读者是把荷马史诗放在大约3000年前的背景下来阅读的。然而,它的成熟性、隐匿性和现代性缩短了与当今读者的距离。一口气读下来颇有神完气足之感。

被曲解的荷马

从文学的角度观察荷马,将会发现一系列出乎意料的学术现象,即哲学、古典学、人类学等这些伟大的学科,对荷马史诗的解读有诸多生硬的扭曲,圆凿方枘,格格不入,未必是荷马的原意。

例如,希腊主帅阿伽门农以势压人,强夺悍将阿基琉斯所钟爱的帐中少女,以满足其私欲,头号英雄阿基琉斯面对横刀夺爱于情于理都理应愤怒。不少中外学者却解读为阿基琉斯"自控能力低下和感情用事",邪恶与正义互为颠倒。

阿基琉斯的愤怒是《伊利亚特》的主题。开篇伊始,头号英雄阿基琉斯就因愤怒退出战斗,以致主题游离在情节之外。站在文学的角度不但关注作品内容,还会潜心观察作品的形式,有时视形式大于内容。需要设身处地站在荷马的角度换位思考——既然主题已展开,如何推动冲突、消解冲突、回归主题就成为看点。

也有人认为《伊利亚特》的结尾仓促草率,但从文学角度进行评论则是另一番见地。荷马当行则行,当止则止,干脆利索。难道一定要以特洛伊的城破家亡、死伤狼藉来收场吗?在青铜时代,一座城池被攻破,就意味着全城男人尽遭杀戮,女人被强行掳走,婴儿被尽数从城墙上抛下摔死,哀鸿遍野,这当然有损于阿基琉斯的形象,也足以把荷马被沮丧折磨的听众赶跑。那是希腊悲剧《特洛伊妇女》的主题,荷马留给后人再去发挥。荷马撇清了阿基琉斯与木马屠城的干系,细心维护了主人公百变不离其宗的性格。或许,这就是阿基琉斯历三千年仍被读者喜爱的深层原因。

以人性的解读带来以下效果:外在冲突的剧烈性与内

在逻辑的合理性,以至于荷马的叙事一切顺乎自然。这是解读荷马回避不开的话题,也令笔者对一位史前的诗人驾驭长篇叙事文学的高超艺术手法甘心拜倒。

这一小段文字权当简单提示,本书将在下文逐章展开。

在轴心时代之外

黑暗时代的尽头与一般认为的荷马生活的时代即公元前8世纪相互衔接,那是一个重要的历史节点。

德国思想家雅斯贝斯认为,公元前800年至公元前200年是人类历史的轴心时代。诸多不同地区的文明发源地虽然相距关山万里,但是人类文化好似围绕这个轴心翻转了一下,心智洞开,群贤毕至,精神面貌焕然一新。其间尤以公元前600年至公元前300年的变化最为剧烈。

雅斯贝斯列举了世界几大文明作为论据,笔者权当历史现象层面的一种假设,未必是严格的论证。其中的中国文明与西方文明绵延至今,最悠长也似有可比性。

这期间,中国产生了以孔子为代表的诸子百家,希腊则有苏格拉底和柏拉图等一批哲人涌现。在这里,我们理出中国与希腊几位颇具代表性的先贤的生卒年月,以出生时序排列:孔子(公元前551—前479年),苏格拉底(公元前469—前399年),柏拉图(公元前427—前347),亚里士多德（公元前384—前322年），孟子（公元前372—前289年），庄子（公元前369—前286年）……他们的生卒年月或是前后衔接或是互相重叠。仰望苍穹，他们中有的曾经同时生活在同一个星空下。此后，以色列犹太的先知与印度的释迦牟尼也相继诞生。总之，中西方最先觉醒、最睿智、最具影响力的一批超人不约而同地降临于世。

轴心时代因何发生？由何驱动？各自又指向哪里？这类话题争论得好不热闹。但就历史现象层面的归纳来说，雅斯贝斯的理论够不到荷马。荷马生活的时代与荷马所歌唱的那个时代，都远处于轴心论的边缘之外。荷马史诗与轴心理论无关。让我们抛开那些莫衷一是的争辩，回到荷马的话题。

生活在公元前8世纪的荷马，他的史诗中有许多细节追述迈锡尼时代的辉煌，保留了更多人性的原貌。他的史诗称得上史前社会发出的第一声嘹亮的、无人堪与匹敌的文学号角。

人性浅说

什么是人性？简言之，先天的是人性，后天的是文化。

一般认为，人性在几十万年前的智人由灵长类物种分化出来时就已形成；《人类简史》的作者赫拉利说得更具体：人性是在七万年前形成的。一经形成就稳定下来，此后几千年的文化史太过短暂，人性微小的进化可以忽略不计。

换言之，人类既有人性又有动物性。我们常说，人是社会性动物，在人性中包含社会性。这并非什么新闻，生物学家早就发现，蚂蚁有社会性，蜜蜂有社会性，许多鸟类、兽类和灵长类动物都有社会性，从而扩展为一门庞大有序的"社会生物学"。不难理解，人性中的社会性和动物的社会性都来自先天，与生俱来。

那么，人和一般动物缘何这样不同？我们常说，人有灵性，让我们借用这个仅属于人类的狭义概念。人类的灵性主要表现在语言天赋。我们或可听过八哥用准确的发音说出"白日依山近"这类诗句，但八哥全然不知在"说"什么，它那小小的大脑只会模仿简单的声音而不懂语言。社会生物学家花费几十年功夫去训练黑猩猩说话，但后者就连一个单词也学不会，只学会用几个手势来沟通。但人类的正常婴儿只需一两年就跟着母亲咿呀学语，接下来还会拥有越来越多、越深、越丰富多彩的文化。人有文化，动物没文化，是构成人的世界和动物世界的显著区别。从这个意义上来说，荷马史诗是以语言的高级形式——文学诗歌——来展示人性的一场精彩演出。

但是,皆因文化是后天习得的,而非先天拥有的,所以人的文化性就不够稳定。文化更像人性的一件华丽外衣,也有人称作"文明的薄膜"。人性与文化这两者在若即若离之间,并且可能随机切换,把文化的外衣抛诸脑后,裸露出人性中的动物性。

人性是文学恒久的主题。许多作家都乐于在人性与文化之间周旋。《西游记》的看点之一就在于孙猴子身上具有可爱的人性,而他那些天上地下的人形对手却更似沐猴而冠。作家们还喜欢在人性和文化之间翻云覆雨,托尔斯泰的《复活》是人性的歧变走向人性的回归。莫泊桑的《羊脂球》则是人性的高贵与卑劣在一夜之间的颠覆。作家笔下的人物在人性与文化之间各有趋向,祥林嫂较为本性,阿Q精神则属于文化。在《伊利亚特》中,头号英雄阿基琉斯表现出稳定的先天品性,而足智多谋的奥德修斯的一些行为归于文化。

本书不认为人类各种族之间有人性的差别,有优劣之分。黑眼睛与蓝眼睛常被视为两个世界的天堑之别,但其中的差异只在虹膜着色的两个基因。我们只确定人的个体之间有所差别,也认为文化的差别大于人性的差别,正所谓"性相近,习相远"。

人性像个辩论会，充斥着嘈杂的声浪。有人说，人之初性本善。有人说，人性生来就是恶。也有人说，所谓的人性并不存在，人生来大脑就是一块白板。其说不一，莫衷一是，本书将在尾章探讨。

人性的内涵可以开列许多项清单。它有食欲、性欲、贪婪欲、求知欲、权力欲、杀戮欲，既有攻击性，也有逃避性、复仇性、迁怒性、臣服性、阿谀性；同时，人性还有爱心、同情心、羞耻心、和解心、敬畏心、施惠心、感恩心……据说有人能一口气说出六十几种人的本性。雅典北部的德尔斐有一座阿波罗神庙，传说刻有两句铭文，一句是"认识你自己"，一句是"过犹不及"。如今看来全世界最难的学科就是人类如何认识自己，最难把握的行为就是过犹不及。

人性与基因科学会有关系吗？看来会有。但我们这本书的话题需要有个限度，少去谈论基因、染色体、神经元和生物的微电流……尽管这些东西很真实，但是我们至今没找到头号英雄阿基琉斯和足智多谋的奥德修斯的生物样本。

人性曾经裸露

所谓"前轴心时代"有许多相似的称谓，古典学称为前国家社会,哲学称为前苏格拉底时代,希腊史学家称为史前史,文学也可以称为"前文学时代"了。公元前1200年的特洛伊战争比轴心时代的上限还要早400年。按照黑格尔的说法,那时人们的性格都是"独立而自足的"《美学·第一卷》。这话耐人寻味。

那时没有法律,英雄就是法律践行者;那时没有正义,英雄就是正义的化身。他们还以自身的形体和品格设计宗教,神祇就是他们的复制品。他们敢作敢为,任情任性,对是非和因果一身承受。荷马口中的英雄之间单凭各自的欲望、冲动和意志互相冲撞。

用人类历史的尺度来衡量,荷马的那些英雄时光很短暂,仅仅生活在白驹过隙的瞬间。这个瞬间之前是神话传说,这个瞬间之后是史学家修昔底德、改革家梭伦、哲学家苏格拉底和一串熠熠闪光的名字。在荷马的歌唱之前,希腊人对他们的历史所知几乎一片空白;在荷马的歌唱之后,柏拉图或亚里士多德的智商丝毫不逊于现代人。

我们还可以约略找到两厢之间的对应。例如感性与理性,认命与认识,蒙昧与智慧,无序与有序,幼稚与成熟,从近切追求到终极关怀……人类随着文化的发展的确有过一场巨变,调整了自身,规范了道德,重构了社会,犹如将裸露的人性穿衣正冠,似模似样地装扮起来。

请凝视裸露的人性！我们可以在雕塑和绘画中看到裸露的人体，何曾看到过裸露的人性？文学是关乎人性的学科，曾有多少后世作家试图描绘裸露的人性，最终未临其境也未竟其成。天知道裸露的人性是什么样子？他们可能比史前的初民要开化，而比现代人要率真；他们既不像孩子那样稚嫩无知，也不像成年人那样工于心计，既不像衣冠禽兽那样卑鄙无耻，也不像正人君子那样道貌岸然，总之无人得知其详。其实，《伊利亚特》的头号英雄阿基琉斯就是人性裸露的样本，他卓越超强，睥睨天下，无论愤怒或愉悦都出于人的本性，说来就来，不假思索，信马由缰。希腊联军统帅阿伽门农也没个统帅样，胸无谋略，进退失据，生死有命。

孔子站在他那个时代看去，古人与今人很不同，也曾经裸露过人性。有趣的是，孔子的话放在现代来看仍很贴切：

> 古之狂也肆，今之狂也荡；古之矜也廉，今之矜也忿戾；古之愚也直，今之愚也诈而矣。
>
> （《论语·阳货》）

就中国和古希腊的大致情形来说，中国殷商由夹杂着巫术和崇拜祖先的信仰，到了西周就走向以皇权为代表的天命观的不归路;而古希腊由巫术加多神崇拜,到了伯利克里时代则转向以城邦为代表的民主政体,其后以信奉基督的东正教取代了他们的信仰。文化史家雅各布·布克哈特曾做过下述推测:

> 在那个时代,情感还没有被反思割裂开来,道德的准则还没有分离到存在之外;抛开它的美德和细腻的情感不论,在其后来得到充分的发展之后,由于其所有知识上的精致化,希腊在精神上变得粗俗和愚钝。在后来的这一时期,所有最好的东西都可以在荷马史诗的流传和他的那些神话人物的描写中找到踪迹。
>
> (雅各布·布克哈特:《希腊人和希腊文明》,王大庆译)

文化昌明几千年,至今人们仍在为一些问题犯难:世界不同区域的人们为什么各自走上迥异的道路?为什么海洋文明与陆地文明大相径庭?各国学者研究古希腊的著作汗牛充栋,他们还在为希腊人唯独选择了城邦民主治理的初衷而冥思苦想。中国当代学者在重新反思和批判了五四运动以后显得十分自信,但在当前面对道德坍塌、人性浮躁的时刻,一些人又显出失落与彷徨,至今也没能就中国长期落后于西方的原因形成共识。你走你的阳关道，我走我的独木桥，成为中西方比较的常态。于是，荷马弥足珍贵的意义就在此间凸显了。与其比照结果，不如寻找初因。"结果"只向人们呈现差异的状况；"初因"则揭示形成差异的过程。答案似乎需要向前追溯——在此之前，当彼此人性裸露的时光，能不能看出一些歧义的端倪？

在我们面前有幸站着一位荷马，他酣畅淋漓、绘声绘色地向我们述说了那个未经理性洗涤与道德驯化的年代。从此之后，人们不再裸露鲜活的自身。在人类历史千载难逢的瞬间，那是多么难以捕捉的一幕！对照荷马笔下的古希腊人，或许能找出端倪：

> 他们能告诉我们不仅我们是谁，还有我们不是谁。
> （伯纳德·威廉斯：《羞耻与必然性》，吴天越译）

比较两个苹果

在中国古代，有没有堪与荷马史诗述说的那个社会可供比较的社会呢？按说，东方读者对于西方的比较，应是从自身传统去寻找比较对象。可惜我们在国学中找不到这样现成的框架。

比较学是一门来自西方的学问。比较学的前提是在相似的事物之间进行比较,例如,一个苹果与另一个苹果的比较,而不是一个苹果与一个梨子的比较。中西社会文明之迥异,打个比方,仿佛压根儿由两群猴子变来的,就像灵长类动物学家弗朗斯·德瓦尔在《猿形毕露》中所描述的黑猩猩与巴诺布猿之间的行为反差;这是比较研究常常遇到的困境。纵观中国3700多年的信史,有没有与荷马所述对应的相似社会呢?十分相似的没有,约略相似的则有。就社会的综合条件来说,相似者当属殷商。

殷商与古希腊都属于人类早期文明。自商汤伐桀建都于亳至武王伐纣灭商,按竹书纪年之说历时496年,大约相当希腊迈锡尼兴盛的时代至黑暗时代的终结,跨度也约500年;两者在历史时间上的重合,当然只是巧合,并不构成比较的内在依据。

两者的相似之处在于它们都处于青铜时代,生产力发展水平大抵相当。只不过古希腊已进入青铜时代晚期,而殷商则达到青铜时代的盛期。

两者的社会结构也大体相似,都以氏族社会为根基。中国中原地区虽然确立了以殷商为盟主的格局,依然诸侯林立,方国遍地,结构松散。中国史学界近来有夏商周三代"道一风同"的新说,似乎言之过急。商代从盘庚迁殷前的屡次迁徙，到武丁时期的征伐不断，就说明诸侯及方国与其盟主之间有归有叛、时顺时逆，从属关系并不稳定，社会动荡不宁。据说商汤起始有三千诸侯盟会，就算把这个数字减掉一半，商汤能管得过来吗？商汤的"统一"相对秦始皇的统一来说，不可同日而语。自秦以降，中西方的社会再无相似可言。

再有，殷商与迈锡尼的社会都有鲜明的军事组织形态，都有强大的军事动员能力，两者的人口和战争规模有所不同，但都有好战的狂热激情。

两者之间最重要的相似之处是发明了文字。殷商的甲骨文和铭文，古希腊刻在泥板的线形文字，都在上层社会里小范围使用，其后沿着不同的路径发展为普及的文字，这是早期文明社会的足迹。

殷商和古希腊的宗教信仰也有所相似，一半是巫术，一半是多神崇拜。在殷商则表现为对列祖列宗的崇拜，也都将频繁的祭祀当作贿赂神明的手段。其后两者的信仰形态都先后转变，牵连着政治形态的变革。王国维曾经开宗明义地说，中国政体变化之剧莫过于商周。

这两个苹果比较起来不乏其趣。一个苹果个头稍大，形态规整，略显青涩；它被司马迁和甲骨文所描述，有着严谨的世代交替排序。而另一个苹果个头稍小，汁液饱满,生动鲜活,虽然缺乏秩序井然的文字记载,却令读者易于接近和触摸。尽管中国史料具备,有以《殷本纪》为代表的一批文献,有殷墟为代表的大规模考古发掘。还有一桩特别相似,两者间都有动人的诗歌,虽然《诗经》纤细短小,题材迥异,却都不约而同地直指人的情性。中国唯独少了一位擅长说事连唱几天情节丰满、引人入胜的荷马。

但是,比较并非本书的宗旨。东西方文明就某个"朝代"之间进行比较的勉为其难,很多人都领教过。笔者宁愿可比则比,不可比则略,顺其自然。

第四章　云端上的宫阙

欲说人性，先说神话，人性与神性互为镜像。希腊神话是全世界流传最广的传说，绚丽、浪漫、暴戾，枝繁叶茂，深刻映射了古希腊人的精神品格。荷马史诗是神祇与凡人交织互动的故事，犹如麻花般拧在一起。

对于天上人间这个复合故事的解读有两种极端：一种认为史诗中存在一个"宙斯计划"，整个故事都以神的旨意承转启合乃至应验；如此解读要从诗篇之外的"金苹果"故事讲起。另有一种解读被称为"机械降神"，即神是荷马手中的牵线木偶，出于故事的需要随手牵出来用，用以操纵剧情。其实，这两种误读殊途同归，都把人类或人物置于完全被动的地位。

修昔底德说过，理解过去的事件时"人性总是人性的人"，他说得不错。对于长期信奉儒学传统不语怪力乱神的中国人来说,这话似乎灵犀相通。我们先把宗教和神话辟为一章,再以海洋的脉络述说后面的章节,对于更深入认识希腊人的精神风貌或许至关重要。

世界的肚脐眼儿

我们的汽车驶出雅典顺着高速公路向西北方疾驰,目的地是希腊半岛中部的德尔斐。公路两边掠过开阔的阿提卡平原。小麦刚刚收割不久,麦秸被农业机械压缩成一个个密实的圆柱体,看上去很有立体几何造型感,散布在浅黄色的田野上。见到这幅貌似寻常的画面,才能对雅典的方位形胜有所体会。雅典南向爱琴海,斜倚在萨拉米斯海湾的深处,雄踞比雷埃夫斯港口,控制着密如蛛网的海上航线。它的北边三面环山,挈领阿提卡地区的大片平原,在离不开农业养育的早期社会,比起爱琴海诸岛和伯罗奔尼撒那些众多狭小的王国具有后发优势。

雅典距离德尔斐大约两百公里,位于希腊的中部。为了来去从容,我们需要在当地投宿一晚。希腊人曾经相信,德尔斐所处的地理位置不但是全希腊的中心,也是世界的中心——那里有一块石头被称为"世界的肚脐眼儿"。自从公元前12世纪以来,德尔斐就香火不断。人们从四面八方风尘仆仆地赶到那里,祈求神谕,问卜未来。

公元前4世纪,在雅典的全盛时期,德尔斐兴建了工程巨大的阿波罗神庙、剧场和竞技场,每四年举办一次皮提亚运动会,其规模和水准都堪与奥林匹克运动会相媲美。

倘若沿高速公路再向北驶过100多公里,就来到西北爱琴海的岸边,从海滨平原向西眺望,蜿蜒的群山和静谧的湖泊,荒凉、苍莽、人烟稀少,听说至今还有野兽出没。一眼望去是连绵不断的山峦剪影,像中国水墨画那般由浓变淡。其中一座山峰平地拔起,陡然壁立,那就是荷马口中众神的居所,筑有琼楼玉宇的奥林匹亚山。奥林匹亚是希腊的万山之冠。它绵延20公里,海拔2917米,常年云雾缭绕,雨季电闪雷鸣。冬日可见山头积雪,白若玉冕,雪吻蓝天。它的高度不算很高,却陡峭难攀,许多世纪以来人迹罕至;直到1913年才有人类登顶的记录。不出所料,登上山顶的人没看到神仙的宫殿,也没看见神仙的影子。

一路上告诉同伴,此行我特别关注的既不是游人如织的阿波罗神庙,也不是寂寞高耸的奥林匹亚山,而是希望得到一些公元前八九世纪有关德尔斐的史料,仍然从荷马时代着手。希腊人对德尔斐的崇拜,早在阿波罗神庙建成的几百年前就开始了。同伴们当即在车上洲际查询,可惜这类的史料很少。在希罗多德和修昔底德的著作中有人们去德尔斐求神问卜的大量记载，那是后来的事。我知道，在阿波罗神庙的遗址上有一块"预言之石"，它早在海上大迁徙时代就设于德尔斐，那是我们必去的地方。

希腊的"创世记"

究竟什么是神话？什么是宗教？其间的区分模糊而微妙：大凡文学色彩居多的是神话，而信仰成分为主的则是宗教。如果人与神祇的沟通还要经过中间媒介，相信心灵感应，还要鼓捣一些名堂，那就是巫术了。但古希腊人可没有这样区分得一清二楚。古希腊的神话、宗教还有巫术几乎混为一体。

神话学关乎人学，各门学科都试图从神话的解读中去找到人类的心灵空间，指向一个民族的精神气质。希腊神话就是古希腊人的宗教，希腊神话的精华构成了人们的信仰，也指向一个古代民族的心灵归宿；看看他们的"创世纪"就会一清二楚。

希腊的多神崇拜别具特色，它与全世界几个伟大的宗教迥然不同，那些宗教都有神在人间直接或间接的事迹，耶稣基督的诞生，先知穆罕默德的布教，释迦牟尼的涅槃，虽然都发生在凡人的世界，最终都成为超于自然界的伟大的至上神。在谈论希腊的多神教之前，笔者需要在此宣明：由多神教向一神教的过渡是人类文明理性的升华，从而把人的灵魂安置在超然物外的天堂以潜心自省。但是，希腊神祇并非"创世记"的缔造者，而是"创世记"当中的各种元素，最初的神祇从自然界脱颖而出。亦因此，多神教塑造了早期希腊人的情性。

一般认为荷马与另一位诗人赫西俄德生活在相近的年代，荷马史诗先于赫西俄德的《神谱》面世；不过，后者的《神谱》的主要篇幅在说"创世纪"，而荷马史诗中的神话在说"创世纪"之后的天地澄明、诸神入位。我们的叙述顺序也需要调整一下，先从后者的《神谱》说起。

按照后一位诗人赫西俄德的叙述，众神始祖是由混沌女神分离出来的大地女神盖娅，她先于众神而生也生育了众神。盖娅经过无性繁殖生出海神蓬托斯，又生出了天空之神乌拉诺斯。乌拉诺斯情欲旺盛，淫及其母。盖娅与她的这个儿子交媾，生出一大群儿女，其中就有狡黠而勇敢的儿子克洛诺斯。

克洛诺斯生来就憎恨他那精力旺盛的父亲。而乌拉诺斯对子女也并无慈爱，他憎恨所有的孩子，从孩子们诞生之日起就把他们雪藏在一个隐匿的密所，终年不见天日。大地女神盖娅为此感到悲伤。

愤怒的盖娅采用石器时代的工艺制成一把巨大的带齿的镰刀，把孩子们召集起来，鼓励他们："孩子们，让我们来使一个父亲的恶行遭到报应吧！"孩子们听了被吓得瑟瑟发抖，只有强悍的克洛诺斯站出来说："我保证能担此任。"

精力旺盛的乌拉诺斯在黑夜乘着酒兴，带着对爱欲的渴求又来了，他张开双臂拥抱大地女神，即将进入盖娅的身体时，勇敢的克洛诺斯暗中挥动镰刀把他的父亲阉割，随手扔掉了乌拉诺斯的阳具。

乌拉诺斯的鲜血渗入盖娅的身体，又孕育出一批形神各异的孩子。而乌拉诺斯的阳具从天空坠入塞浦路斯附近的大海，喷射出白色的泡沫，一个亭亭玉立的少女从白沫中诞生。她就是美艳的爱欲女神阿芙洛狄忒，在罗马神话中被称作维纳斯。她的辈分可不低，论起来是宙斯的姑姑，阿波罗的祖奶。

阿芙洛狄忒的模样如今呈现在许多艺术品中令世人皆知。巴黎卢浮宫有她的雕塑，虽然手臂残缺却引人遐思。她那匀称得无可挑剔的身体，仪态万千的风韵，被全世界美术学院不计其数的炭笔在素描课上描摹。佛罗伦萨的乌菲齐美术馆有以她为主题的著名油画，文艺复兴时期的画家波提切利描绘了她从波浪中升起的情景，她秀发飘扬，明眸善睐，以大家闺秀的面孔成为意大利永远的第一美女。

神祇们的繁殖并未因乌拉诺斯的伤残画上句号。同样由混沌中产生的夜神努克斯未经交合生了一大群孩子，有天神、地神、仙女、巨人和魔怪。孩子们又各寻性伴生出难以数计的子嗣。从后面的故事发展来看，盖娅似乎并未与乌拉诺斯闹翻，另寻新欢则在所难免，她与自己的另一个儿子海神蓬托斯交媾又生出一批孩子……在灿若繁星的诸神和妖魔的争斗中，勇敢地剥夺了父亲力量的克洛诺斯显然处在中心的位置，他注定将成为乌拉诺斯的接班者。

克洛诺斯与自己的姐姐瑞娅结合，生出许多声名显赫的孩子，其中包括足履金靴的女神赫拉、看守地下冥府的哈得斯、翻江倒海的波塞冬，还有既睿智又冷酷的宙斯。但是，克洛诺斯早已从自己的父母乌拉诺斯和盖娅那里听到警告，子篡父权的先例将继续下去，他也将被自己的一个孩子推翻。于是，每当瑞娅分娩后，克洛诺斯就将孩子生吞。宙斯诞生之前，心怀慈母之爱的瑞娅去向父母乌拉诺斯和盖娅求教，并设计了一个与狸猫换太子类似的办法。就在宙斯降生的那一天，瑞娅迅即抵达克里特岛，盖娅接过孩子，将之送进一个山洞隐藏起来。瑞娅旋即返回，将一块石头用襁褓包裹起来，交给粗心大意的克洛诺斯,后者则一口吞进腹中。

未来的众神之王宙斯成长于克里特岛,受到祖母盖娅的照料,体格健硕,臂力超群。他逼迫父亲吐出腹中所藏儿女,克洛诺斯先吐出一块石头,宙斯随后解救了自己的哥哥姐姐。还有:

> 宙斯将他的叔父们——这些乌拉诺斯的子嗣一度被他的父亲轻率地羁押——从致命的禁锢中解救出来。他们对宙斯的善举心存感激,赠予他炸雷、灼目的霹雳和闪电。
>
> (赫西俄德:《神谱》)

宙斯获得可怕的武器,从此只要宙斯从奥林匹亚山头伸出手掌,掷出霹雳,就使大地颤抖,使海水沸腾。他率领众神讨伐犯上叛逆的"提坦"们,大获全胜。在祖母盖娅的护佑下,宙斯成为众神之王。

我们终于来到荷马的身边聆听他的续篇。援引德国思想家雅斯贝斯的说法,即所谓前轴心时代向轴心时代过渡的期间。荷马口中的诸神从此各就各位,井然有序。

回头想想,我们从希腊的"创世纪"中看到了什么?首先看到希腊的一切神祇都出生于自然神的大家族。世界各民族的早期信仰不外乎三种形态：自然神、祖先神、至上神；唯一的至上神最终发展为现代宗教。而希腊神话和宗教显然源于万物有灵的崇拜，并非祖先崇拜，每一位神祇都带着自然的属性，呈现出多元的色彩。

我们还发现希腊的"创世纪"十分血腥，第一代神祇就具有人类的行为特征，兼具人性中几项核心诉求——性、暴力和对权力无情的追逐。他们彼此争斗不疲，划分势力范围，更热衷于角逐最高权力中心，以残忍的暴力一代推翻一代。这和中国殷商时期敬拜先祖、一脉相承的传统是两个截然不同的宗教框架。我们完全可以想象，由希腊这批神祇带出来的信徒必定不是省油的灯，而会有样学样。

有人认为希腊神话划分为三个时期：一是天地混沌到大洪水泛滥，即创世纪时期。二是神话盛行于人们生活中无往不在到公元前776年第一届古奥运会，相当于古风时期。而那届奥运会之后就进入历史时期，属于有文字可供稽考的历史。

希腊早期神话是一部无休止的生育繁殖的历史，希腊人曾调侃地说，神明数量之多造成拥挤，就在地上插一根玉米都找不到地方，自然更难说全他们各自的名字。

希腊诸神的每一个神祇都有纷繁的故事。在荷马的口中，天神的排列大致有了秩序。稍加留意就会发现在灿若繁星的神祇中有 12 位神祇最耀眼，他们同属一个家族：主神宙斯、神后赫拉、海神波塞冬、日神阿波罗和他的孪生姊妹阿尔忒弥斯、智慧女神雅典娜、信使之神赫尔墨斯、情欲之神阿芙洛狄忒、火神兼工匠之神赫淮斯托斯、战神阿瑞斯、酒神狄奥尼索斯以及冥府之神哈得斯。其中，阿芙洛狄忒不再是宙斯的姑姑，而是他的女儿；海神波塞冬和冥府之神哈得斯是宙斯的兄弟。酒神狄奥尼索斯也是宙斯的儿子，却从来不和宙斯待在一起，他住在"藤蔓的汁液和红色的酒精"里。

对于 12 位天神说法有时各有出入，但其中每个神的来头各异其趣。例如，著名的阿波罗又被称为银弓之神，他是主神宙斯和女巨人勒托交合的结果；招致神后赫拉醋意十足，对怀孕的勒托到处追杀，勒托逃到提洛岛上生下一对双胞胎：阿波罗和阿尔忒弥斯。宙斯的另一个儿子赫淮斯托斯的出生和其父毫无关系，是神后赫拉一赌气生的，生下来就是个罗圈腿。至于宙斯最宠爱的女儿雅典娜又跟赫拉没有关联，她是从宙斯的脑门儿蹦出来的。在赫拉之前，宙斯曾娶智慧女神墨提丝为妻，女神怀上了雅典娜；即将临盆之际，主神宙斯听从祖母盖娅和乌拉诺斯的忠告，将智慧女神吞下去，而雅典娜则留在宙斯的头部，令宙斯头痛欲裂。宙斯急忙叫来神匠赫淮斯托斯说：

就这件事——劈开我的脑袋。立刻照我吩咐的去办，不然你又要惹我生气了！不过，你一定要用尽全力。别磨蹭了，我头痛死啦！

赫淮斯托斯：宙斯，我们得注意，可别出什么岔子；斧刀可是有刃的，它可不像伊利西娅那么轻巧，替人接生也不流半点血。

宙斯：来吧，你就大胆劈下来吧！我知道最好应该怎么做！

赫淮斯托斯：我会照办的，但我这是出于无奈，因为有谁敢违抗你的命令呢？（他劈了下去）奇怪，这是什么？一个全身披盔挂甲的姑娘！

（利奇德：《古希腊风化史》，杜昌忠、薛常明译）

雅典娜从宙斯脑门儿跳出来就威风凛凛、甲胄辉煌、舞枪弄刀。她虽生为女儿身，却不爱红装爱武装，专司保护家庭，并向人类传授知识和工艺。她奔走于战场，呐喊震天，领军打仗，更像是女战神。希腊人奉她为公正无私的城邦保护神。

希腊神话中诸如此类的故事不胜枚举，足见当初的希腊人多么能"侃"。我们还是择要言之。

当神王宙斯登上黄金宝座时，威震群神，号令诸神各司其职，天庭的结构形成清晰的王权神话。宙斯俨然由自然神脱颖而出，具有一点儿至上神的雏形。他是多神论的至上神。

有人认为，神话与人类历史的轴心时代是不相兼容的，相互抵触的，与理性毫不沾边，此论不无道理。但是荷马为我们提供了一个特殊案例。他早于第一线哲学曙光的米利都学派两个世纪，他与苏格拉底、柏拉图、亚里士多德更是相隔四到五个世纪。他虽然不代表轴心时代的到来，却是世界先哲中最古老的一位先贤，身处所谓轴心时代的最前沿。他与希腊哲学、宗教、自然科学、戏剧乃至政治发展的内在联系不可割裂。

皮让尔·韦尔南认为希腊神话与希腊思想家们有着肯定的联系："米利都人确实借鉴了神话，但他们也非常深刻地改变了世界形象"。韦尔南的话初看有些费解，米利都学派发出哲学与自然科学的先声，与神话貌似互不相干，我们需要从人在文化迁徙的自由背景中去体会此话的个中况味。希腊人宇宙论的理性色彩和宗教的浪漫色彩同出于人们自由善境之一源。

宙斯的王朝

希腊神话有两个显著的特点，其一是在诸神之间与神人之间充满了对于力量的崇拜，与其说他们崇拜宙斯还不如说他们崇拜的是"力量"。其二，神与人之间的贴近与互动，两者之间只有生死大限的区别，神不死，人有死；除此之外就连一层薄薄的窗户纸都没有隔开，以致两个世界难分伯仲。这和中国天道高远的神话形成对照。

以上对希腊神话的评说无褒贬之意，神话作为荷马史诗的整体不可或缺，它映射了人在无法掌握自身命运时仰望更高力量的存在，也是荷马文学天才的外溢。在人类尚不能解释大自然奥秘的早期，以荷马为代表的希腊先人凭借自身的想象力上下求索，穿透了神与人的，经验与超验的，实相与幻象的界面，为文学拓展了一个彩虹万丈穿梭自如的空间，也给后代戏剧、绘画、雕塑诸般艺术留下纵情发挥的精神遗产。

宙斯端坐在奥林匹亚之巅的黄金宝座，手握威严的权杖，围绕在他身边的无一不是他的亲属，那些神通广大的妻子和儿女，以及各司其职的神祇。他们欢宴、弹唱、翩翩起舞，喝着奇妙的玉液琼浆，个个长生不老。但是，最令他们耿耿于怀的却是人间的纷争，并对下界的俗务各持立场，在天庭中分裂为大小派别。天神们把凌厉的或戏谑的目光投向人间，对于滚滚红尘的每一个细节都明察秋毫。

宙斯虽然登上权力之巅,并没有大权独揽,而是以机会均等的方法划分了权力的疆界,就如海神波塞冬所说:

> 我们是克洛诺斯和瑞娅所生的三兄弟,
> 宙斯和我,第三个是掌管死者的哈得斯,
> 一切分成三份,各得自己的一份,
> 我从阄子拈的灰色的大海作为
> 永久的居所,哈得斯统治昏冥世界,
> 宙斯拈得太空和云气里的广阔的天宇,
> 大地和高耸的奥林匹亚归大家共有。

这样抓阄的分配方式不可谓不公平,展现了天神权力结构的多元化。宙斯并没有定于一尊,在他的周围时常发生激烈的争吵,也透露出希腊宗教与中国早期宗教的根本差异。但真正决定希腊众神之间高低从属的不是上下尊卑的伦理,而是不折不扣的"硬实力"。

让我们先来看看宙斯治下严厉又有趣的特色。宙斯在一次奥林匹亚的众神大会上发表演说:

> 你们会知道,我比全体天神强得多。
> 你们这些神前来试试,就会清楚。

> 你们把一根黄金的索子从天上吊下去，
> 你们全体天神和女神抓住索子，
> 可是你们不能把最高的主谋神从天上
> 拖到地上，尽管你们费尽力气。
> 在我有心想往上起来的时候，
> 我会把你们连同大地大海一起拖上来……
> 我比天神和凡人就是要强大得多。

宙斯所言不虚，他与天后的关系就是一例。宙斯和自己的姐姐兼妻子赫拉的结合十分微妙。此前宙斯有过多次婚姻，最后看中了冰肌玉骨、足履金靴的赫拉，化作有着甜蜜歌喉的鸟儿讨得赫拉的欢心，又在群神大举庆贺中明媒正娶。赫拉虽然贵为神后，但生性嫉妒、执拗难缠，常与宙斯发生口角，似乎是宙斯唯一有所顾忌的女神。宙斯也曾施以暴力鞭打，把赫拉吊在半空，脚上还要系两块沉重的砧铁。史家认为这个细节过分夸张，即使迈锡尼时代的部落首领也不会用对待奴隶的酷刑去对待妻子。不过，荷马却将这场"家暴"演唱得有声有色，听起来惊心动魄。

宙斯在《伊利亚特》中第一次出场，正是女神忒提斯为她那头号英雄的儿子阿基琉斯遭遇不公向宙斯求情的那一幕。荷马吟唱的这段情节颇可玩味。法国画家安格尔的杰作为我们精心呈现了这个场景：宙斯正襟危坐，左臂揽住一团祥云，右手紧握威仪的权杖，一头浓密蓬松的黑发犹如一头雄狮，浓眉下的目光如电，毫无一般人想象中那些神明或佛祖的慈悲之相。忒提斯一手抱住宙斯的膝头一手抚摸他的胡须，尽显讨好取悦的媚态。宙斯想要拒绝忒提斯的恳求，原因是担心老婆赫拉为此与他争吵。但他终于答应下来，点头承诺：

> 克洛诺斯的儿子一边说，一边垂下
> 他的浓黑的眉毛，一片美好的头发
> 从大王的永生的头上飘下，震动天山。

荷马以饱含诗意的语言描绘了宙斯的动作。忒提斯刚刚离开，接着是赫拉出场，她破口骂道：

> 狡猾的东西，是哪一位神同你商谈？
> 你总是远远地离开我，对你偷偷地
> 考虑的事情下判断。你从来不高高兴兴地
> 把你心里想做的事情老实告诉我。

赫拉这番大发醋意的嘲讽是有原因的。曾有传说称宙

斯想娶忒提斯为妻，因为乌拉诺斯和盖娅警告历代篡夺王权的宿命而作罢，后改娶赫拉。在荷马的口中，庄严天庭的一个小小细节，竟与人间小户夫妻之间嫌疑生妒、吵架拌嘴别无二致。这个细节再清楚不过地告诉我们，希腊的神祇与凡人不但同形，而且同格、同质。这是神话乃至宗教的一个矛盾：人把自己的形象给予本应是崇高的神，还给了神以人性，但是人的毛病和劣行神仙都有。论起权力无边的神王宙斯，他对于欲望的渴求与放纵比人类有过之而无不及。

宙斯风流成性，到处留情。他的艳遇从天上的女神到凡间的少女无往不在。不论辈分，不择场合，不管是有夫之妇或清纯处子，只要有机会就乘虚而入。于是他在天上人间留有无数的儿女、女婿，还有顶着绿帽子的男人。宙斯在人间的佳作之一就是海伦，他化作一只大天鹅与少女莉达交合生下的女儿，成为倾国倾城的绝色佳人。文艺复兴时期的几位画家以此为题材创作了大天鹅与莉达交欢的油画。宙斯还在他的殿前设有专司斟酒的男嬖，那是从特洛伊物色的一个少年，首开奥林匹亚娈童风气。

赫拉对自己的丈夫忠贞不渝，因此成为专司婚姻的保护神。她与宙斯吵架从来不占上风，唯一能够影响丈夫的方法就是用爱欲迷惑他。当特洛伊人在战场上锐不可当、希腊人在海边苦战时，赫拉试图挽救希腊人的败局。她看见宙斯坐在特洛伊附近的伊达山上操纵战情,便先去求助睡神使宙斯沉睡,又把自己精心打扮得姣美艳丽芬芳馥郁,还从阿芙洛狄忒那里借来激起情欲的腰带,来到宙斯的身边,于是荷马史诗里有一节曼妙的描述:

> 克洛诺斯之子这样说,紧紧搂住妻子,
> 大地在他们身下长出繁茂的绿茵,
> 鲜嫩的三叶草、番红花和柔软的风信子,
> 把神王宙斯和神后赫拉托离地面。
> 他们这样躺着,周围严密地笼罩着
> 美丽的金云,水珠晶莹滴向地面。

荷马的语言诗意盎然。不过,宙斯清醒过来即刻翻脸,怒斥赫拉的圈套,随后依然我行我素。妻子赫拉历来用情专一,宙斯却到处拈花惹草。这也是人间贵胄家庭生活的镜像,迈锡尼家族的男主人享有绝对权威,对女主人则实行双重标准。

学者们把神话变为"神话学",风流又霸道的宙斯广播情种的行止居然产生一项神话学的成果:

> 这诸多婚姻与性冒险的含义既是宗教的也是政治

的。由此，宙斯便占有了自远古以来就受到崇拜的前希腊时期的地方女神，并取而代之，从此开始了一个新旧神灵以及地方神灵和外来神灵共生同化的过程，这是希腊神话宗教最显著的特征。

（米尔恰·伊利亚德：《宗教思想史》）

但是，有一位克莱门先生可不这样看，他认为希腊神话最显著的特征就是道德败坏。克莱门的生活年代晚于荷马但早于许多现代的宗教学家，大约在公元150—220年。克莱门从《伊利亚特》第1卷中女神忒提斯为自己的儿子也就是头号英雄阿基琉斯，无辜受到盟军统帅阿伽门农的侮辱，去乞求神王宙斯予以报复时，就与荷马唱开对台戏，克莱门的鄙夷之情溢于言表。他说："我很惊讶你们的诗人荷马会写出这样的诗句。"他指的是宙斯一点头，伟大的奥林匹亚山震撼了。

克莱门写道：

> 荷马啊，你所描绘的是一位威严无比的宙斯；你给了他令人崇敬的一点头。然而，我的好先生，只要你哪怕是让他看一眼女人的腰带，即使是宙斯也会本性暴露无遗，他的美发就会成为使你丢脸的东西。

有关他与人通奸、玩弄男童的故事，三天三夜也说不完。你们的诸神是连男孩子也不放过的。

照你们的说法，他（宙斯）乃是诸神和人类的父亲。他完全沉湎于色欲之中，以致每一个女人都能煽起他的欲望，而且成为他欲望的牺牲品。他所玩弄的女人决不会少于斯谟尼斯的公羊所享受的母羊。

（克莱门：《劝勉希腊人》，王来法译）

克莱门不是第一个对荷马发出指责的人，早在公元前6世纪，色诺芬尼就对希腊早期宗教提出批评。不过，把宙斯喻作禽兽，非克莱门莫属，其遣词之激昂近似谩骂。克莱门对宙斯尚且如此，而对爱神阿芙洛狄忒就更没有情面可言了，他当然不会放过阿芙洛狄忒和战神阿瑞斯的故事，以子之矛攻子之盾，还把嘲笑和反讽指向希腊的公众：

别唱了，荷马。这里没有美，它只是教唆通奸。我们已经拒绝用耳朵去听私通的事。你们的耳朵已经犯了私通罪，你们的眼睛已经在卖淫；更奇怪的是，由于你们天天看这种东西，你们在拥抱之前就已经犯了通奸罪。阿尔戈斯人不是把阿芙洛狄忒当作分开双腿的女人来献祭吗？叙拉古人不是把她当作高级妓女吗？

我们惊异于在公元的第二个世纪，对于希腊宗教的看法竟有如此势不两立的反差。

走到这一步，我们站在一个岔路口：或可指责克莱门是假道学，或可以选择哲学方法来为希腊人的宗教美学进行辩护。我们可以说阿芙洛狄忒不仅是一个美女，她也是普遍意义的美，可以称为美的本质，存在于所有美的事物中，而不是人们在雕塑或油画中看到的那个形体——用形而上学，摆脱克莱门的无礼纠缠。

克莱门的生平不详，他可能生于地中海北岸的亚历山大城，也可能出生在雅典。他到过耶路撒冷，当时耶路撒冷的主教名为亚历山大，克莱门担任过亚历山大的教师。作为早期基督教的教父，他对希腊社会之风的尖锐抨击预示着希腊人信仰的一次重大调校。那是信奉上帝的一神教与希腊多神教之间的争辩，直至希腊的多神教被东正教所取代。不过，那次调校是后来发生的事了。

也说神性不彰

人类学家张光直为了绕开其说不一的神话定义，在他的《中国青铜时代》中尝试给神话制定三个标准：其一是神话要有故事，其二是神要有超自然的神圣和神秘，其三是人对神要信拜。其实，如果三者齐备，就不仅是神话，而是不折不扣的宗教了。信拜是宗教的首要定义。

宗教的本质是人的精神寄托和终极关怀,赋予信众强大的内心力量,信拜之仪是宗教的表现形式。神话和信拜彼此分手是晚近的事,神话变身为文学。中国的《西游记》《白蛇传》《聊斋志异》都是小说,它们无不展示了精致的人性美,却不会有人朝着它们烧高香。

按张光直先生的三条标准,希腊神话一点都不缺,但希腊神话好似唯独缺少一点神性,缺在第二条的神圣和神秘。神没神样儿,从不修身正己,乃至神性不彰。这正是克莱门抓住的命门。让我们就此话题说下去——希腊诸神除了放荡不羁,还缺少哪些神性?

神祇本应超脱人间主持公道。而希腊的神祇尘心未泯,跑来掺和,偏帮拉架,乱上添乱,越俎代庖;没他还好,有他更糟。

按照人间常态,特洛伊之战最终不会导致血流成河、玉石俱焚那般惨烈。为避免大动干戈,避免伤及无辜,在《伊利亚特》的第3卷,希腊和特洛伊交战双方发誓立约,由海伦的前夫墨涅拉奥斯和他的情敌帕里斯·阿勒珊德洛斯王子决斗来定胜负。这种仪式性的决斗不失为明智之举,把战争控制在小规模之内。

帕里斯王子向墨涅拉奥斯投出长枪,被后者的盾牌挡住。墨涅拉奥斯向对手反击，铜枪穿透盾牌，刺穿胸甲，刺破衬袍，帕里斯闪身躲过厄运。海伦的前夫墨涅拉奥斯拔出铜剑砍中帕里斯的头盔，不料长剑却断成几段。墨涅拉奥斯占据上风却不能得手，他仰天大喊：

"宙斯，没有别的天神比你更坏事。
我认为我已向阿勒珊德洛斯的邪恶报仇
但我的铜剑在手里破成几段，我的长枪
白白从手里投掷出去，没有击中要害。"
他这样说，猛扑过去抓住有鬃饰的盔顶，
转过身拖向胫甲精美的阿开奥斯人的阵线。
帕里斯被嫩喉咙下面的绣花带扼住气，
那本是系在他的下巴上，把头盔拉紧。

这是史诗千钧一发的瞬间。海伦的前夫墨涅拉奥斯胜券在握，战争的肇事之徒已被清除，联军统帅阿伽门农的家耻已雪，剩下的应是双方谈判赔款、讨价还价之类的。然而，意外出现了：

若不是宙斯之女阿芙洛狄忒看见，
把那根用牛皮制成的带子使劲弄断，

墨涅拉奥斯会把他拖走,大享盛名,
那只空头盔落在他的强有力的手里,
他把它一甩,扔向那些胫甲精美的
阿开奥斯人,由他的忠实伙伴捡起。
他转身冲去,想拿铜枪刺死仇人;
但是阿芙洛狄忒把帕里斯王子救起来,
对一位女神这是件轻而易举的事情,
她把他(帕里斯)笼罩在一团浓密的云雾之中,
安放在他的馨香馥郁的卧室里面。
她立刻去召唤海伦……

不论美神阿芙洛狄忒以前有过多少风流韵事,都不如这次干系重大,后果堪忧。她改变了规则,煽起战争,把仇恨扩大到两个族群和两支盟军的厮杀。她这样做的原因是帕里斯王子曾经夸赞她美丽超群,此外,据说她在特洛伊还有一个情人。荷马的听众似乎乐于接受这个小小解释,从人性的角度理解一位女神也可为了虚荣心而不计代价。美神阿芙洛狄忒在特洛伊的城里城外留下两幅对比强烈的画:一幅是帕里斯拥着海伦"睡在嵌着银饰的榻上";另一幅则是海伦前夫墨涅拉奥斯发狂地奔跑在战场上寻找帕里斯的下落。

宙斯与赫拉

德尔斐阿波罗神庙的女巫

【意】波提切利《维纳斯的诞生》

> 阿特柔斯的儿子却像野兽一样
> 在人群中穿行,好发现阿勒珊德洛斯。
> 但没有一个特洛伊人或是他们的盟友能够
> 给英雄的墨涅拉奥斯指出阿勒珊德洛斯。
> 他们要是看见了,也不会友爱地藏匿他,
> 因为他被他们的全体如黑色的死亡来憎恨。

事情当然不会就此了结。又一位女神从奥林匹亚山飞身而下,这次是希腊人的保护神雅典娜,这位圣洁的处女神也不肯罢休,她使出离间计,怂恿特洛伊的射手向海伦前夫墨涅拉奥斯射出一支冷箭,虽然没伤及要害,却违反了双方的任何第三者都不得参与两个人决斗的誓言,一场灾难性的大战再也无法避免。

人可胜神

神以光的速度飞行,还有奇妙的隐身术以及超强的武器,使人类甘拜下风。但是,在《伊利亚特》中有多处人能战胜神祇的交战,违背神话的常理。

美神阿芙洛狄忒不久就领教了希腊人的厉害,当她又一次亲临战场,想要挽救她在人间艳遇时生下的一个儿子时,希腊英雄狄奥墨得斯在人群里追上她,一枪刺伤她的

纤纤玉手，流出神的血液，白皙的皮肤变得发黑。阿芙洛狄忒狼狈地找到战神阿瑞斯，借来两匹神马返回了神境。她倒在母亲的怀里诉苦，母亲却告诉她这类事情不足为奇。神后赫拉曾被人射中胸部，冥府之神哈得斯也被人射得痛苦不堪，就连强大的战神阿瑞斯也曾被人用绳子捆起来，塞进罐子里十三个月……

在《伊利亚特》的第 20 卷到 21 卷，由人间大战发展到神与神的大战和神人混战，宙斯庄重召集众神来奥林匹亚山顶开会，却下达一项放任自流的指令：

> 你们其他神都可以
> 前往特洛伊人和阿开奥斯人军中，
> 帮助他们任何一方，凭你们喜欢。

不设立场，不下达任务，单凭各自喜好和恩怨，直奔血腥的厮杀。神后赫拉、希腊的保护神雅典娜、海神波塞冬和火神赫淮斯托斯坚定站在希腊人一边；而银弓之神阿波罗、强大的战神阿瑞斯、女射神阿尔忒弥斯，还有美丽的阿芙洛狄忒，则支持特洛伊人。诸神的选边站队看似偶然，但并非无迹可寻。

就神后赫拉而言，她一向处处与宙斯作对还受过帕里斯王子的冷落，加上阿波罗是宙斯与情人所生的儿子而心存芥蒂。至于雅典娜，她是希腊人最敬仰的保护神，与战神阿瑞斯是死对头；从特洛伊之战到奥德修斯返乡，雅典娜都是希腊人的靠山。说到早前的海神波塞冬，曾经被宙斯差遣到特洛伊为普里阿摩斯的父亲老国王修筑一段城墙，白干一气却没拿到分文报酬，身为海神所受待遇竟然如此，他与特洛伊之间存在劳资纠纷。还有火神赫淮斯托斯是赫拉无性繁殖的儿子，当然对生母一贯忠诚。

至于阿波罗，早在战事爆发之前，就因为他在人间的中介（祭司）受到阿伽门农的侮辱，同时接受特洛伊人丰厚的献祭贿赂与讨好，于是站在特洛伊一方。而女射神阿尔忒弥斯是阿波罗的孪生妹妹，自然跟着哥哥走。至于战神阿瑞斯常常被宙斯咒为"两头倒的东西"，以给人间造成毁灭为乐。情爱之神阿芙洛狄忒的偏帮前文已经交代过。

于是我们看到神明们壁垒森严的划分各有隐情。本能的、裙带的、利害的、劳资纠纷的，以及不便启齿的小心眼儿，跟凡人没什么两样。荷马是按照人性的原型来描绘神明的。

聪明的荷马不会在他的听众面前纠缠于这些烦人的琐事，他吟唱的天神大战依然不乏大家手笔：

> 天神和凡人之父在天上可怕地雷鸣，
> 震得神波塞冬在下面抖动宽阔无垠的
> 丰饶大地和所有高耸险峻的峰峦。
> 一切都颤动不止……

这场天神大战杀得天昏地暗，风云变色。银弓之神阿波罗与他的叔父海神波塞冬交手，神后赫拉受到她的继女阿尔忒弥斯的猛攻，火神赫淮斯托斯与流经特洛伊平原的斯克珊托斯河的河神大战……战斗的高潮是战神阿瑞斯与女战神雅典娜的对决：阿瑞斯体格健硕，残忍可怖，开口责骂雅典娜是"狗壁虱"，用投枪刺中雅典娜的圆盾；而雅典娜伸手捡起一块硕大尖利的石头，投向阿瑞斯的脖颈，把战神砸得瘫倒在地，痛苦地呻吟，据说他那庞大的身躯躺倒后就占去一亩半地。雅典娜哈哈大笑，骂阿瑞斯是蠢材。

天神的大战与人间大战相互交织。愤怒的头号英雄阿基琉斯的枪下刺倒一连串的特洛伊将领，直杀得尸横遍地、血流成河，尸体堵塞了斯克珊托斯河的河水，引起河神大怒。河神搅动湍急的漩涡，掀起排空巨浪，要把阿基琉斯吞噬。火神赫淮斯托斯赶来相助，燃起熊熊烈焰，把河水烧得沸腾蒸发，岸边的树木烧成炭烬，河神只好连连告饶……

此刻神王宙斯在做什么？众神之尊站在伊达山顶俯瞰特洛伊战场，高兴得大笑不已。在《伊利亚特》的前半部，他答应了头号英雄阿基琉斯的母亲忒提斯的恳求，让特洛伊人暂居上风，给阿基琉斯获得荣誉的机会；而宙斯的内心偏向特洛伊，因为他有一个儿子萨尔珀冬身在特洛伊阵营。他手持一具天平在衡量战局，看天平向哪一边倾斜再决定向哪边添上砝码。笔者读到这里暗自思忖，宙斯和他很不喜欢的那个制造毁灭、两头倒的儿子阿瑞斯又有什么不同。宙斯是崇尚实力、紧握权力的神王，并非毫无偏私的至上神。至此我们发现，宗教学家还没有给宙斯以及他率领的众神归位，希腊的宗教不是伦理宗教；在既有的自然神、祖先神、至上神的划分中，把希腊众神划在哪一类都不太合适。

这两卷惊心动魄的战争神话读来引人入胜。但是，如果我们不将希腊神话当作文学而视为宗教，在其他宗教里又何曾见到如此热闹、凶残、嗜杀成性的神人大战？

由此不免想到黑格尔的话："宗教的形式怎样，国家及其组织的形式就怎样"；这话毋宁倒过来，国家及组织的形式怎样，宗教的形式就怎样。活跃的、分散的、自身管理能力极强的爱琴海民族，他们的宗教是维系天各一方的纽带，也是他们自由生活的映像。前面提到的神人杂处,神性不彰,人可胜神的各种特征,恰被古希腊人选择了这样一群与人类自身如此贴近、相似、毫无审美间距可言的神祇作为自己的宗教,并非像克莱门所指责的"道德败坏"那么简单。这一系列征兆必定指向一个疑问——

希腊人相信自己的宗教吗?

恰巧笔者手边就有一本书——《古希腊人是否相信他们的神话》,这是保罗·韦纳的专著,书名令人大生阅读渴望。不料翻开第一页,作者就跑了题:

"与其去言说信仰,还不如去好好地言说实相。"读了这句话,尽管明知此书文不对题卖关子,笔者还是怀着尊重的心情一页一页地读下去。

"文学乃是魔毯,把我们从一个实相送至另一个实相"。读后恍然大悟,此书说的是文学与想象,材料与真实之类老生常谈。闪烁其词,腾挪躲避,直到最后一页也没对他的书名有个痛快的交代。掩卷怅惘若失——既然要谈历史哲学的真假命题,何必非要拿宗教来装潢门面?"所谓的哲学已被用来当作售货亭,里面有五花八门的问题",这是书中的原话,看来此书就开着这样的"售货亭"。读后油然感叹,与其埋在书堆里,还不如多跑多看。

希腊人是否相信他们的宗教依然待解。在中国读者看来，他们的宗教神而不圣，贵而不尊，美而犹俗，希腊人难道会对这样的宗教怀有虔诚的信仰吗？

答案近在眼前——德尔斐，我们此行的目的地。

我们的车子驶过阿提卡平原又拐了许多道弯，驶入深邃的帕纳索斯山谷，路边是巉岩危耸的高山峻岭。全程用了两个来小时，我们到达德尔斐圣地。

我们的面前是一片绿色葱茏的山谷，沿着一条"之"字形的圣路向上攀登，阿波罗神殿就坐落在开阔的山坡上。神殿早已坍塌。从公元前6世纪到公元前4世纪至少有过两度兴建，如今那巨石垒筑的殿基依然历历在目。在神殿的一端高耸着6根多利安式的廊柱，那是法国考古专家修复的，可以想见当年神殿宏大的规模。考古发掘出许多精美的雕塑，存放在神殿一侧的博物馆中，每一尊雕塑都是美轮美奂的艺术品。神殿下面的圣路旁边，就是我希望见到的"预言之石"。遥想当年的女祭司皮提娅就站在这里，口中嚼着月桂树叶，身旁燃烧着月桂树枝，在烟雾缭绕中祈求阿波罗降下灵感，再由参与仪式的先知者对神谕做出解读。

对于女祭司皮提娅的问神仪式有不同说法。一种说女祭司进入神灵附体的谵妄状态，口中发出含混的呓语，再由男祭司翻译成韵文——就像荷马的六部音格那样的诗句。另一种不认同女祭司类似歇斯底里那般"跳大神"的说法,从德尔斐发掘的女祭司雕塑来看,女祭司是端庄的、安详的、专注的,仿佛在清醒地回答人们的问题。

求问神谕的人们风尘仆仆,来自四面八方。较早的来自德尔斐本地,稍后的来自阿提卡地区,再后来扩展至伯罗奔尼撒乃至爱琴海各个岛屿的迁徙地,有平民百姓,也有邦国的统治者。人们来到德尔斐祈求神谕,都把一尊状似男性器官的肚脐石认作世界的中心。

凡是问卜者都要向阿波罗献祭,牵来一只山羊。古希腊一般的献祭习俗是把祭牲的腿部砍下清理,再把其他部位的肉或脂肪像三明治那样包裹在一起,烤熟后由人来吃掉;而把骨头、内脏和残余物献给神,就像荷马在史诗中说的那样。这并不代表人对神不敬,而是人们平日食物匮乏动物蛋白所致。我们对德尔斐的献祭不知其详,考古发掘暗示,献祭者很可能还需献上丰厚的礼物或一笔费用给祭司,来维持神殿的运作。

信仰和仪式是宗教的两个主要范畴,庄重的仪式需要宏伟的神殿,工程浩大的神殿需要巨额投资,希腊人对神殿的投资毫不悭吝,极尽奢华。除了德尔斐以外,奥林匹亚的宙斯神殿、雅典的帕特农神殿、密卡尔岛上的波塞冬神殿都是希腊人虔诚信仰的见证。高达数米的宙斯神像和雅典娜神像都是黄金和象牙塑造的。再加上希腊千百个城邦都有各自信奉的地方神，也都有各自的神庙，如此情境令中国人联想起佛教的鼎盛时期："南朝四百八十寺，多少楼台烟雨中。"

祈求神谕有一个同义词，即占卜，占卜是巫术的一种形式。英国人类学家弗雷泽在他的一部力作中对巫术与宗教的关系有清晰的阐述：

> 巫术的首要原则之一，就是相信心灵感应。

> 交感巫术整个体系的基础是一种隐含的、但却真实而坚定的信仰，它确信自然现象严整有序和前后一致。

> 祭司和巫师的职能是经常合在一起的。或更确切地说，他们各自尚未从对方分化出来。为了实现其愿望，人们一方面用祈祷或／和奉献祭品来求得神灵们的赐福，而同时又求助仪式和一定形式的话语，希望这些仪式和言辞本身也许能带来所盼望的结果而不必求助于鬼神。简言之，他同时举行着宗教和巫术的仪式。

> （詹姆斯·乔治·弗雷泽：《金枝》，
> 　　徐育新、汪培基、张泽石译）

弗雷泽在《金枝》中把宗教分为两个要素：信与行。只信不行未必是真信仰。他又把行分为两类作为，其一是通过祭拜祈祷的仪式以顺乎神意，其二是经过操作拗弄的方法让神顺应人愿。前者是宗教，后者是巫术。巫术先于宗教发生，并掺和了宗教。巫术并没有因宗教的确立而消失，人性中历来有迷信的倾向。就连不少的现代人也分不清什么是宗教，什么是巫术。我们举个简单的例子，如果你宁愿多花一笔钱也要把自己的车牌或手机号码鼓捣成8888，尽管不是巫术，也有点儿巫术的味道了。数学不能证明这组数字和发财有什么关系，文学也不能，只有交感巫术才说得通。

巫术伴随着禁忌。德尔斐的女祭司在清晨时分要去一处清泉净身，以免身体不洁冒犯神明，求问神谕的人们也要这样做。在祭祀之前还要向山羊身上泼洒冷冽的泉水，山羊因寒冷而颤抖则为宜，反之则为忌。女祭司要从德尔斐周边农村的良善人家里挑选50岁以上的妇女来担当，年轻女性则不可涉足其间。更可能的实际原因是早期的德尔斐由年轻女性担任祭司，其中曾有一个女祭司跟随她的恋人循情私奔，从此改了规矩。

在荷马史诗中人对神的信奉贯彻始终，祭司是随军不可或缺的人物。打仗要祭祀问卜凶吉，寻常琐事也要占卜福祸，每一餐饭前都要祭祀，一切行动照行如仪。人在情急无助的时刻出言发自肺腑,强大的埃阿斯面对着浓雾密布的天空悲怆地大喊:"父宙斯啊,给阿开奥斯人拨开这迷雾,让晴空再现,让我们的双眼能够看见。如果你想杀死我们,也请在阳光下!"

希腊人相信他们的宗教是无可置疑的,接下去的问题依然费解,既然希腊宗教那神圣的世界和凡俗的世界几乎没有界线,那么——

希腊人凭什么相信他们的宗教?

我们在德尔斐简朴的酒店投宿了一夜。闲暇时翻阅拍摄的照片和携带的资料,思绪停留在德尔斐的三维结构布局。

阿波罗神殿的高处专设有健身房,容纳5000人的剧场,还有7000人看台的竞技体育场,那些看台和包厢如今也清晰可辨,千古未磨。一座肃穆的神殿已然耗资不菲,缘何还要兴建诸般大型娱乐设施?这些娱乐设施的占地面积与神殿的主体不遑多让,聚集的公众人数更多,它的功能岂不喧宾夺主?

公元前776年是奥林匹克运动会的元年,被历史学家当作推算历史断代的坐标,也成为全世界共同确认为可靠的纪年。从此开始,希腊进入了被雅各布·布克哈特所称的"赛会时代"。

有传说早在公元前9世纪,德尔斐的皮提亚就告诉三位国王的神谕:如果你们想战胜衰败,那就开始体育运动吧!(塞莫斯·古里奥尼斯:《原生态的奥林匹克运动》,沈健译)不过,此说未能详考。

何谓"赛会时代"?那就是年年有赛会,处处有赛会,人人争强好胜,个个奋勇当先。赛会在希腊全境蔚然成风,人们沉浸在对竞赛的狂热和痴迷之中,这一股火焰喷发似的热情至少持续了300多年!

当时希腊全境有四大赛会。除奥林匹克运动会以外,还有祭献阿波罗的皮提亚运动会,在科林斯举办的波塞冬地峡运动会,以及在阿尔戈斯举办的尼米安运动会;在大型赛会之外,还有以赛车闻名的伊斯特摩亚赛会。这些赛会有的四年一届,有的两年一轮,于是每年都有一次以上的大型运动会在举办。再加上希腊各个城邦举办的大大小小的赛会不胜枚举,如果有人乐意的话,可以一年到头奔走于各个赛会之间,赛也赛不完。

对于竞赛的热衷或许不为希腊人所专美,但是希腊的赛会在全世界仍属独一无二。它们的不同之处在于公开参与和公开展示,所有男人不分贫富贵贱都可以参加比赛,所有的比赛都在公众面前进行。裁判在形成公平理念的同时,也在引导着人们的欣赏水准。大量人口一连数日聚集在同一空间，因此才需要5000人的剧场和7000人的看台。而科林斯的剧场可以容纳14000名观众，雅典的狄奥尼索斯剧场可以坐17000人，它们都是神殿的附属设施。有数据显示，公元前5世纪雅典的成年男性达到35000—45000人，也就是说，全国可能有一半甚至三分之二的公民坐在观众席上。

运动会不仅有体育竞赛，还有歌唱比赛、音乐比赛，以及声势浩大的盛典和游行。所有赛会都以神的名义进行，以祭祀仪式揭开序幕；大幕拉开，人就成为当仁不让的主角。

人们各显其能，追求卓越，获取荣誉。胜利者享受着一生的巅峰时刻，奖品有橄榄叶、月桂叶或者其他树叶编制的桂冠，也许还能获得一首赞美诗。有些城邦奖予德拉马克（现金），亦有城邦特意凿开城墙以示隆重迎接英雄的凯旋。

在各类奖品当中，最高奖品是一尊运动员的青铜雕塑。希腊的运动员都是裸体参赛的，雕塑展现了各项运动定格的瞬间。奔跑的、掷铁饼的、投标枪的……试看那些雕塑的形体，浮凸的肌肉，脉动的活力，匀称的比例，舒展的姿态，深刻地塑造了希腊人的审美取向。此形本应天上有，人间亦同神模样。叔本华说：希腊宗教完美地体现出一种"将人向上提升的力量"。

赛会无异于希腊人的狂欢节，人们尽情享受着生活的美妙时光，体验着自身强大的潜能。宗教指向这个民族的心灵空间，关乎古希腊人自身的精神气质。希腊人从未将宗教置于城邦之上，而是把宗教嵌入自己的生活。赛会是神的幕布、人的舞台、人性的高扬。希腊人凭着对人的自信，选择了与人类最贴近的宗教。他们对神祇的崇拜蕴含着对人类作为一个集体的自身信拜。

激烈的赛会未免渗透着血腥，尤其是残酷的自由搏击。有一首小诗调侃道："在奥林匹克我还有一只耳朵，在普拉提亚还有一只眼睛，但在皮提亚它们却离我而去。"不过，"赛会时代"对于希腊历史进程的积极推动不可或缺。赛会正是携带着迈锡尼文明的英雄血性，走出封闭的城堡，走向公众的生活，而且即将走向自由的峰峦。

历史不接受假设，历史或可听取推论。笔者以为，如果克莱门倡导的基督福音先于赛会降临希腊，就不会出现雅典辉煌的城邦民主，欧洲历史的进程也将由此而延缓。

叩问上天的殷商

> 子曰：殷人尊神，率民以事神，先鬼而后礼，先罚而后赏，尊而不亲。
>
> （《礼记·表记》）

殷商社会与迈锡尼社会有诸多相似之处。两者都以氏族为基本的社会形态；依据甲骨文统计，商代伯侯方国数以百计。各自疆域林立，殷商覆灭时的大小国家还有五十来个。商王君主都自称商王，尚未称帝，"盖诸侯之于天子，犹后世诸侯之于盟主，未有君臣之分也"（王国维：《殷周制度论》）。而且，殷商与迈锡尼都处于青铜时代的中期或晚期，都具有征伐不休的军事组织。更重要的是，两者都没有经历过一场文化的"崇高"的调校。

诸多的相似之处为我们提供了一个框架，两者之间的宗教相似与差异更宜于比较。

殷商宗教也是多神崇拜，他们信仰一个种类繁多的诸神体系，却不如希腊神话那般趣活意兴，孔子说他们"尊而不亲"。这个体系以商王的祖先神崇拜为主干，同时还有很多自然神、地方神和职能神并列其间。在诸神之上有一个超然高远的"帝"，人们摸不透他的底细，不知其好恶，既可降福又可降祸，隐约具有至上神的威严。历代王朝有时称它为上帝，有时直呼为天。后来演化为政治哲学的天命观，历代君王自称真命天子，自诩代表天意，作为专制统治的借口。同时，天意抚恤众生，又垂注民意，是唯一对帝王稍有约束的理念。历代帝王一向在骄横肆虐和昭告罪己两个极端之间摇摆。当然，暴虐时间多，反省时间少，偶有几度开明帝制就是太平盛世了。

殷人的神话不似希腊那么"热闹纷繁、活泼生动"，相对单薄、分散、不系统。盘古开天、女娲造人、共工撞山、夸父追日、精卫填海……这些著名的神话之间缺少有机连续。穆天子驾八骏乘风西游九万里，至瑶池参见西王母，壮游何其遥迢，情怀何其浪漫，而《山海经》所载的西王母"其状如人，豹尾虎齿而善啸，蓬发戴胜"，虽然有点儿像人，但并不同人形也不同性情，人言与虎啸之间不知怎样沟通，致使一场诗意的盛会减色不少。

殷人信仰的对象庞繁，日月星辰、山川林木、风雨灵怪皆可为神，显然是自然崇拜色彩很浓的多神教；就在这众多的信奉对象当中，作为主干系列的神祇凸显出来，位居神坛的主要牌位，就是殷人世世代代的祖先神。它的历代国王不论是兄死弟承或父死子承，都是一脉的血统相袭。倘若先王昨天撒手人寰，今天就升入祖先神的行列。死亡是隔开人界和冥界、人与神鬼的分界线。祖先崇拜是中国宗教的主要特征。

殷商国祚绵长，祖先"牌位"也排得很长。卜辞中呈现的重心，大致以开国之君成汤处在一个显赫的位置；再有，其后的先王不分能力强弱，功绩大小，在位长短，后世虽然各有分解，当初一律敬之不怠，没有"力量崇拜"

的迹象。须知殷商诸王中颇有几位窝囊废，他们也都被后世敬拜如仪，不会像荷马那样拿诸神开玩笑。商早期对先妣敬拜也很庄重，不逊于对男性祖先的崇拜，不会发生神后赫拉被神王宙斯暴力欺压那类神话的可能，这似乎意味着殷商史前母性社会的余风犹存。

殷商的龟甲占卜是留给后世最宝贵的文化遗产。自清末以来考古发现的甲骨数以几十万片计，这是比迈锡尼线形文字B更丰富的文献，开启了中国历史证物与文献俱全的新篇章。殷商占卜的主要问题在于：它到底是巫术抑或是宗教？

殷商占卜由祭司在龟甲或牛骨刻上早期象形文字，卜问对象多是自己的祖先神，所问都是选择题，只问肯定或否定。例如，宾于帝？未宾于帝？出行（宜）？不（出行）？就连献什么祭品都要事先问个明白：要三头牛或不要三头牛？要美女或不要美女？

宾是动词。所谓宾于帝就是先王在天之灵谒见上帝，转达在世商王的叩问或请求。可见祖先神是个上传下达的中间角色，答案需要上帝摇头或点头。祖先神接受商王的献祭，上帝则不受人间的贿赂；祖先神和上帝之间显得格外生分，在道德高度也有区分。此后的中国历史中，这位隐身的上帝从来没以唯一慈爱众生的人格形象出现，而是转化为知识精英们所说的"天命观"。这一观念构建了由上到下垂直隶属的层级系统，长期凝固在大王朝小社会的状态，支撑着孤家寡人的家天下在风雨中度过了历朝历代。

和世界许多的宗教相似，殷商信仰也有"大小传统之分"。所谓大小传统就是君王的信仰和老百姓的信仰。两者信仰都崇拜各自的祖先，大传统却以千钧之力压倒小传统。所谓"盘庚迁殷"是民众因犹豫不肯上船时，盘庚把众人召至庭前有一段训话："古我先后既劳乃祖乃父，汝共作我畜民，汝有斨则在乃心，乃祖乃父乃断弃汝，不救乃死。"大致意思是你们都是我的先祖驱使过的畜民，你们当然也应顺从我，你们如果有逆心，我的先王就会告诉你们的祖先，你们的祖先就会把你们抛弃，死了都不会救你。盘庚还威胁要杀死违逆者，连他们的后代都斩草除根一个不留。这幅君民之间的画面何其残忍！

古希腊的宗教在荷马之前可能也曾经历过祖先崇拜，但荷马改变了一切，他以人的情感取代了神的高邈，把神性描述为人性。他创造了神又定义了神。荷马史诗对希腊历史进程的影响，迄今仍有可能被我们低估了：

> 在荷马史诗影响下，所有这些希腊宗教的古代特征开始消失了，它们被神话和宗教思想的一种新趋向

遮蔽了。希腊艺术为一个新的神祇概念铺平了道路。正如希罗多德所说,荷马和赫西俄德"给希腊诸神命名并且描绘了它们的模样"。而在希腊诗歌中开始的这项工作在希腊雕塑中得到了完成。

正是希腊人格神的这种缺点和不足,使得人们能够在人性与神性之间架起互相沟通的桥梁。

(恩斯特·卡西尔:《人论》,甘阳译)

殷商时代与希腊最显著的区别是从来没有经历过万众狂欢的"赛会时代",此后也不会有。殷商的国王和祭司都在封闭的宗庙里举办仪式,与公众截然隔开;几千年后的北京天坛和太庙依然如此。东方专制的国度根本不准许有希腊那般规模的自由聚会,统治者总是以恐惧的心理钳制公众的社会生活以防患于未然,并直接导致民众身心的弱化。

不过,殷商宗教的拘泥未必直接削弱它的国势,其版图、经济与军事的规模并非迈锡尼时代的希腊可以比肩。

垂直升腾的线条

在德尔斐的清晨,我与同伴们相约早餐后去山间散步。空气特别清新,漫山遍谷的橄榄树枝叶仿佛闪烁着凝脂一般的荧光。

昨晚我们一行五人在德尔斐一座山间小酒馆用餐。店家推荐了当地口味浓郁的葡萄酒，我们在几盏彩灯照耀下环顾黝黑的山谷，边谈边享受着微醺的时光。醉意蒙眬中意识到，我的话题有点"越位"。在德尔斐下车伊始，就从希腊的史前史一口气扯到城邦时代。文明的形成绝非有关宗教的单一线性发展，还关乎许多复杂甚至未解的因素。这个缺憾只能在下面的篇章弥补了。

我因荷马而来到德尔斐这片山谷，寻觅公元前12—前8世纪希腊宗教的踪迹，那时候还没有阿波罗神殿，也没有雅典娜神庙，更不会有令人愉快的小酒馆。可能只有不知名的简陋建筑和那一方"预言之石"。早在遥远的年代就有人络绎不绝地来到这里祈求神谕，却没有留下文字记载。

他们所为何来？

站在黎明的山坡上，我极力想象若把那些巨石废墟从视线中抹去，恢复原初的山谷是什么样子。这里的山貌的确有些异样。希腊南部的山峰就像被烈日烤焦了那般光秃，山上偶有几丛低矮的灌木，看上去也是稀疏的斑点。相比之下，德尔斐的山林特别茂密葱茏，空气特别湿润怡人，山脚处还有清洌的山泉在奔涌。群山四面环抱，遮挡了骄阳，也遮住了东北方的海风。置身这里，我不由想起张九龄的诗句："灵山多秀色，空水共氤氲。"

抬头向山巅望去，我的目光停留在那里。原来环德尔斐的山截然分为上下两界，下界是碧绿的山野，上界是寸草不生的石灰岩。在蓝天的映衬下，那上界青钢色的石灰岩历经年深日久的地貌变迁，分明形成千万道垂直向上升腾的线条，格外引人注目。德尔斐上下叠加的自然风貌，一半是翠谷，一半是教堂。上苍馈赠给人间的杰作，远在荷马时代已然如此，这神奇的景象令人震撼！

这垂直升腾的审美意象似乎深藏于人的潜意识；又过了许多世纪，欧洲人不是以哥特式的垂直线条向上帝伸出敬拜之手吗？那些线条越升越高，成为遍布欧洲大地敬拜神明的宗教象征。

在古风时代，不绝如缕的希腊人，就是站在这幅直指苍穹的背景下，请求神祇回答他们的各类疑问，史学家希罗多德的《历史》和传记作家普鲁塔克的《希腊罗马名人传》里记载了许多条神谕。而回顾遥远的荷马的年代，无人得知神谕对人们说了些什么。或可推测，在公元前八九世纪，人们问得最多的问题就是当时最关切的问题：要不要离开本土迁徙去海外以及向哪里迁徙？此外，人们也祈求他们的跨海之旅能够顺风顺水、一路平安……

第五章　米诺斯悖论

> 酒蓝色大海中央有一座海岛，人称克里特，土地肥沃，景色秀美，海浪环抱城池，人多得难以数清，拥有九十座城市……有一座伟城名克诺索斯，米诺斯在那里为王九年。

雅典是希腊文化的重镇。对于初到雅典的人来说，它有数不尽值得人们流连的艺术殿堂。不过，按照我们在希腊的行程安排，雅典是我们向周边辐射的驻地。只度过一个短暂的夜晚，一睁眼就径直飞向爱琴海南端的克里特岛。

比起荷马史诗，雅典显得有些"晚近"。克里特米诺斯文明的发轫早于雅典城邦文明的兴起，相隔一千来年；所以，我们不想按照时下热门的旅游路线规划行程，而想依随古希腊历史的足迹去探访。

　　此行的意义在于，克里特的米诺斯被视为希腊文明的第一乐章。那里有许多"欧洲第一"，如欧洲的第一条马路、欧洲的第一座剧院、欧洲的第一个航海罗盘……如果你相信欧洲文明始于希腊，克里特就是必去的地方，它被视为整个西方文明的最前沿。

蓝色的诱惑

　　每天都有飞往克里特的航班，由北向南飞越爱琴海，航程只有一百几十公里，全程一个来小时。从空中俯瞰，海岸线在这里呈现出地球表面最复杂、最曲折的地貌。海湾牵连着海湾，海岬相望着海岬，海湾的深处隐匿着数不尽的海港，几乎找不到一小段略显平直的海岸线。

　　陆地和陆地之间只有狭窄的地峡相连，欲断还续，欲吐还含，较大的半岛就是这样形成的。伯罗奔尼撒半岛只靠窄窄的科林斯地峡和陆地粘连在一起，真可谓藕断丝连。从高空鸟瞰，伯罗奔尼撒就像一只五指俱全的巴掌那样伸入爱琴海。

　　爱琴海的海心散布着数不清的迷你小岛，星罗棋布，峰峦耸立；云从山中升起，每座小岛的上空都有棉花团一般的白云笼罩，犹如仙山幻境。雅典到克里特的航程给人的深刻印象就是飞机始终在贴近海面低飞，在低矮的对流层摇摇晃晃；这意味着航程很短，致使本次飞行更像是一次"蛙跳"。

如果铺开一幅爱琴海的地图，或许更可以看出这片海域的全貌。位于巴尔干半岛南端爱琴海的地形毫无规则，就像被一股无形的力量在不经意间打碎的瓷片，又像画家泼下浓重油彩飞溅漫散的尾笔，还可以想象为交响乐队一记重锤留下袅袅余音在漾散……在地球上，只有在这片海域的北岸，才能看到如此奇特的地貌。

希腊共有2000多座岛屿，国土面积只相当于中国一个小型省份，却有着13000多公里的海岸线；足可称为千岛之国和万里海疆。

早有人赞赏爱琴海的译名，不知是否来自荷马弹奏七弦琴的灵感？它是中国老一代翻译家文化修养的外延。爱琴海在古希腊被称为希腊海，中文译名"爱琴海"，信达雅俱佳。就像他们把巴黎的一条大街译成香榭丽舍，把一座僻静的宫殿译为枫丹白露，把意大利文艺复兴之地译为翡冷翠，还把那些勇猛强悍的国家译为英吉利、德意志、美利坚……有吉有德又有美。那一代翻译家曾经对全世界充满美好的祝福，他们得到什么回敬？他们的外国同行把中国直呼为一种器皿，毫无诗意。当然，称呼久用成为一个符号，也就无所谓褒贬了。

我们的航班在克里特岛伊拉克利翁机场降落，这里是全岛最大的港口城市。走出机场，租到一台小排量汽车上路，在去酒店途中特意选择一处居高临下的港湾停下来，在万里晴空下向北方良久凝视爱琴海。

海水平静而轻柔，无比清澈的蓝色。我在中文里搜寻着对应的词汇，究竟是哪一种蓝色？蔚蓝、碧蓝、湛蓝、瓦蓝、青钢蓝或宝石蓝……都嫌不够尽意。哦，它是妖蓝！就像魔女勾魂摄魄的神秘秋波在闪烁；那颜色说不上妩媚，却极具诱惑力，令人心旌飘摇。据说这般蓝色和海底岩石的质地有关，那是触目难忘、浮想联翩、难得一逢的惊艳。

我是一个彻头彻尾的陆地生物，平生第一次见到大海已是不惑之年。那年我与几位作家去中国北方的海滨避暑。从高处看去，第一眼中的大海陡然壁立，仿佛一面碧绿的高墙，浩瀚、神秘、陌生，同伴们扯开嗓门儿大喊着冲向大海。随后几天，作家们纷纷用散文、诗歌和小说倾诉他们对海的新奇感受，颇有"幸甚至哉，歌以咏志"之慨。由此推想，曹操也是活了多半辈子才"东临碣石，以观沧海"的。对于生活在陆地上的人们来说，海洋是前所未有的体验。

爱琴海自成一格。在它的东北部区域，美艳的海水和粗陋的陆地形成鲜明对照。很多人都用狭小、单薄、贫瘠这一连串的贬义词来形容希腊的土地，值得一看的地方多在沿海地带。

我们的车子沿着克里特岛的环岛公路飞奔。在久居大陆的人看来，克里特是被海水环绕的东西狭长的小岛，驾车由岛东跑到岛西只需半天多的时光。岛上的三座大山白山、伊季山和季克蒂山，横亘在岛的东西轴线上，绵延起伏形成岛的主体。其中最高的伊季山海拔2456米，地势高寒；山坡上仅有薄薄的褐色的土层和裸露的岩石，很可能在早期因过度的开发，如今就连次生林也难以生长。仅凭猜测可以判断，这里自然资源匮乏，并非富庶之地。

周边的海岸却洒满灼热的阳光，宛若一道金色的裙边，看起来也就是几公里宽的海滨，却是整个克里特最繁华、最活跃的地带。

接下去的话题既可以从人文脉络讲下去，也可以从自然环境讲起。初来乍到的大陆人，面对着海天一色的辽阔，一定会觉得这里人的行为习惯、眼光、所思所想跟我们很不一样。我们还是先来端详这一方水土的别样。我们有必要把眼光稍加放宽，环视一下它周边的地中海，两者之间犹如大海套着小海。

两条大斜线

柏拉图说:"我们就像一群青蛙围着一个水塘,在这个海的沿岸定居了下来。"这句兼具文学与哲学的叙述尽得地中海之妙。地中海的妙处就在于不大也不小,周边的多民族人口分布疏密有致,分得开,够得着。这样的人文地理环境在地球上实属罕见。

若以现代化的时速,绕行地中海一圈几乎形同一次湖边散步;但以古人的眼光看去它的空间却充满诱惑。每当强劲的季风刮来,地中海掀起惊涛骇浪,卷起千堆雪,但并非不可逾越。

这片不大不小的海域,汇集着地球五大洲中的三大洲。如果我们认同玛雅、墨西哥、秘鲁等短暂的早期文明缺乏延续性而黯然消失,那么世界最悠久的五大文明就有三大文明在这里发源,即埃及、美索不达米亚,还有强悍的西方文明,三者都在这里相继生长。这个"池塘"的周边,荟萃了最多的不同民族和最多样的文化,它既是展示自然面貌又是展现人文风情的瑰丽橱窗。

地中海是大自然鬼斧神工、精雕细琢的一个奇迹。地质学家们早就知道,我们今天生活的世界,是距今7000万年前新生代第三纪地壳运动的结果。在那个地质年代,坚硬的非洲板块向欧亚大陆俯冲,并挤压印度次大陆,形成大致由西向东一系列皱褶，从直布罗陀海峡起始，贯穿亚平宁半岛、巴尔干半岛、安纳托利亚半岛以及比利牛斯和阿尔卑斯山脉，再向东隆起喀尔巴阡山和被称为世界第三极的喜马拉雅山，甚至遥远的东南亚群岛和新西兰也是这场地壳运动的余脉。如果你能借用地质学家的一双眼睛，据说这道雄壮的皱褶很直观。这一系统屡屡发生的地震灾害，也证明它的存在。

令人瞩目的地中海处于这道皱褶的西段。它是板块运动造成的一片低洼盆地，深度大约 300 米，曾经是一片干燥的沙漠。

当地壳又一次变动时，西部的地峡被震裂为直布罗陀海峡，大西洋海水汹涌地灌了进来，就成为我们今天看到的地中海。那些浮凸在海上的岛屿，就是地质皱褶顶部的峰峦。这个海洋盆地一点也不闭塞，它可以向西穿过直布罗陀海峡进入大西洋，向北经由达达尼尔海峡，穿过博斯普鲁斯海峡进入黑海，与地球上不甘寂寞的一些宽阔水域血脉相连。

让我们扫视一眼地中海南北两端，将会有更加新奇的发现。它有两副截然不同的面貌——北部希腊所在的巴尔干半岛和意大利所在的亚平宁半岛，海岸线千回百转，处处是海湾和海港，每一个海港都便于起锚出发，每一处海湾都可以把归返的航船揽入怀抱。它和南部埃及平直单调的海岸线恰成鲜明对比：那条直线继续延伸，从突尼斯转向叙利亚的漫长海岸线也是平直的；缺少海湾，缺少海峡，缺少港口，鲜有半岛。如此强烈的反差简直令人拍案惊奇！稍有地理知识的人都知道，这道绵延的海岸线后面就是中东和北非的大片沙漠。

有史家认为尼罗河是人类早期"航海的摇篮"，那是就内河航运来说的；但就航海而论，希腊人显见占有后发优势。以现代人的地缘概念去划分，无比崎岖的海岸线属于西方世界，罕见平直的海岸线属于东方世界，后者在海洋争端中从来居于下风。两者之间的地理位置如此接近，但文化精神却各执一端，大自然造物早就赋予它们两种截然不同的地貌。

地质学家还知道，不仅有这条从西向东的地质皱褶构成欧亚大陆高耸的脊梁，另有一条由西南向东北的大斜线与横向的山脊交叉，那是斜贯半个地球的著名的干燥地带——雨水稀少，风起沙扬，不适宜人类生存。它起始于撒哈拉大沙漠，穿越中亚的沙漠，再进入中国境内广袤的沙漠与戈壁，直抵北京城的郊外，导致北京常常受到季节性的沙尘暴袭击。

……文明地图上最重要的部分，是由东北至西南斜贯欧亚大陆的巨大的"干燥地带"。"干燥地带"的两侧，是两条与之平行的"半干燥地带"。距干燥地带越远越湿润。

（川胜平太：《文明的海洋史观》，刘军等译）

前面所说的线是几何概念，实际情况当然比"线"要宽得多。两条地带的起点都临近地中海，于是沙漠、山岳和海洋，构成地中海的三种基本面貌。

对人类生态的影响还应说到气候。地中海南北平均宽度为 600—800 公里，气候特征高度统一。倘若宙斯当真统治地中海的天空，每年他有两件事最忙碌：夏季，他忙着把南部撒哈拉大沙漠升起的干燥气流向北驱赶，给地中海带来清爽南风、清澈的天空和炎热的炙烤。而在冬天，他从大西洋上空招来低压气流，夹带着潮湿阴冷的气团行云播雨。整个冬天希腊中北部寒风凛冽，浓雾低垂，爱琴海浪涛翻滚，不宜于航行。但是，这时的撒哈拉沙漠周边地区却活跃起来，冬天是他们的欢快季节。

在地中海，炎热与严寒这两种气候缠斗、推搡，却从不握手言和，以致地中海没有春天和秋天，只有两种极端天气，以春分和秋分为界。因此，由于气候相当严酷，希腊并非宜居之地，但地表上呈现出饶有特色的植被。

以徒步旅行方式踏查了泛希腊大片地区的历史学家阿诺德·汤因比这样评价地中海北部：

> 这一区域为其居民提供了条件优越、面积却极为有限的耕地。山的峭壁使得土壤如同一只碗里的粥一样积蓄在山谷里。土壤的厚度可观，表面也平坦，但土平面与山腰相交的那一条线，便是耕作终止之界。因为山本身是如此贫瘠，即便耕作者辛劳地在山坡低处开出梯田，能够在土平面之上固定住的土壤却极少，差不多仅够种植一点橄榄树。
>
> （《希腊精神——一部文明史》，乔戈译）

显而易见，这样少而贫瘠的土地不可能发展大规模的农耕文明。它只能提供少量的粮食，养育有限的人口，以致形成小国林立、频繁迁徙、勇于冒险的海洋文明。

地理学家在希腊半岛的地图上标示出清晰的U形曲线，由这条曲线到海岸形成的100多公里的"花边"，便是油橄榄的产区。这种树并不像东方传唱的梦中橄榄树那样浪漫，它低矮、虬曲、其貌不扬，却在小叶子下面藏挂着累累果实——橄榄是希腊的绿色黄金。

而地中海南岸的沙漠边缘，也有一条不长的曲线，那里向人们贡献甜蜜的椰枣。在这条"花边"的背后是两河流域新月形沃土以及尼罗河冲积扇的沃土，宜于生成大规模的农业社会，那是古埃及和古巴比伦农耕文明的摇篮。

环境雕塑人文

我们环顾地中海时，将目光凝注在克里特岛。如果说地中海汇集世界的三大洲，那么克里特正好位于欧亚非的交叉点。它与三大洲的距离相等，是名副其实的海上枢纽。这个狭长的小岛东西的长度为250公里，南北最窄处的宽度只有12公里，在地图上就像一叶锚定的扁舟，横亘在地中海的中央。正是"纵一苇之所如，凌万顷之茫然"。它在早期希腊文明的发展中承担了起承转合、推波助澜的作用。在克里特和雅典之间的爱琴海，布满若断若续的群岛，例如著名的基克拉泽斯群岛，就像一座座桥墩，连接起整条航线，即使在人们的天文和航海知识还很幼稚的史前，每一艘船都不会迷失方位，都是靠近岸边航行，犹如依傍着一架时隐时现的海桥。

地中海不仅海的规模适中，生态多元；而且它的岛屿虽断犹续，纵横交织。众所周知，文明进步在于交流融汇。倘若彼此地理上相隔太远，例如散落在浩瀚的南太平

克诺索斯宫殿

抚牛腾跃

克里特舞女

洋的诸岛，相互遥不可及，也与世界各大洲的陆地望洋兴叹，它们直至很晚才能接触到现代文明。有人认为，堪与希腊地理环境相比的还有印度尼西亚和日本，此论经不住推敲，日本与印度尼西亚都是次生文明而非原生文明。拿日本来说，它受中国儒家和盛唐影响长达十多个世纪，迟至近代才"脱亚入欧"跻身于海洋文明。当然，日本文化的海洋性特征是显著的，这与它"脱亚入欧"的工业革命和其后的对外扩张近代走向不无关联。至于印度尼西亚，地理环境与地中海不大相似，它的早期移民可能抵达澳大利亚，但在澳大利亚四顾茫茫，缺少持续的商贸和文化交流，演化受到了限制。

再看地中海沿岸的"青蛙"们，它们可以听到互相间的鸣叫和喧嚣，还可以从一块礁石跳到另一块礁石，即使吵闹撕咬也是更近切的接触。

历史学家大多不是环境决定论者，有些人提到这个话题就嗤之以鼻；然而，他们大多又同意环境影响历史。我们不禁要问：当"青蛙"们还没学会跳跃的时候，在社会文化形态尚无特征可言的亘古，又是什么影响着历史与文化的走向？

《人类简史》的作者尤瓦尔·赫拉利认为："想要了解这些现象，我们只能靠着研究事件本身、环境、权力关系，看看人们是怎样将虚构的想象变成了残酷（而且再真实不过）的社会结构。"

中国人也不都是环境决定论者，但中国似乎更相信一方水土养一方人是文化的恒律。孟子所谓"居移气，养移体"，意味着生存环境影响了人们的生活习性。我们或可将环境决定论的绝对意味调整一下，着眼于环境对习性的持续雕塑。环境是一把刻刀，天长日久，这把刻刀必定在生活其中的人们的身上留下印记。环境导致了差异，差异又增强了分化，分化形成人类世界的多元。就像地中海北岸千回百转的港湾和南岸平直的海岸线，雕塑出两群人不同的文化风貌。

雅各布·布克哈特在《希腊人和希腊文明》一书中说："希腊人拥有一种自然的潜能，实际上是一种积极的爱好，那就是成为水手、殖民者和商人。"这里所说的"自然"只可能是环境，不可能指向遗传。希腊人的祖先来自南高加索的印欧人种，爱好驯马的游牧民族来到爱琴海却热衷于水手的行当，没有证据显示他们发生了基因突变。他们的行为变化是文化习性的改变。

法国年鉴学派的代表费尔南·布罗代尔则认为，环境是人类深层的、缓慢的、结构性的集团史。而深一层结构掀起深海的暗流，带动着地中海生活不断地演变：

海上生活的这股动力总是首先抓住最无足轻重的、最不起眼的小片地块（一些岛屿和滨海的小片地区），不断滚动，就像北方各海的潮水带着海滩上的卵石滚动一样。

（费尔南·布罗代尔：《地中海与菲利普二世时代的地中海世界》，唐家龙、曾培耿等译）

年鉴学派的理论说的是历史，这里说的是文化；拉长的文化就是历史。

接下去则是我们通常所说的传统历史，帝王将相的历史，英雄的历史，表面翻腾骚动的、激动人心的、既有人情味又危险的历史，那不是人类规模的历史，而是个人规模的历史，可以称为色彩缤纷的"峥嵘岁月"。

我们把地中海称作一个海，还不如把它说成是诸多海域的集合体。爱琴海偏处地中海东北方的一隅。希腊东部临近土耳其安纳托利亚的西岸，在希腊人移民后称为伊奥尼亚；西部则毗邻南北狭长的亚得里亚海，与意大利岛隔海相对。转而向南，就是地中海中心的克里特岛。这个有山有海的倒三角形海域，在史前时期前程似锦，它占有欧亚非文化的碰撞与交流之便，最早的欧洲文明就在这一方水土诞生。

伊文思的机遇

德国考古学家海因里希·谢里曼在发掘了特洛伊之后,几乎在发掘迈锡尼的同时,于1876年就来到克里特,他认定伊拉克利翁东南五公里的克法拉山就是克诺索斯的遗址。他在生命的风烛残年曾写道:"我想用一项伟大的事业来结束一生的工作,那就是发掘克里特岛上克诺索斯国王的宫殿。"但他最终与爱琴海辉煌的米诺斯文明发现失之交臂,归因于他的运气和脾气。

当时的克里特还在土耳其当局治下。那块土地的主人漫天叫价,谢里曼就地还价,从十万法郎还到四万法郎,似乎将要成交;当谢里曼再次返回这里时,发现周围伐掉一批橄榄树。橄榄树能值几个钱?他顿时怒气冲天,愤然而去。大账不算算小账,即使成功的商人也难免有怪癖,他们既可以一掷万金又常为小事斤斤计较。

于是,发掘克诺索斯的机会留给了下一个幸运者。

1900年,英国人阿瑟·伊文思率领150人在克法拉山掘出他们团队的第一铲土。伊文思时年49岁,曾经担任牛津阿什莫林博物馆馆长。此前他热衷于收藏克里特的小印章,印章上神秘的文字图案妙趣横生,吸引他多次前往克里特考察。

他比谢里曼幸运,当时克里特刚从希腊常驻领事专员那里得到有限的自主权,挖掘条件变得有利,伊文思便以可接受的价格买下这片土地,他们只挖了几个小时就触到地表下的墙体。

伊文思与谢里曼在特洛伊的遭遇相反,谢里曼在特洛伊挖了三年直到就要放弃的前一天才获得他想要的东西,而伊文思的第一天就开工大吉。

但是,当时谁也没想到,整个克诺索斯的发掘工期极为漫长。又过了三年,克诺索斯建筑群才浮现出来。接下去,全部挖掘和修复直到1931年才大功告成,足用了31年,可以想象这项古代工程规模浩大。这就是古希腊神话中那座著名的、神秘的迷宫——传说中的国王米诺斯的宫殿。

米诺斯是希腊人信奉的众神之主宙斯和欧罗巴交合所生的儿子。宙斯匿身于克里特岛上的一个山洞里,米诺斯每过九年去山洞聆听父神对于法律和政治的训导。雅典曾与米诺斯结怨,强大的米诺斯对雅典做出侮辱性的惩罚。雅典的开国元勋忒修斯渡海来到克诺索斯,杀死牛面人身的怪物弥诺陶斯,凭着米诺斯王子给他的线团才走出这座巨大迷宫——即使在神话中,克里特与希腊的关系早已纠缠得不可开交。

按照荷马的说法,米诺斯是特洛伊战争之前相隔三个世代的国王，最多相距100年。而今伊文思发掘的宫殿建于公元前1700年，是克诺索斯第二期新宫殿遗址，早于特洛伊之战约500年。

在考古界，特洛伊遗址、迈锡尼城堡和米诺斯宫殿并列三大早期考古发现，它们也证明了荷马对克里特的描述言之有物。亦因此，现代人们才豁然拓展了视野，才知道在青铜时代早期就存在前所未闻的爱琴海文明。

其实，在克里特岛上如克诺索斯这般的遗址不止一处。就在伊文思发掘的同时，意大利人在克里特岛的南端挖掘费斯托斯，另一批英国人去克里特岛的东端挖掘扎克罗斯，美国人也在瓦西利基和莫赫洛斯有所斩获。同时，本地人不甘落后地竞相挖掘。荷马不是说过克里特有九十座城市吗！风格相似的、互有差异的、年代不同的宫殿遗址相继出土，分布在克里特岛的全岛，遍布东西南北。南岸的费斯托斯有宽大的石阶，也有露天剧场，气派非凡的接待室甚至比克诺索斯最大的殿堂还大。事实上，伊文思只挖出克里特繁荣的一角，只要是山与海交接的地带，全岛一片皆然的灿烂辉煌。

伊文思在挖掘时留意到地层分属于不同的年代，随着后续考古工作的开展，他已可以给出较为清晰的断代序列，还可以看到克诺索斯的几度兴衰。自从公元前2100

年前后兴建第一期宫殿以来,以克诺索斯为代表的米诺斯文明至少遭遇过两次较小的破坏并得以重建,还有一次严重的毁坏。约在公元前1500年迈锡尼人鸠占鹊巢,成为克诺索斯的新主人。

伊文思将毁坏原因归于克里特岛的剧烈地震。他在考古发掘的后期曾亲身经历过一次地震,那是1926年6月26日的晚上,伊文思的睡床突然晃动,墙壁也在扭曲,大地由呻吟而至怒吼。当终于平静下来,他冲出去观察自己加固过的克诺索斯遗址,幸好没有损坏,而周边民居却一片狼藉。

这场地震令伊文思印象深刻。克里特是火山和地震的多发之地,但是单凭一次个人经历未必就能揭示全部的历史真相。就在伊文思发掘的第三期宫殿遗址中,这座大约形成于公元前1400年的米诺斯王宫处处留下了大火焚烧的痕迹,烧焦的柏木柱子,熏黑的墙壁和石凳,更像一场人为的灾难,地震的证据却不明显。而至今不知谁是肇事者。公元前1190—前1100年,米诺斯文明戛然而止,就此沉寂。犹如在爱琴海南端怒放的一簇鲜花,盛开时无比壮丽,消失得暗寂凋零。

伊文思还发现了线形文字,都刻在几千枚大小不一的泥板上,我们在前文提到过这两种线形文字;经过大火烧焙，固化为黄褐色的陶片，更宜于长期保存，给后继者留下破解的希望。

1953年英国业余的语言学家迈克尔·文特里破解了线形文字B。这个发现的意义在于澄清了几个重要的历史悬案。他确认了古希腊语是迈锡尼语，还发现线形文字B是由线形文字A改进而来。如前所述，迈锡尼人于公元前15世纪前后入主了克诺索斯以及克里特岛中东部的大片地区，统治了克里特岛。这些结论很有意义，它把爱琴海的文明碎片黏合起来，构成连贯舒展的链条。

文特里的发现得到伯罗奔尼撒半岛考古发现的支持。在皮洛斯和梯林斯的发掘中也有大量线形文字B的陶片出土，因而出现米诺斯和迈锡尼两种文明相互融合的形态。从此米诺斯文明恰如其分地属于史前希腊，也属于欧洲。

海心黄金屋

伊文思以及其他多处考古发掘的珍品，大都收藏在伊拉克利翁考古博物馆。我们抵达克里特岛的第一天，把酒店安排停当，就驱车直奔这座博物馆。

观看博物馆关乎人的心境。笔者也没想到，在这个孤零零的小岛上，有一座毫不逊色于世界级博物馆的宝库。

伊拉克利翁并非一座壮观的城市。这里在第二次世界大战中是战略要冲，希特勒曾出动500多架战机实施世界战争史上第一次大规模空降，随后此城又遭到盟军的猛烈轰炸，全然失去城市的原貌。经过战后重建，沿途所见的建筑物大多是呆板的钢筋混凝土构筑，不见了爱琴海岛屿上那些小白房子和蓝色海水相映成趣的风韵。

城市的街景犹如通向当地博物馆的玄关。巴黎的优雅，伦敦的深厚，加上卢浮宫前的贝氏金字塔和大英博物馆前宽大的石阶，都聚拢了凝重、深奥、为之仰视的心理暗示。而伊拉克利翁考古博物馆一概没有这些前置性的过渡。它与雅典的博物馆相比，只是一个地方性的博物馆。这在无形中降低了来访者对它的期望。于是，孤陋寡闻加上缺少准备，都令笔者精神不振。万万没有想到，我们即将走入一条无声的艺术长廊。没有张扬的标识与注释，却有着无比的高贵与丰盈。

找到博物馆那座低矮的建筑，漫不经心地迈进了米诺斯文明的门槛。不料，这种不经意的怠慢很快就受到强烈的震撼。

考古博物馆的展品陈列显得有些拥挤，第一部分是公元前7000年的新石器时代，那个展区规模较小略去不说，从公元前3000年开始克里特就进入青铜时代早期，在时空的坐标上相当于中华文明史前的良渚文化与龙山文化之间，比中原地区的青铜时代提早大约1000年。

接下去再看克里特宫殿风格的彩陶，千姿百态，各异其趣。稍后的器皿竟然出现工匠艺人在自己的作品留下的签名，表明当时已出现了艺术作品彰显作者个性的观念。这顿时令人联想到中国历史上第一个敢于在作品上署名的明末苏州巧匠陆子冈，只因在自己玉雕的壶嘴内侧不显眼的地方刻上自己的名字，而被官府追杀。在世界早期文明史上，工匠们大多寂寂无名，他们以艺术谋生糊口，也以皓首穷经的热忱奉献艺术的执着，而境遇却大相径庭；克里特对工匠的尊重当是对生命个性的礼赞。

再转过一个展区，令人目眩的景象扑面而来。

约在公元前1600年，米诺斯文明达到了盛境，呈现在人们面前最丰富的考古发掘居然是大批金光闪闪的黄金饰品和目不暇接的珠宝。希腊人一般认为，出于盗墓原因，他们的黄金文物发掘很少。但是，对于远东的访问者来说，小小克里特的文物发掘堪称一场黄金的盛宴，这里有头饰、耳环、项链、胸针、手镯、戒指、印章以及各种花式的珠宝镶嵌……如果把眼前的文物和谢里曼在特洛伊发掘的"普里阿摩斯宝藏"比较一下，区别在于规模；原来以为普里阿摩斯宝藏是举世无双的一套珍宝，而克里特的珍宝就像遍地黄金那样一柜子又一柜子呈现于世人面前。贵重文物的大量出土意味着曾经存在富庶强盛的社会。通常令人垂涎的黄金，在这里数量多得在看过几排展柜以后居然产生了审美疲劳。

令人瞩目的黄金饰物不仅在于数量，还在于工艺品质和艺术造诣。在欧洲的史前史，克里特文明有过一场宇宙新星似的爆发。细看展柜中的黄金饰物，每一件都是由许多精致的构件组成。每一个构件都精心设计与锻造，或是对自然界动植物的写生，或是高度抽象的几何纹样，雕绘满目，值得花费时间去潜心品味。就连他们的武器，例如匕首和长剑，也是极尽雕琢与铺张的艺术情趣。这不免使人突发奇想，克里特3000多年前的饰物完全可以和当今巴黎最奢侈的品牌相媲美，还可能赋予现代人更多的艺术灵感。事实正是如此，伴随着20世纪初的考古发现，克里特精湛又简洁的古老艺术曾经令欧洲的现代派艺术家们趋之若鹜，倾倒如醉。一时间，从克里特的雕塑艺术寻找灵感形成一股热潮。米诺斯文明活力四射，具有奇妙的现代感。这种评价最早出自阿瑟·伊文思爵士之口。当克诺索斯遗址的文物经过伊文思之手一件件重见天日时，他就惊呼它们的"现代感"！

黄金和珠宝毕竟是化学性能稳定的物质，历数千年而不减芒辉。当这些展柜一个接一个排列成行时，眼前就流光溢彩、满堂斑斓，一派富丽妍华气象。在久远的年代竟然出现罕见精美的黄金饰物，令人顿觉失去时空坐标，脑海里的巴黎香榭丽舍的展柜和眼前的出土文物一时混淆难辨。

笔者独自凝思，这里的青铜时代中期在时空上大致相当于中华文明虽有发掘却因证据链不足而尚存争议的夏王朝。而它的晚期，大致相当于中国商代早期至盘庚迁殷之间。盘庚迁殷之后是商王朝的鼎盛时代，其领土规模令克里特不可望其项背。检视庞大的殷墟，有关黄金的考古发掘却寥寥可数：

> 金器数量极少。侯家庄M1004翻葬坑出土有一枚金泡，形似铜泡，泡径3厘米，重25克。同墓还出土一件桥形金片，其上有小钉孔，长2.55厘米，重6.5克，像是装饰品。
>
> 此外，侯家庄M1003翻葬坑还出土了6枚包金叶的铜泡，泡径在2.3—3.75厘米之间。至于金叶，在殷墓中屡有出土，多为残片，形状不一，其中有些可能是在器物上脱落下来的。
>
> （陈志达：《殷墟》）

回望区域面积千百倍大于克里特的中国土地，迄今最多的黄金发掘只有海昏侯墓葬令人刮目相看,那已是相距克里特青铜时代两千年以后的东汉了。虽然克里特在古代有可能独立发展高温熔炼技艺,随心所欲地调配合金成分以锻制奇异纹饰,从而在高手如林的地中海周边鹤立鸡群,但是克里特压根儿没有黄金矿藏的记载。一个蕞尔小岛哪儿来的遍地黄金?

抚牛腾跃

伊拉克利翁博物馆许多展品与牛的题材有关,展厅一角是金角牛头,它与真实牛头的比例近似1∶1,造型逼真,无懈可击。据称这是一件祭奠用的法器,在额头有注酒的小孔,鼻孔则是酒的出口。这件文物的图片在欧洲被许多艺术画册屡次刊载。不难看出,不论是抽象艺术还是具象的艺术,克里特的艺人一概得心应手。

笔者在一幅牛的壁画前驻足,它镶在一个大型镜框里,题名是"奔牛"。早在许多书中见到过它的图片,我立刻认出它是此座博物馆引以为傲的镇馆之宝,不由得凝视良久。

在近处看去,壁画比书中的插图更加气势非凡,色彩绚丽,笔调明快,顿生百闻不如一见之慨。壁画年代大约在公元前1500年。

在天蓝色的背景下,一头褐色的、体形硕大的公牛在奔跑，一个肤色红褐的少年迎头纵身飞跃，双手在公牛的背脊一按，做出360度的大空翻，就像体操运动的跳马动作那样，也可说现代跳马运动就是模仿这个古代少年动作而来的。画面定格的正是少年在空中飘逸、灵巧、奇妙的那一瞬间。

在奔牛的前后各站着一个身材高大、肤色白皙的女子。博物馆的文字说明大意是，这两个女子与凌空的少年形成一组"抚牛腾跃"的连环动作。

这样高难度的腾跃需要非凡的勇气和娴熟的技巧。现代体操运动的跳马器械是固定的，在落地处还有厚厚的海绵垫缓冲，即便如此，在当今世界级高水平比赛中还常有失误。而画面中那头莽牛在低头狂奔，硕大的牛角向前直抵，在千钧一发的瞬间稍有闪失就会造成血淋淋的伤亡。

历来对这个画面有两种解释：其一认为这是一项克里特残忍的祭祀仪式，少年需要跨越凶猛的公牛接受宗教的考验；其二认为它是人类现代体育运动的起源，盛赞它的人类学意义：

> 不是战争，也不是游戏；不是献祭也不是屠杀；
> 没有眼泪，也没有欢笑；只有彻底的、完整的壮丽。
> （塞莫斯·古里奥尼斯：《原生态的奥林匹克运动》）

我们该信哪一个？笔者情愿相信画面的感性意象。

少年肤色通红，身手矫健，像是在阳光下久晒的专业运动员。这使我想起在另一处发现的米诺斯石雕的拓片，也有一个少年抓住牛角腾跃。不过，那头公牛没有跑动，而是俯卧在地面上，这是又一种腾跃的方式，或许是寻常的练习，看上去并没有不可规避的危险。它与古罗马残酷的斗兽场明显有别。

在这幅壁画的旁边，专设玻璃展柜陈设着一件雕塑，那是纵身飞跃的少年特写，其材质可能是一具出土的牙雕，因年代久远而蚀迹斑斑，经过文物工作者的修复以后形神俱备，比壁画所见更加惟妙惟肖，吸引人们在这座独立的展柜前忍不住连连拍照。由这件特写的雕塑可以想象，克里特古代艺术家强调少年凌空翻腾的绝妙身姿。

笔者在博物馆的壁画前陷入沉思，距今3600多年前的克里特因何涌现这样一群活跃的生命？他们衣食无忧，精力过剩，热衷于冒险，却不暴戾。从文献中得知他们还喜好拳击、摔跤这些对抗性很强的项目，接近现代体育的规则和技巧，还流行高贵的驭马赛车。一些人可能完全脱离耕作或渔猎，勇于在公众面前迎接极限挑战，就像"抚牛腾跃"那样。

在数量众多的瓶画上，可以看到一对少年选手戴着拳套在比赛。一个少年以标准的右直拳出击,另一少年以右拳防护的同时用左直拳果断迎击,他们的动作都很"专业"。瓶画制作于公元前1600年,比第一届奥林匹克运动会早800多年。公元前776年在奥林匹亚举办的第一届奥运会只有200米单项赛跑,而年代久远的克里特运动项目却多姿多彩。

考古学界通常把考古发掘的第一手资料俗称"哑巴材料"。但是,米诺斯文明的"哑巴"表情太过丰富,肢体特别张扬,色彩尤其绚丽。我们近似直观地看到克里特这个海洋民族的多重气质,犹如一群鲜活的生命在历史的天幕下矗立于今人面前——

他们极度富裕,近乎奢侈;极度爱美,高贵优雅。他们热衷于绘画花卉、水草、可爱的海豚和吉祥的瑞兽展示生活的安详。他们不光热爱艺术,而且凶猛、彪悍、好勇斗狠,为了克敌制胜也会出招狠辣。在优美的"抚牛腾跃"的画面上,隐隐感觉到一股面临生死的淡定。在这一大批丰殷得拥挤的展品中,透过"华饰以明趣"的意象,领略了他们超凡与多元的情愫。

不过,以上所感只是一个远方来访者对这座神秘岛屿的肤浅印象。深想一层,克里特不会是一个早期的极乐世界或香格里拉。这群看似欢快无忧的生命,必定承载着我们尚未察觉的巨大压力,似乎随时准备迎接一场生死存亡的挑战。

"巴黎女人"

米诺斯到底属于欧洲元素还是亚非元素？在离开"抚牛腾跃"的壁画时，这个疑惑就徘徊于脑际。克里特岛的地理位置使它深受两河流域和尼罗河流域的艺术影响，但又被视为欧洲的最前沿。认真看下去，随着时序的推移，欧洲的元素在明显加强。

从一楼来到二楼的展厅，仿佛走进一座小而多彩的画廊，可以看到很多精美的壁画，有花卉图案，也有男人和女人的特写。从当地学者撰写的新版《克诺索斯》中得知，有一幅最美的女性壁画题名为"巴黎女人"；据说也出自考古学家阿瑟·伊文思爵士的命名，寓意3500年前的克里特女人可以和现代巴黎女士相媲美，比喻大胆又不失精当。壁画上的女人皮肤白皙，衣着时尚，上身是一件色调优雅的条纹衬衫，由红、蓝、白三种颜色搭配，简直就是现代法兰西的专属色；还佩有环状的胸饰，活生生是一位走在香榭丽舍大街上巴黎女郎的侧影。她

> 胸部发亮，颈部美好，嘴唇性感，鼻子高耸，全身呈现出挑逗性诱人的美
>
> （威尔·杜兰特语）。

考古学家或历史学家一向都以严谨叙述为要务,在描述这位可能是克诺索斯的女祭司时,却不惜借用浪漫的词语,以现代风情万种的"巴黎女人"相称,足见米诺斯艺术首开欧洲风气之先。

衣饰的颜色尤其透露人们的审美情趣。在二楼的一组壁画中,克里特女性们的服饰甚至接近前期印象派偏爱的取向;她们不喜欢美术界的所谓纯元色,而是倾向于中间色、复合色和过渡色,例如浅紫、粉蓝、藕荷、银灰、嫩红……壁画的基底是精心抛光的石膏,更宜于衬托色彩的细腻。而且,其后渐渐出现有别于埃及绘画的人物正面形象,掉转了角度。有几帧壁画特别强调女性在着装的同时裸露的酥胸和腰部的曲线,也更加显示画家用色的轻盈和淡雅。

壁画还向我们提供了更多的生活信息。一般来说,克里特的男人性格强悍,外表斯文,具有后来欧洲的绅士风度。他们天生的肤色可能属于白种人,黑眼睛、黑头发,卷曲的长发飘逸披肩;宽肩细腰的倒三角应是常年运动与饮食有度的体征。他们总是把脸颊和下巴刮得干干净净,考古发现的薄刃剃刀可以证明这种麻烦的文明习俗。不是吗?即使在3000多年后的今天,男人们每天仍然在为了用电动须刨或保险刀片对付自己坚硬的胡须而频生烦恼。

克里特男人衣着简单，不论贵族或平民都在腰间系一条腰带，早期可能还有相当原始的护阴套，未必由于纺织品匮乏，而是因气候炎热而流行的风尚，常常用橄榄油来涂抹全身，滋润皮肤。男人皮肤在阳光下久晒呈现红褐色，有的人会在臂部佩戴金匝或手镯，手戴镶嵌宝石和纹饰精美的戒指也很常见。冬天寒冷潮湿，他们会罩上多绒的皮袍保暖，利用一只精致的别针扣在胸前。

在早期文明，女人的服饰既取决于在两性中的地位，也取决于男人的经济能力。和当地男人相比，克里特女人的服饰丝毫容不得马虎，在两性中显得矜持而受宠。她们因很少进行室外活动而肤色白皙；穿着插肩的上衣，紧身束腰，长裙曳地，色调和款式无可挑剔，头上戴着很像莫奈前期印象派绘画中女人的那种宽边遮阳帽。在正式场合，她们穿金戴银，珠光宝气，可能还用硬质胸衣衬托，不厌奢华却也不避私密，将一双极具诱惑力的乳房裸露，挺向前方。身材曲线凹凸有致，腰围纤如一掬，不尚环肥尚燕瘦，犹如楚王好细腰的女人，只是我们找不到那位"楚王"藏在哪里。

米诺斯和迈锡尼文明究竟是欧洲的史前史还是早期史？这是人们历来争辩的话题。就此行感受来说，埃及与近东对克里特的影响明显存在,夸大则过犹不及。叙述文明的连续性不能以忽略独特性为代价。此地考古博物馆内精彩的文物仿佛都在述说着两种文明之间的关系——模仿中有超越,继承中有创新,在绘画和服饰艺术门类中呈现出前所未有的优雅。

在一个来自中国的局外人看来,米诺斯文明距西方更近,离东方更远;遑论其他,自黄河文明发源已降,从来没有女性特意裸露乳房的炫耀,也没有"抚牛腾跃"的记载,更没有柔性权力的存在。

考古博物馆的许多文物瑰宝都出土于克诺索斯宫殿遗址。接下来,对这座遗址探奥的欲望不可遏制。

百合王子

一个阳光灼热的上午,我踏上克诺索斯宫殿遗址。它坐落在隆起的克法拉山,是公元前1600年新宫殿时期的"原貌",也就是阿瑟·伊文思的考古现场。

第一眼看去,规模比特洛伊遗址大得多,占地大约25000平方米,矗立着三到五层参差有致的建筑群,多达1500个房间,以壁画装饰的走廊环绕相连。中心偏西的位置是一个宽阔平坦的矩形广场。环绕广场四周的所有建筑物都采用挑廊、天井和相互叠加的布局获得良好的通风与采光。多处备有盥洗设施，据说它的排水设施丝毫不逊色于2000多年后的维多利亚式建筑。

这一大片建筑物明快开朗，随山赋形，不拘于格局的对称，找不到庄严的中轴线。没有坚固的宫墙环绕，更见不到巍峨的丹陛和帝王宝殿，一切都与中国的宫殿大相径庭。来自中国的访问者不免出于对宫殿的理解而产生困惑，很想给它改个名副其实的叫法。但是翻开有关米诺斯文明和克诺索斯的中文译本，无一不把它译作"宫殿"，雅而不达。

不论它以什么来命名，最令人好奇的仍然是国王的所在。沿着蜿蜒起伏的回廊一路走去，看到有标示指引的前厅和正殿，依照指引去寻找国王宝座，跨进门槛，第一反应是怀疑找错了地方。

翻开英文的说明，确实将这里描述为宫廷正殿与国王宝座的所在，眼前所见却令人几乎不相信自己的眼睛。这座正殿横宽都不过几米，打个比方，就面积而言它比现代都市人所谓的两室一厅公寓的那一间小型客厅更小。四壁绘有瑞兽"狮鹫"的壁画；国王宝座没有扶手，椅背造型曲折别致，尺寸相近于普通的椅子；伊文思用一把复制的木质椅子来代替。椅子前的地面置放一个圆形石盆，伊文思相信那是国王用来净手的。

如果单凭圣所狭小,就认为宗教在王宫中的作用不大,那是错误的。事实上,宫殿整体上都是神圣的,因为守护女神和作为人与女神之间的中介的祭司——国王就坐在里面。

(米尔恰·伊利亚德:《宗教思想史》,吴晓群译)

甚至有人认为,这把椅子干脆就是空置的,它只是一种象征或一个化身。

狭小的正殿显示权力的牢固又暗示权力的克制,国王的形象在发掘出来的壁画、瓶画或雕塑上一概都形迹渺然。壁画中有一幅被伊文思称为"百合王子"的肖像,全身赤裸,体态矫健,只在腰间系有一缕巾带,头上顶着潇洒的百合花冠,迈着轻盈的步伐,被猜测是最高首领。不论伊文思给他冠以多么好听的名字,这位王子怎么看都没有国王样儿。

这里的权力可能集国王、祭司与法官于一身,当属集权政体。不过,集权者只需在这间采光不足的小屋里坐在不舒适的座位上静思冥想,就有足够的自信驾驭他的臣民,并以不张扬、不炫富、不凌厉来缩短他与臣民的距离。据说,当今的海牙国际法庭就复制了一把米诺斯国王的座椅,以象征法律的庄严。《柏拉图对话录》对米诺斯的法律治国多有赞美，但不能确认指的是哪朝哪代。

身处这间昏暗的小屋，脑中闪过刻意低调的国王、奢侈优雅的贵族、好勇斗狠的青年、美丽动人的女性以及遍地黄金的财富……这是多么古老而矛盾的国度。

宫殿的误会

让我们来领略一下克诺索斯的面貌。第二期新宫殿是在第一期的基础上修建的，推平克法拉的山头，构筑了坚固的石制地基，建筑群环绕着广场，依那个年代的标准可谓富丽堂皇。一排排上粗下细的柏木廊柱，涂成相似于"中国红"的漆色特别耀眼。

伊文思的考古发掘也难逃人们的诟病。听到最多的指责是说他在遗址上增加了钢筋混凝土，其腐蚀程度大于废墟自身的腐蚀程度，还复制许多壁画，把克诺索斯认真"山寨"了一番。

既要保护考古现场又要展示宫殿风貌，就现场感观来说，此事难两全。伊文思挖掘后如果原封不动，克诺索斯必将像特洛伊那样遭受风吹、日晒、雨淋，沦落为一片废墟。伊文思的修复既有节制也有限度，只在一部分的残垣断壁上加建了梁柱和屋顶，向人们提示当初建筑的宏伟，又保留了大部分的废墟，在重建和保存之间寻找平衡。

"二战"后,新的文物保护理念使修复走上正轨,人们从克诺索斯古老的采石场开采石料,用传统方法对遗址进行维护保养,避免钢筋混凝土造成的腐蚀。展现在人们眼前的遗址一小半是"山寨",一多半是原貌。

笔者随意对准一处刻有双斧标记的岩石拍照,疏松的晶体结构层层裸露,在阳光下映散出迷离的光。岩石在时光面前竟然如此脆弱:海未枯,石已烂!

宫殿大门坐东朝西,神殿和正殿在中央广场西北;东翼是具有图腾意义的双面斧头殿堂,此外还有所谓王后的寝宫,规模相当于一个小跨院。北面是工场作坊,再向北矗立着高耸的海关;西北则是歌舞剧院。由东向西连绵的建筑是农产品仓库和贮藏室,占据了克诺索斯最大的建筑面积,室内排列着数不胜数的巨大陶罐,每尊大约两米多高,陶罐的数量和规格都超出常态。据说可以储存24万加仑的橄榄油和葡萄酒,足够全体国民食用几年。

房子虽多,各有擅用。海关、工场、仓库、账房、驿站、神庙、祭坛、讲堂、剧场,还有大型运动场地……集政教、工贸、存储、文体各项功能于一身。当初可能有卫兵把守,但庭门洞开,四面通透,士农工商进出无碍。没有宫殿严明的布局,何以宫殿谓之?

> 克诺索斯极为复杂的布置表明它是一个行政管理中心，而不是要塞。
>
> （基托：《希腊人》，徐卫翔、黄韬译）

任人冥思苦索也想不出替代"宫殿"的中文译名，如果硬要说个名堂，应该是"多功能行政管理中心"，尽管显得拗口，却实至名归。

安乐何来？

只需换个"多功能行政管理中心"称呼，再看克诺索斯遗址就一概顺眼。偏离中轴线的广场是大型集会的地方，"抚牛腾跃"的精彩表演很可能就在这里举行。东边宽阔的殿堂是宗教活动的场所。占地颇广的储物仓库也成为必要。

对于一个来自中国的访问者来说，那些体量硕大的陶罐尤为突出。回看安阳殷墟的考古发掘范围要比克诺索斯大许多倍，有宫殿、宗庙、居址、工坊、墓葬的大量发现，却鲜见有关仓储的记载；殷墟发掘的陶罐高度仅以厘米计，而克诺索斯的陶罐动辄一人多高，两人合抱，硕大无朋。这不但表明当时的克诺索斯是中央集权政体，而且实行"再分配"或称"供给制"的经济管理。辖下的土地资源按计划分工，所获农副产品集中储存、调剂、再分配,故此才需要如此庞大的仓储设施。这样的管理模式对于中国并不陌生。20世纪的中国某个时期约有一代人用小米替代货币供给,直到80年代初期,粮票、布票和油票都是集中分配制的补充。

中央集权的"再分配"否定私有财产的权利,想象中必定滋生特权。但是,对克诺索斯以及周边民居的发掘表明,社会情态很祥和。虽然贵族们的生活足够豪华,他们分布在山坡上的别墅就像缩小版的"米诺斯宫殿",但这里还存在奴隶阶层,不过考古发掘却看不出奴隶生活条件的悲惨。工匠、艺人、小店主广泛存在,街道小巷鳞次栉比,市井繁茂,人们还有闲情逸致玩玩西洋象棋、拉小提琴,在考古发掘中可以见到各种材质的棋子和器乐模型的陪葬品。人们的居住条件不算促狭,如果美国学者估算得不太离谱,一般家庭的居住面积约在200平方米以上,雅典要过许多世纪以后才能达到这样的居住水平。

> 有人认为,克里特社会存在不同阶层,但各阶层之间的不平等几乎不存在。当然,这一论断把奴隶排除在外。
> (萨拉·B.波默罗伊等:《古希腊政治、社会和文明史》,傅洁莹、龚萍、周平译)

在早期文明中，克里特称得上高度富裕，它得益于优越的地理环境和频繁的贸易往来。财源通四海，富贵达三江，成就了小岛上"富而均"的社会。

笼罩克诺索斯社会的是一片祥和的气氛，被史家称为"米诺斯和平"。沿着走廊和殿堂走走看看就一目了然，克里特人对于神祇和大自然充满热忱的崇拜，他们的壁画中更多的题材是虔诚祭祀的场景，还有许多吉祥可爱的动植物，见不到一幅暴戾的画面。

克诺索斯露天剧院的一层层石阶早已磨损得近似光滑，正中有18排座位，左侧的包厢还有六排座位；剧场大约可以容纳400名观众。当地人不无骄傲地说，这是欧洲第一个剧院，又指着剧院前一条向西笔直伸展的林荫路相告，那是欧洲第一条马路，仿佛随时都在提醒着客人注意克里特与欧洲的关联。

他们的歌舞不似早期民族常见的那样粗放拙朴，而是由训练有素的舞女在七弦琴和铜铃伴奏下，在构建的舞台上变换着队列和舞姿，一派乐而忘忧的气象。

早在迈锡尼人杀声震天攻打特洛伊之前500年，克里特人就表现出良好的教养和娴熟的礼仪。克诺索斯城占地75万平方米，人口鼎盛时居住着15000人。不过，最令人惊奇的发现莫过于宫殿和城池都没有城墙，面向海洋大开大敌。遥想当年,从海上驶来的航船看到克诺索斯并非一座森严的城堡,而是在波光浪影中一座熠熠闪光的琼楼玉宇。

> 与迈锡尼文明时期希腊大陆的城市不同,米诺斯文明的城市和聚落没有坚固的防御墙,这说明米诺斯人在修造建筑时头脑里没有防御的概念。
> （唐纳德·卡根等:《西方的遗产》,
> 袁永明、陈继玲、穆朝娜等译）

此论不通。任何一个人类早期社会的聚居地怎敢不加以防御?一个悖论随之而来,正如我们在伊拉克利翁考古博物馆见到的那样,米诺斯文明黄金遍地,相似于克诺索斯的繁华城镇遍布全岛的沿岸,雄州雾列,俊彩星驰,各个城市多是"有市无城"的开放,这样的格局在人类史上极为罕见,它们富庶得招人眼球,在早期文明凶险的海上环境中,难道就不怕被劫掠吗?

第六章　大海的脊背

此行落脚的酒店在克里特岛的戈尔尼亚湾，犹如一处风平浪静的避风港。酒店建在一座梯形的山坡上，每一个房间都坐落在其中的一层阶梯上，围成宽大的看台面向爱琴海。侍者们似乎经过精心挑选，不论男女都是一律的地中海色——浅褐肤色，古铜光泽，浓淡相宜，令人想到古典风情、健康的环境和阳光晒出来的活力。

从酒店阳台上可以看到，来自欧洲内陆的游客对于下海游泳充满热忱。早晚两轮，他们白皙的皮肤布满海滩，涌向海水，对地中海肤色的着迷似乎是西方现代人对美的向往。

坐在房前的花园小憩，晚风徐来，涛声阵阵，我需要平静，整理一下连日来的思绪……

思绪的焦点凝聚到"迁徙"——作为人类一种行为习

性的迁徙,是西方文化显著的特质。在早期,缘起于爱琴海的各民族向八方迁徙,也许不完全是一场有组织的殖民或远征,更像是中国水墨画一般舒缓的晕染,或像顺着一道道线条去勾连。

迁徙稀释了母邦的人口密度,扩散到世界其他地区,占有更多的自然资源。当迁徙行为习以为常,就划分了海洋文明与大陆文明的两种类型,最终塑造了当今世界的地缘政治版图。事实上,迁徙行为才是西方重要的文化遗产。

海上长城

唐纳德·卡根在《西方的遗产》一书中将克里特富庶的城市不设城防当作没有防御概念,这个推测太天真了。实际上,环绕克里特岛的地中海是一片凶险的海,尤其在爱琴海的早期文明,那是四面八方的人们肆意妄为的海。

> 最初引起争端的是腓尼基人,他们在与伯罗奔尼撒半岛的阿尔戈斯人做生意时,趁机抢走了国王的女儿伊奥和其他一些妇女,把她们带到埃及。后来又有些希腊人(当时希腊人尚未以此命名)在腓尼基人的岸上登陆时又劫走国王的女儿欧罗巴。再后来,希腊

人从小亚细亚地区掠走国王的女儿美地亚。过了一代人之后,普里阿摩斯的儿子抢走了希腊的大美女海伦。

这是希罗多德所著《历史》的开篇。对于这一段冤冤相报的叙述,西方史家有所谓"立场"之辩,即谁先动手谁后报复的争论。埃里克·沃格林的《城邦的世界》将不同说法分为"亚洲立场和欧洲立场"。本书无意加入这类讨论,只要稍加留意就会发现,不论哪一种立场都包含一个基本背景,那无疑是一连串循环往复的抢劫和绑架,属于海盗行径,可能还伴随着集体贩卖人口。

虽然史学先驱希罗多德笔下的历史不被视为信史,但是他的叙述有一种天然的直率,汉密尔顿如此评说希罗多德:"他确实生活在一个英雄主义的时代,而他却从来没有真正地相信英雄。"此言不虚,希罗多德的《历史》有一种朴实的质感风格,他是一位见多识广的大旅行家。

希罗多德认为克里特面对巨大压力采取转守为攻的策略:"据我所知,希腊人是第一个想取得制海权的人。"

再来看看修昔底德的说法:

> 根据传说,米诺斯是第一个组织海军的人。他控制了现在希腊海的大部分;他统治着锡克拉底斯群岛。在

这些岛屿上,他建立了最早的殖民地;他驱逐了开利阿人之后,封他的儿子们为这些岛屿的总督。我们很有理由料想得到,他必尽力镇压海盗,以保障他自己的税收。

(《伯罗奔尼撒战争史》,谢德风译)

修昔底德的话使我们顿时联想到克诺索斯那些向生死挑战的游戏,还有好勇斗狠的体育运动,以及米诺斯宫殿最显耀的一幢建筑物——巍然高耸的海关。

熟悉海盗的人们才有能力肃清海盗。克里特位于地中海的要冲,贸易航线密布,海上劫掠是他们的早期行为。但是,海盗行径终归是竭泽而渔难以为继;当商贸航船把克里特视为海盗老巢,避之唯恐不及,克里特人也会面对机会成本的选择。他们一旦懂得做个维护海上秩序的霸主,凭借他们天然的贸易中转枢纽的地理优势,将会有更多好处,就会实现向海军的转型。舰队如云,威震四方,甚至在历史上还曾经降服过雅典,索取贡品。许多学者认为,继米诺斯文明之后,迈锡尼人取而代之,组建了庞大的舰队维持爱琴海的秩序,后者比克里特人少些艺术气质,却更强悍,更蛮横。

海洋文明的发端与海盗沾上关系,这不是一个来自中国访问者的偏见。其实,那是早期文明的一种生活方式。

商汤十一征而无敌于天下,那期间有多少抢掠和杀戮!中国历史也屡遭盗匪之患,但在人口稠密的农耕社会,盗贼行为的强度逊于海上,常被称为鸡鸣狗盗之徒。西方人历来强调文明的每一寸进步都是应对压力和挑战的结果,并不忌讳他们的祖先曾有海盗行径。

威尔·杜兰特说:"一个文明之始,常依赖抢劫,它的维持也常需要奴隶。"萨拉·波默罗伊说:"当然,毋庸置疑,他们在海上劫掠方面也不甘示弱。"就连论及古希腊生产方式的专著也说起海盗:

> 起初这种交换并不容易。每个陌生人都是敌人。只有一种众所周知的方法能获得他所占有的东西——抢掠。在很长一段时间内,战争、强盗以及海上掠夺都是获取财宝的方式,它们和打猎、捕鱼一样是不可缺少的。
>
> (格洛兹:《古希腊的劳作》)

格洛兹把海盗和贸易合在一起列为一章,两者相伴而生,相伴而行。如果你的手边收藏一摞不同版本的"全球海盗史",每一本的开头都会从爱琴海的海盗讲到维京海盗以及加勒比海盗。较为翔实的资料只能出现于较晚的16

世纪保险公司档案。船只保险关系到赔偿,当然不会有所马虎;打开保险公司的地图,在希腊西海岸和意大利东海岸之间的亚得里亚海,布满密密麻麻的标记,那是沉船事故的记录。事故原因不外乎两种:海难和海盗。

谁是海盗?

专司海盗生涯的是一批狠角色。他们驾驶着黑色快船,单帆、不设甲板、吃水很浅、不怕搁浅、耐受剧烈的颠簸,急速穿越风浪去追赶笨重的货船。他们杀人越货,心毒手辣。单帆后来发展为设有三层划桨,最多配备数以百计的木桨,船首安装着致命的青铜撞角。如须找到古希腊有名有姓的江洋大盗,不必舍近求远,翻开荷马史诗便赫然在目:

> 我曾经从海上劫掠人们的十二座都城,
> 从陆路劫掠特洛伊城市我想是十一座,
> 我从那些地方夺获许多好的财物,
> 全都带回来交给阿伽门农,阿特柔斯之子。

这是《伊利亚特》主人公阿基琉斯的自述。再来看看《奥德赛》中的一段对话:

> 你们是谁，陌生的客人，船走水路，打哪儿过来？是有什么公干，还是任意远游，像那海盗一般，拿性命冒险？

这是皮洛斯国王涅斯托尔第一次见到奥德修斯的儿子特勒马科斯时询问他的来历。一位主人开口就问陌生的客人是不是海盗，这对中国人来说是不可思议的唐突。在中国人看来，即使主人有所疑虑，也会暗自提防、察言观色，而不可启齿相问，因为强盗的邪恶一经说穿就势同水火。荷马史诗中的问话具合理性在于当时海洋民族的文化背景。修昔底德认为："他们以劫掠这些地区来谋得他们的大部分生活。在那个时候，这种职业完全不认为是可耻的，反而当作光荣的。"

在古老的爱琴海，海盗并不是一个需要讳忌的行当，还可能比锱铢必较的商人受到更多尊敬，那毕竟是赴汤蹈火、刀尖上舔血的营生。在这段问话的后面隐含着中国读者相对陌生的价值观。于是，《奥德赛》的主人公以自鸣得意的语气向人夸耀海盗行径也就不足为奇了。在特洛伊之战满载而归以后，奥德修斯在率众返乡途中继续不停地烧杀抢掠：

> 我攻城破池，把居民屠杀，掳掠他们的妻子，抢来

> 众多财产,大家伙分光,均等、公平,对谁也不欺诓。

刚抢完一处又去抢一处,奥德修斯只可用贪婪无厌和怙恶不悛来形容,但施害者浑然不觉有什么羞耻或罪恶感,头上好像还罩上一圈荣誉的光环。奥德修斯另有一段子虚乌有的吹牛,也映衬当时的历史背景:

> 我九次率众乘坐疾驰的快船,荡击异邦的生民,抢获大量财产,从中挑选许多所得,又在日后的分配里受益匪浅,我的家产迅速积聚,从此在克里特人里受到敬畏爱戴。

爱琴海早期的贵族精英就是海盗。我们不需用现代价值观来评判奥德修斯的善恶,而把他的行为看作当时贵族们的一种生活方式。奥德修斯曾说:

> 我当年就是这样作战,却不喜欢
> 干农活和家务琐事,生育高贵的儿女,
> 我一向只是喜欢配备划桨的战船,
> 激烈的战斗,光滑的投枪和锐利的箭矢,
> 一切令他人恐惧,制造苦难的武器。

说到投枪和箭矢就像说起心仪的艺术品,说到给人制造恐惧和苦难就像说起一项热衷的爱好。这些令听者毛骨悚然的对话毫无掩饰,直抒胸臆。

想当初人类由陆地走向大海绝非轻而易举,水是大自然中一种危险的介质,时时对人造成致命的伤害,水火无情。爱琴海的山民开始走向大海时是小心翼翼的,总是沿着可以看到海岸的路线缓慢航行。以家庭和村落组成的氏族社会是不能自给自足的,岛屿之间只要有些微的产品差别就会有贸易。

在中国早期农耕社会,贸易是"日中为市,互通有无",也就是赶集,前来赶集的人居地的方圆有限,交易双方多少都会知道一些对方的底细。而海上民族之间交易的确很不容易,交易对象都在迷茫的大海那边,相互不知根底,相逢的一瞬间,都在动口或动手、谈判或劫掠之间盘算。

海上民族的生活更艰辛也更富于进取性。他们的船承载着货物,早晨从一个港湾出发,中午在另一个港湾吃饭,如果不能当天往返,就在又一处港口打尖儿,好像在陆地上旅行的人那样依赖着沿途的驿站,但是与在陆地上的人相比却毫无安全可言。他们通常不会夜航,每当冬季来临就把船拖上岸来休整。职业商人在大海面前尽管战战兢兢，但有时也抵不住兼做海盗的诱惑。他们卸下货物空船返回，间或做些顺手牵羊的勾当。海上空旷孤寂，海上劫掠比陆上打劫更便于销赃灭迹。

在伯罗奔尼撒半岛，大凡临近海边的城堡都有巨石构筑的城墙，越是富庶的城堡就愈加坚不可摧。有的城堡甚至设置多道城墙，例如战争期间的雅典。

以动态为常态

我们希望弄清克里特的人口结构和种族构成，岛上究竟是些什么人，谁是岛上的原住民，他们来自哪个民族。大凡追溯到米诺斯那么久远的年代，考古发掘和历史文献都没有提供更多的支持，仍然需要请出荷马：

> 那里语言繁杂，住着阿开亚人和心志豪莽的厄特克里特人，还有库多尼亚人，分成三个部族的多里斯人和高贵的裴拉斯吉亚人氏。

这般人口太复杂了！荷马是从区分语言着手的，分别历数了五个民族，其中一个民族还分为三个部族；对于一个狭小的岛屿来说，俨然是一个高度密集的国际化社会，这个开放性的岛屿对其周边必有特别的吸引力。克里特位于欧亚非交流中心的优越环境，繁荣的贸易往来，先进的手工工艺，还有克诺索斯对人口规模不大的社会的成功治理，造就了一个相对富庶祥和的社会。历史告诉我们，大凡商贾云集之地，经济较为发达，文化也较为开明，这可能是米诺斯第一个悖论的答案。

想想却也合乎情理。像克里特这般星分翼轸、八面来风的岛屿，不可能由单一的民族独居。所谓阿开亚人就是荷马史诗中常常提到的希腊人，而多里斯人指的是其后来自巴尔干半岛北方的游牧民族；裴拉斯吉亚人是来自近东的移民；值得一提的是荷马所说"心志豪莽的厄特克里特人"，史称米诺斯人，他们可能是最早定居在克里特的原住民，属于地中海的一个民族，但非印欧种系。如此众多的不同民族有先有后地在岛上聚居，犹如波浪般一波又一波地涌动，表明爱琴海文化中最为显著的特征——以动态迁徙为常态。

他们为什么要迁徙？为什么在安宁与动荡之间要选择更具挑战性的生活方式？说到头，迁徙的行为必定来自一股强烈而持久的驱动力。

山海之交

希腊多山，土地并不富饶，分布在丘陵地带，既依赖灌溉又经受不住雨水的冲刷。气候一旦出现异常，山民们就处在饥饿的边缘。

一种流行的说法，希腊90%的土地不宜耕种。我手头找不到古希腊可耕地的准确数据，只有19世纪南欧各国的统计权当参考。在同一时间坐标上的比较，希腊可耕地比例也是最少的，只占国土面积的18%，而意大利的亚平宁半岛是46%。然而，在古代的这两个半岛也有一些相似之处，它的居民下了山就是海，上了岸就是山。希腊的山海之交备显狭促，城市大多濒临海湾，内陆城市与海岸的最远距离也不会超过40公里。也就是说，每一个岛上的居民走到海边的行程都不会超过一天。

山的人文含义对于中国人很好理解，它既险峻又是屏障，山民性格粗犷、彪悍、无法无天，那是各据一方的山寨大王们的自由王国。而海呢？

> 这种地貌势必鼓励人去出海，特别是在土地贫瘠、岩石纵横、养不活人的地方。古时候，这里只有近海运输，而这里也最适合这种海岸贸易。每天早上都有一阵北风把船只从雅典吹到希拉克泽斯群岛，晚上再起一阵南风把船吹回来。
>
> （H. 丹纳：《艺术哲学》，傅雷译）

这样如约而至的美妙阵风或许并不属于整个爱琴海；通常来说，爱琴海的上空有季风、信风和不期而至的暴风，幸好没有飓风。对于生活在半岛上的人来说，把不够丰富的陆地资源与不够丰富的海洋资源统合起来可能形成一种优势。对于近海的山民来说，海洋充满诱惑与憧憬。他们的背后是重峦叠嶂，前面不远处就是大海。尽管航行需要冒险，代价也大有所值。海洋民族信奉他们古老的谚语：陆地把世界分开，海洋却把世界连在一起。海洋的脊背比陆上交通宽阔便捷，易于承载沉重的搬运、交换彼此的货物，也更适合于大范围迁徙，在海洋的彼岸还有改善命运的机会。人们因海洋的便利往往舍近求远。较近的事件是美国西部大开发，更多的人不选择直接路上交通而绕道海路远航加利福尼亚去淘金。

为追逐利益走出富于冒险精神的人们取得举世瞩目的成就，这样的例子在人类历史上不绝如缕。在爱琴海，人们从山海之交起航。

> 海洋活动之所以总是起源于沿海山区附近，这不仅因为山区有树林，而且还因为有另一种好处，在地中海北岸，山岭犹如一道屏障，挡住了地中海航行的大敌——无情的北风，那里有许多避风港，爱琴

海的一句谚语说:"扬帆起航,不管刮的是南风或北风"……这些山区必然把移民引向大海。

(费尔南·布罗代尔:《地中海与菲利普二世时代的地中海世界》)

在早期文明中,海洋民族的国家概念相当模糊,生存边域变动频繁,扩张或被入侵、移民与被驱逐,都持续不断发生。当一群人处于顺境时,雄心勃勃,燃烧着欲望的眼睛眺望彼岸,他们渴望拓展生存空间。而一群人身处逆境时,此地不留爷,自有留爷处,只要跨越大海的脊背就可能获得新生。

希腊的殖民者在意大利的"脚背"和"脚尖"上建立了"大希腊";在西西里建立了第二个更为富饶的伯罗奔尼撒,在昔兰尼加建立了第二个克里特,在"蔚蓝海岸"地区建立了微型的伊奥尼亚……黑海的北岸——米利都人在那里的俄罗斯大河河口建了商贸站——那里还要更冷。在相反的方位上,瑙克拉提斯的泛希腊聚居区位于尼罗河三角洲受北风的港湾,它所处的地点明显比爱琴海偏热。

(阿诺德·汤因比:《希腊精神——一部文明史》)

史学家并不把大规模的移民视为政治斗争,却认为迁徙行为有更深层的原因,其因指向了自然环境、经济地理和人文地理。格洛兹在《古希腊的劳作》中说:

> 这样一个全面的、迁徙了很大部分希腊民族的、几乎从每一个希腊国家都输出大量人口并将其运送到地中海周围几乎每一个蛮族国家的运动,只能归结为长远的、根深蒂固的以及普遍的原因。

这场蔚为壮观的殖民运动被称为第一波,自公元前8世纪的荷马时代起至公元前6世纪达到高潮,那可能就规模而言;但它并非第一次也非第二次,早在公元前9世纪甚至更早,爱琴海的周边就多次动荡不安,引发一而再再而三的迁徙。山海之交是上苍赐予人类跃入海洋的跳板。

浪迹萍踪

迁徙催生自由,不仅由于当时的统治者并不阻止迁徙甚至推动迁徙,而且爱琴海独特的岛链环境为人们提供了迁徙的便利,致使迁徙成为明智和安全的选择。因此自由与迁徙也互为因果,自由催生了迁徙,迁徙扩展了自由。

想想看，当一处贫瘠的土地年成歉收，当一群人受到来自另一群人的生存威胁，这些人没有听天由命，也不屑于在困顿和忍耐、强权和臣服、自尊和阿谀之间去周旋，而是转身离开，三十六计走为上。彼此不合，一拍两散；较量不过，亡命远方。从这个意义上来说，他就与母邦获得相对平等。迁徙无异于一场革命，一扬帆就解放了自己。

自由堪称万善之母，迁徙则是万全之计。这是海洋文明迥异于陆地文明的两种行为方式。在尼罗河三角洲，在两河流域，在黄河之滨以及恒河地区，我们从来没有见到过与古希腊类似的情形。

对于生活在地中海南岸大片土地的人们来说，那完全是另外一种命运。人们聚居地区离海岸较远，平直的海岸不但缺少港口，干燥的沙漠也缺乏造船的木材。沙漠背后，有肥沃的尼罗河三角洲和丰腴的两河流域平原。汛期比季风更可靠，滋润着大面积土地，发达的农业养育了庞大的帝国人口。相似于中国大河文明的安土重迁，也是那里人民眷恋土地的习性。他们亦曾在方圆不大的半径迁徙，终归跳不出命运的掌心。陆地民族迫于人口密集的压力和帝国的野心，也会时而对外扩张，从波斯帝国到奥斯曼帝国，多是选择陆路大举进军，力竭而止。

希腊人海上迁徙并非都出于逃灾避祸的动因，寻找新的沃土是人们更强烈的渴望。有一首诗歌以第一人称抒发了迁徙者的豪迈："我们是离别了涅琉斯之城皮洛斯的一群，乘船而至亚细亚；以雷霆万钧我们迁居于可爱的克洛丰，那暴风骤雨般强力的先锋，从这里……靠神的恩惠我们又占领了爱奥尼亚人的士麦那。"

"迁徙"一词的同义语还有"殖民""扩张""侵略""占领"等，就像后来西班牙人以及大英帝国对美洲弱势民族的残酷行径。然而，迁徙毕竟稀释了人口压力，缓冲了狭小土地的纷争，占据了更丰富的自然资源，壮大了海洋民族的实力。更为显著的是，迁徙锻炼了海洋民族应对各种艰难环境并强化管理自身的能力。勇于冒险，不恋热土，开创新生；于是，冒险犯难并擅于创新的海洋民族性格在迁徙中得到强化。

爱琴海事态的发展结果令大多数迁徙行动以城邦的形式扩散开来。有数据显示，到公元前6世纪末期，希腊人在母邦之外建立了至少150个城邦。

历史学家迈耶曾不止一次地提到古希腊那些"极不寻常的情况"，他对古希腊留给后人的遗产提出以下见解：

> 古代遗产中总有些令人着迷的东西。无论如何，

自由才是古代遗产的精髓，这是世界历史上独一无二的东西。

（《自由的文化——古希腊与欧洲的起源》，史国荣译）

在笔者游历希腊期间，灾难事件正在我们身边频频发生。从中东地区过来一船接一船超载的难民，男女老幼离开战火燃烧的家园，前赴后继地涌上希腊东部岛屿的海滩，再经由希腊涌向欧洲的腹地，期求过上安定的生活。这股陡然增加的压力致使整个欧洲发出呻吟。其中希腊以一如既往的开放襟怀援救了一批批难民，同时又在欧元区的债务困境中苦苦挣扎。

这与早期希腊全然相反的逆向迁徙令人心碎，却也佐证了爱琴海是一片最活跃的水域。

迁徙中的文化

对于文化而言，迁徙的积极意义在于触发了早期希腊的知识启蒙运动。希腊北部的人们为了躲避多利安人的驱赶，迁徙到小亚细亚的米利都。泰勒斯的"元素论"和阿那克西曼德的"空间论"，如今看来有点像被后人贴上的标签，他们共同的特点是沉思与交谈而不做实验。

我们无须苛求米利都学派说了什么，而更在乎他们说话的态度和方式；他们说话的方式折射了他们身处的社会文化环境。

如果在专制统治的高压下，人们必定噤若寒蝉；如若在一个动不动就因内部压力以谩骂和拳头相向的环境，人们必定是非理性的一群暴民。但米利都这些不依附于权势的民间讨论更像一群人在米利都小集市上聊天与闲侃，出于人类求知的本性，理性思维就在心无羁绊、尘念俱远的情态下萌发了。这些爱动脑筋的人，兴致勃勃地述说着对宇宙的猜测，引出阿那克西曼德把地球说成是3∶1大圆柱子的奇思妙想。而他对太阳与月亮的空间解释就跟现代宇宙力学有点靠谱了。法国学者韦尔南认为米利都学派有三个特性：全然无视宗教的影响力，把大自然看作遵循平等的秩序以及独立的几何学精神。

毕达哥拉斯的勾股弦定理和音程理论至今仍是学生们的必修课。毕达哥拉斯的故乡是爱琴海东部的萨摩斯岛，为了避开母邦独裁者的压制，他迁徙到意大利的"脚尖"定居；当他的影响力在克罗顿城邦成了气候，并在对抗中招致瓦解，他的门徒又一次流浪他乡。所谓"毕达哥拉斯主义"是集科学、艺术和秘密宗教于一体的复杂现象。我们不能确定迁徙一定会产生新的思想，我们可以确定迁徙会给思想者留下一线生机,而生机是一切文化得以存续的前提。因而,从毕达哥拉斯的宇宙整体有序论和数学方法论,到现代犹太人迁徙者爱因斯坦的广义相对论,人类理性思维才有可能达致峰峦。

就连显赫的荷马也是更早的移民或移民的后裔。还有希罗多德,他出生于米利都外三十多公里的希腊移民城市哈利卡纳苏斯;当他功成名就时返回雅典发表了一场激情满怀的演说,据说雅典政府支付了他十塔连特的演说费,按那时的物价计算,这笔钱够他 32 年的生活费。

思想在迁徙中存续也径直表明,堪称"知识"的东西都是世界性的,而不是地区性或国家性的。国家性的或可称为中文所谓"学问",有学有问,含有文人士大夫对知识的探求和自谦之意。学问未必就是公共知识;如果抱住不放,只能敝帚自珍,与世界无缘。

回望中原

回望生活在黄河流域的人们,在早期社会,海洋远未进入人们的视野。

爱琴海的青铜时代要比中国以二里头为代表的夏商文化早发生数百年。相较之下,黄河文明并非最古老。当腓尼基人和希腊人乘风破浪互通贸易和传播技术时,黄河文明的先民并无航海的经历，这在18卷《山海经》中表现得尤为明显。这部既非博物志又非地理志的杂书，欲揽天下奇闻怪谈于一集，想象力不可谓不丰富；但书中说山远远多过说海，甚至几无说海；虽然后13卷被称为"海经"，说到水也只是涉及内陆的江河湖泊。唯一靠题的是东海有个朝鲜，仅此一处，也仅有此一句。《诗经》中有海外的记载，见于《商颂·长发》："相土烈烈，海外有截。"

在黄河、长江这两条全世界屈指可数的浩荡大河的哺育下，大陆民族的目光是内向的，即使迁徙也往往从一个农耕地区迁移到另一个农耕地区，如殷商盘庚之前的屡次迁都，而迁殷之后的273年更未迁都。殷商在海外的领土，有说也指朝鲜。

《论语》中说海："道不行，乘桴浮于海。"乘桴去哪里？孔子说欲居九夷，九夷是沿海少数民族的泛称。有人说九夷偏僻简陋。子曰："君子居之，何陋之有？"说归说，孔子始终没去过九夷。

我国古代沿海少数民族既有以齐、吴为代表的东夷，还有南方的百越，在秦始皇一扫六合之后都屈从于大陆文明的麾下。简言之，内陆早期文明对海洋的认知模糊而空洞。

同样，海洋民族对内陆文明也很陌生：

> 在中文里，有两个词语常被用来表达世界，一个是"普天之下"，一个是"四海之内"。住在海洋国家的人民，如希腊人，会不明白，居住在"四海之内"（比如说，住在克里特）怎么就是住在"普天之下"。
>
> （冯友兰：《中国哲学简史》）

众所周知，入主中原的统治者直面海洋是夏商以后迟至2000多年的明朝盛期。公元1405年，明成祖朱棣派郑和率庞大舰队七下西洋，从永乐至宣德，持续28年。最大的舰船长达150多米，舰队最多时近300艘，"巍如山丘，浮动波上"；随行27000多人，历经31国，远达印度洋和东非。史学界对永乐海上壮举的动机有多种猜测，如扬威、纳贡、贸易，其说不一，但有一点是确定的，郑和所行厚往薄来，没有恃强凌弱的侵略，最终明宣宗自动宣布解散舰队。将近一个世纪后，欧洲进入地理大发现时代，比较哥伦布仅靠三艘小船在美洲登陆后的蛮横劫掠，中华民族即使在强大繁盛所向无敌的时候也爱好和平。这是人类海洋史上罕见的特例。

散落与统一

说到与迁徙相关的话题，本书不同意美国华人学者赵鼎新教授对于中国走向统一的历史根源以及欧洲没有实现统一的概述。他认为中原地区的面积有限而欧洲早期地域广大，导致统一进程有难有易。他在《中国大统一的历史根源》一文中说到春秋时代与古希腊的差别：

> 在春秋时代，中国的核心地域东邻太平洋，西靠崇山峻岭，北为大漠，南是蛮夷之地，其面积仅仅在150万—200万平方公里之间。相比较而言，欧洲国与国之间的竞争从古希腊开始就涉及北非、西亚、东欧等地，其面积可达春秋时代近十倍。统一这一"任务"对欧洲来说显然要艰巨得多。
>
> （赵鼎新：《国家、战争与历史发展
> ——前现代中西模式的比较》）

从事早期希腊历史研究的人众所皆知，古希腊殖民运动始于公元前8世纪，早于亚历山大泛希腊化时代500年。早期希腊并非地域广大，与赵的说法有很大出入。早期移民可分两种形式：输入和输出。输入以奴隶为主，输出以殖民的数量更多。殖民多以早期城邦的雏形复制，而形成"点状"分布；城邦的妙处就在于小，从几百人到数千人。公民大会的人数大体上是在一个广场上演讲可以闻达到听众的规模；虽然有时需要通过传令官的转述，那也规模有限。

母邦移民所达到的"点状"分布并没有控制广大地区，并未实现平面的融合，因此不宜以笼而统之的平方公里数字作为古希腊国土的统计依据。母邦与移民点的联系主要是宗教、风俗传统和度量衡的一致，并无实际政治控制。英国学者多佛在《古希腊文学常谈》的导论中说，希腊不是一个为某一都城所统治的国家，而是1000个星罗棋布在希腊大陆、爱琴海岛、土耳其部分海岸、黑海、利比亚和南意大利的许多小城邦，每一个城邦都维护它们的自治状态：

> 只是通过说同一种语言的方言，受一个共同的文学和文化影响、参与共有的宗教迷狂和节庆以及它们的艺术家和著作家所享有的迁徙自由，它们才是联合一致的。

古希腊没有形成国家形态，就连"希腊"这个名称也是后人赋予的，这几乎是每一部古希腊史必提的史实。赵先生所列的数据显然被夸大了。实际情况是，城邦政治文化的内因导致早期希腊的分散和独立，而非面积巨大的外因妨碍了统一。城邦高度自治的传统降低了大一统的意愿,即使在面积狭小、城堡林立的伯罗奔尼撒,人们也没有达成统一,而是各据山头。罕见的例外是科林斯,它向子邦派出高级官员,因为子邦都由专制的僭主创立,子邦是母邦的属土。每当处于战争环境,如波希战争和伯罗奔尼撒战争,兼并和分裂变动频繁,可能出现母邦和短命的子邦与孙邦,但转瞬间它们又反目成仇。希腊世界的纽带是思想文化,而非地理位置的联系。

如果以马其顿帝国的疆域来说明欧洲的巨大,那是相隔几百年的后来事,并非赵鼎新先生与之比较的中国春秋时代那一小方圆的土地。而且马其顿跨越欧、亚、非的帝国在很大的面积上实现了统一。

逻辑与赵论相反,古希腊城邦小而自治的传统不宜于欧洲的统一,中国大一统的传统是中国统一的推动力。

赵鼎新教授也指出,地理条件不是决定中国统一和欧洲分裂的根本因素,社会结构才是。赵文认为中国走向统一是君主势力削弱了贵族势力,才可以毫无阻碍地推进。谁是贵族?是诸侯、士大夫、大地主、商贾或自耕农?文中并没有厘清概念,对中国早期历史的叙述显得笼统而模糊,笼统的"中国贵族"实际上在统一问题上立场并不一致。至于说到欧洲没有实现统一的主要原因是国际社会的产生和国际法的约束。众所周知,早期希腊作为欧洲文明的起源既未形成现代意义的国际社会,更无什么国际法。该文的思路似乎以今度古,对早期中西方的两边认知不挨不靠。大数据的运用尽管有益,需要对数据做出具体的分析才更有说服力。

本书认为,讨论中西历史的起源需要有清晰的时空概念。在早期文明,历史发展的取向更多由于"自在因素"的影响;而一旦走向成熟,例如中国儒家文化或希腊的城邦文化,各自历史发展的方向则由文化传统起到决定性影响。

玄关、跳板、旋转门

现代人艳羡山海之交的地方,热衷于在那里买下一栋别墅,倚在宽大的落地窗前眺望水天一色的大海。但在古希腊人眼里,山海之交事关生死存亡,最大的妙处犹如生活的一道玄关,走出几步迈出门槛,人在自己的家门口就控制了海洋。

我们所知最早的航海罗盘发明于新石器时代,是一个圆座形陶器,现存于伊拉克利翁博物馆,在早期航海技术极其原始的状态下可以引导人们到达彼岸。

山海之交这道玄关赋予人们的第一恩惠就是为生存而

后备的选项，无论被欲望驱使还是遭遇灾祸，都有"乘桴浮于海"的自由。当几百人的氏族部落结伙出走，就构成殖民行动。直至城邦政体形成之后，如果城邦受到压力，整个城邦说走就走，城邦是长着腿儿的。一个著名的事件发生于波斯人攻陷雅典之前，雅典人从德尔斐女祭司那里求得神谕，说宙斯暗示可以保护雅典人和他们子孙的是"一座难攻不落的木墙"。雅典人对这句话的解释产生分歧，一个精明人物狄米斯托克利坚信那座木墙就是雅典的舰队。他声称，只要舰队还在，雅典人就拥有自己的城市："我们全部的力量就在我们的船上。"他动员雅典修造了数以百计的战船，并带领一批人登船。当雅典被波斯人焚毁后，这支舰队在萨拉米斯海战却一举击溃了波斯强大的水师，保卫了雅典人的自由，舰队成为城邦文化的稳定之锚。距今2600多年前的萨拉米斯海战深刻影响了西方的海洋史，把舰队视为霸权的延伸。这正是后来中英鸦片战争搞出的名堂：

> 在历史上人们第一次可以想象一个辽阔而强大的帝国，通过没有中间商的远距离海上贸易获得财富，并凭借海军来保障其优势。
>
> （林肯·佩恩：《海洋与文明》，陈建军译）

山海之交又像是一道希腊早期的旋转门，赋予人们的另一项便利就是频繁地完成各自的角色转换。英雄本无种，男儿当自强。走过这道旋转门，牧人变身为海盗，农民变身为商人，商人和海盗之间也可互相转换。如果返航时大有载获，通过这道旋转门就完成一次华丽的转身，变身为贵族、首领、霸主，抑或满腹经纶的学者。

就地理概念形成的心理取向而言，陆地民族较为内向，海洋民族则比较外向。两者的文化区别也渐露端倪，前者逐鹿中原恃强称霸，虽然对内较具压迫性，人们却安于守家在地，畏惧离乡背井；后者面向大海觊觎远方，对外较为强势，也较具扩张性和掠夺性，习于迁徙并不惧艰险。于是我们再次发现，攫取权力的贪婪是人性的一端，甘于被管理乐得不操心又是人性的一端，而冒险犯难在人性中属于不寻常的取向。

笔者不认为东方的暴力文化甚于西方的暴力文化，而认为杀戮欲是潜藏于人性深处的恐怖因子，是攻击性的极端发作，在东西方表现为形式不同的社会行为。茨威格在论及欧洲宗教改革时曾说：

> 一旦一种教义或者一种学说成功地掌控了国家机器和所有的镇压工具时，这种教义或者学说就会毫

无顾忌地实行恐怖统治。谁怀疑它的绝对权力,谁的言论自由就会被剥夺,甚至它的喉咙也会被掐断。

(茨威格:《良知对抗暴力:卡斯特里奥对抗加尔文》,舒昌善译)

殷商的社会有着分明的垂直层级系统,从商王到近亲、内服和外服的诸侯、各级官吏、平民与奴隶;而小国寡民的迈锡尼社会结构则相对单薄。对照一下中原与希腊两地的考古发掘,区别就历历在目:在殷墟,令人触目惊心的是遍地葬坑的残肢、断体和骷髅,受祭者有商王、诸侯还有王妣。在甲骨卜辞中关于人祭的记载约2000条,曾有一次动用500人的记录;从发掘现场来看,不仅祭天还有人殉以及阴森恐怖的活埋。

在迈锡尼的圈域,也有许多关于人殉的传说或记载,如《伊利亚特》结尾,阿基琉斯用12名特洛伊少年献祭的情节。在皮洛斯发掘的泥板文书上屡有人祭的记述,而学者对那些记载提出多种不同解释,往往持否认的立场,其中典型的解释是所谓的人祭以象征物来替代。我们在希腊之行特别留意到这个问题,大体感知,当地多处考古现场鲜见确凿的人殉发掘。但这丝毫不意味东西方的暴力文化可分伯仲。在迈锡尼时代,西方的暴力指向更多表现在对外的征伐与掠夺，就如《伊利亚特》的字里行间的血肉横飞，遍地尸骨；此外，亲友相残、邻里相恶的事例也不少见，以致有学者在历数西方古往今来诸多事例后断言，"暴力是西方文明的本质特征"（拉塞尔·雅各比：《杀戮欲》，姚建彬译）。

对外施压大而对内压力小，以及对外施压小而对内压力大，听起来仿佛与流体力学中的升力定理异曲同工（流速大压力小，流速小压力大）；而在人文领域，迁徙的速度形成外向扩张型和内向压迫型两类社会形态。

古希腊预示了其后几千年西方的殖民文化。从欧洲出发跨越大海，移向南美、北美、大洋洲，横跨广袤的俄罗斯，还向亚洲大面积渗透；他们的人口不及世界的三分之一，却稀释了原有的社会内部压力。如今他们占据了地球十分之七的土地和资源，深刻改变了世界的格局。他们的优越在于当初在家门口就驾驭了大海。

从两河流域和巴勒斯坦走出来的腓尼基人又是一个例子。他们在迦太基建立了基地，这里是南岸罕见的既有海湾又有半岛的良港，临近的对岸就是西西里，也处在山海之交。腓尼基人驰骋于波涛之上，是地中海海域无往不至的先行者。爱琴海的山民从这位身手高强的教练那里受益良多。或许腓尼基人的极端重商主义限制了他们自身文化的纵深。

一个细节两个视角

自由、平等、民主、公正……这些人类的精神渴求是荷马之后400多年的话题,是苏格拉底、柏拉图和亚里士多德的论说,是希腊众贤以及伯利克里在雅典的功绩,看似与荷马毫不沾边。其实,中间忽略了一场巨大变革的渐进历程,我们本应向此前的荷马投入更多关注。

翻开《伊利亚特》第二章,阿伽门农召开全营大会试探军心,有一个细节在西方读者看来稀松平常,而令中国读者大惑不解。让我们来看这一处耐人寻味的插曲。

在会场上,有一个名叫特尔西特斯的士兵,是个"舌头不羁的人",此人惯于捣乱,先天腿向外弯曲、瘸脚、驼背、尖脑袋、头发稀疏,荷马似乎站在正统的立场对其形象刻意贬损。特尔西特斯在万众军中大声责骂联军最高统帅阿伽门农的贪婪:

> 阿特柔斯之子啊,你又有什么不满意,
> 或缺少什么?你的营帐里装满了青铜,
> 还有许多妇女,那是阿开奥斯人
> 攻下敌城时我们首先赠你的战利品。
> 你是否缺少黄金,希望驯马的特洛伊人
> 把黄金从特洛伊给你带来赎取儿子?

> 那个儿子可能是被我或别的阿开奥斯人
> 捆住带来。你是否还想要一个少女,
> 你好同她在恋爱上结合,远地藏娇?
> 你身为统帅,不该让阿开奥斯人遭灾难。
> 你们这些懦夫,这些可耻的恶徒……

公平而论,特尔西特斯的责骂都是实情,也顺乎人性。而且,他的话与阿基琉斯对阿伽门农的指责如出一辙。在一个中国读者看来,特尔西特斯该不该骂人姑且不论,且看这场风波的结果。若在逐鹿中原的大战前夕,竟然有一个士兵斗胆包天,当众大骂商王或任何一个诸侯是"懦夫,可耻的恶徒",使用了当时极尽严厉的词句辱骂,其结果毫无疑问,当即以动摇军心处置,推出辕门问斩。就连这个士兵的将领也难逃炮烙、刖、脯、醢等诸般酷刑的惩处。

特尔西特斯受到的惩罚却近似儿戏。奥德修斯用权杖打了他的脊背,叫他别跟国王拌嘴,发出赌咒:

> 我告诉你,这句话会成真:
> 我若再次发现你像现在这样发狂,
> 而不捉住你,剥去你的一身衣服,

> 那些遮丑的罩袍和衬袍，把你送到
> 快船旁边，你从大会场挨了一顿
> 可耻的打击，一路上不住地痛哭流涕，
> 那么我的脑袋就不会再留在肩上，
> 我也不会被称为特洛马科斯的父亲。

这场赌博极不对称，"神样儿的英雄"奥德修斯赌的是剥去特尔西特斯的袍子，押上的赌注是自己的荣誉和脑袋。而士兵特尔西特斯面对的最坏结果是被送上快船回老家了事。就奥德修斯来说，真是赔本的买卖。

西方学者列举荷马史诗这一细节时，大多当作趣味性话题，把特尔西特斯当作加以嘲笑的小丑来看待，活该打他几棍子再赶走。但来自中国的笔者却为他所受到的宽容而瞠目结舌。一场大战迫在眉睫，贸然出现一个特尔西特斯来捣乱，辱骂国王，冒犯天颜，就连足智多谋的奥德修斯也拿不出有效的招数，还押下赔本的赌注。我相信，许多中国读者都会觉得这难以说通。试看西汉著名谏臣汲黯冒犯武帝的对话，武帝自诩效法尧舜，汲黯谏曰："陛下内多欲而外施仁义，怎能效唐虞？"武帝怒而罢朝。汲黯乃当朝大臣而非小卒，他的话十分婉转，岂敢有一句谩骂之语，已被看作"死谏"了，满朝文武都为他捏把汗。

是谁搞错了?是西方学者还是我?是笔者以今度古,还是西方学者更讲历史唯物主义?

审美或审丑都无所谓对错,应归因于文化差异。中国读者可能出于长期文化积淀还多些本能反应。在中国历史中既找不出与特尔西特斯相似的事例,肇事者也不可能受到那般宽容的处置。在西方看来本该如此的事,在东方则觉得突兀而意外;双方都是拿着各自的文化尺度在丈量对方。

翻转始于荷马

于是我们看到,早在公元前1200—前800年的青铜时代晚期,希腊海洋文化的对内压迫力就很宽松了。其因首先令人联想到他们的海洋环境以及他们的行为方式。

希腊联军的特洛伊远征由海伦前夫墨涅拉奥斯发起游说,拉帮结伙,由阿伽门农出任联军共主,以抢劫财富为目标,攻城掠池,论功行赏,盟国之间是"契约"关系,首领与其下属之间也是"契约"关系。纵观《伊利亚特》全书,没有出现一例军法如山的内部杀戮。尽管连吃败仗,联军也没出现过内部问责。像"诸葛亮挥泪斩马谡"那类故事根本不可能发生。

这般打仗方式在《伊利亚特》中多次出现。两军对垒，出战者不由主帅指派而由将领各自迎敌，遇到争执不决的事靠抓阄来定夺，就连主帅也参与抓阄。首领们一概被称作"巴昔琉斯"，在巴昔琉斯之间似乎不存在隶属关系，阿伽门农因为势力较大是个打头儿的巴昔琉斯：

> 有九个人站起来，
> 头一个起身的是人民的国王阿伽门农，
> 后面是提丢斯的儿子、强大的狄奥墨得斯，
> 后面是两个埃阿斯，英勇顽强的战士，
> 后面是伊多墨纽斯和伊多墨纽斯的伴侣，
> 墨里奥涅斯，强似阿瑞斯的杀敌勇士，
> 后面是欧埃蒙的光荣的儿子欧律皮洛斯、
> 安德赖蒙的儿子托阿斯和奥德修斯，
> 这些人全都乐意同神样的赫克托耳战斗。
> 革瑞尼亚的策马人涅斯托尔又对他们说：
> 你们投阄，选出一个人来……

于是每个人在各自的阄上做好记号，投进一顶倒捧的头盔里，再抓阄确认结果。这是荷马史诗中的招牌动作。看似儿戏一般的抓阄在希腊文化进程中起到重大的作用。

抓阄意味人格平等、机会也均等。

打仗要抓阄,分配也常抓阄,抓阄是随机性的,关乎或然率性却无关权力,比人为的指定或选举更易避开人为的操弄,也更接近公平。不抓阄就消费的事也有,荷马史诗中最常见的几句话被文本学者称作套话:"他们做完事,备好肉食,就吃起来。他们不觉得缺少相等的一份,在满足了饮酒吃肉的欲望之后",就该干吗去干吗了。这段套语包括了人性两项基本需求,其一是满足于生理的果腹,其二是对平等的渴望。如此大碗喝酒,大口吃肉,大秤分银子的好汉生涯何其豪迈,其中最关键的语句就是每个人都"不觉得缺少相等的一份"。

驾驭船只的人们更易于理解同舟共济、相倚相靠的信条。科林斯人驾驭的三桨大船,行驶的机理堪比百足之虫的动作协调,其中只要有一个水手不够用力就使全船偏离了航向:

> 木桨是伟大的校平器。划桨要求行动极其统一,这一原则必然产生强大的精神一致性。人们无论贫富,手掌同样都长满了老茧,屁股上生出了水泡,肌肉同样都是僵硬的,对未来都有着同样的希望与恐惧。
>
> (约翰·黑尔:《海上霸主》,史晓洁译)

蓝色爱琴海

展柜里的青铜武士

海洋给予人们生存后备的自由选项,劫掠生涯需要内部的均衡。起初,人们对平等的诉求并非来自形而上学的意识形态,而是来自近在身边的利害。"互利互惠——公平共享——是首领／士兵关系的核心,荷马时代各种社会关系都受其影响。双方的付出和收获应该尽可能均衡。"(萨拉·波默罗伊等:《古希腊政治、社会和文化史》)

航海赋予希腊人的习性,较之陆上民族更为直接地指向公民自理。从心理顺序来说,交易互惠最终发展为平等的理念和契约精神。人们除了获得实惠以外还需要安全、不被无妄迫害的人格平等。迁徙给予人们自由的回旋空间,而人格平等乃天下通则。不过,人与人之间的经济平等似乎更难做到,即使在城邦治理的高峰期仍然未竟其成。

希腊后来证明,即使只在少数人中间享有人格平等也难能可贵,先少数后多数,质变先于量变。抽签在后来的城邦民主中扩展为普遍的政治运作。从爱琴海的社会生态序列不难看出早期希腊的发展足迹。尽管城邦民主还是几百年之后的事,而海洋早已孕育了一批城邦动物。

德国学者迈耶对希腊人的精神气质做了如下描述:

> 让我们来看看希腊人的典型特征:他们首先是人,不是皇帝、执政官或者元老院议员;他们拒绝

接受阶级社会的统治；他们不习惯于分配任务，即使获得了权力（像许多罗马人一样），也会依靠他人和整体的力量，因此他们被指责过着一种趋于调和的生活。

诗人与读者都不认为士兵与统帅之间的地位是平等的。不过，海洋文化当中的"调和"之举缩短了不平等的距离。就是这一点点调和的理念，以及较少上下尊卑的阶级意识，看似与陆地文化的距离差之毫厘，却导致后来失之千里。

我们从荷马那里看到，城邦民主进程是从海上开始的，早在公元前十几世纪，东西方文化就已分道扬镳。

烛光下感怀

在克里特逗留期间，正赶上笔者生日，人到风烛残年已不把生日当回事。踏访之余回到酒店，没有张扬，没有宴会，没有生日快乐的歌声，清爽的海风拂去一天的疲劳，人已不饮自醉。

待同行伙伴静静地落座，在海滨餐台上摇曳的烛光中，我的心中忽然浮起一丝惆怅。从明晨起，我就接近耄耋之年的蹒跚旅程。人到这个年纪已经可以计量生命的尺度。多一事，多一累；少一物，少一赘。大可将身上的背负置之度外。

　　没有遗憾也没有恐惧，唯有一点儿近切的担忧——我的膝盖还能支持走多长的路程？我的记忆角落里还剩下多少语言的库存？记忆力是思维和表达的基础，在我读过自己也数不清的书籍后，尽管夹满了彩色的小纸条，每当用到一句话还要翻箱倒架地找得满头大汗，这是比埋头写作更花精力的初级劳动，时而令人气短情恼。这本计划中的书尚未动手，那是一种时不我待的紧迫感。

　　举杯小酌，明天太阳还会早早升起，我将离开此地，离开蓝色海水环绕的小岛，置身于伯罗奔尼撒的大山中了……

第七章 闪动的土地

我们的车子在伯罗奔尼撒的大山中穿行,我亲身领略了希腊道路的险要。路面窄,车速快,弯道多,勉强容得下两辆相向对开的车。沿途的车辆虽然稀少,车上人的神经依然绷得紧紧的;时而从山的背后迎面蹿出一辆车,几乎猝不及防,两车交错的刹那间令人手心里捏把冷汗。

雅典大学的朋友握着方向盘,显得娴熟而老到,当即改变策略,迅速追上前面的一辆车,并且保持适当的距离。他说,这个办法在崎岖的山路上比较安全,万一前面发生意外,后车还有处理的余地。

我也是三十多年的老司机了,但若让我在希腊开车还真发怵。

半岛掠影

此行目的出发前就已说好,只为浏览,不为细看,此后还有逗留的机会。我们清晨由雅典出发,穿越科林斯地峡,一路向西。大致行程是先到东部海岸,再折向西海岸的奥林匹亚,当晚赶回雅典的酒店,需要在伯罗奔尼撒半岛横向兜个来回,以便让我对半岛的面貌有个大致印象。这也意味自古以来城邦林立、干戈不息的伯罗奔尼撒半岛其实方圆不大,可以朝发夕返。

我们穿过科林斯地峡驶入了半岛。地峡只有窄窄的一条咽喉要道,把伯罗奔尼撒半岛和希腊北部的土地连接起来,早期人们索性开沟凿渠修成一条运河,又在河上架起桥梁,既可通车又可通船。如今的伯罗奔尼撒已然四面环水了。它究竟是半岛还是爱琴海包围的一座海岛?全看对开河与架桥的行为如何定义了。

科林斯曾是古希腊一处兴旺的城邦、最早的造船基地,古希腊人引以为傲的三层桨舰船就是科林斯人的杰作。

进入半岛腹地已是午后时光,前方将有许多著名的古城邦;快速浏览有它的妙处,时光被浓缩为一小段和另一小段的快速流动,打破了旅途的沉闷之感,社会与地貌的千姿百态在转瞬间扑面而来,就如老一辈人在童年时去看"拉洋片",印象新奇而强烈。

人在车里会有忽明忽暗的感觉。光线暗淡是大山投下浓重的阴影,骤然明亮是迎来开阔的平川、谷地或滩涂;拐个弯儿就自成一景,就是一方水土,当年就是一处独立的村落或城邦。

地貌给人一种支离破碎的感觉,沿途多是壁立的山峰和险峻的断崖;不似中国华南的山清水秀,却似中国华北的穷山恶水,又不如华北山区那般粗犷雄浑。希腊城邦的形成和地理环境不无关系。就拿我们驶过的弗西斯地区来说,历史上曾有22个城邦,从一个城邦穿越另一个城邦,平均不到十公里。以我们的车速计算,不到十分钟就从窗外一闪而过,正经八百地游历了一国的国土。当然,那尽是些曾经的小国。

我们的车子在山腰上疾驶,忽然被羊群挡住去路。一个孤独的牧羊人驱赶着一两百只山羊,在公路上缓缓挪动;我们只好停下来恭候这群懒洋洋的家伙腾出地方。此情此景,除了牧羊人身上的夹克衫和牛仔裤,应是一如3000年前的当初模样。

难怪当初生活在这个半岛上的古人产生过一种奇特的宇宙观,他们幻觉脚下的土地被一条巨大鲸鱼托起,平时鲸鱼沉睡不动,偶尔摇头摆尾,整个半岛就会地动山摇,地震频发。如此的资源环境显然不足以哺育富庶的社会,土地固然无比金贵，人们的厚望却在隔山不远的大海，希腊人把海洋称为毫无诗意的"咸水"。

历史学家色诺芬将早期希腊的民族对"咸水"的依恋描写得淋漓尽致。他在《长征记》中写了一支疲惫的希腊万人远征军，沿着小亚细亚的广袤大地寻找归途；先遣部队登上一处关隘发出大声呼喊，后续部队以为发现敌情，冲上去一看，也禁不住振臂高呼："咸水！"有士兵说："我们可以像奥德修斯一样结束征途了。"在中文里丝毫不浪漫的"咸水"，却令希腊人魂牵梦绕，他们的视线是离不开大海的。

磴道盘虚空

又驶过一段路程进入开阔的山谷，在车窗左侧，赫然看到崖壁上悬挂着一座村庄，从远处眺望宛如一幅亮丽的油画嵌在壁上。在中国可以把一座寺庙奇迹般构建在悬崖，但把整个的村落凌空而挂则不多见，它令我们好奇。雅典大学的朋友说，这座岩壁上的村庄闻名遐迩，有不少欧美游客专门来此观光或栖居。我们需要绕行另一条路接近它。

这条道路更显狭窄。抬头仰视，在垂直的山崖悬挂着无数木制小别墅，层层叠叠，屋舍优雅，向岩壁的顶端延伸。每一户都用钢架结构牢牢固定在崖壁上,都有独立的小径通向各自的家门,村民们就在这座"被竖立起来的村庄"上下行走。

马路的右边是一排商店和餐厅。我们选择了一家装修不错的餐厅小憩。一瞥之间注意到餐厅格局分作明暗两个部分,我们随即穿过室内走向明亮的室外。

室外餐厅是一个挑台,木制的地板,橙色的遮阳棚,简单的围栏,用结实的三角钢架固定在岩石上,向悬崖外大尺度延伸,前方呈现满目青翠的深豁峡谷。在这里的餐桌落座有一种"登临出世界,磴道盘虚空"的恍惚,还有几分惊险不安。

餐厅主人兼收银员是一位中年妇女,脸上刀刻似的皱纹,一袭老式的裙装,像是老于世故的山民,她递来一份有图片的菜单,我们随意点了几份菜肴,意在欣赏这里难得一遇的景色。

美虽美矣,却令人诧异。把一个足以称得上村镇的平面布局陡然竖立起来,其初衷未必出于诗意的情调,更可能是为了当今人们所谓"容积率",即占地的投影面积与总建筑面积之比;以尽量小的平地获得更大的居住空间,直观展示了平原土地资源的稀缺。我们面对的醉人美景,应是古人出于实用需要而搭就的。

回顾所来路径,就像由高山、断壁、草场、林地、河谷各种不同色彩拼凑而成的一组组马赛克,遥想在交通不畅的古代,这里更适合各占山头的割据而治,而不适合跨域融合。这一带就是古希腊英雄们舍命争锋的小天下。一路上亲眼所见,更加深了在前面章节中对于希腊人文地理特征的感受。

《牛津古希腊史》的作者说:

> 海洋对于这个世界的交通具有头等重要的意义。希腊的陆地山脉纵横,由众多互不相连的小平原、河谷地带与岛屿组成。古希腊的突出特点是每个城邦例拥有自己的货币制度,甚至拥有自己的历法,毗邻城邦之间的妒恨与时断时续的战争成了法则,这一特点与地理条件明显相关。

所见所读令人若有所思。强悍的迈锡尼文明本应走向一个帝国。它具有帝国基本的特征:有能力集合几十个不同的氏族部落,就像《伊利亚特》第二章《船表》所描绘的那样;又有对外扩张的强烈野心。但是,走向帝国的雄心功亏一篑,就在于它那破碎的土地和互不服气的个性。这一群毗邻的寡民小国既可以结盟远征一致对外,又可能在转身之间反目成仇,在一片狭窄、肢解的土地上征战不休。光是嫉妒和仇恨这类情绪化的东西,就足以煽起深埋于人性中的烈火。同时,它那各自桀骜不驯的脾气又自视为人性中高贵的格调。

似曾相识天际线

上车继续前行,前方在两座大山之间出现一座高耸的城堡。雅典大学的朋友说:"这就是迈锡尼!"

顿时精神为之一振,我们一路追逐的重头戏就在眼前。继米诺斯文明之后,即将走入又一处古希腊史前辉煌的文明遗存。那个长达400年的文明断代,以高耸的城堡、炫目的珠宝和强悍的武士,以及他们近似于偏执教条的英雄主义著称于世。

两座大山烘托着迈锡尼城堡。手边的资料显示,北面的是伊利亚斯山,南面的是萨拉山,城堡稳稳地坐落在两山之间马鞍形的顶部。若在中国,迈锡尼的所在地一定会被形象地叫作马鞍山。

声名远播的迈锡尼,是希腊联军的盟主、攻打特洛伊的主帅、阿特柔斯之子阿伽门农的居所。按照荷马所说,这里就是特洛伊战争的策源地,也是考古先行者谢里曼又一次震惊世界的发掘地。午后的阳光照在城堡的"巨人墙"上，映射出一片刺眼的金光。它的东南方向不远处就是伯罗奔尼撒半岛的海湾。

说来蹊跷，此刻本应下车后直奔迈锡尼城堡，我却本能地转过身来向四处寻觅，心中似有牵挂未可释怀。朋友问我找什么，我说在找阿特柔斯宝库，它应该坐落在迈锡尼城堡之外的山坡上。于是，雅典大学的朋友在前头带路，把我们引向那座著名的宝库。

所谓宝库实质因屡遭盗墓，早已空空如也，而坚固的墓室依然完好无损。正圆形的墓室并不宽敞，整体呈圆柱形又变为圆锥形向高处急剧收窄，这是迈锡尼文明早期所特有的圆顶墓葬。笔者在本书第一章提到，曾经在特洛伊的海边寻找希腊将领的墓葬时多次从外部见到那种特殊的造型，遂转身走出室外，抬头凝视阿特柔斯宝库的顶部，那被天空映衬的轮廓，果然在天际出现了熟悉的、四周对称的钟形弧线，那弧线由于独具韵味很容易被人记住。显然，它和特洛伊古战场所见的墓葬系出同源。

眼前的圆顶墓葬被认为属于阿伽门农之父；隔海的土耳其岸边那一系列圆顶墓葬当中有一座被称为阿基琉斯之墓，我曾经在一幅地图上见过若有其事的实名地标。尽管对荷马口中的特洛伊战争真实性尚存争议，有一点却似曾相识——迈锡尼的一批青铜武士抵达过特洛伊，并被以迈锡尼的风俗埋葬在异国他乡。

也就是说，不论那场战争叫什么名字，也不论那些青铜武士的姓名能不能对号入座，《伊利亚特》的历史背景或许有迹可循。

初入狮子门

沿着倾斜的引道向上攀登，初次造访迈锡尼城堡。最先映入眼帘的是威名远播的狮子门，位于城堡西北的入口处。引道两旁是硕大无比、切割方正、堆砌整齐的巨石，希腊人称作"巨人墙"，他们猜测只有传说中的独眼巨人才能搬动这些巨石；独眼巨人身高如山，力大无穷，抓起一个活人就像握住一根小香肠那般吞噬掉，人们想象不出还有其他人或其他方法可以构筑这样的城堡。

当地的古物监管官埃尔希·斯帕达里认为，这座城堡建于公元前13世纪阿特柔斯家族的鼎盛时期。

我抬头望去，狮子门几乎呈正方形，由四条巨石搭建框架，光是门上的过梁就重达20多吨。过梁上方雕塑两头仰天昂立的猛狮，雄壮有力的爪子仿佛抠入坚硬的岩石，流溢出生猛的活力；这绝不同于中国人把门前的石狮设置为憨态可掬的吉祥物，而是意味着城堡主人对于猛兽力量的崇拜。

狮子门被欧洲艺术家视为欧洲早期最杰出的雕塑典范,可惜一双狮子的头部被砸掉了,因而也看不出它是雄狮、母狮或是斯芬克斯。早在公元前2世纪来这里访问的地理学家就说不清狮子头的去向,有可能在公元前12世纪随着迈锡尼文明的没落被入侵者损毁。

比起狮子门建筑工程量更加艰巨的是环绕城堡的"巨人墙"。最厚的城墙有8米,最重的石块重达上百吨。现代人都会忍不住去推测当初不可思议的施工技术。从想当然出发,或许猜测是国王驱使奴隶们干的劳役;但是相关的史料表明,迈锡尼的奴隶多是掠来的妇女,体力有限,人数也不多,以在主人家做杂务为主,无力承担如此巨大的工程。接下去,还会想到国王倾举国之力驱使民众,就像中国长城的建造;不过迈锡尼松散的自耕农也缺乏如此高难度的专业施工技能,巨石的开采、切割、搬运、堆砌并非常人的技能可及。

当地古物专家的论证出乎一般人所料,阿特柔斯实际上相当于一个"开发商"的运作方式,只不过开发后的物业留作自用。他把工程承包给一个有能力的专业施工队伍,这个施工单位来自小亚细亚南部的一个古国利西亚。他们善于开采石材,善用修筑土坡的方法,借用滚木易于拖拉,利用土坡的斜度产生岩石重量的分力,再把岩石提高到城墙需要的高度，工艺灵巧又有效。阿特柔斯的责任是向来自利西亚的匠人支付施工费用，那笔费用显然数量不菲。这意味着迈锡尼君王见多识广的开放视野，他们没有像秦始皇那样驱使自己的子民承担超常的徭役，以致出现孟姜女哭倒长城的悲惨故事。

迈锡尼城堡与克诺索斯"宫殿"相比，厚重的城墙显得分外耀眼，一个高度私密，一个特别开放。其间最显著的区别在于迈锡尼缺少占地面积颇广的仓库设施，缺少和公共生活密切相关的综合管理功能。即或存在这样的功能，也可能设在城堡之外。

城堡内的东北角，是迈锡尼家族的墓地，也是考古学家谢里曼发现多达15公斤黄金宝物的地方。再向上攀登就来到国王的柱廊、前厅和正殿。建筑物早已损毁，而正殿人工的地台和柱础清晰可见。我们看到每一根柱础的残余部分都被来自世界各国的游客踩得光溜溜的。

建筑格局历历可辨，国王面北而坐，背靠纳芙普里翁的海湾，前方面对伯罗奔尼撒腹地，跟中国面南称王的朝向恰恰相反。中央是一个灶台，想当年室内烟熏火燎，通过屋顶的排气窗排散。正殿的面积约149平方米，相当于现代一个中型公寓，而且从复原的构图看来窗子很小，阴暗闭塞，丝毫说不上宏伟壮观。阿特柔斯和阿伽门农很可能就在这个狭隘的空间会客、宴饮、议事,还在烟气蒸腾中听着游吟诗人的演唱。

顺着正殿的平台走出不远,一幅触目惊心的景象令人收住脚步。这座城堡的南部早已塌陷,坍塌的巨石散落在深邃的谷底。我们绕到侧面去观察地形,城堡南部的断崖几近垂直,就像我们在"挂在岩壁上的"餐厅挑台所见的那样惊险,有过之而无不及。

环顾四周,城堡东面被两座难以逾越的大山屏护,正殿南面是陡峭的悬崖,西北方是易守难攻的狮子门,只需把狮子门的大门用门杠一拴,整个城堡就固若金汤。我们从护园人口中得知,在城堡的高处有山泉水源;笔者也目睹泉水至今仍在通过一条粗大的管道供应迈锡尼考古博物馆的现代设施,历数千年而不竭,足见当初的主人选址时多么深思熟虑。

即便如此,有证据显示城堡经历过三次猛烈的袭击,到公元前12世纪被彻底摧毁焚烧。敲掉狮子门的狮头,意味着另有一股敌对的力量给迈锡尼文明以致命地一击。

古堡随感

所谓城堡,实为要塞,它的高大和冷峻与当时的社会公共生活绝缘。需要身临其境方能感知要塞主人平素的生活状态。

这里是"国王"一家人的居所；不同于中国后宫的三千粉黛，迈锡尼国王是一夫一妻制；不过，这并不意味着丈夫就一定会对妻子忠诚。希腊的剧作家们描述了希腊男人有着多种形式的婚外性行为。国王和其妻显示了住在要塞里的是一个私人家族，包括国王的近亲，此外还有贴身侍从、奴隶和小规模的卫队，人口总数不可能太多，因为方圆容量有限。这座要塞的规模比中国殷墟宫廷的范围小得多，建筑的牢固度却比黄河流域的土木结构强百倍。

迈锡尼城堡的选址和坚固的城墙都表明其主人对外绝不友善。尽管它是米诺斯文明的继承者，却比米诺斯文明面貌狰狞，崇武尚勇，强悍凌厉以及拒人于外。在公元前14世纪已经统领了爱琴海大片地区。

迈锡尼的国王必定亲临战场，身先士卒。国王就是战士，格斗是看家的本领，倍显匹夫之勇，疏于驭人之术。荷马对英雄身处战场的格斗描述相当标准化，动作迅捷而有效，格斗只有枪来剑往的一两个回合，便分胜负，生死已定，从来没有中国文学中大战三百回合那样的厮杀。实际上，刀光剑影只是英雄们生活的短暂片段，他们注定要在这座要塞中度过大部分生涯。他们住在这里是安稳如山的泰然，还是纸醉金迷的愉悦？恐怕都不是，这个文明的全盛期似乎时常生活在疲于兼并的亢奋状态。

迈锡尼狮子门

阿伽门农返乡被妻子谋杀

阿伽门农的黄金面具

阿基琉斯的愤怒

阿基琉斯帐中拒绝劝和

阿基琉斯发誓为密友帕特罗克洛斯报仇

Achilles Dragging Dead Hector

阿基琉斯战胜赫克托耳

普里阿摩斯国王要求归还赫克托耳尸体

> 那待在家里的人也分得同等的一份。
> 胆怯的人和勇敢的人荣誉同等，
> 死亡对不勤劳的人和非常勤劳的人
> 一视同仁。我心里遭受很大的痛苦，
> 舍命作战，对我却没有一点好处。
> 他占有我心爱的侍妾，和她同床取乐。
> 阿尔戈斯人为什么要同特洛伊人作战？
> 阿伽门农为什么把军队集中带来这里？
> 难道不是为了美发的海伦的缘故？
> 难道凡人中只有阿特柔斯的儿子们
> 才爱他们的妻子？一个健全的好人
> 总是喜爱他们的自己人，对她很关心，
> 就像我从心里喜爱她，尽管她是女俘。

在营帐中，足智多谋的奥德修斯宣布的是丰厚的物质赔偿，而阿基琉斯强调的是正义，还有"己所不欲，勿施于人"的同理心。

把头号英雄阿基琉斯从小抚育长大的福尼克斯发表一通训导，他的劝说循循善诱，苦口婆心，用亲身的经历来规劝阿基琉斯息怒，关节处说得非常直白，他举出勇士墨勒阿革洛斯的例子，说明物质和荣誉的相关性；作为前车之鉴，墨勒阿革洛斯没等得到礼物就投入战斗，挽救了埃托利亚人的城池，却没有受到应有的尊重，提醒一个至关重要的英雄观——荣誉与礼物相关，两者直接挂钩。福尼克斯最后说：

> 他（墨勒阿革洛斯）走出去，身上披挂着发亮的铠甲，
> 他这样顺从他的心灵，使埃托利亚人
> 躲过不幸，他们还没有赠他礼物；
> 他就使埃托利亚人躲过面临的灾难。
> 亲爱的孩子，别让我看见你心里这样想，
> 别让天神引导你走上那条路，
> 保卫已经着火的船只，那时更困难。
> 接受礼物吧！阿开奥斯人会敬你如天神。
> 要是你得不到礼物也参加毁灭人的战争，
> 尽管你制止了战斗，也不会受到尊敬。

接下去，使团中臂力强大的埃阿斯指责阿基琉斯的心灵变得高傲，为了一个失去的女俘而耿耿于怀，置希腊人的安危于不顾，言语中有点挖苦后者重色轻友的味道；这番话很容易伤人，但头号英雄阿基琉斯的回答仍很克制。

他婉转而坚决地亮出自己的底线：在希腊人溃败到退无可退之前，他不会参加战斗。换言之，他就是要让联军统帅阿伽门农和其追随者在战斗中狼狈不堪，随后再出手相助，以战争的结果来一雪前怨。

在这里，一味指责头号英雄阿基琉斯的蛮横并不符合荷马的用心。使团劝和虽然被拒，但阿基琉斯对每个人的态度都颇有分寸。其中他对足智多谋的奥德修斯最不投缘也最反感，或许把奥德修斯看作阿伽门农的跟屁虫。而对养父福尼克斯则十分温和，对埃阿斯可谓相当客气——阿基琉斯并非不谙世事的一介武夫。

头号英雄阿基琉斯对师傅耸耸眉毛，请老人留下，睡在柔软的床榻上过夜，并请其他人转达他对联军统帅阿伽门农的坚拒，一场隆重的会谈不欢而散。

荣誉与物质

上述这番口舌之争又引出荷马研究领域的一个重要话题，即荣誉与礼物的相关性，亦即"古希腊的英雄主义"。这个话题由于多方反复讨论以致有人加以归纳，把英雄定义为"英雄的编码"，大致可以表达为以下的公式：英雄＝卓越＋胜利＋礼物＋荣誉。用话语来表述就是作为一个名副其实的英雄，必须强大超群，必须在战斗中杀死敌人，必须获得战利品以资标榜其身价,才能得到堪与英雄称号匹配的荣誉。

英雄的编码虽然来自后人的解读,但清楚地呈现在荷马对英雄叙述的程序中。攻击行为植根于人的天性,而英雄编码的杀人越货,博得荣誉以及有组织的暴力行为则属于文化。我们看到一种不祥的征兆,文化可以放大人类先天本能而走向极端。人性或许像马斯洛说的那样渴望受到尊重;但荣耀和被尊重是两码事,前者抽空了道德的内涵,把力量视为一种美德。那个世界没有好人和坏人,只有强者和弱者,强者就相当于良善。此外,也可以"化智为德"。

对于中国读者来说,我们看到两个新鲜的意涵。其一是只以胜负论英雄,没有虽败犹荣这一说:"卓越"的整体意义被分解了,只关乎实力的量级,英雄与正义无关。

其二是英雄与物质密不可分,需要用"礼物"来衡量荣誉,把概念再次还原为物质,没有实惠就没有荣誉,也不能证明是英雄。对于中国读者来说相对陌生的定义,恰恰是古希腊英雄主义的精髓。即使在今日西方文明集大成者的美国,我们仍然可以听到相似于英雄的编码在一批精英的口中闪烁其词。

荷马以迷人的方式描绘了暴力文化。例如,我们从特洛伊老国王普里阿摩斯的口中得知希腊联军统帅阿伽门农和强大的埃阿斯英俊魁梧、器宇不凡；还知道海伦前夫墨涅拉奥斯生着"漂亮的大腿、小腿、美好的脚脖子"；而头号英雄阿基琉斯在发怒而被女神按住头发的时候，才得知他生着一头漂亮的金发。我们也知道特洛伊风流王子帕里斯模样俊俏，擅长勾引女人。荷马还告诉我们，英雄们都讲血统，出身高贵，其中都有神的血脉，英雄与神的区别在于前者的生命是有限的，而后者是永生不死的。史诗中，两军相遇，不待对方询问来将通名，自己就主动声明家世谱系，以示传承有序。英雄们都是国王，有时叫首领，总之个个都是贵族。像阿伽门农那样至尊的国王在诗中被誉为"人民的牧者"。国王当然必有领地，领地有大有小，有丰腴有贫瘠，国力也会有强有弱，但是英雄们都秉持独立的人格，利之所系，一拍即合，也会一拍两散，互相之间很少阿谀奉承。荷马口中的英雄都是顶天立地的，不似其后驯化的英雄，立地者有之，顶天者几何？

凡英雄都有一项癖好，也是一个招牌动作：每当击杀敌人之后一定要亲自动手剥下对方的甲胄。青铜武士的甲胄几乎包裹全身，头盔只露出双眼和下颌，盔顶还要靠野猪的獠牙加固；胸甲长及下腹，腿部还有胫甲，活脱脱是一个动漫中的钢铁大侠。皆因敌人的甲胄是显著的战利品，也是英雄战绩的直接证明，剥得甲胄等同于中国故事中取上将首级。

值得注意的是，在荷马口中不仅己方是英雄，敌方也是英雄。不光主人公追求荣誉，敌人也享有荣誉。联军统帅阿伽门农的弟弟亦即海伦前夫墨涅拉奥斯被敌方用箭射伤，阿伽门农吩咐传令官去请著名的医师来治疗时说：

> 阿特柔斯的儿子，尚武的墨涅拉奥斯，
> 他已被一个精通弓箭术的特洛伊人
> 或吕底亚人射中，那人得荣誉，我们得悲伤。

在这里，荣誉跨阵营、跨敌我，还可能跨越民族、跨国界，被普遍认同。

神王宙斯之子，特洛伊阵营的英雄萨尔佩冬在激励自己的伙伴格劳科斯勇敢投入战斗时从自己的家乡说起：

> 格劳科斯啊，为什么吕底亚人那样
> 用荣誉席位、头等的肉肴和满斟的美酒
> 敬重我们？为什么人们视我们如神明？
> 我们在克珊托斯河畔还拥有那么大片的
> 密布的果园、盛产小麦的肥沃土地。

> 我们现在理应站在吕底亚人的最前列,
> 坚定地投身于激烈的战斗毫不畏惧……
> 但现在死亡的巨大力量无处不在,
> 谁也躲不开它,那就让我们上前吧,
> 是我们给别人荣誉,或别人把它给我们。

故事的后来,这两位英雄都在沙场捐躯,把荣誉给了别人。宙斯之子萨尔佩冬这一段的自白不光告诉我们荣誉是跨敌我的,还告诉我们许多复杂的信息——萨尔佩冬提到自己同胞和家园,但话语中既没有保卫家园也没有为国雪耻的意涵,这显然是前政治时代对于英雄的定义。荣誉是一个人追求的目标,荣誉仅属于个人,与大义无关;虽然关乎别人对自己的评价,却来自个人的动因。别人敬奉美酒佳肴并视他为英雄,就是因为他冲锋在前,视死如归,出于对英雄的崇拜。追求荣誉也只能以死相拼,舍此别无他法。男儿由来轻七尺,英雄们或是杀死敌人,或是被敌人杀死,他们的生存状态介乎生死之间。

当我们了解了英雄的意义,就不难理解头号英雄阿基琉斯对他的密友帕特罗克洛斯说过的几句易于被人诟病的话:

但愿所有的特洛伊人能统统被杀死，

阿尔戈斯人也一个不剩，只留下我们，

让我们独自去取下特洛伊的神圣花冠。

既然英雄的属性是私己，阿基琉斯的话就很难用幸灾乐祸的小人之心来解读。雅各布·布克哈特认为，嫉妒是希腊人的心理特征，在他人遭遇不幸时，幸灾乐祸成为一种愉悦的体验。其实，嫉妒心也来自人的本性，有待文化的提升。纵观古往今来，坐山观虎斗，乐见两败俱伤，是个人与团体共同的心性；阿基琉斯坦率地直言，却裸露出人性的憨直。

青灯烛照

对于阿伽门农派出的使团劝和不成和阿基琉斯的断然拒绝，又出现多种解读。这些解读不同于"冲冠一怒"的审美多元化，也不是朱光潜的一棵松树三种视角，而事关对荷马史诗是否细心阅读，是否符合荷马原意，以及荷马究竟说了些什么的阅读的基础性问题。

其一认为头号英雄阿基琉斯在劝和使团面前依然一味任性，荷马似乎要把阿基琉斯的愤怒保持在沸点，而不需要一个通情达理的角色，以持续推进故事。这类解读等同前文所说的阿基琉斯"意气用事"和"自控能力低下"。但是，此刻弹着低回清音的阿基琉斯，心境已不同于他拔剑怒起时，显得孤寂而感伤。虽然他与阿伽门农之间的对抗并未消解，使团的人每当提到阿伽门农时他就恨得牙痒痒，但那是刻骨铭心的不平，已不是气焰冲天的愤怒。他应对劝和使团发表了滔滔宏论，头脑清醒，条理清晰，彰显出一个训练有素的演说家本色，具有贵族门庭的教养和学养。荷马不会在不同场景中执拗地处理同一个人物的性格表现，诗人的文学才华不至于那么平庸。

另一种解读认为，尽管联军统帅阿伽门农送来丰厚的赔礼，却仅以物质赏赐来买得阿基琉斯回心转意，但仍持居高临下的态度，并未真心认错悔悟，就像一个傲慢的暴发户以施舍的姿态对待他人的索赔，导致阿基琉斯的抗拒。这类心理分析不符合原文，有悖荷马所说的故事"事实"。在第9卷，希腊大军兵败如山倒，阿伽门农早已六神无主，他"眼里流出两行泪水，有如黑色的泉水从高岩上面泻下来"。他向使团承认错误并请他们转达："我做事愚蠢，顺从了我的恶劣心理。"他不但承诺立即奉还那个少女，所开出的礼物清单也异乎寻常的奢华，既狼狈又慷慨，可见事出无奈。所谓形势比人强，阿伽门农不得不服软，主动与被动的双方明显易位。

又一种解读出自阿基琉斯的生死观。阿基琉斯从他的女神母亲忒提斯口中得知，他有两种命运的选择，如果留在特洛伊他将是短命的，但将千古留名；如果选择回家将在故乡安享晚年。他不但自己要打道回府，也劝告希腊人撤退返航。这或许是阿基琉斯彼时彼刻出自内心的所思所想，即将发生一次前所未有的命运转折。不过，机灵的荷马在此只是虚晃一枪，埋下伏笔，只待头号英雄阿基琉斯和他的养父福尼克斯老人在营帐中睡到天亮，就再起狂澜。

使团劝和的这一章精彩迭出，这是口头文学的看家本领，面对洗耳恭听的观众，演唱的故事哪怕有一丝的纰漏或瑕疵，都会即刻得到挑剔的反馈，演唱既需要酣畅淋漓又需要细密如织。在头号英雄阿基琉斯的身上，我们的确看到隐约的、可感的、令人刮目相待的变化。使团成员一遍又一遍地重复礼物的丰富，阿基琉斯对于那些香车宝马城池美女金银珠宝的物质的诱惑越来越不屑一顾：

> 他不能再用言语引诱我；他做尽坏事。
> 让他舒舒服服去毁灭；聪明的宙斯
> 已经剥夺他的智力，他的礼物
> 看起来可憎可恶，我估计值一根头发。

> 肥壮的羊群和牛群可以抢夺得来，
> 枣红色的马、三脚鼎全部可以赢得，
> 但人的灵魂一旦通过牙齿的藩篱，
> 就再也夺不回来，再也赢不到手。

阿基琉斯似乎愈加珍惜生命，他胸中的熊熊火焰宛如化作青灯烛照，在重新思索生活的意义，这番话和他后来在《奥德赛》的冥府中的抱怨前后呼应。他不再看重别人的评价，而将自己的信念深植内化，他跳脱了自己，跳脱了他人，也跳脱了所谓英雄的编码。如果让这个杀人不眨眼的魔王再燃怒火，荷马的故事发展需要另有肇因。

荷马大挪移

几乎大多数的研究者都把阿基琉斯的愤怒归为《伊利亚特》一贯到底的主题，并俨然形成共识；但是从文学经验的角度来看，荷马宏大的史诗单凭这位头号英雄的愤怒是收不了场的。劳师远征已是兵家大忌，联军的内部分裂更是可怕的危机；只要阿基琉斯一味地愤怒下去，特洛伊将永无攻克之日，荷马也下不了台阶，希腊联军铩羽而归则是顺理成章的结局。因此，《伊利亚特》必须出现另一主题，将头号英雄阿基琉斯对阿伽门农的愤怒转化为对特洛伊主将赫克托耳的仇恨，荷马才得以流畅地演唱他那振振有词的诗章。

阿基琉斯终于披挂上阵，是由于他的密友帕特罗克洛斯代替他出征，却死于特洛伊主将赫克托耳的枪下，这是《伊利亚特》主题完美的转圜。对于阿基琉斯来说，第一主题含有情爱受挫的因素，而第二主题则是友谊折损的打击。一开篇"阿基琉斯的愤怒"的主题已自动消解，转化为另一个前所未有的动因；他的对手从联军统帅阿伽门农转向倒霉的特洛伊主将赫克托耳，即一个无比强大的英雄失去亲密朋友的痛苦和此仇必报的渴望。仇恨作为人类情感的烈度高于愤怒。

在宏大的史诗叙事中，驾驭主题的变化往往是创作者为之头痛并绞尽脑汁的尴尬之举。荷马在第16卷中尤显睿智，驾驭庞杂的结构缜密而老到。主题的移动是在众目睽睽之下进行的，史料显示，大凡受过良好教育的古希腊人都会把荷马的两部史诗背得滚瓜烂熟，任何情节或细节的合理性都不免要通过他们的检验和首肯，更何况是变更主题的动作。这更加佐证了荷马史诗的创作绝非江湖艺人集体合作那么简单，必当实有一位才华超群的高手集大成于一身，其叙事艺术的炉火纯青，让一代又一代的听众为之倾倒。

荷马的妙思在于头号英雄阿基琉斯把密友帕特罗克洛斯自我化。特洛伊人火烧战船，希腊联军退无可退；荷马推出阿基琉斯密友帕特罗克洛斯作为史诗中的过渡人物。帕特罗克洛斯责备阿基琉斯冷漠的硬心肠，决定去支援盟军。在此节点，如果阿基琉斯为保护密友的安全而刻意阻拦，主题转化则太"温"；倘若阿基琉斯与好友并肩出战，则荷马的叙事艺术显得太"火"。荷马选择的转圜圆融、适度，而且不失壮怀激烈之情。

荷马让头号英雄阿基琉斯犯了一个错误，后者虚拟了自己，过高地估计了他对敌人的威慑力。阿基琉斯以为只要答应密友帕特罗克洛斯的请求，给这位小兄弟披上自己那副辉煌的铠甲，就会吓得特洛伊人闻风而逃；不料虚有其表而无其实的盔甲更激起特洛伊人的奋力猎杀。

同时，头号英雄阿基琉斯并未掉以轻心，他巡视了自己属下的所有营帐，派出五位首领辅佐密友帕特罗克洛斯，集合全体战士，激励军心，酹酒祝祷，为好友壮行。并且他还谆谆叮嘱："一旦他（帕特罗克洛斯）把战斗和嚣声从船边驱开，便让他身披盔甲，率领全体同伴安然无恙地返回到这些快船上来。"阿基琉斯生怕有什么闪失，作为兄长呵护有加的拳拳之忧溢于言表。

在史诗这一重要的节点，各种解读当中常见的一种解读就是津津乐道阿基琉斯和密友帕特罗克洛斯是一对同性恋者,尽管那有可能属于剧情,但并非全部。古希腊的同性行为既不等同中国的龙阳之兴,也不等同西方的娈童之癖,亦非现代意义的同性恋,而是古代男人社会一道独特的风景。柏拉图在《斐德罗篇》中有生动的叙述,其他人的专著也有记载:

> 在我们看来,最令人奇怪的风俗是,每个男人都得吸引住一个男孩或年轻人,并在亲密的日常生活中充当他的辅导老师、监护人及朋友,还要激励他学习一切高尚的品德。

(利奇德:《古希腊风化史》,杜昌忠、薛常明译)

这种风尚具有社交习俗和教育传承的内涵;细观之下,荷马史诗中的男人几乎都是双性取向。荷马对阿基琉斯营帐中睡眠的情形有清楚的描述,阿基琉斯的床边有女俘相伴,不远处,他的密友帕特罗克洛斯也有女俘陪睡。

荷马整整用了三卷的篇幅完成了主题的转化。阿基琉斯听到帕特罗克洛斯的死讯悲痛欲绝,荷马对此的描绘不输给任何一位现代电影的编剧或导演:

他用双手抓起地上的泥土，
撒到自己的头上，涂抹自己的脸面，
香气郁烈的袍褂被黑色的尘埃玷污。
他随即倒在地上，摊开魁梧的躯体，
弄脏了头发，伸出双手把它们扯乱。

他称帕特罗克洛斯是他最敬重的朋友，敬重如自己的头颅。他谴责特洛伊主将赫克托耳不但杀死自己的朋友，还剥夺了自己辉煌的盔甲。一场生离死别加强了阿基琉斯毅然出征的情感因素，恰如休谟在《人性论》中引用的话：

别离消灭微弱的情感，却增强强烈的情感；正如大风虽能吹灭蜡烛，却会吹旺一堆大火。

不过，头号英雄阿基琉斯并未完全丧失理智，他在痛苦的挣扎中经历了一次不可忽略的精神洗礼：

愿不睦能从神界和人间永远消失，
还有愤怒，它使聪明的人陷入暴戾，
它进入人们的心胸比蜂蜜还甘甜，
然后却像烟雾在胸中迅速鼓起。

> 人民的首领阿伽门农就这样把我激怒。
> 但不管心中如何愤怒,过去的事情
> 就让它过去吧,我们必须控制心灵。
> 我现在就去找杀死我的朋友的赫克托耳。

读者从这些话中不难察觉,转折的肇因是此前阿基琉斯将帕特罗克洛斯自身化,从而使对其密友帕特罗克洛斯的打击成为对阿基琉斯的打击,对朋友的伤害成为对自身的伤害。就叙事艺术而言,荷马把阿基琉斯的死对头加以切换并且不露斧凿之痕,保持了长篇史诗一如既往的酣畅。

笔者还留意到,荷马细心地令头号英雄阿基琉斯多次避开英雄与礼物的传统瓜葛。在第19卷,阿基琉斯披挂出战,报仇雪耻,完全没把"礼物"当作一回事。其间还有两次关于礼物的提醒。一次是联军统帅阿伽门农表示要弥补过错,向阿基琉斯说:

> 你现在急于出战,若愿意,可以稍等,
> 我的侍从们会很快把它们从船上送过来,
> 你会看到那是些多么舒心的礼物。

阿基琉斯答道:

> 把礼物取来或留在你那里，
> 这全由你决定。现在我们应该考虑
> 出战的事情，不能在这里空发议论，
> 把时间耽误。

阿基琉斯特意指出，拿不拿礼物是"你们的事"，他只关心投入战斗。

再一次提到礼物，是联军统帅阿伽门农对足智多谋的奥德修斯的吩咐：

> 把我们昨天答应给阿基琉斯的礼物，
> 从我的船中取来，还有那些女子。

头号英雄阿基琉斯听了显得有些不耐烦，他说：

> 士兵的统帅，你们应该另找时间
> 做这些事情，待激战后的暂时间隙，
> 我胸中的怒火不像现在这样愤激。

阿基琉斯与众不同的反应，使他成为希腊联军里一位孑然傲立的英雄。荷马突破了迈锡尼文明的英雄定义，使阿基琉斯向现代意义的英雄进了一步。

直至诛杀赫克托耳,大仇已报,特洛伊老国王普里阿摩斯携大量礼物来到阿基琉斯营中,恳求赎回儿子的遗体时,阿基琉斯又一次排除物质的关联,表示他的母亲已经传达了神的旨意:

> 老人家,不要再这样刺激我,我已经有意
> 释放赫克托耳,海中老人的女儿,我的生身
> 母亲,作为宙斯的信使来过。

许多研究者都关注到这一微末细节:阿基琉斯疯狂地虐待赫克托耳的尸体,余恨未消;特洛伊国王普里阿摩斯在救助之神的引导下,孤身一人深夜来到敌营,面对阿基琉斯这个杀人魔王,恳求赎回儿子的尸体,其凶吉处境只在寸发之间。荷马的调子变得异常平和,头号英雄阿基琉斯从老人的身上依稀看到自己的生身之父的影子,这个自小离家的冒险者恍然间从野蛮的边缘转过身来,逾越了非友即敌的思维框架,甚至与普里阿摩斯互相欣赏起来。那一刻,荷马唤醒了深藏于阿基琉斯人性中可贵的恻隐心、同理心。头号英雄阿基琉斯细致入微地取下两件披衫和一件织得很密的衬袍,把赫克托耳的尸体包裹起来,以免对

特洛伊的老国王造成刺激,随即归还给这位黯然神伤的老人,字里行间闪烁着人性通彻的光辉,透露了诗人对人类命运的终极关怀。

荷马向我们显示了在各种环境下塑造人物性格的稳定、鲜明与拓展。看似愤怒不已的阿基琉斯实则超越了属于那个时代固有的、强大的英雄体系,一骑绝尘,犹如翱翔于精神与感情天空中的英雄。

《伊利亚特》这个简短的结尾暗含着荷马的苦心孤诣。阿基琉斯放过赫克托耳的尸体,当断则断,通篇看来恰到好处。想想看,头号英雄阿基琉斯其实参与了一场邪恶的战争,荷马一开篇就把阿基琉斯置于受害者的境地,胸怀满腔怒火,孤独地置身事外。伴随主题的挪移,他因失去密友再次遭受沉重打击,挺身出战报复敌人,有情爱有义理。他从未听从联军统帅阿伽门农的调度,后来死于银弓之神阿波罗的弓箭之下,避开了对特洛伊的屠城,也避开了希腊悲剧《特洛伊妇女》的血泪哭诉。在荷马的呵护下,他的形象完好如初,通彻澄明,这正是阿基琉斯的形象受到后世人们喜爱的奥秘。

体育:人性的阀门

《伊利亚特》缀着一条精致的尾巴——在诛杀特洛伊

主将赫克托耳又将帕特罗克洛斯火葬之后的第二个黎明,希腊举行全军体育竞技大会。西方学者常把竞技解读为古希腊葬礼的必备节目,但在笔者看来不免诧异:此前两个晚上阿基琉斯都没睡好,希腊联军的将士经过激战也喘息未定,何来那么大的兴头当即展开一场自家人之间的殊死拼搏?

阿基琉斯的仇已报,狠未消。返回营地的当晚躺在喧嚣的海滩上昏沉入睡,帕特罗克洛斯的灵魂托梦给他,哭诉两个人生前深挚的友谊,嘱咐阿基琉斯死后将他俩的骨灰装在同一只罐里入葬:

> 可怜的帕特罗克洛斯的灵魂整整一夜
> 站在我的身旁,模样和他本人完全一样,
> 不住地流泪哭泣,吩咐我一件件事情。

阿基琉斯睁开眼就忙于张罗火化帕特罗克洛斯遗体的仪式。在这里,荷马透露了古希腊也像中国的殷商那般有屠杀战俘用以殉葬的习俗:阿基琉斯手刃了十二个特洛伊的贵族少年,付之柴堆一起焚烧。葬礼从白天持续到夜晚,阿基琉斯似乎又是彻夜未眠,天亮后随即连轴转地指挥手下人员从船上搬来许多贵重的奖品,主持全军的体育

竞赛。奖品有女人、黄金、马匹、盔甲、精美的铜器等,备显赛会的隆重和他的慷慨。

比赛项目有马拉战车、拳击、摔跤、赛跑、武装格斗、铁饼、射箭、标枪,还为每一个项目的名次和奖项做出规定。这八个项目中的六个项目,被现代体育传承照搬。

阿基琉斯主持的武装格斗简直就是动真格的那般惊心动魄。阿基琉斯当场宣布:

> 我请两位最勇敢的人争夺这些奖品,
> 他们得穿好铠甲,带上锋利的铜器,
> 让他们在大家面前互相比试武艺。
> 他们谁首先刺中对方美丽的身体,
> 穿过铠甲和黑色的鲜血触及内脏。

这是朋友对朋友的厮杀,却与希腊人对阵特洛伊人的架势一样,胜者负者都可能非死即伤。这里出现一个常识性问题,在己方阵营里值得展开以性命相拼、死伤不足为惜的游戏吗?回答是肯定的,奖品的丰厚和参赛的踊跃都表明有这样做的必要。

埃阿斯和狄奥墨得斯欣然上场,这两个人都是希腊联军的核心战斗力,在主持和参赛方看来,这场比赛与战争同义，都是为了获得荣誉和奖品。埃阿斯和狄奥墨得斯大打出手，一方刺穿了对方的盾牌，另一方的长矛刺向对手的头颅。鉴于埃阿斯身手高强，阿基琉斯及时叫停，声称两个人都是胜利者。

拳击也是危险的项目，当初没有拳套，只在手上缠绕皮条，欧律阿洛斯被对手击中面颊，被自己人救出场外依然口吐鲜血，脑袋歪斜，差点儿丧命。在这里，战争与体育的区别变得模糊混淆，而这正是人类需要体育的起因。

现代人类学认为，体育源于战争，也净化了战争，是不携带武器的战争，或模拟战争的游戏，《伊利亚特》为我们展示了活灵活现的先例。人类需要体育是出于人性中与生俱来的攻击性，这种攻击性不可遏制而且禀性难移，只能敞开释放的渠道，于是体育应运而生。希腊联军虽然大战方歇，却斗志犹酣，他们亢奋的肾上腺激素还需要尽兴发泄。

在阿基琉斯举办的几个项目的竞赛中，读者看到明显的违规、使坏、向神明祈求或向对方诅咒，眼看就要诉诸暴力，也没有公平可言。埃阿斯至少参赛了三个项目，或是占有优势，或是打成平手，却一个奖项也没拿到手，成为荷马在这一章节戏谑的噱头。

希腊早期的一些运动项目十分粗野。西方学者可以把这种现象解释为希腊人重视健康以及人的全面发展，而中国读者却对它时常造成的伤害不可思议。古希腊有一项目是自由搏击，除了不许齿咬和挖眼的动作之外别无禁忌。当时一个例子广为流传，有一个运动员扼住对方脖子令其窒息，而对方同时扭断了前者的肢体，导致前者剧痛难忍放弃比赛；当裁判宣布后者胜利时，后者却因窒息而死，胜利者的尸体在赞扬声中被抬下场，零和游戏，一死一残。

《伊利亚特》这一小节是对现代奥林匹克运动源头最早的描述。希腊英雄主义的精神遗产一直传承到今天，最直观、最近切的形态就是体育。现代人从中可以看到希腊英雄热衷体育的身影，还看到在《伊利亚特》的大部分章节中人们几乎没有展现笑容，而微笑是人类最直接的本能流露；只在这一章，欢笑才回到人们的脸上。

我们看到赛会的项目愈加细化，规则愈加严密，监控愈加周到，就是为了给人性安装一套安全的阀门，给人们好勇斗狠的本能套上一根可擒可纵的缰绳，用来抑制残忍本能。即便如此，现代体育中犯规、做假、贿赂和兴奋剂的丑闻仍然层出不穷。奥运会漫长的历史不仅是弘扬美好人性的记录，也是遏制劣质人性的历史。

现代体育给人留下了"猴子的尾巴"。当今最具战争象征意义也最受欢迎的竞赛项目非足球莫属。它不光是人与人的对抗,还是共同体与共同体的对抗,国家与国家的对抗。足球画出在三大球类运动中最大的场地面积,其规模近似一场小型战役。一道横线就是楚河汉界。进攻,防守,快速反击,侧翼包抄,这些足球常用语连同前锋、后卫、门将的称谓也来自战争。看台上号角齐鸣、金鼓震天,场上全力拼抢摄人心魄;20来人争抢一个圆球犹如夺取有限的资源,资源到手仍不甘休,还要直捣龙门予以斩首。

至少90多分钟踢下来,场上人们的战斗热情已大量释放,而看台上的观众干着急却帮不上忙。终赛的哨声一响,轮到发泄未尽的球迷们登上舞台,球迷血腥的闹事屡次令世人震惊。

荣誉是竞技体育的真谛,人类以是自然界唯一为荣誉而战的动物而自豪。一寸国土或一寸海疆的物质意义或许微小,但是它所蕴含的神圣意义丝毫不可动摇。在历届现代奥运会上,各项运动选手争夺金牌的执着犹如历代寸土必争之战。如果有谁告诉你金牌并不重要,千万别信这类谎言;让选手放弃荣誉就是放弃羞耻的底线,无异于让他缴械投降。

东方之镜

本书很想给迈锡尼时代的青铜英雄照照镜子——东方

之镜,却勉为其难。难处不仅在于缺少与之相似的对应比较,也在于黄河流域与爱琴海迥异的英雄价值观,还在于我们缺乏公元前1200年至公元前800年的叙事细节。

依《说文解字》,"英"是"荣而不实者",这与本文有点离题,可以理解为"花",引申为"精华"。"雄"在说文中是"鸟父也",也不大切题,可引申为"居前列者"。《左传》中对"雄"的解释是雄强和勇敢,见于齐庄公和殖绰的对话。不过,在早期,"英""雄"二字分别使用,没有合并为一个词。先秦《荀子·正论》对"英"字有解:"尧舜者天下之英也。"

西汉以降,对英雄的诠释渐露端倪。《淮南子·泰族训》:

> 故智过万人者谓之英,千人者谓之俊,百人者谓之豪,十人者谓之杰。明于天道,察于地理,通于人情,大足以容众,德足以怀远,信足以一异,知足以知变者,人之英也……

接下去,刘安依序排列了英俊豪杰的各项条件,说:

> 各以小大之才处其位,得其宜,由本流末,以重制轻,上唱而民和,上动而下随,四海之内,一心同归。

淮南王刘安在这里设计了一个量才适用的体制。

董仲舒《春秋繁露·爵国》说得更加清晰：

> 有大功者受大爵土，功德小者受小爵土，大才者执大官位，小才者受小官位，如其能宣，治之至也。故万人曰英，千人曰俊，百人曰杰，十人曰豪，豪杰英俊不向凌，故治天下如视诸掌上。

这些话明白无误地指出，所谓英俊豪杰是察选人才的制度，是自上而下的擢拔，也是被赐予的荣耀，而不是英雄通过竞争打出来的一片天地；与古希腊的"荣誉"无关。其间最主要的区别在于，大一统环境下的董仲舒，定义的英雄不论是否出类拔萃，都缺少独立人格，是政治的附庸，以便于帝王治天下易如反掌。

在黄河文明寻找迈锡尼文明意义的英雄，也有，但不多；具有代表性的应是成汤。成汤同样生活在青铜时代，身处诸国林立的竞争环境当中，他手持大钺冲锋陷阵十一征而无敌于天下，颇具独立的人格特征；而且，成汤的先祖因其母食玄鸟之卵而生，血脉传承与阿基琉斯一样都具有神人交孕的神秘色彩。

成汤的故事有流传较广的"网开三面"，《吕氏春秋·异用》叙述得比较详细。成汤在郊外遇到一个四面张网捕捉飞禽走兽的人,口中念念有词地祷告四面来的猎物皆入其网。成汤叹道:那样做生物尽灭,除了夏桀那样的暴君,没人会这样做。成汤动手网开三面,还教那人再做祷告,要让动物自由来去,只捕捉触犯上天律令的动物。这件事在远近传开,汉水以南的国家都说成汤是贤君,慕其仁德,多达四十国归顺了成汤。

所谓"国之大事,在祀与戎"。成汤征讨葛伯也被史家看作义举。临近的小国首领葛伯不敬天,不祭祖,成汤问其何故,葛伯回说祭品匮乏;于是成汤送去牛羊,却被葛伯吃掉。成汤又送去粮食酒肉,还派人传授农耕作业,周济老弱,做到仁至义尽,不料葛伯杀人越货,成汤愤而征讨。成汤伐桀灭夏也被视为正义之举。他一向主张"人视水见形,视民知治不"(《史记·殷本纪》),而夏桀荒淫无道,不问民间疾苦,人心尽失。成汤率军于鸣条山一役灭夏而兴商。

成汤还有一桩佳话是桑林祈雨。商初连年大旱,五年不收,祭司建议以活人祭天,成汤说:"余一人有罪,无及万夫;万夫有罪,在余一人。无以一人之不敏,使上帝鬼神伤民之命。"(《国语·周语上》)于是剪其发,故磨其手,以身为牺牲,祈福于上帝。民乃甚说,雨乃大降。

从成汤身上，我们可以看到黄河流域殷商文化的英雄特征：英勇品格固然必不可少，还需有担当，有责任意识，有对人民的体恤，有仁德之心，以德服人重于以力服人。同时，一旦坐实天下，位高无极，权重无匹，为了保持君王与臣民的合作相安特别需要英雄的自省。

如此一说，难道中国的英雄只有成汤一帝？

中国称王改为称帝是魏晋之后的事。正是在东汉之末魏晋之初，中国的英雄观豁然开朗：

> 聪明秀出，谓之英；胆力过人，谓之雄。

> 必聪能谋始，明能见机，胆能决之，然后可以为英：张良是也。气力过人，勇能行之，智足断事，乃可以为雄：韩信是也。

> 若一人之身，兼有英雄，则能长世：高祖、项羽是也。然英之分，以多于雄，而英不可以少也。英分少，智者去之，故项羽气力盖世，明能合变，而不能听采奇异，有一范增不用，是以陈平之徒，皆亡归高祖。英分多，故群雄服之，英才归之，两得其用，故能吞秦破楚，宅有天下。然则英雄多少，能自胜之数

也。徒英而不雄，则雄才不服也；徒雄而不英，则智者不归往也。

(刘邵:《人物志》)

东汉之末又一次礼崩乐坏，天下大乱，渐至三分。这使得建安年间的刘邵对英雄的意义有了更深刻的思考，蕴含了英雄具备独立人格的宽泛自由的背景。理想状态是来自相互之间双向价值观念选择的合作，重仁德，重智德，所谓英雄识英雄，英雄惺惺相惜，英雄所见略同。刘备频频三顾，诸葛亮可去可不去，一经承诺，舍身相佐，两朝开济，当然这是后话。刘邵将"英雄"二字有拆有合，而且明确主张"英"重于"雄"，强调"英"的素质多于"雄"的素质乃为英雄的恒律，从而臧否匹夫之勇；这与重勇力而轻仁德的迈锡尼的英雄形成了镜像比较。

从商汤至建安，中国确立了自身的英雄观，不尚匹夫之勇，抑制个人卓越，凡英雄者必义字当头，见义勇为，谓之义勇。

在中国一向被当作英雄敬拜者，非关羽莫属，他与孔子并立为文武二圣。至今在全世界的华人圈里，在酒楼、货栈、钱庄以及无数商家，直至一些地区的警察部门，关公像随处可见，关公佑护着信拜他的芸芸众生；据统计，台湾地区的关帝庙就有15000座，世人皆谓关羽赤胆忠心、义薄云天。

阿基琉斯的应答

我们在伯罗奔尼撒半岛几经穿梭，随之选择纳芙普利翁的酒店住下来。这座古老的海滨城市而今是冲浪爱好者的乐园，一波接一波的排浪涌进海湾，卷起白花花的浪脊，向人们发出一试身手的诱惑。沿海湾排列着古罗马、拜占庭、奥斯曼等各种风格建筑物。向北不远处，就是古希腊的梯林斯城堡；再往北一点儿就是我们的目标迈锡尼。当年谢里曼就是以纳芙普利翁为落脚点，展开了具里程碑意义的考古发掘。

7月的骄阳和连日的暑气令人灼热难当。当地人的生活节奏顺乎自然，他们活跃在一早一晚，中午是长长的休息，晚饭通常在晚九点以后。我们因连日来的旅途劳顿已感疲惫，雅典大学的朋友建议何不来个"天人合一"，赶在日出之前去迈锡尼看日出。

这是第几次造访迈锡尼？第三次还是第四次？其实当天晚餐后，笔者黄昏散步时，就走出酒店，沿着通往梯林斯和迈锡尼的小路攀登，享受晚风的吹拂。尽管数度探望过迈锡尼，雅典大学朋友的提议仍然得到积极响应，这打破了沉闷的计划,平添了浪漫的情趣。

于是各自早入寝早起床,在清晨六点钟赶到迈锡尼城堡。

天空黑蒙蒙的,遗址保护区门前的一排栅栏紧锁,不见一个人影。站在迈锡尼城堡西面的山坡向东眺望,天空是青黛色的,在浓重的天幕下是两座大山相交的更加浓重的剪影,阴沉而压抑。渐渐地,迈锡尼城堡上方露出一线绛紫色,马鞍形的轮廓变得棱角分明,而朝阳依然躲在大山后迟迟不肯露面。

我们各自手持相机,长时间等待着。雅典大学的朋友跑下山去,直奔寂静的纪念品售卖部的木板房前,迅速搬来一把白色的塑胶椅子,放在杂草丛生的山坡,又魔术般取出一本中文版《伊利亚特》,要求每个人随意翻开其中的一页,大声朗读一段荷马的诗句。

我被荣幸地指定为第一个朗读者,意会到随手翻阅书页带有偶然性,便默默祈望迈锡尼的英雄、阿特柔斯家族能够回答一次有意义的宣示,深吸一口清晨清凉的空气,随便翻开一页,高声朗读起来:

> 我看阿特柔斯的儿子阿伽门农
> 劝不动我,其他的阿开奥斯人也不行,

> 因为同敌人不断作战，不令人感谢，
> 那待在家里的人也分得同等的一份。
> 胆怯的人和勇敢的人荣誉同等，
> 死亡对不勤劳的人和非常勤劳的人
> 一视同仁。……

读到这里停住了，我猛地记起这是头号英雄阿基琉斯的话，是他拒绝与联军统帅阿伽门农合作时发自肺腑的剖白，便顺手合上书本，抬头看看对面的迈锡尼城堡，不由得发出感叹："阿基琉斯，难道你还在抱怨世间的不公平吗？"

说来凑巧，也纯属凑巧，霎时太阳从北面的伊利亚斯山露出一道金色的弧线，好像是浮动的液体粘在山顶的天际线，眨眼间就冒出头来，把天空染成火焰般的橙红色，给马鞍形的山峰和城堡镀上一道明亮的金边。在场的同伴都为大自然在瞬间的色彩变幻所着迷；转过身来再看，晨霭散尽，清澈的阳光洒满一大片山谷……

潜心想想也对。在《伊利亚特》中，虽然特辟一卷"解怨"，联军统帅阿伽门农却把责任推给了天神，他俩何曾有过真正的和解？如果我们不把荷马对英雄的定义逐字逐句拆解为若干单词而取其精要，阿基琉斯所反抗和所强调的就是那个世界的不公。

【意】拉斐尔《雅典学院》

美神与战神幽会被捉

第九章　弓弦与琴弦

连日来穿梭于伯罗奔尼撒半岛,我们在途中看到一座平地拔起的大山,它的侧影像中国的馒头。两侧坡度对称,大约都是将近45度的弧形斜角,山顶略平,高耸着一座古老的巨石城堡,至今巍峨高耸。雅典大学的朋友说,那座山就是西西弗斯故事的所在了。

西西弗斯在希腊神话中号称科林斯之王,他得罪了众神,宙斯惩罚他把一块石头推上山去,石头太重,坡度太陡,将要推到山顶时已精疲力竭,石头滚落了下去。于是他再推,日复一日地循环往复。这个典故常常被后人拿来象征人们枉然徒劳的命运。

在希腊随时随地都能找到哲学的话题。当西西弗斯的高山城堡在车窗外缓缓掠过时,我的脑际也闪过文学和哲学的关联。

哲学对荷马史诗的解读并不都是积极的,从公元前5世纪以来的希腊哲学家们,到现代西方的一些学者,不停地变换方法对荷马提出批评、质疑。这不足为奇,人们对自身的认识就在不断发展,对两部描述史前人类生存状态的文学巨著的认识也在更新。更何况,荷马史诗自身就有许多迷惑不解的困顿。正如一位曾经来中国讲学的西方古典学家所说:

> 荷马总是引导我们对他的人物做出肯定或否定的评判,但是他对人物生活的描述却超越了这些判断。他的语言壮阔瑰奇,意在让我们沉浸和分享虚构的经验,这些经验既有活力的汹涌,也有致命的伤害,既有不智的冲动,也有计算后的选择或压抑已久的情感。
>
> (安东尼·朗:《心灵与自我的希腊模式》,
> 何博超译,刘玮编校)

一位古典学家在从事专业讨论时顺带道出文学的精义——文学的描述往往超越是与非的判断,此论值得赞赏。尽管文学可能蕴含哲理,但文学并不会按哲学的要求照章办事。自打文史哲渐趋分开以后,这件事常常被人们忘掉。回头看看荷马史诗中的哲学,有精彩也有无聊。

"金发的野兽"

这场战争的性质,只需从敌对双方静态的驻地就可以一目了然。特洛伊主将赫克托耳和他家人的驻地坐落在高岗城池,他们的脚下是特洛伊平原。伊达山上的泉水常年奔流不息,滋润着一片宜于农耕的土地。荷马多次强调特洛伊人擅长牧马,这意味着他们可能属于陆地文明。

在荷马史诗中,特洛伊人与希腊人说着同一种语言,沟通无碍,似乎与希腊人没有文化隔阂。不过,我们在土耳其踏访期间遇到的当今的特洛伊人,无不坚称他们的祖先是赫梯人而非希腊人。史前从小亚细亚地区骤然消失的赫梯帝国,曾经是一股强大的近东文明的余脉。他们遗存的著名的《赫梯条约》,至今仍是一门独立的学科。赫梯人创建了地缘之间国际条约的规范。而且赫梯帝国的崩溃与爱琴文明的坍塌似有牵连,两者都发生在公元前1200年前后,但史料却未尽其详。

特洛伊城里有平坦的街道,精美的房舍。老国王普里阿摩斯的宫殿富丽堂皇,50间王子王妃的睡房舒适华丽,一排排石廊石柱都经过细致的打磨,意味着文明的成熟与稳固。这显然是一个人丁兴旺的大家族,赫克托耳作为长子、丈夫、父亲和部落的主将,肩负着保卫全体王族和人民的重任,还要协调各方盟军共同作战。这座城市的存在就象征着友爱、秩序、安详,以及爱琴海东北部文明的辉煌。

头号英雄阿基琉斯的驻地完全是另一番景象。他和联军统帅阿伽门农以及强大的埃阿斯分别驻扎在三处荒凉的海滩,这里既没有既往的文明印记,也没有确定的未来;只是临时搭起的一排排营帐,远离故乡,缺少亲情。营帐后面是拖上岸来的黑色快船,随时准备拖下水逃逸。这里没有家庭生活,除了戒备敌人的反击,将士们再没有值得牵挂的东西。他们靠四出掠夺来补充给养,抢夺粮食、牲畜、财物和女人来满足他们的欲望。头号英雄阿基琉斯由美少女布里塞伊斯侍寝,在少女被阿伽门农夺走之后,他又挑了一个女俘陪伴。其他的希腊人也各得其所。他们与那些妇女的关系是强奸、性伴或是主奴。这还不够,德高望重的老将涅斯托尔曾奉劝全体将士,在攻破城池"与特洛伊人的妻子睡觉之前,谁也不要急于返乡"。

作战双方胶着十年,混乱的希腊人营帐中竟然没有出生一个婴儿,海滩上也见不到一个儿童的身影,俨然像一支军纪整肃的大军,这不真实。在荷马诗行之下隐藏着处处情色的底相。联军统帅阿伽门农将少女布里塞伊斯霸占于床榻，当迫于无奈把少女归还给阿基琉斯时，还要加上一句话："我发重誓，我从来没登上她的床榻玩耍。"他显然在撒谎。此谎被欧洲人调侃为"希腊式的忠诚"。

希腊人自称打着旗号的正义之师，为讨回希腊第一美女海伦而劳师远征。但是特洛伊主将赫克托耳在斥责招惹祸端的兄弟阿勒珊德洛斯·帕里斯王子的时候，荷马揭示了希腊人的企图：

> 把一个美丽的妇人、
> 执矛的战士们的弟妇从遥远的土地上带来，
> 对于你的父亲、城邦和人民是大祸，
> 对于敌人是乐事，于你自己则是可耻。

"乐事"？不就是何乐不为的借口吗？只要寻衅开战，借口何难之有。

大战犹酣，希腊联军也抛开正义的面具，不肯善罢甘休。特洛伊派出传令官，传达阿勒珊德洛斯·帕里斯王子试图妥协，许以赔偿财产，但没说要归还海伦，得到的反应是送还海伦也不行，亦即索要海伦并非这场战争的最终目的：

> 擅长呼喊的狄奥墨得斯这时发言:
> "不要让人接受阿勒珊德洛斯的财产,
> 或是海伦。人人知道,连蠢人也知道,
> 毁灭的绳索套在特洛伊人的脖子上。"
> 他这样说,阿开奥斯人的儿子欢呼,
> 赞成驯马的战士狄奥墨得斯的发言。

联军统帅阿伽门农也宣示了这场战争的残酷。海伦的前夫墨涅拉奥斯生擒活捉了一个特洛伊的将领,正要押回去换取赎金,当即被阿伽门农制止:

> 你不可能让他逃避
> 严峻的死亡和我们的杀手,连母亲子宫里的
> 男胎也不饶,不能让他们逃避,叫他们
> 都死在城外,不得埋藏,不留痕迹。

这是一场赶尽杀绝的大灾难。荷马向我们预示了迈锡尼时代的战争结局:不是割地赔偿,也不接受臣服归顺,而是彻底的种族灭绝。战败方的男人全部被杀光,儿童被从城墙上扔下摔死,女人被选择性地掳走,腹中孕育着胎儿的妇女也不能幸免,随之暴尸荒野,留给飞禽走兽去打

扫战场，杜绝一切后患。当我们不无敬佩地阅读荷马的英雄主义史诗时，未及意识到荷马告诉我们的惨绝人寰的大屠杀，堪比扬州十日和嘉定屠城！

故事说到一半，头号英雄阿基琉斯尚未出战，阿尔戈斯将领狄奥墨得斯正在战斗中大显神威，特洛伊主将赫克托耳已有不祥之感，返回城里向亲人告别。皆因全城安危系于赫克托耳一身，他刚一回城，"特洛伊人的妻子和女儿跑到他的身边，问起她们的儿子、弟兄、亲戚和丈夫"。每一家人都为前方的亲人而焦虑。当赫克托耳寻找妻子安德洛玛刻时，女管家告诉他，安德洛玛刻听说特洛伊人正在苦战，希腊人大获全胜，"她因此急急忙忙爬上高高的城墙，活像个疯子，保姆抱着孩子跟随她"。赫克托耳循原路折返，看到妻子迎面跑来，荷马描绘了史诗中感人至深的一幕，以叙事手法表现了心潮澎湃的抒情场面，赫克托耳的妻子安德洛玛刻说：

> "不幸的人啊，你的勇武会害了你，
> 你也不可怜你的婴儿和将做寡妇的
> 苦命的我，因为阿开奥斯人很快
> 会一起向你进攻，杀死你。我失去了你，
> 不如下到坟土……"

> 那头戴闪亮铜盔的伟大的赫克托耳对她说：
> "夫人，这一切我也很关心，但是我羞于见
> 特洛伊人和那些穿拖地长袍的妇女，
> 要是我像个胆怯的人逃避战争。
> 我的心也不容我逃避，我一向习惯于
> 勇敢杀敌，同特洛伊人并肩打头阵，
> 为父亲和我自己赢得莫大的荣誉。
> 可是我的心和灵魂也清清楚楚地知道，
> 有朝一日，这神圣的特洛伊和普里阿摩斯，
> 还有普里阿摩斯的舞长矛的人民
> 将要灭亡……
> 但我更关心你的苦难，
> 你将流着泪被披铜甲的阿开奥斯人带走，
> 强行夺去你的自由自在的生活……
> 但愿我在听见你被俘呼救的声音以前，
> 早已被人杀死，葬身于一堆黄土。"

这是内心倾诉的高潮，《伊利亚特》因这一画面顿时立体化，呈现了战争给人们带来苦难的维度。特洛伊主将赫克托耳把即将发生的灾难描绘得十分近切，这样的事情在那个时代因多次发生而成为战争结局的惯例。赫克托耳作为家

庭、城市和人民的保卫者,似乎比头号英雄阿基琉斯多了一身凛然正气。他跳脱"英雄的编码"了吗?他更接近现代意义的英雄吗?试看他在和妻子相互诉说之后的下一个动作:

> 他亲吻亲爱的儿子,抱着他往上一抛,
> 然后向着宙斯和其他的神明祷告:
> "宙斯啊,众神啊,让我的孩子和我一样
> 在全体特洛伊人当中名声显赫,
> 孔武有力,成为伊利昂的强大君主。
> 日后他从战斗中回来,有人会说:
> 他比父亲强得多。愿他杀死敌人,
> 带回血淋淋的战利品,讨母亲的欢心。"

或是杀死敌人,或是被敌人杀死;英雄既杀人也难逃被杀,舍此别无选择,如此循环不已。这是尼采道出的英雄的困境。

"对他们来说,最坏的东西是马上就死,次坏的东西是迟早要死。"一旦发出这样的悲叹,那么它听起来又是针对短命的阿基琉斯,针对人类像树叶一般的世代更替变化,针对英雄时代的没落而发。渴望活

下去,甚至活一天算一天,这对于最伟大的英雄来说也不算有失体面。

(《尼采全集·第一卷·悲剧的诞生》,
杨恒达等译)

尼采是持续关注荷马的哲学家之一,他对希腊人发起的特洛伊战争有尖锐批判:

他们恢复了野兽的无辜心态,变成了幸灾乐祸的怪物,在犯下了一系列骇人听闻的凶杀、纵火、强奸、暴力之后,他们或许还会得意扬扬、心安理得地扬长而去……甚至还相信,在很长时间之内,诗人们也会因为他们的作为而又有了值得吟唱和赞颂的素材。所有这些高贵的种族,他们的本性全都无异于野兽,无异于非凡地、贪婪地苛求战利品与胜利的金发野兽。

(《道德的谱系》,梁锡江译,刘小枫主编)

这就是尼采所说的令人"不寒而栗"的情境。尼采义正词严,直指要津;但遗憾的是所谓"金发的野兽"引发种族优越的联想,其后被纳粹主义所利用;因此他的这些话常被世人避而不提。

荷马超越评价

一旦陷入对荷马是非对错的评价，文学家也不一定能回答好特洛伊战争谁更正义。

美国作家亚当·尼克尔森所著的《荷马3000年》一书，以夹叙夹议的散文风格向读者介绍了荷马。美中不足之处在于他把交战双方说成阶级冲突，把希腊联军比喻为底层穷人对城市富人区的觊觎和抢劫，并且引用美国密苏里州和洛杉矶的社区调查，论证那群希腊人可以类比当代城市里穷人区的团伙，这是一本好书中明显的败笔。如此联想或可标新立异，但决不恰当，显然落入当今社会下层与中产阶级矛盾的老套论述，曲解了荷马的主旨，也淡化了特洛伊战争恢宏的背景。

迈锡尼时代的希腊圈域，身为地中海一股强大的海上势力，希腊文化挟米诺斯文明的余威足够富裕也足够强悍，他们的海军令人生畏。特洛伊之战是一群以杀人嗜血为最高荣誉的武士，凭借国家行为发动的海上入侵。他们自视为高尚之士，而把特洛伊人看作活该被屠宰、奴役和凌辱的野蛮人。这与现代底层穷人和富人的冲突完全是两码事。

特洛伊主将赫克托耳是人民的保卫者，他与阿基琉斯的最后一搏特别值得关注。英雄也怕死，也有恐惧畏缩的心理纠结,荷马把英雄的困境描绘得细致入微。赫克托耳站在特洛伊城下即将迎战阿基琉斯时,一会儿想退回城里,又担心被自己人指责,一会儿想与敌人媾和,又觉得不现实。荷马借第一人称把他忐忑不安的心理反复表现了出来:

> 我可以召集全体特洛伊人起誓,
> 什么都不隐藏,把我们可爱的城市
> 拥有的一切全都交出来均分两半。
> 可我这颗心为什么考虑这些事情?

他发现一切为时已晚,在见到阿基琉斯时被吓得心中发颤,仓皇绕着城墙跑了三圈,最终被阿基琉斯一枪刺穿喉咙,尸体受到凌辱。站在望楼上的老国王普里阿摩斯和王后目睹了儿子被杀,特洛伊全城发出一片哀号。《古希腊文学史》的作者吉尔伯特·默雷认为这一段写得非常出色:"这是在充满想象力的文艺作品中创作技巧方面最辉煌的成就之一。"而且,默雷称赞荷马对于阿基琉斯与赫克托耳这一组人物关系的处理,体现了希腊人禀赋中一个特殊的才能,就是对冲突双方感情世界的体贴入微。

我们细心加以比对,阿基琉斯显然更卓越,而赫克托耳则更丰满。后者对自己的族群更忠诚、更有爱心也更善于合作，具有人性中持续的利他主义。他们都是荷马式的英雄。在文学作品中，成功塑造两个完全互相敌对的人物实属难能可贵。荷马从不厚此薄彼，而是专注于展现人性的多维视角。

而且，荷马发明了一种文学手法叫"内心独白"，延伸到现代被称为"意识流"；至此，荷马写实的、浪漫的、表现主义的，以及故事本身就具有的魔幻现实主义诸多艺术手法悉数尽出，垂范后世的叙事技巧臻于完善。想想看，这位诗人在距今3000年前就达到的艺术高度，不仅难能可贵，也难以企及。

至于希腊联军的营帐十年没出生一个孩子，特洛伊的海滩上见不到一个儿童在奔跑，史诗中多处性暗示都没有结出果实，这类有悖常理的问题也不会有听众或读者去挑剔计较。文学既需要丰满又需要简约。如果荷马在歌唱宏大的战争场面的同时还要交代营帐中接生婴儿，以及如何安置抚养，听众将不胜其烦。

文学作品的哲理永远是开放性的话题，事关审美而无关精确，本书的论说也只是笔者个人的感知。从美学视角来看，《伊利亚特》是一个移情投射的好例子。荷马的英雄凭着感性的、本能的驱使在行动。尽管阿基琉斯杀人如麻、嗜血成性，读来尤感奇妙的是，一切谴责都一概无损荷马的光辉。很少有人苛求荷马采取现代理念去述说特洛伊战争的义理。

荷马描绘了属于他的那个时代。那时的人性未经多元思辨也未经宗教驯化的洗礼。在那个狂野的时代，高踞于圣坛之上的桂冠是人们对于力量的崇拜，对于强大、勇武、一往无前的特质的敬畏。这种特质以及这样的崇拜都属于人性的一部分，并且因其卓越而焕发出迷人的风采。荷马歌唱的是英雄之间的平等对决，别有一番直率与坦然。荷马凭此俘获了一代听众，在他的口中，战争可以是美丽的，劫掠可以是愉悦的，杀人可以是兴奋的，奸淫是可以被忽略的，进而向我们展现了一个完整的价值体系。迈锡尼英雄们在热烈地体验人生、享受人生和挥霍人生，他们还来不及停下来反观自己那个裸露人性的时代。

尽管那个价值体系在今天看来大有问题，但是人们对于力量的崇拜直到今天也未见消解。以胜负论英雄似乎是人类固有的癖好，从亚历山大到拿破仑，英雄的人格魅力依然不减当年，一将成名万骨枯，很少有人仔细计算他们的手上沾染多少无辜者的鲜血。有时，人们只是把力量的词语稍稍调整了一下，谓之"实力"。在当今职场、商场、赛场、战场和事关价值评论的一切场合，都能听到荷马苍老的声音在人们的耳边回荡。他在提示与劝诫，洞若观火，隐含着无奈的深沉。他在提醒我们一个3000年来冷酷的事实：所谓真理、正义与是非之类的东西，大都由力量和权柄来定义。

弓弦与竖琴

《弓弦与竖琴》是一本书的书名，作者为伯纳德特，一位古典学家。恰是这个富有诗意的书名吸引我将这部200多页的专著读下去，不过，很快就陷入头皮发麻、味同嚼蜡的状态。

"弓弦与竖琴"的提法较早见之于柏拉图的《会饮篇》说到赫拉克利特的一句话："与其自身有冲突的东西是结合在一起的，就像弓和琴形成的和谐。"伯纳德特以此作为书名，是象征哲学的张力和文学的奏鸣，或是意味着事物的相反相成？

在这本书的前言中，伯纳德特引出荷马史诗的一个细节来说明他的宗旨：那是足智多谋的奥德修斯离家20年之后，为了试探家中的虚实与妻子的真情，把自己化装为乞丐，与妻子佩涅洛佩久别重逢又没被妻子认出的一个场面。前者谎称在漂流到克里特的途中见到过奥德修斯，贤淑的佩涅洛佩第一次从"乞丐"口中听到丈夫的消息，不

免柔肠寸断,泪如雨下。中文译本有下面的几行描绘:

> 佩涅洛佩边听边流泪,泪水挂满脸。
> 有如高山之巅的积雪开始消融,
> 由泽费罗斯堆积,欧罗斯(西风)把它融化,
> 融雪汇成的水流注满条条河流;
> 佩涅洛佩泪水流,沾湿了美丽的面颊……

荷马原作中这是一段生动的文学比喻。因久无丈夫音信而焦虑的妻子的面部表情,由僵硬而至轻松宽慰的变化,直至泪水沾湿了美丽的脸颊。不过,刻意究究的伯纳德特在解读这几行诗句时说:"在佩涅洛佩的身上,除了水之外,我们什么也感觉不到了。"

说来奇怪,文学读者看到了佩涅洛佩美丽面颊动人的悲伤,学者坚称他只看到了水。这未免令人质疑,难道佩涅洛佩的形象消失了,只留下一摊 H_2O 化合物!

于是我请朋友去查原著,朋友说英译本的这句话也是佩涅洛佩变成了水。那么,希腊语的原著呢……似乎没有必要再查下去,就算希腊文本也是"水",那也是荷马在史诗中用过千百次的明喻,比喻的是似水柔情,不会是几公升水的物质。即使哲学家可以说明佩涅洛佩变成一摊水

的逻辑转换，必要性又何在？

伯纳德特在他的专著中还有一处故作高深的哲学解读，那是广为人知的战神阿瑞斯和美神阿芙洛狄忒偷情的故事。美艳绝伦的阿芙洛狄忒下嫁火神赫淮斯托斯为妻。丈夫丑陋又有残疾，妻子心有不甘未免红杏出墙。身材健壮的战神阿瑞斯献上许多礼物博得了美神的芳心。这对男女在赫淮斯托斯打造的婚床上数度幽会，被火神赫淮斯托斯听到风声。这个丈夫的处置方式别出心裁：

> 把巨大的锻砧搬上底座，锻造一张
> 扯不破挣不开的罗网，好当场捉住他们。
> 他做成这件活计，心中怨恨阿瑞斯，
> 走进卧室，那里摆放着亲切的卧床。
> 他凭借床柱在床的四周布上罗网，
> 无数网丝自上面的房梁密密地垂下，
> 有如细密的蛛网，谁也看不见它们，
> 即使是常乐的神明，制作手工太精妙。

这样透明、无形、谁都看不见的机巧罗网，把一对壮男俊女捉奸在床，赫淮斯托斯当即赶来大声斥责，扬言要找他的岳父退回结婚聘礼，还召唤众神前来做目击证人；

众神来到床前，面对此情此景，纷纷大笑不止。

让我们翻开荷马的原著重温：第一次众神进门一看就出自本能地大笑。那是对于原本避人耳目的交欢，突然被当众捉奸并暴露无遗，引起众神既感觉滑稽又为其尴尬的哄堂大笑。

而第二次大笑则是由于银弓之神阿波罗和引路神的一段对话。阿波罗问道：

> 赫尔墨斯，宙斯之子，引路神，施惠神，
> 纵然身陷这牢固的罗网，你是否也愿意
> 与黄金的阿芙洛狄忒同床，睡在她身边？

引路神毫不犹豫地答道：

> 尊敬的射王阿波罗，我当然愿意能这样。
> 纵然有三倍如此牢固的罗网缚住我，
> 你们全体男神和女神俱注目观望，
> 我也愿睡在黄金的阿芙洛狄忒的身边。

引路神当众坦言为了美神不在乎出洋相，众神为他直言不讳地道出男性情欲的本色而哄笑。前后两次大笑都事

关人性，无涉哲学。读者甚至会联想到神祇之间互相调侃时的那一脸坏样儿。

伯纳德特对两次大笑分别予以解读。他认为，第一次是因为众神看见苟且之事没有得逞，赫淮斯托斯用计谋弥补了他的脚慢，而阿芙洛狄忒是火匠神合法的妻子，所以众神的第一次大笑就是"法律权利对自然权利的胜利"。

至于众神第二次大笑出于信使神赫尔墨斯当众调侃，即使他像阿瑞斯那样被捉住，也宁愿睡在美丽的阿芙洛狄忒身旁。伯纳德特的解读是，众神的第二次大笑意味着"对自然律的支持或认可"。

请问，在荷马那个年代，有"自然律"和"法律权"这一说吗？对文学中出现诙谐的插曲，有必要上升到艰涩的形而上学吗？我们似乎看到一位饱学之士，肃立在众神之后，板着面孔，透过光学镜片去注视着社会生物学的标本，去深思那背后哲学的、法学的、伦理学的意义。他一手持弓弦，一手持七弦琴，不时比画几下，却奏出嘶哑的和弦。

伯纳德特这番高论真叫人没脾气，在一个满堂大笑的环境，把希腊神话一件生动的趣闻解读得如此干瘪乏味，却没有为读者增添新的知识。

艺术家与伯纳德特全然不同——这个故事给画家以无穷的灵感，后世画家为再现此番情景创作了许多油画。在欧洲的博物馆，可以看到出自不同妙手再现这个有趣场景的画作，令观众止步。

伯纳德特在他的大作中怪论连篇，他在奥德修斯的真话和假话之间徘徊，随之断言："我们完全可以说，奥德修斯的故事只不过是一个谎言。"

荷马史诗竟是一个谎言！此话当可惊世骇俗，一位古典学家把一部传世经典文学作品煞费苦心地最终解读为一个谎言，岂不没事找事干？

阅读伯纳德特却有一个近切的联想，他的话听来耳熟，《弓弦与竖琴》的副标题就是"从柏拉图解读《奥德赛》"。需要在此说明，如果不是这个副标题的指点，我一向对那位古希腊无与伦比的哲学大师视若高山，而不会就单一话题进行讨论。柏拉图作品思辨性极强，文采斐然。还没忘记，柏拉图毕生都在为苏格拉底的求真精神辩护，而且被奉为美学，也就是哲学对于文学艺术研究的始祖来看待的。下述一小节批评文字或许无伤其大雅——

荷马与柏拉图

柏拉图像一位武林高手，他有一件金钟罩，还有一件铁布衫。当你说他是哲学家时，他的对话录却是文学；当你把它当成文学时，他又俨然在谈论哲学。而且，他那些对话人的身份有点像是"真事隐"和"假语村",究竟是苏格拉底之论还是柏拉图之说也难以拆分。他可以金戈铁马气吞万里,而他自己却刀枪不入。他并未建立一套属于自己的系统学说,也没有告诉你对话中哪些观点是不可忽视的重点。

故此,休·特里德尼克在一篇序言中特别提醒人们:"在阅读柏拉图的对话录的时候,我们必须永远在心里记住一件事——很明显,可是常常被忘掉——那就是,它们不是他自己的(或任何别人的)学说的有系统的解释。""对话录是一件艺术品,它们由柏拉图在不同的时间为了特别的理由才写的,而我们只能对那些时间和理由做一点点猜测;他可能只是为了释放一种有创造性的冲动,就像一个人要写诗或写一个剧本一样;他可能是为了揭露当时的一个误会或说明一个问题,就像一个人想写信给报社一样;他可能是为了激起大众的兴趣和指导舆论,就像一个人想写一篇论文一样……"照这么说还真有点麻烦,面对诸多的捉摸不定,简直令人无从下手。再说,伯纳德特先生又把荷马和柏拉图结成了一对儿,这俩人单独抽出其中一个人,话题都足够把研究者搞得精疲力竭,更遑论把他俩扯在一起?

于是,我只能牵出一根细细的线头来说,即柏拉图说到荷马与诗歌的几处对话。这些对话中较早的见之于《伊翁篇》，中期的在《斐多篇》《理想国》《会饮篇》，最晚的分散在《法律篇》。

让我们先从《理想国》说起，那是柏拉图笔下书写的苏格拉底和两个年轻人的对话，中心话题是正义和非正义。随着对话的深入，苏格拉底以"正义"和"至善"为理念设计了一个理想中的城邦。全文共十卷，自打第二卷起就在多处攻击荷马与诗歌，还把希腊文化另一伟大成就——悲剧艺术也扯进来，因为剧作家也是诗人：

> 故事有两种，一种真，一种假。
> 我指的是赫西俄德、荷马以及其他诗人所讲的那些故事。
> 这些人编造了假故事，讲给人听，而且至今还在流传。
> 它们是虚假的，这是首先应当痛加谴责的，尤其是撒谎还撒不圆。

接下去，柏拉图从神义论的角度在荷马史诗里挑出十几个有关诸神的故事，这当中也包括前文提到的美神阿芙洛狄忒和战神阿瑞斯的趣事，声言"我们一定不能接受荷马或其他诗人对诸神说过的种种蠢话了"。对特洛伊战争这类传说,"要禁止把这些痛苦说成是神的旨意。无论什么人对诸神说出这种话来,我们都要愤怒,不让组织演出,禁止在城邦流传"。他还有许多要对诗歌和戏剧大删大改,重新编写,颐指气使的那些话,在此不去多引。

柏拉图对荷马的谴责不止于维护宗教和神义的纯洁,很快把话题引到荷马笔下的主要人物身上。他提到头号英雄阿基琉斯愤怒的争吵,不该骂联军统帅阿伽门农"头上生狗眼,身上长鹿心",认为这是"描写公民庸俗不堪和犯上无礼的举动"。还有,因为密友帕特洛克罗斯之死,阿基琉斯不该辗转反侧,心神错乱,走到海边徘徊,抓起泥土泼撒在自己头上。再有,阿基琉斯不该接受劝和使团带来的阿伽门农的礼物,那是出于贪婪,也不该杀死特洛伊主将赫克托耳后驱车拖着尸体疾驰,那是混乱品格导致的暴行:"阿基琉斯内心却有两种毛病,一方面因为贪婪而变得不像自由人,另一方面对诸神和凡人极端傲慢。"

上面的这些谴责出现在《理想国》的第二卷。柏拉图的用例之繁,细节之详,遣词之严,让读者不能不相信他是认真的。柏拉图写《理想国》时已是知天命之年,相隔苏格拉底之死也过去十余载,由此也不能不相信柏拉图笔下苏格拉底的话更多是他自己的理念。回顾一下柏拉图早期的《伊翁篇》中的苏格拉底,其中和一位荷马史诗的歌手的对话,苏格拉底表达的是羡慕和善意的调侃,与《理想国》互不搭界。

我们或可理解柏拉图。他生长于伯罗奔尼撒的战乱期间,身处于礼崩乐坏的年代,对于雅典的城邦民主需要深切反思,他从来都站在城邦民主的对立方;就一位政治哲学家来说,摆在案头的思考就是如何拨乱反正。对荷马来说,他是批判者;而对城邦改革而言,他像个保守派。

柏拉图与荷马相隔约400年,荷马的英雄个个都是人性毫无阻滞地勃发,荷马的宗教是神人同格的宗教;宙斯天朝是荷马史诗当中特别有趣的一个话题,笔者在前面章节已有提及。在柏拉图的当下,历史正围绕一个轴心翻转,过往的荣华渐渐失去光彩。不过,显而易见的是,柏拉图站在他的年代以今论古,用他那政治哲学的意识形态去打400年前荷马的大板。

在《理想国》的第三卷,柏拉图提出一个新的话题:"措辞"。他试图把叙述的方式划分为两种类型,一种是叙述,一种是模仿。大致的意思是,诗人既用自己的口吻在叙述,又用故事角色的口吻在讲话。后一种方式是诗人讲故事,也是一种"叙述"。如果要用另一个名称,就是

"模仿"。这是一般人对叙述的理解，中国文学尤其将叙述中的模仿当作一门艺术，要让读者如闻其声，如临其境，如见其人。而柏拉图似乎要以道德的准则把两种叙述方法分出高下优劣。《理想国》中的一位对话参与者阿德曼托斯察觉出柏拉图即将做出什么结论，说道："我预感到你是在考虑要不要把悲剧和喜剧接纳到我们的城邦里来。"柏拉图借苏格拉底之口答道："说实在话，我自己也还不太清楚，但不管怎样，我们走一步看一步，论证之风把我们吹到哪里，我们就跟到哪里。"

在《理想国》的第十卷，答案揭晓了。柏拉图提出他那著名的三张床的理论：

> 一张本质的床，真正的床，床本身。
> 另一张床是木匠造的。
> 还有一张床是画家画出来的。
> 画家的床和本质隔着两层，称作模仿，模仿术远离真相。
> 这个说法也可用于悲剧的制造者。
> 荷马是悲剧的领袖，他的作品与真正的实在还隔着两层。荷马没有指挥过一场战争，也没有治理好一个城邦。

荷马要是真正能够帮助人们获取美德,他的同时代人还能让他,或赫西俄德,流离颠沛,卖唱为生吗?

模仿术乃是卑贱的父母生出来的卑贱的孩子。

我们确实有很好的理由把诗歌从我们的城邦里驱逐出去。

柏拉图的这番理论在哲学上被称为"型"论和"相"论。不过,在文学的角度看来,上面那些话并不合逻辑,而有点矫情。在哲学的角度看来,柏拉图是对知识的裂解:柏拉图割裂了哲学的两个支点,科学在于求真,文学在于求美,这属于两个范畴,不宜混淆或置换。

在柏拉图那里,感性生活与理性生活被一条宽阔而不可逾越的鸿沟所分离;知识和真理属于先验系列,属于一个纯粹的永恒理念的王国。

根据亚里士多德的看法,在这两个领域中,我们可以发现同样不间断的连续性。在自然界中就像在人类知识中一样,较高的形式是从较低的形式发展而来的。感官知觉、记忆、经验、想象和理性都是被一个共同的纽带联系在一起的。

(恩斯特·卡尔西:《人论》,甘阳译)

今天不会有人认为画家画出的东西是卑贱的，相反却认为是高不可攀的。就拿众所周知的凡·高的《一双鞋》和《向日葵》来说，这双鞋和这株向日葵的价值游离了真实的价值。只要涉及价值论都是非认知性的，这双"鞋"和"葵"没有真假可论。它以不可思议的超过几万双鞋子、几万株向日葵的天价成交，人们还认为它比起皮匠的鞋子或葵花更接近"鞋"或"花"的本质，更接近神来之笔的神义，这与柏拉图的理论完全相左。

上述评价不代表对柏拉图的整体评价。他对正义、至善和美德的坚持和雄辩的天才一以贯之。他上承苏格拉底对真理的追求，下启亚里士多德的实体论，为通向现代哲学和科学搭起理性的桥梁。

盛年的柏拉图未必是晚年的柏拉图，他在最后的著作《法律篇》里，对荷马显得平和了一些。他承认老年人聆听《伊利亚特》和《奥德赛》可以获得快乐，认为这才是最优秀的艺术。不过，他依然持有政治哲学家的傲慢，只要提到艺术就忍不住指手画脚，对诗歌、演唱、舞蹈都要予以拿捏和训斥：

> 你们是诗人，而我们也是同样类型的人，是参加竞赛的艺术家和演员，是一切戏剧中最优秀的戏剧家

和演员,这种戏剧只有通过一部真正的法典才能产生。

你们这些较为弱小的缪斯神的子孙,先去执政官那里,把你的诗歌表演给他看,让他拿来与我们的诗歌作比较。

无须讳言,柏拉图的反诗人反艺术也反民主的立场一向被人诟病。古典学家芬利质疑柏拉图主张的审查制度:

他本人在《理想国》第十卷即最后一卷中,就记录在案的审查制度做出最大限度的论辩。尽管他的话语矛头直接指向诗人,但同时代的希腊文化和教育在整体上均受到了谴责。

(《古代民主与现代民主》,郭小凌、郭子林译)

《理想国》加剧了哲学和文学的争吵,柏拉图认为这场争吵古已有之,他举出几个例子,什么文学是对着主人狂吠的狗,是咿呀学语的婴儿中的巨人,是穷鬼中的精明之士。这些典故最初的出处已无从考证,但多半是哲学对文学刻薄的贬损,也可能是文学对哲学的回敬。这场争吵的影响深远,并且显著有迹可循。大凡依照柏拉图的《理想国》去解读荷马的专著,大都没有什么好话,而且很可能是浅入深出、生涩乏味的。

哲学和文学一个理性、一个感性,本应是一对朋友,携手相待,它们构成人类文化的两翼,也是发自公民心灵深处的声音。哲学亦有沉默的时候,文学还在述说社会的良知。朋友也有不合的时候,即使那样也不要对文学挥动柳叶刀。文学作品自它面世流传,就是一个鲜活的生命体,任人评头论足,却不宜把它大卸八块。

颇有人把哲学自视为一门建构在一切学科之上的学科。不过,康德却提醒我们:

> 牛顿在他不朽之作自然哲学原理中所论述的一切内容,不论发现它们时需要一个多么伟大的头脑,我们还是可以把它们都学到手的。
> 但人不能巧妙地学会做好诗,尽管对于诗艺有许多详尽的语法著作和优秀的典范。
>
> (《判断力批判》)

顺着这个话题想下去,我在想谁是最善待文学的哲学家。鲍姆加登? 康德? 黑格尔? 海德格尔? ……这些人都有各自的洞见。有的重在开拓,有的独具先验的洞穿,有的长于分析归纳,也有的向本体回溯……流水般一个个掠过思绪,从西方想到东方,想到英国的伯特兰·罗素时停顿下来;罗素生于19世纪,经历两次世界大战,叼着他那标志性的大烟斗活了98岁,还赶上了美国越战,见识了中国"文革"。可谓通晓古今,明达事理,把人性视为掌上春秋,把文学艺术交流看作消解人间误会的良方。他那些深邃的论文就像散文一般典雅流畅,可以在广播电台的黄金时段向公众宣讲。

想到东方时,脑际闪过宗白华。宗白华打破了哲学的一个诅咒,即文艺理论是摆不上学院台面的。在有些哲学家看来,如果有什么文艺理论,那也只能是一种低级的认识论,只能是对知识的感性分析。或许西方哲学家从来没拿美学特别当回事,只是当作哲学之余的遣兴。或许宗白华的语言和方法论与国人相通,容易被理解并留下更深印象。他一生的著述不丰,有关美学的只结集为一本《美学散步》,书名何其轻松,内容极其平和,却充满真知灼见。

"在知识上,'同一知'是最上最胜,但这境界非凡夫可易到"(徐梵澄语),这句话既适用于罗素也适用于宗白华。罗素的数理造诣和人文成就都堪称一代泰斗,可与爱因斯坦比肩。而宗白华对于文学、诗歌、绘画以及人物品藻,一向秉持体验和欣赏的视角。他的"意境论"和"气韵说"不但是对中国文学艺术深刻的诠释,也是对人类审美范畴的拓展,在现代美学界独树一帜。

盔甲包裹的心

我们希腊的行程有几天定在纳芙普利翁。难得几日轻松恬适,遂把生活节奏调整到和当地人同步。早早起床,在清爽的晨风中散步于迈锡尼和比迈锡尼方圆更大的梯林斯城堡;中午避开七月骄阳小睡一觉,下午还可以逛逛商店。

告别纳芙普利翁之前,我需要了却一件心事,去拜访坐落于当地宪法广场的考古博物馆。

这座海滨城市曾是伯罗奔尼撒的首府,馆里文物珍品琳琅满目,其中最值得一看的是一副保存完好的迈锡尼武士的青铜铠甲。

笔者在这副铠甲的展柜前久久流连,上面看不到一点点斑驳锈迹,就像刚刚锻造出来似的规整。它发掘于公元前约13世纪的墓地,虽然是青铜材质,却隐隐散射出青黛色的芒辉,仿佛还有珠光在闪烁。

正像荷马所描绘的那样,头盔上嵌缀着一排野猪的獠牙,显得威武而狰狞。头盔下是一对护颊,除了一双眼睛,把头部包裹得严密无隙。接下去是一圈圈的护颈、护肩、护胸、护腹、护髋……从尺度来看它的主人身材非常魁梧。

这副铠甲比在阿尔戈斯地区发现的另一副要显得灵

活,那一副几乎就是连为一体的金属罩子,而这副环环连缀,便于关节的活动,行进时想必铿锵作响。倘若配上《伊利亚特》中常常提到的"精美的胫甲",简直就像一台无坚不摧的机械,当它停下步伐,就是一座难以攻克的堡垒。

8米厚巨石垒就的城墙是迈锡尼英雄的第一层硬壳,精致的青铜铠甲是他们第二层贴身的硬壳。此刻凝视迈锡尼武士严密的盔甲,你看不到他们的真容,却猜测在重型装甲里包裹的一颗心。

那颗心却也柔软。人性会为友谊情深而哭泣,也会为家族的悲欢离合而跃动;有时大悲大喜,有时绕指轻柔。不过,只要披上那身铠甲,面向拼斗的对手,那就是血脉偾张的时刻,就有历史的电光石火在闪耀。虽说历史取决于必然,而那颗心的悸动却在任性地挥斥着历史。

帕里与南斯拉夫民间歌手

歌剧《特洛伊妇女》

第十章　打开新窗口

我们考察荷马的路程已走过一大半,大多时间都在《伊利亚特》的故事中徘徊。这正应合古代荷马文本发现比例,在记录荷马史诗的埃及莎草纸的手抄本中,有三分之二是《伊利亚特》,另有三分之一是《奥德赛》。细读两部史诗微妙的差异,一个长期困扰学界的问题随之而来。荷马到底是谁?荷马史诗是一个人、两个人甚至更多人的集体创作?对这个问题作出果断回答的是美国人米尔曼·帕里。就荷马史诗的口头诗歌特征来说,帕里的研究乃上个世纪古典学的一时之秀。

1934年在洛杉矶的一家酒店里传出一声枪响,33岁的帕里倒在血泊中。一种说法是帕里的手提箱里有一把手枪,不慎走火而伤亡;警方则说死于自杀。一位睿智、勤奋、壮心不已的学者缘何自杀?没有人给出详细回答。无论如何，这位贡献卓著的荷马研究者虽突然死亡，而他创建的口头诗学理论意义深远。

这里同时需要提及一种常见的现象。中国对于西方的学术引进往往滞后一个节拍。在西方经过确立、追捧、沉淀、反思的问题，在国内常被看作当红热门，有人奉为圭臬，无人拂其锋芒。而且一门学术发展自身就如潮起潮落，当它崭露头角时，犹如一座山峦拔地而起，迈不过，绕不开。多年后回头看看，它不过是一道不高不低的土坎。瑕瑜互见。在解读荷马时，我们需要向读者展现一个新的窗口，也需要说明这个窗口视野的局限。

吹皱一池春水

年轻的帕里是美国伯克利大学古典文学研究生，他的硕士论文开篇写道：

> 就（史诗）本身而言，它们并非源于某一特定作者的虚构，而是全体人民的创造，并一代又一代相传下来，欣然地传给那些乐意讲述它们的人。因此，在讲述中呈现的风格也不是一种个体的创作，而是大众的传统，并且是在经过了若干世纪的发展，在诗人和听众中

逐步形成的传统。

(弗里:《口头诗学:帕里—洛德理论》,
朝戈金译)

在当时沉闷的荷马学术圈里,这是振聋发聩之语。两部风光无限的鸿篇巨制竟然来自没名没姓的大众之口,一时很难被人接受。帕里对荷马的研究从语文学的分析入手,去论证荷马的两部史诗是独立于书面文学之外的口头文学。在书面文学中忌用套话,因为那是文枯词竭、江郎才尽的表现;而在口头文学中套语却妙用无穷。帕里所说的传统有两层意思,其一是他发现荷马史诗中有许多重复使用的套话:说到晨光,常常是"黎明伸出玫瑰色的手指";说到海洋,最常用的就是"酒色的大海";提到希腊人,往往是"胫甲精美的亚该亚人";描述对话,最爱用"传出有翼飞翔的话语";盖世英雄的主人公本来应有更精彩的冠词,但每逢提到时都以简单不过的"捷足的阿基琉斯"来出现;而奥德修斯则永远是"足智多谋的"。

帕里所谓传统的又一层意思是史诗惯用的场景。例如史诗中常见的宴饮的场景,船只下水的场景,还有战斗的场景,以及那些长明喻的描述也循环反复地出现……中国人所谓说话一套一套的,既有重复的意思,又有成竹在胸的意思。当这些话语在使用中形成许多类型,就发展为"套语系统",可以被口头诗人方便有效地调动。一个年轻学生的硕士论文展露前所未闻的慧见,在学术领域本应吹皱一池春水,但当时人们却忽略了论文的新意,帕里的导师甚至认为他的学术前程堪忧,奉劝他改弦易辙。

执着的帕里转赴巴黎去攻读博士学位。他在博士论文中进一步指出荷马史诗原创于口头传唱,明确地说:

> 行吟诗人在诗歌创作中,总是试图立即找出表达其每一个意念的既崇高又易于操作的程式,创造出新的表达。

> 荷马的才华正是凭倚着以符合传统的词汇和词组,来表达传统的意念得以横溢的。

(弗里:《口头诗学:帕里—洛德理论》,朝戈金译)

帕里进一步引出"程式"的概念,既"崇高"又"易于操作",至此套语和程式之类的方法已然构成一个预制的、齐备的、得心应手的工具箱。

帕里的理论出于对荷马史诗文本的分析。荷马的每一行诗句都是"长短短六音步格",近似唐诗宋词的格律;虽然没有五言、七律那样平仄对仗的严格要求,却有着顿挫分明的节奏感。若是在叙述鸿篇巨制的故事中始终保持着"长短短六音步格"的节奏并且言之有物,其难度并不小。不过,在遥远的史前年代,在许多民族的诗歌还止于几行短小抒情诗的文化初萌,荷马有可能凭借套语系统来叙述长篇故事。

帕里和他的学生洛德运用对诗句的主格、宾格,动词、分词以及缀语等一系列遣词造句的定量分析,进而扩展到对故事情节套路的归纳,来支持他们的口头程式理论。而洛德所强调的"传统",是既稳定又在变异的过程,甚至是一种生命的力量:

> "口头"创作是一种诗行和歌的结构技巧,然而,看来意义更为重大的术语是"传统"。口头性告诉我们"怎么样",但传统告诉我们"是什么",甚至更为深广——"属于什么类型"和"具有怎样的力量"。
>
> (洛德:《故事的歌手》,尹虎彬译)

洛德很喜欢运用工程的语言来叙述他和帕里的理论,"传统"在这里是建筑的"砖块"。至此我们已经明白,

帕里—洛德理论的重点并不在于"传统",而在于当众编创,亦即即兴地发挥,洛德说得很直白:

> "口头的"并不仅仅意味着口头表述,口头史诗是口头表演的,的确是这样,可是任何别的诗也可以口头表演。
>
> 重要的不是口头表演,而是口头表演中的创作。
>
> (洛德:《故事的歌手》,尹虎彬译)

换言之,帕里和洛德认为《伊利亚特》和《奥德赛》是古希腊众多演唱者代代相传,在观众聚集众目睽睽的现场氛围中即兴编创的。信不信由你,不但出口成章,还能口若悬河,一连唱个十天半月,并将语汇嵌入六音步格时合乎节奏与旋律。这样的智商、情商和"急商"在与听众互动的语境中被激活。歌手们各显其能,积散成篇,在一代代传承中就像经过时光流水的冲刷,那些诗句变得水润石活,磨褪粗粝、稚拙,以至蔚为壮观。

也说"荷马诸问题"

口头诗学理论不仅撼动了史诗文本的研究,还掀翻了一个古老的话题——被称为"荷马问题"。

命名为"荷马问题",就可见荷马成了个麻烦不断的问题。这是西方古今学者争论不休的一桩学术悬案。质疑诗人荷马的存在者,是距希罗多德等人2000多年后的德国学者沃尔夫,1795年他发表了《荷马引论》一书,否认荷马是两部史诗的作者,他认为荷马史诗只是后人对若干流传的莎草纸抄本的编纂。他反问:如果荷马生活在一个没有书写的世界,他怎能写出自己的诗歌呢?此一问就是"荷马问题"的发端。

择要来说,"荷马问题"只有一个问题最重要,即荷马史诗是由一个人创作的,还是由一个以上的人创作的。认为是一个人创作的被称为"统一派",认为是多人创作的被称为"分辨派",两派久战,难分胜负。

持平而论,这是学术界非此即彼的硬性划分。荷马史诗具有浓烈的口头文学的色彩不难被人察觉,两派当中都有人认为早于荷马之前就在民间流传着史诗的若干片段,而荷马是一系列诗人歌手中最杰出、最享声誉、纳百溪于一川的集大成者。例如,英国学者默雷就是分辨派的先行者。他在口头程式理论尚未提出的时候,就先于帕里在1897年说:

> 以诗歌形式体现古代传说,一定迟于传说本身。不但如此,《伊利亚特》《奥德赛》……显然"既不是

第一,也不是第二,甚至不是第十二个"……它们只能是许多年代艺术提炼的结果。

(默雷:《古希腊文学史》,孙席珍、蒋炳贤、
郭志石译)

几乎每一部希腊史都会说到荷马。细观之下,很少有谁否认荷马史诗的口头流传特征,也很少有谁否定荷马的真实存在。就连默雷也认为荷马是希俄斯岛上一群游吟诗人的始祖。人们总是把荷马置于一个行业的群体中去谈论。自古到今,鲜见有人认定荷马就是独木不成林中的那棵"独木"。

由此可见,统一派也有"多人论",分辨派中也有"一人论"。

中国无史诗

中国的汉语圈域没有史诗。中国的史诗问题是王国维、胡适、鲁迅等人都曾论及的一个困扰性问题。老舍先生在他的《文学概论讲义》中也坦言:"伟大的史诗在中国是没有的。"本书对史诗的理解不仅是叙事的,还是英雄主义的、结构恢宏的以及鸿篇巨制的。中国常拿史诗当作修饰词,例如,史诗一般的画卷,史诗一般的音乐,史诗一般的历程……这类的修饰词更强化了一般人对史诗定义的理解。我们在使用这个修饰词时未必想过它的出处，这个修饰词也是引进的。

相对于荷马史诗，我们拿什么跟它比较呢？

我们对套语并不陌生，首先会想到《诗经》。但是，《诗经》与荷马史诗相比，形神皆不似。例如，魏风《伐檀》：

> 坎坎伐檀兮，置之河之干兮，河水清且涟漪。不稼不穑，胡取禾三百廛兮？不狩不猎，胡瞻尔庭有县貆兮？彼君子兮，不素餐兮！

这组诗句是第一组，全诗一共重复三次，每次仅有几个字的变动，几乎每句话都可看作"套语系统"，比荷马的重复性更强，更显口头传统。就形式而言，它在《诗经》里已然够长，比起史诗却太短。《诗经》俗称"诗三百"，共305首，每首的篇幅有限。据王靖献先生《钟与鼓——〈诗经〉套语及其创作方式》一书统计，305首诗的《诗经》总共有7287句。

笔者估算，即使将那些短诗诗歌相加出来的总和，还不及《伊利亚特》一半的行数。以章数计，《诗经》中四句为一章的结构占据全经的三分之二。还有，那些短诗内容可分两类，抒情言志或歌功颂德，而且都经过文人操笔。"雅"与"颂"自不待言，即使从民间采风的那些短诗也明显经过宫廷文人的加工，看看上面的《伐檀》，若没经过文人的精心加工才怪！

有人认为《孔雀东南飞》当是史诗。但是除了叙事特征以外，史诗的必备要素它一概阙如：全篇只有350句，还不够《伊利亚特》的一个零头。而且，这350句也显然经过了文人之手。

若论出口成章，这种创作方式在中国被看作文人才思敏捷的"急智"，不属于创作惯例。如曹植的七步成诗，是史上鲜见的千古风流，被誉为"言出为论，下笔成章"。李白的急中生智，在《唐国史补》有所记载，于"醉不可待"的懵懂中，奉唐玄宗之诏，在现场用"凉水沃之"，索笔一挥十多章，其中"云想衣裳花想容，春风拂槛露华浓""解释春风无限恨，沉香亭北倚栏杆"，虽是敷衍奉迎之句，但李白毕竟是李白，其格律与意趣俱佳。

不过，曹植的敏捷，李白的才高，以及传说中袁虎的倚马可待、贺知章的文不加点，在世代无数的文人中终归是少数，而且他们创作的篇幅也比荷马史诗要短小得多。难道中国人不如老外机敏吗？人类学、人性论和基因学都不支持这样的人种差异说。

在中国，最接近史诗的口头叙述故事，莫过于中国北方听众所喜爱的评书和江南人喜欢的苏州弹词了。评书在描绘人物时，也常常借助一系列的套语做人物介绍。每当说到关公，必是"身长九尺，髯长二尺；丹凤眼，卧蚕眉，面如重枣，唇若涂朱，使青龙偃月刀，胯下赤兔马"；如果说到"百万军中夺上将首级如探囊取物"，那多半是指张飞了。这类套语在说者与听者之间长久互动，说者眉飞色舞，听者耳熟能详，渐至形成一种别有情趣的审美方式。但评书不是韵文，与史诗也不宜类比，用来通俗理解套语在口头文学中的现象应有所助益。从汉语角度来看，套语对口头文学至少有两个好处，对于说者来说在长篇叙事时得以稍事放松，对于听者来说在快速语言流动中便于人物的识别，说听两相宜，何乐而不为？

至于弹词，据说已有学者在借鉴帕里—洛德口头诗学的方法进行比较研究。荷马史诗与苏州弹词都是韵文，都是叙述故事，而且都有歌手在演唱。不过，两者之间至少有一点很不相似：苏州评弹讲究排练，即中国表演艺术家们时常挂在嘴边的"台上一分钟，台下十年功"，奉此为金科玉律并且持之以恒。它与帕里-洛德的理论相反，后者认为口头创作的构思、遣词以及不期而至的美妙灵感，一概处于表演时稍纵即逝的动态之中。

我们或许还可以找到更多的例子来比较。不过，总像是一个苹果和一个梨子的比较，而不像两个苹果之间的比较。

帕里也在寻找，他在离希腊不远的塞尔维亚一带找到了。

走向田野

帕里和洛德令人瞩目的学术研究不止于书斋，他们的壮举是远赴塞尔维亚（南斯拉夫）地区的田野考查。尽管帕里在读研时就崭露头角，但从语文学入手的研究还限于史诗到史诗，即寻找内证。其结果仍然是推论或假设，还不能成为确凿的定论。其后，帕里和洛德开着福特车，载着录音机和一大批当时很先进但现在已落伍的铝制钢丝线盘，在异乡的小路上驰骋。他们从语文学的分析方法转向人类学的比较方法，从案头走向地头，迎向新的挑战。

1933年，帕里携洛德两次奔赴塞尔维亚，在历时16个月的探访中，最有趣的经历是与杰出歌手阿夫多的邂逅。

帕里和洛德认为寻找歌手最好的办法是到当地乡间的咖啡馆，在那里交朋友，碰运气。20世纪时，那里的乡村地区古风犹存，咖啡馆是逢集市时农民的活动中心，也是斋月期间夜生活的娱乐场所。在这里，帕里和洛德见到一个吸雪茄的人，他介绍当地最好的歌手叫阿夫多。阿夫多虽然目不识丁，却腹藏59部塞尔维亚—克罗地亚的诗书，能边弹吉他边表演。

帕里和洛德显然找对了人。接下来的几天有了新的发现。阿夫多的歌唱比他们以前接触到的任何一部诗歌都要长、都要好。他一边演唱一边编创，可以把一部诗歌的演唱拉长到两周的时间，据说长达一万余行——这正堪与荷马史诗的篇幅相匹。

> 别的歌手也来了，但无人可与阿夫多相提并论，他是我们南斯拉夫的荷马。
>
> （斯蒂芬·米切尔－格雷戈里·纳吉：《故事的歌手》再版序言，尹虎彬译）

阿夫多演唱的语境毕竟与荷马时代大不相同，帕里需要利用咖啡、葡萄酒、雪茄和小费刺激歌手的亢奋，才得以录下阿夫多持续的演唱。

就在这年靠后，洛杉矶的酒店响起枪声，帕里英年早逝；洛德作为帕里的学生，继承了帕里的事业。"二战"的爆发推迟了这项学术研究成果。20世纪60年代，洛德发表了《故事的歌手》一书，热评如潮。帕里与洛德所汇集的大量史诗文本，还有大约3500张铝制唱盘，后来构成哈佛大学"米尔曼·帕里口头文学特藏"的核心内容，成为从事民俗学研究的重要遗产。

帕里—洛德的口头诗学理论一时间大行其道。有人说，在极深的层面上，它定然改变所有关于荷马史诗的文学批评。还有人认为研究荷马史诗必须先从口头诗学着手，否则就是无稽之谈（见加斯帕·格里芬：《荷马史诗中的生与死》引言）。洛德的《故事的歌手》一书甚至被誉为口头文学的"圣经"。分辨派的学者发出一片欢呼：那烦人的"荷马问题"终于解决了！

在笔者看来，这多少有些戏剧性。当被历代读者和研究者认作"古希腊圣经"的荷马史诗尚有许多待解的疑难时，一部以语言学入手探究荷马的子学科目却如"圣经"一般降临人间，福音的光辉普照每一位学人和读者的心田，这可能吗？

两门艺术的区分

帕里—洛德的口头诗学理论具有很强的工具性。语文是一门工具，对语文的分析或比较也富于工具主义的色彩。诗歌不仅仅是词句的编排与运作，更在于诗歌诉诸的生动形象和深厚的思想内涵。帕里—洛德理论打开一扇新的窗口，向人们展示了前所未见的景深；同时，这个窗口也可能造成局限，屏蔽开阔的视野，导致狭隘的视角。窗口虽新,视野偏窄。

如今看来,口头诗学惠及的领域始料不及,恰恰不在帕里念兹在兹的荷马史诗研究,而是推动了民俗学的领域。世界各国的民俗学者纷纷走向田野,效仿帕里的"套语系统",对各个民族的史诗或演唱开展研究,遍及世界110多个国家。中国的民俗学者也奔赴少数民族地区,探究早期民间诗歌的口头文学起源。

但是,在笔者看来,口头诗学致命的问题在于忽略了两个艺术部门的本质区分。荷马的歌唱属于"流动的艺术",而荷马的文本属于"语言的艺术";就像音乐与文学的区别那样。流动艺术在时间的维度中得以表现,也随时间流动而消散。例如,如果没有书写的乐谱,仅凭博闻强记,今天几乎不可能重复演奏贝多芬完整的乐章。许多音乐家在脑中突然冒出一小段灵感,哪怕在身边找一张碎纸片也要记录下来,因为流动的艺术稍纵即逝。但是我们今天看到的荷马文本是文学的文本,尽管来自口头素材,尽管存在一些套语,而文学是语言的艺术,文学以书面形式得以体现。又何况长达16000行和12000行的语言艺术,不可能与案头的工作全然无关。

帕里和洛德的研究还存在一些明显的缺陷。民间诗人总体可分两类,即原创诗人和传唱诗人。前者必定在史诗的形成过程中起到至关重要的作用,即使吸收了所谓"传统",也会令其升华和成熟,个人对文学的贡献是不容抹杀的,此中出类拔萃者非荷马莫属。

而传唱诗人即使有着超强的复述能力,还会有临场抓词儿的应变机巧,但终归属于拾人牙慧之技。以多阿夫为代表的南斯拉夫歌手,与荷马史诗处于两个不同阶段。荷马史诗属于原创阶段,而阿夫多属于另一地区另一脉络的传唱阶段,两者之间并不构成同一性。荷马与阿夫多之间不可画等号。

难道荷马史诗通篇都是"套语系统"吗?套语在两部史诗中到底占有多少比例?事实上,有人统计套语在荷马的演唱中约占八分之一的比例,其余还有80%的内容并不重复。它揭示出史诗的两个源头——创造与传统,而且创造远大于传统。

倘若两部长篇史诗当真是套语连篇的大组合,内容杂乱变换无常,荷马的听众早就昏昏欲睡了,两部史诗的文本也不会流传到今天。

> 荷马的语言丰富得惊人,有充分的变化和弹性,词汇和固定短句的排列也有精确的区分。荷马似乎从来没有为表达准确的意义而发愁过。他那些固定的措

辞不但没有限制，反而激发了其诗歌的创造性。

（约翰·博德曼、加斯帕·格里芬、奥斯温·莫里：

《牛津古希腊史》，郭小凌等译）

上面的论述依据流传至今的文学文本，讲究格律的创作多少有点儿像唐诗宋词，在严格的音韵和对仗的格律限制下锤字炼句，激发了丰富的抒情感喟和多彩的审美意趣，而格律在中国只是"小学科"。文学毕竟不同于科学，既非出于科学技术的设计亦非科学技术可以完全解读。帕里—洛德理论的技术性很强，同时也在画地为牢。理性和感性推动人类的灵慧。当文学中的情感激流喷涌时，那动人的、神秘的和激扬澎湃的力量，单凭数学方式的条分缕析难免不尽如人意。

帕里在案头是要寻找内证，走向田头是要寻找类比；内证与类比都不可拿来做实证。口头诗学的瑕疵在于，过于依赖口头特征的研究，反而囿于口头文本的不确定性。如果荷马的歌唱没有定稿，那个口头文本就犹如风中云、镜中花、水中月，早已随着时光消散。

当下西方越来越多的人意识到口头诗学给荷马研究带来的启迪过少，并表示遗憾，其中帕里之子亚当·帕里也指出这门理论有局限。

事实证明,创造一个新的"诗学"并非易事,而关于程式表达的一些新近的研究,对审美理解的贡献,亦未能达到我们的期望。已故的亚当·帕里为其父的论文合集写下难能可贵的导言,其中谈道:"对于志在文学的学者,或普通文学学生和文学爱好者,帕里全部论证都可能显得狭隘地技术化,以至于未能触及根本的问题。"

(加斯帕·格里芬:《荷马史诗中的生与死》,

刘淳译)

不许荷马加动词?

我们可以见到学术界常见的一种伴生现象,当一门新生的学说初露头角时或许遭遇冷落,一旦时逢运转就所向披靡,如风卷残云横扫于世,一向以独立精神自傲的智慧大脑也难免产生"羊群效应",最终推向荒谬或极端。

正当帕里—洛德理论如日中天的时刻,横向砍来"一板斧",看似助阵,实为添堵,几乎阻断了这个理论前进的驱动力。此人是这门理论的主要继承者纳吉先生。

格雷戈里·纳吉生于1942年,哈佛大学古典学教授,美国文理科学院院士,曾任美国语文学会主席,被誉为口头传统研究领域第五代理论权威,曾为洛德《故事的歌手》一书作序。在帕里和洛德先后离世以后,他对于推介口头诗学功不可没。纳吉教授的《荷马诸问题》一书就来自1991年美国语文学会大会上的主席就职讲话的开篇。

纳吉在此书导语中从亚里士多德学派对荷马问题的"追问"讲起,却也提倡对于荷马的语文学研究秉持包容开放的态度,呈现一位儒雅之士的宽厚襟怀。但是,为了强调荷马史诗的口头流传特征,纳吉列出研究荷马的十个误区,其中一条可谓惊世骇俗的"规范",就是切忌在荷马的称谓之后加上动词:

> 在我看来,以下的10个实例已然成为极易产生误导的习惯看法,而且大体上与前文述及的有关口头诗学的10个关键性概念也是相对应的。

> 在荷马文学批评中,常有"荷马做这个"或"诗人想要那样"的提法,这会造成种种问题。
>
> (格雷戈里·纳吉:《荷马诸问题》,
> 巴莫曲布嫫译)

纳吉先生强调,在荷马的名称之后忌用任何动词,例如荷马说什么,荷马唱什么,倘若加上了动词就是对他人的误导。为了排列十条误区,纳吉在第十条再次重复忌用"荷马在写"什么,俨然形成"十诫"的学术景观。身为美国语文学会的主席,他俨然有一副学霸的语气。

纳吉的理论依据显然来自"荷马问题"已经获得完全消解,荷马史诗是一系列或一个群落的集体性创作的口头文本已盖棺定论,荷马其人的真实性探讨大可放弃,荷马个人的作用可以忽略不计——事实果真如此吗?

横刀断路非学术。纳吉先生的箴言更令口头诗学理论雪上加霜。

据说,今后论及荷马,都要声明自己采用何种文本,是语言学文本还是其他什么学科的文本,这真是令人啼笑皆非。难道有必要以纳吉先生的观点来规定各自的叙述动作,并做出像煞有介事的郑重声明吗?

出于善意的理解,我们或可将纳吉先生的主张视为一种学术洁癖。中国传统文人当然也重视文本和对文本的考证。文本有广义或狭义之分。广义上,文本以学科划分,开卷一目了然;狭义上,提倡文无定法,以文传意。除了像《古本竹书纪年辑校订补》这一类事关文本考证的专著以外,一般著述用到文本时注释出处也就足矣,何须见文本如见大人巍巍然?

随之而来,中国也有学者依循"十诫"的逻辑推及孔子，主张也忌用"子曰"。但孔子与荷马的情况截然不同。孔子不仅生卒年代较为清晰，还有孔陵、孔庙以及孔子七十几代嫡传后人生活在当今世上。孔子的人格和理论早已嵌入中国人的集体意识。如果"子曰学而时习之"都有违学术顾忌，岂不令国人大哗！

谁动了荷马？

如前文所述，荷马那特殊的创作性演唱是难以定格的，而今全世界的读者都面对同一个被动了手脚的文本，依照这个文本再翻译为各民族语言。起初的文本必定存在它的作者、编者与校者。他们是谁？

荷马史诗是公元1488年在意大利佛罗伦萨首次出版印刷的，我们今天看到的都来自这个文本。

早期希腊相继出现了两种刻在泥板上的线形文字，都是在克里特岛上发现的。克里特先有线形文字A，其后是线形文字B，后者在伯罗奔尼撒的皮洛斯等地也有发现，它脱离了象形文字的雏形，是真正的音节文字。而线形文字A至今没能破译。难度所在不难猜测，它所表述的语言今天已无人能懂，皮之不存，毛将焉附？这种泥板盈手可握，字符奇妙，笔者在希腊时特意寻购它的复制品留作纪念。

线形文字B是在线形文字A的基础上发展的,于1953年由英国一位业余研究者迈克尔·文特里斯破译。他是一位年轻的建筑师,平时对研究各种密码很感兴趣。他假设这些字符并不代表各种字母,而是代表各种音节。苦思经年,灵光一闪,豁然明朗。他确认线形文字B表达的是古希腊语,运用它的字符几乎可以读出全部古希腊语句。这个发现轰动学术界,证明了克里特与希腊本土的紧密关系,在米诺斯文明和迈锡尼文明之间存在一段相互交融的过程;迈锡尼人曾经进驻克里特岛,做过宫廷的主人,于是把希腊有记载的历史推向公元前15世纪。线形文字B在坊间难寻,要看真实的泥板需到雅典国家考古博物馆去找,那里每一块泥板都有准确的编号。它在历史上仅被用于记录宫廷的收支账目,未曾向社会推广。

如今的学界普遍认为,希腊人是在与腓尼基人的海上交往中,在公元前8世纪学习到现代文字的书写方式的。腓尼基人频繁的海上贸易往来中早就运用了快速书写的字母表,不同于希腊早期在宫廷中小范围使用的线形文字。希腊人从腓尼基人那里借来22个拼音字母,又充实了特别需要的元音字母,这种拼音文字的便捷与实用,足以表述希腊人的全套口头语言。

希腊字母表也是欧洲各种文字的前身,后来以罗曼语的形式可以记录从英语到汉语的各种语言。希腊人文字的这一飞跃性进步时值公元前8世纪或更早，几与荷马生活的年代同期。有人甚至认为，这套精心定制的文字系统起初就是用来记录诗歌的。生活在希俄斯岛的荷马，有可能使用这套文字来写作。有的现代学者强调，荷马既是口头诗歌的集大成者，也是案头执笔的作者，英国学者芬利就是持此论者之一。我们可以想象，一位才华横溢的诗人，用当时新近出现的文字来书写希腊最伟大的文学著作，既不可避免也顺乎情理。当一个民族的手中掌握了十分便利的书写文字时，自然会对他们最喜爱也最流行的口头史诗产生记录的冲动。在荷马生活的年代，地中海沿岸有荷马史诗诸多杂驳的手抄本在流传，南岸因气候干燥有宜于保存的埃及莎草纸抄本，地中海北岸也有经久耐存的羊皮抄本；有散落的私人抄本，也有地方一级的编纂，据考证各类抄本数以千百计之多。

　　本书不大认同荷马史诗一旦见之于文字，就意味着歌手荷马就此沉寂的说法；文学文本与声乐演唱完全可能在一个时间段里并行不悖，就像话剧剧本和话剧演出平行无碍，从希腊悲剧到莎士比亚，这样的例子不胜枚举，它们同出一源，却是两类传播受体和两种审美取向，也会有两群不同类型的拥趸。

不止一次修订

由手抄本到编定本的过程其说杂驳,其中许多学者关注所谓"庇西特拉图文本"这一重要节点。

庇西特拉图是雅典的僭主,出生于雅典周边的阿提卡地区北部,他是古希腊著名的贤哲梭伦的堂弟。西方史家对于用不正当手段攫取权力的僭主有着本能的厌恶,僭主只关心家族的利益,残暴肆虐,政绩乏善可陈。提到僭主不免因人废事。但凡事都有例外,史家们对庇西特拉图家族的评论毁誉参半,对其文化事业的举措则是誉多于毁。

他向失业人口提供就业机会,向无地的农民分发土地或提供贷款,铺设雅典第一条输水管道,兴建卫城的雅典娜神庙;举办四年一度的泛雅典娜节,并且制定了吟唱荷马史诗的竞赛规则。依照他的规定,参赛者一个接一个地把史诗唱完,进行评比,予以嘉奖。庇西特拉图还成立了雅典第一座图书馆,他身边聚拢着一批艺术家、建筑家和诗人。像他这样一个热心于文化的人,抑或是一个附庸风雅的政客,很难耐得住心猿意马,不去染指这个民族最伟大的史诗。

庇西特拉图家族指定了一个委员会,搜集各地荷马史诗的手抄本,规范形式,编订成文,依此存照,作为在泛雅典娜节日咏唱荷马史诗比赛的脚本，即所谓"庇西特拉图修订本"。

这个推论易于接受，因为一般人都会相信：从口头到案头的过程，在竞赛场合比非竞赛场合的记录更为规范。

庇西特拉图之后又过了大约300年，希腊翻开亚历山大统治的篇章，史称泛希腊化时代。这是荷马文本成型的又一个可能的节点。

亚历山大大帝这位雄才大略的军事家和政治家，自幼在宫廷中接触由亚里士多德等人担任家庭教师传授的希腊文化，成年后又礼聘亚里士多德的侄子为自己的近臣。他终生热爱荷马，对阿基琉斯充满仰慕，并立志要比前辈英雄更加扬威显赫。

当亚历山大横扫欧亚非的地中海沿岸大片地区，在尼罗河的入海处矗立起宏伟的亚历山大城，广纳天下贤士名流，设置了规模前所未有的图书馆。历任馆长们如饥似渴地搜集一切手抄本，藏书多达50万卷，亦有称70万卷，光是藏书分类的目录就长达120卷。

他们搜罗手抄本的痴迷近乎贪婪而不择手段。凡是随身携带手抄本来到亚历山大城的客人都要把原本留下，再由馆员赶抄几册誊本也可以说是赝本，奉还给原本的主人。

继承亚历山大王位的下一代君王曾经以借阅为名，向雅典图书馆借来希腊最负盛名的剧作家埃斯库罗斯、索福克勒斯和欧里庇得斯的手写本原稿,并支付了一笔数目可观的押金,那在当时是一大笔天文数字。总之,亚历山大城的君主随即下令扣下三位剧作家的手写本,再向雅典送去抄本,随即通知雅典没收全部押金,既慷慨又无赖。

出于对古籍如此强烈的热情,他们把关注的目光投向荷马是再自然不过的事了。亚历山大图书馆聚集了当时一批顶尖的学者,如诗人和剧作家泽诺多托斯、阿里斯托芬,以及学富五车的阿利斯塔科斯。时值条件和雄心齐备,所谓条件是亚历山大城更接近众多莎草纸抄本的丰沛来源地,所谓雄心来自这些不甘平庸的高人的见地,他们不可能将"庇西特拉图修订本"视若不可触碰的圣典而顶礼膜拜,对史诗的众多抄本整理、勘校、润色都在情理之中。

一般认为,我们如今见到的《伊利亚特》和《奥德赛》两部史诗各 24 卷,每卷都对应着希腊文的一个字母,如此划分便出自亚历山大学者之手。

泛希腊化时代是希腊文学艺术的高峰,我们今天读到的文本有可能就经过上述几轮早期的"责任编辑"的编校和提升。荷马史诗从口头诗歌到文学文本是一场历千年的接力长跑。

双峰并峙

中国的文学经验与西方各为犄角，常以双峰并峙的形态矗立于世界的两端。

中国相信集体创作从来不大成功。如《红楼梦》八十回以后的狗尾续貂，还有古今常见的拼凑附会的逢迎之作，只要有多人插手就多是败笔，"拼接"和"连缀"的斧凿之痕历历可见。

中国也有许多经由口头流传渐至形成文学或史学文本的例子，而且这类文本往往构成千古不磨的杰作，所谓文学经典既有传统渊源又是个人天赋的风云际会。中国十分相信口头流传终归需要有人毕其功于一役，其人居功甚伟，那是个人生命状态的超常发挥，将简帛汗青之务视为对世人负责的头等大事。在众口流传的基础上，文字表达必是一次精神与艺术的升华。如《离骚》之于屈原，《史记》之于司马迁，《三国演义》之于罗贯中，《水浒传》之于施耐庵……

而且中国相信急智创作只是风流才子的特例，并非口头创作常态；倚马可待者实不多见，口若悬河则可能含有贬义。中国更强调刻苦的增删打磨、字斟句酌地推敲，如白居易的叙事诗，"白乐天诗词疑皆冲口而成，及见今人所藏遗稿，涂窜甚多"（何薳：《春渚纪闻》）。可惜何薳所见白居易的手稿今天已全无踪影，否则当可作为中国诗歌创作过程艰辛的物证。

中国文学经验与文人士大夫的传统密切相关。不过，东西方的诗歌至少有一样息息相通，即诗歌在文学中的发生和崛起都始于韵文。即使当今不讲究格律的自由体，其内在的节奏和韵味也隐然有迹可循。诗之所以为诗，我们大家都喜欢这一口。

中国常用"如同史诗般"的冠语，而史诗的原型在荷马，宽广的汉语文化区域却没有史诗的存在。叙事性是史诗的表面特征，但不是主要特征；洛德将史诗定义为传奇的、历史的、英雄的，其中英雄主义是史诗显见的要素。从《诗经》《楚辞》到白居易的《长恨歌》，形式与内涵都不是史诗。荷马生活的公元前8世纪，正是西周"王官学"鼎盛之时，对《诗经》以"经"称谓，承担政治功能，授之以为政，从内容到形式都与荷马史诗相去甚远。

中国因何没有史诗？或许出于古代农耕社会缺乏活跃的公众生活，也可能由于中国没有经历古希腊长达400年既失去文字又没有王权束缚而成就的语言丰沛的"黑暗时代"。这类问题历经文学大家讨论迄今没有结果。于是，这意味着中国大多数学者与读者几乎唯有透过荷马这一窗口，去领略史诗的体裁，并认识古希腊的人文风采。

在中国，能够熟练掌握古希腊语的学者毕竟为数很少，一些译本或文献多是由英语转译而来，透过语言分析和文本考证去研究荷马并非中国人的强项。摆在大多数中国人面前的荷马史诗只有一类文本，即译为汉语的文学文本。荷马那美妙的、有节奏感的、慧至灵动的歌声，早已在爱琴海岸边震颤的空气中渺然消失，我们既无从欣赏爱奥尼亚语的精奥，也不熟悉它的文本沿革，我们只能静静地阅读。

当然，中国人大可不必因为没有史诗而懊恼，也不需生拉硬扯地去寻找史诗的对应物。中国真正堪称诗的国度，有自己引以为傲的诗歌和诗论。中国以诗的抒情、咏性、精骛八极、心游万仞，主张只缘神思而生发的妙悟，比荷马之后那些备受推崇的希腊抒情诗人的作品可谓别有洞天。试看：

> 夫诗有别材，非关书也。诗有别趣，非关理也。而古人未尝不读书、不穷理。所谓不涉理路、不落言筌者，上也。诗者，吟咏性情也。盛唐诸人惟在兴趣，羚羊挂角，无迹可求。故其妙处莹澈玲珑，不可凑泊，如空中之音，相中之色，水中之月，镜中之象，言有尽而意无穷。
>
> （严羽：《沧浪诗话》）

中国特有的表意文字为诗歌提供绝妙的格律、韵仄、对仗的审美意趣，还强调营造意象和意境，形成独特的美学框架。中国五言、七言或辞赋中的一句话就能风光无限，令读者刻骨铭心，如"安能摧眉折腰事权贵，使我不得开心颜""天子呼来不上船，自称臣是酒中仙""朱门酒肉臭，路有冻死骨""安得广厦千万间，大庇天下寒士俱欢颜"……不过，就像这类孑然独立、平视一切、具有博大人文关怀、直抒胸臆的句子，遍检唐诗也所见不多；更多的是士大夫们胸怀众生而郁郁然的曲意表达，如"座中泣下谁最多，江州司马青衫湿""无人信高洁，谁为表予心""人生在世不称意，明朝散发弄扁舟"。即便如此，许多读者也包括笔者皆因唐诗而眷爱中国。近来，闻知哈佛的学者将《杜甫全集》译为英文多卷，那无疑是中西方文化交流功莫大焉的盛事。

但是，中西诗词的沟通并非曲径通幽，试看随手拈来的一首小诗：

千山鸟飞绝，万径人踪灭。
孤舟蓑笠翁，独钓寒江雪。

这国人周知的20字，文字的洗练，情怀的旷远，意境的苍凉和心绪的超逸，以及字字珠玑如同音乐一般的声律美感引人击节。而这首小诗,正是中国鼎盛时期一位知识精英在专制压抑下面对命运多舛的感叹,那孤寂的心灵和阔大的襟怀令人为之颤抖。非国人谁能读懂?如果有翻译家可以用字母文字尽兴翻译出来,获得任何世界大奖都实至名归。

好诗是人的心灵和性情的彰显。不能尽兴欣赏彼此的诗歌乃千古之憾。否则,世间将减少多少怒目相对和剑拔弩张的纷争!

中国人走近荷马,却也多亏荷马史诗是长篇叙事性的,我们方可通过它的情节、结构、人物刻画等文学方法去领略它的宏大精深,去开拓一片原来陌生的文学视野。

特洛伊妇女

我们的希腊访问就要结束了。明天将从纳夫普利翁返回雅典稍事停留,随即登机回国。临行前的晚上偶遇山间小镇有一场演出:《特洛伊妇女》。似有天意,我们这一轮行程由踏访特洛伊起始,在观看特洛伊陷落的场景中结束,正好对应着故事的一轮循回。

演出场地在一个社区剧场,深藏在阿尔戈斯地区的大山里。看台用木板和钢架搭就,观众踊跃,座无虚席。舞台是简约的后现代风格,海神波塞冬穿着牛仔裤上场,搭一件象征性的披风，特洛伊老王后赫卡柏俯身在一块岩石上。此刻夜色正浓，明亮的灯光照射在一小块空地，周边却是真实的大山的暗影，比对眼前氛围却也入戏。

可惜听不懂希腊语台词，幸好读过欧里庇得斯的剧本，大致能推测出剧情演进。故事剪裁在特洛伊城破之后，希腊联军返航之前；全城的男人被杀光殆尽，老少妇女在等待被当作战利品分配。

老王后高声控诉着从一国之母即将沦落为奴隶的悲愤，这场战争造成的巨大苦难最终由全城妇女来承担。老王后的女儿卡珊德拉上场，掀起剧情的第一次高潮。卡珊德拉穿着一袭白色绣花婚衣，显得凄美又凌乱。她原先是敬奉阿波罗的女祭司，一直保持处女之身；城破后被联军统帅阿伽门农强奸，晚上又被迫举行婚礼。这个女祭司似乎预知一切，她预言杀戮之后还是杀戮，苦难连接着苦难，预示希腊的迈锡尼文明将就此衰落……

这是我初次领略希腊悲剧强烈的思辨精神。荷马在《伊利亚特》中不忍说或不愿多说的话，都被悲剧的角色尽情宣泄。相形之下，荷马对史诗的克制处理使笔者更加相信荷马其人文学的才华如静水流深。

我还没离开希腊，已在期盼再来希腊，希冀得到更多感性观察……

伊萨卡的奥德修斯塑像

歌手演唱奥德修斯事迹令他暗自悲伤

第十一章　西渡伊萨卡

造访伊萨卡一直是笔者心仪的旅程,这里是荷马史诗的归宿,奥德修斯的故乡,也带着一个中国读者心中许多不解之谜。

> 此处崎岖不平,不适宜马匹驰骋,
> 土壤不甚贫瘠,地域也不甚辽阔。
> 这里盛产麦类,也生长酿酒的葡萄。
> 这里经常雨水充足,露珠晶莹,
> 有面积广阔的牧场适宜牧放牛羊,
> 林木繁茂生长,水源常流不断。

前往伊萨卡的海上航程大约需要四个小时。这次乘坐的分明是一艘渡轮,设施却更像邮轮,一次意外的遭遇使我们领略了这艘大船的全貌。

我们是从上面的单人房被赶下来的。为了舒缓连日来往返奔波的疲劳，本想在渡海的途中预订上面的床位好好休整一下，于是拿着钥匙打开房门。没想到空调房间像严冬一样寒冷，几分钟就冻得人瑟瑟发抖；房间里备有毛毯，但在这个盛夏时节，即使把毛毯裹紧全身也顶不住彻骨冷风。再加之上层舱位离烟囱很近，伴随着空调涌进一股呛人的油烟味，只好打点背包奔下楼梯，仓皇逃脱。

来到公共舱位，这里却是一片温暖的天地。宽阔的大厅灯火辉煌，布满一圈又一圈舒适的沙发。放眼看去，那些携家带口的人们像是跨海旅游的，那些结伴同行的妇女拖着硕大的行李像是外出采购返乡的。大厅中央是一个热闹的吧台，排着长长的队伍，人们畅饮着咖啡或啤酒，活像一场欢快的嘉年华。无意中我还发现雅典大学的朋友倚在大厅的一角，俯身在他的背包上睡着了。每次出行都数他最累，笔者对他的专业精神顿时油然起敬。

我们清晨由雅典横穿希腊半岛到达西海岸的一处港口，连人带车登上这艘渡轮，驶过爱奥尼亚海，驶向奥德修斯的故乡伊萨卡。船舱大厅响着一曲小号独奏，悠扬中带着一点儿甜腻，我记起译成中文的曲名是《回家》。或许出于巧合，此次海上航程对我们来说虽然是一场新奇的探访，而在希腊人的精神层面来说就意味回家；不论离开家多久多远，荷马《奥德赛》的通篇主题就是回家。

本书前面的篇幅谈论《伊利亚特》多过提及《奥德赛》。后者也是一部瑰丽传奇之作，有必要特辟两章来专说荷马名下另一伟大史诗。伊萨卡位于希腊西部的爱奥尼亚群岛，与意大利隔海相对。在希腊半岛和意大利的亚平宁半岛之间有两片相连的水域——北方的亚得里亚海以及南方的爱奥尼亚海。也就是说，伊萨卡处在希腊最西端的岛链，守望着希腊西部的海疆。

无往不在的偶像

伊萨卡依山傍水，层峦叠嶂，空气清新得甜丝丝的，环岛的海水清澈如碧。这里一共有三个港湾，对于专业航海者来说它们互为犄角。全岛精华位于市中心一处马蹄形的避风港，全岛一大半的民居就排列在这处港湾的山坡上，由低向高层层延展。

民居前后是一条狭窄的小巷，比北京的老胡同的间距还要狭窄，容不得两台车错车。倘若遇到对面来车，需要有一台车退到小小的"十字路口"，再依次单行通过。我们入住的酒店是把两栋民居连成一体改建的一座典型的希腊式小白房。希腊民居似乎可忍受居住空间的狭小。笔者的卧室洗手间的房门只能半开,这扇门被床脚结实的立柱挡住了。每次去洗手先要把门关好,走过去再打开半扇门侧身而进。在伊萨卡逗留的几天已经习惯于这个动作程序,权当海上生活的体验而安之若素;我猜测,这间房的规模如果换在船上,就连船长室也没它宽敞。

在避风港的岸边系着联排的游艇,一艘比一艘更豪华,仿佛一场世界游艇的博览会。伊萨卡正好位于欧洲人南下度假的航道,又是无人不知的奥德修斯的故乡;每当夏季这个时分,有无数来自欧洲各地的豪华游艇停泊在伊萨卡港湾,论数量高居全希腊港口第一名。岸边有一座醒目的雕塑,在船锚的标志下有一行碑文:"每个旅人都是伊萨卡的游子。"

来自欧洲各地的人们尽情享受这里的阳光、美景和海鲜大餐。在希腊待的这段时间稍长,我已经很享受当地饮食了。感觉拉丁语系的国家饮食似乎比较容易被中国胃接纳,特别是希腊的烹饪风格:他们注重新鲜的天然食材,讲究菜肴的口味清淡,又擅长制作花样面食,再加上每餐必送一碟清亮透绿的橄榄油,往往主菜还没上桌,我和同伴们早用各式面包把橄榄油抹光。这时,侍者一定会把一瓶橄榄油再次送到面前,还一定是初榨的。

时值希腊经济衰退,物价下滑,欧元汇率下跌,海鲜大餐便宜得令国人难以想象。我们在点菜时因为疏忽,把有的菜肴错点了双份,四个人丰盛的海鲜大餐只相当于国内一顿便餐的价格。埋单时老板娘看我面有诧异,笑着说:"你要觉得便宜可以多给钱。"

走过港湾一侧茂盛的树林,来到城市公园,那里矗立着一尊"足智多谋的奥德修斯"半身铜像。公园游人如织,如果想与奥德修斯的雕塑合影都要耐心地等待空当;我们几次想要抓拍,都被欢乐的游客挤了出来。公园一侧矗立着奥德修斯十年返乡的航海路线图,还有定期的游轮载客环游这条漫长的航线,尽管那条航线无据可考,生意看来还很兴旺。《奥德赛》俨然成为旅游行业的知名品牌。

公园的一角设有一幅海上航线图,标示出荷马史诗中奥德修斯在地中海的十年中漂泊的岛屿,还将这条航线浓缩为乘坐豪华游轮的十日游,在离此不远的一处码头登船就可以出航。希腊的地理学家早就质疑奥德修斯的航线不可信;例如,史诗里返乡迷航的奥德修斯曾经得到风王赠予的一个风囊:

> 他给我一只剥自九岁牛的皮制口袋,
> 里面装满各种方向的呼啸的狂风,
> 因为克洛诺斯之子让他做群风的总管,

> 他可以把它们扎住或唤起,随他的心愿。
> 他把那皮囊放上空心船,用光亮的银线
> 把囊口扎紧,不让一丝风漏出囊外。

公元前3世纪的作家埃拉托色尼调侃说:"当你能找到为风之行囊缝合好边缝的补鞋匠时,你便能觅得奥德修斯流浪的地点了。"不过,现代旅行者没人拿这句风趣而善意的认真提醒当作一回事,人们对那一幅航海路线图深信不疑,十日游的报名还很踊跃。

在伊萨卡人的心目中,奥德修斯是引以为荣的祖先。他是给特洛伊致命一击的英雄、忠实于家庭的丈夫、后世水手敬拜的楷模。再加上从伊萨卡的林水泽女神岩洞里发现了荷马提到的青铜三脚鼎,当年的谢里曼还在岛上发掘出一座城堡的废墟,奥德修斯的故事在伊萨卡人看来大局已定,如果有哪位外来者对奥德修斯真实性提出疑问,可能会被当作不知趣的土包子来看待。

环形结构和三组故事

荷马史诗的研究者说起《奥德赛》,总是津津乐道史诗的"环形结构"——希腊联军出征十年,奥德修斯返乡也是十年。出征时千舰齐发指向东方,返乡之旅漂泊迂回却坚定地指回西方。出征时锁定的场景是小亚细亚的陆上战场,归返时经历了大海、岛屿、洞穴、仙境、故乡等海上航程。向东是对特洛伊和周边地区大肆掠夺,向西则是浪迹天涯的游子渴望与妻子家人团聚。

所谓环形结构是对荷马史诗浅表的解读,深追一层就经不住推敲。仅就航海路线的指向来说,联军统帅阿伽门农挥师一路向东,跨越大海侵略扩张,十年不懈地去攻打特洛伊,行为方式当属西方。奥德修斯返乡时不屈不挠地指向西方,其行为却是东方式的;犹如当今中国每年春节数亿人的陆上大迁徙,就知道作为东方民族的我们比其他人群多么执着于回家。

还有人指出,诗篇中的许多情节段落也有环形结构,其实这类技巧不足为奇也不足称道;认真来说,任何叙事艺术的铺展都会有收放往还的循环结构。

让我们搁置所谓环形结构的解读,关注在《奥德赛》巧妙的叙述方式,那才是《奥德赛》的精华所在。不论对这部史诗的结构怎样解读,它显然存在三组各自独立的故事。

一组故事是足智多谋的奥德修斯在返乡途中经历了种种魔幻主义的冒险。他在特洛伊战争之后,率领 20 只船舰向伊萨卡返航,途中奥德修斯与青春常驻的神女卡吕普索艳遇,在枕榻之间耽搁了七年的光阴。他最终拒绝接受神女请他留下来共享长生不老的良缘美意,再次享受一夜缠绵之后毅然踏上回家的航程,足见其归家心切。其实这是《奥德赛》故事的节点,与又一组倒叙的故事首尾相连,主人公随之就踏上凶险的航程。

接下去描写奥德修斯的海上历险。他曾途经生长着忘忧草的国度,差一点儿忘记回家的目标。航行中他的船被风暴击碎,丧失许多同伴,幸好得到女神赐予一件魔法方巾,铺在胸前游到岸边。他又遭遇恐怖的独眼巨人,这个怪物每天以食人果腹,足智多谋的奥德修斯用巧计逃脱险境,这是被后世哲学家津津乐道的一章。

其后他又落入美丽的妖女基尔克魔法的纠缠,摆脱后却又遭遇女妖塞壬的夺命歌声,他设法渡过了劫难。后来又因开罪了日神,以致全体同伴遭到灭顶之灾,只落得孤家寡人,漂泊到费埃克斯的岛上,受到国王优渥的接待,最终帮助他归返伊萨卡……

公允而论,这一组故事很有可读性,惊悚、香艳、离奇、绝境逢生。《奥德赛》首开历险文学的风气之先,在荷马身后的欧洲大行其道。它的叙述方式有别于《伊利亚特》心无旁骛的直叙,而以插叙、倒叙、补叙尽得宛转曲折之妙。《奥德赛》激活了后世一代代作家的想象力,不愧为欧洲冒险题材的鼻祖,有人断言没有《奥德赛》就没有塞万提斯的《唐·吉诃德》。

第二组故事是特洛伊之战的后缀,奥德修斯在费埃克斯岛上,凭借受到国王接待的机会,在倒叙中穿插倒叙,把《伊利亚特》没说的结局说了一遍。例如奥德修斯设计木马屠城、联军统帅阿伽门农返回迈锡尼被妻子和奸夫合谋杀害,头号英雄阿基琉斯被银弓之神阿波罗射中脚踵而死,留下"阿基琉斯之踵"的著名典故。还有强大的埃阿斯自戕,海伦前夫墨涅拉奥斯携海伦回到故乡,老将涅斯托尔颐养天年的故事,以及阿基琉斯魂灵在冥府中对人生的感叹……其中海伦前夫墨涅拉奥斯收获最多,他在埃及发了大财,带着海伦返回斯巴达的豪华宫殿,女俘还给他生了儿子,一副志得意满的气派。

《奥德赛》的艺术手法令人眼花缭乱。这些故事被嵌入主人公返乡的叙述中,显然是后续作者对特洛伊战争的呼应。

第三组故事才是《奥德赛》的主线。在伊萨卡有一群纨绔子弟向奥德修斯的妻子佩涅洛佩求婚,赖在他家白吃白喝、大肆挥霍,奥德修斯必须与之殊死斗争,以恢复一个男人20年前在家庭中原有的地位,那既是他的夫权也是他的王位。这组故事占了《奥德赛》一半的篇幅。

但是，以上三组故事不挨不靠，不具备内在联系。诗人采取的方法犹如用一根细线把一粒粒熠熠闪光的珠子串在一起，避免结构松散，又使每颗珠子都堪与玩味，截然不同于《伊利亚特》向横断面展开的紧凑格局。

于是，两部史诗引起读者的分化，历来形成两群拥趸，有人喜欢《伊利亚特》，有人喜欢《奥德赛》。法国学者皮埃尔·维达尔-纳杰早就发现读者彼此之间互不兼容的现象：喜欢前者的就不喜欢后者，喜欢后者的也不喜欢前者，两群人壁垒森严。

这位法国的纳杰先生曾经打个比方：就像司汤达的崇拜者也分成两派，一派推崇《红与黑》，又一派维护《巴马修道院》。不过，司汤达毕竟好说，他写了两部口味不同的小说，他的版权也毫无异议，荷马可就另说了。随之而来又牵出那个大费周章的荷马诸问题——到底是一个荷马、两个荷马，还是有几个荷马？

这个争执不下的探讨或许永远没有定论，但并非没有意义。用荷马来比较荷马，这是文学实践的诱人的尝试，也是文学方法论的延伸。两部史诗规模宏大、想象瑰丽、受众广泛、流传悠久，是文学史上两部并肩而立的经典。若有中国人也来参加这场比较的游戏，凭着另一方的文学经验、视角和审美情趣，将会有什么体验？

用荷马比较荷马

有一点几乎没有争议——人们大多认为两部史诗的创作有先有后,《伊利亚特》在先,《奥德赛》在后,两部作品的创作相隔一两代人。

早期流行的看法是一个荷马创作了两部杰作,其间相隔大约40年。如果荷马的寿命足够长,有可能在年轻时创作了一部长篇史诗,而在晚年又创作了一部长篇史诗。古罗马的朗吉奴斯就持有此论:

> 古代最精细的批评家朗吉奴斯看到了这一点,并且评论道:"《奥德赛》中的荷马犹如西落之日,辉煌犹存,而炽热不足。"
>
> (基托:《希腊人》,徐卫翔、黄韬译)

但是,有些现代学者发现,从内容到风格,《奥德赛》和《伊利亚特》都有许多不同之处,有可能出自两人之手。

英国学者 M.I. 芬利明确地指认有两个荷马,芬利是古典学和社会学大家。他在《奥德修斯的世界》一书中,列举了许多"内证",比较两部史诗的差异:《奥德赛》有魔幻的色彩,妖女基尔克依赖一系列最精确的感觉和比例调配魔药的情节,这类魔法在《奥德赛》中多处出现;但是

《伊利亚特》却没有魔法，即使是头号英雄阿基琉斯和他的母亲忒提斯女神也没有魔法。如果读者注意神话、宗教与巫术的区分，就会理解《伊利亚特》当中虽有神话和宗教，但没有巫术也没有魔法。诗人或歌手都懂得描写妙趣横生的魔法将会讨得更多读者的欢心，但前一个荷马显然没打这个主意。

英国学者芬利指出，两部史诗对神与人的关系处理也有明显差异。《伊利亚特》中，奥林匹亚众神对人间事务的干预是"间歇性的"，有张有弛，有时管有时不管，神与人始终保持一定距离。但在《奥德赛》中可不这样，雅典娜幻化为各种形象从头到尾伴随奥德修斯左右，呵护有加。

相形之下，荷马吟唱的英雄主义在《伊利亚特》贯彻始终。群英大战，风云际会，呈现的都是英雄的主题。但《奥德赛》中只有一个人可称作英雄，就是足智多谋的奥德修斯，其他皆为平庸之徒。奥德修斯与之对抗的伊萨卡的那群求婚者，尽是些恶棍、无赖和纨绔子弟，构不成英雄的反义词；再有，奥德修斯贞洁贤淑的妻子佩涅洛佩俨然是故事的女英雄，但荷马歌唱的英雄时代没有英雄的阴性词。

此外还有一个明显的差异，就是两部史诗对第一美女海伦的道德评价。《伊利亚特》的海伦是被帕里斯王子抢掠的，按德高望重的老将涅斯托尔的说法，十年来帕里斯王子对海伦的每一次侵犯都发出"一声声痛苦的哀叹和呻吟";而按照《奥德赛》的说法,海伦自愿跟帕里斯私奔,并乐于享受帕里斯王子的情爱。

芬利从比较中列出两部史诗的诸多歧异,笔者尝试加以补充。

以中国文学的视角对两部荷马史诗做出进一步比较,不拘泥若干细节,而着眼于作品的内涵,以拓宽比较的视野。

中国文学理论历来有文如其人之论,从艺术造诣的"诗品论"到作者的"襟怀说",都强调作者自身特质与作品的内在联系,以此作为判别作品个性的依据。《文心雕龙·风骨》:

> 诗总六义,风冠其首,斯乃化感之本源,志气之符契也。

中国文人一向注重风骨,汉代扬雄主张"言为心声,书为心画"。这在此后发展为"文如其人"的通论。

顺便指出,近现代中国知识分子曾饱受因言获罪之祸,对于以文定谳有其戒惕之心。有人提出人文二分的主张,那是对政治迫害的抵制。即便如此,中国的文学理论主流依然认为人的性情在作品中必有显露,强调"修于内而形于外"。襟怀、立意、识见、境界,这些要素关乎作者的修养、禀赋与性格,不局限于可以嬗变的结构和语言。万变不离其宗,才是作品深层的稳定性。

《伊利亚特》和《奥德赛》虽然有许多相互衔接的表象,但是两部史诗作者对于所驾驭的题材采取了截然不同的态度,前者是居高临下的俯视,超然度外,以大观小,对于交战双方并无偏袒;后者则是居于地平线的平视,贴近世俗,多处流露偏袒乃至护短的迹象。这是两个作者襟怀的分水岭。

在《伊利亚特》中,头号英雄阿基琉斯始终以受害者形象出现。不论妄说他多么意气用事,自控能力低下,他只为荣誉受到伤害而坚持不肯妥协,具有一贯的、大义凛然的气概;这一位荷马始终以俯瞰的高度、冷静的审视驾驭着主题的发展,在不露声色之中隐含着他那虚怀若谷的襟怀。在那些英雄狂野行为的背后,诗人呼吁的是正义、克制和理智的苏醒,在他的时代具有超前意义乃至现代意义;《伊利亚特》的整体结构已经脱离口头流传的框架,足见文学大师的浑厚气魄。

而《奥德赛》是后来者对前者的模仿,虽然情节刻意迂回,却缺乏前者的意境和风范,犹如东施效颦——

红尘浊世

《奥德赛》中出现了《伊利亚特》当中少见的道德说教，虽然模糊琐碎，却也历历可见。《奥德赛》的主轴就是一个男人理应夺回自己的东西，他人不该糟蹋不属于自己的东西的一番说教；从这个意义上来说，大致和赫西俄德的《工作与时日》处在同一水准线，通篇没有超越主人公利益得失的框架。在诸多变换的场景中，诗人反复向听众述说着为人之道、待客之道、谈吐之道、缓急之道、妇人守节之道，以及奥德修斯虚伪的非己之物莫取之道，同时谴责贪婪、觊觎、僭越、挥霍、奸淫……他可以在返乡途中大肆烧杀抢掠，却对自家的事物耿耿于怀，屡屡出现善恶报应的教诲，《牛津古希腊史》的作者认为"这是一首公开的道德之歌"：

好让你心中明白，也好对他人传说，
做善事比做恶事远为美好与合算。

这也表明《奥德赛》的面世较《伊利亚特》要晚。在《伊利亚特》那里是裸露的人性，人们之间动不动就用刀枪说话，但《奥德赛》试图要给人性披上薄薄的文化外衣，却终归不能自圆其说。诗人的道德呼吁是微弱的、混乱的、自相矛盾的,与奥德修斯所身处的世界剥离。那个社会依然无序又松散,双重标准随处可见。

足智多谋的奥德修斯依然站在人性的边缘,他当属另一类英雄,比之头号英雄阿基琉斯那个时代翘楚,奥德修斯更有忍受屈辱的韧性,一待情势易转就撕破伪装,返回家乡大肆杀戮,以生硬的斧凿之痕把悲剧变身为勉为其难的一出喜剧。他的英雄观也沦为露骨的机会主义。

读者还会发现奥德修斯的性格骤变。在《伊利亚特》中,奥德修斯以一名臣服于权威的下属角色示人;他的优势不在勇武而在于乖巧,他的名言是"我们阿开奥斯人不能人人做国王,多头制不是个好制度"。顾大局,懂配合,够机灵,擅投机,这是奥德修斯在《伊利亚特》里定格的形象。而在《奥德赛》中,奥德修斯以目中无人的傲慢登上舞台,世无英雄遂使竖子成名。

整体来看,奥德修斯通篇以流浪者、落魄者的面貌出现。他的性格中最突出的两个特征,其一是撒谎,就连他的铁杆保护神雅典娜也笑称他的"足智多谋"不过是说谎的小伎俩。再有就是"忍辱负重":

> 他捶打胸部,内心自责这样说:
> 心啊,忍耐吧,你忍耐过种种恶行。

奥德修斯的忍辱和阿基琉斯的愤怒形同对照,他可真能忍,犹如越王勾践卧薪尝胆和大丈夫韩信甘受胯下之辱,直忍到出头那一天。

从两部史诗的比较中不难看到两个作者的区别,一个居高俯瞰,一个堕落红尘,其间的裂隙十分明显,两者属于两种完全不同的境界格局。技巧可以模仿,性情难以陶冶;禀赋与生俱来。超凡者,立意旷远,识见深邃,语殚而意未竭。凡俗者,曲意奉迎,雕琢堆砌,言尽而意竭。我们很难相信两部史诗出自一人之手,那是两个作者两种境界的人文关怀。

英国学者 N.G.L. 哈德蒙也认为有两个荷马:

> 虽然仍有人把两部史诗归于一个天才的想法,但他们语言上的具体差别和观点的新旧对比是如此明显,使我们不得不把《奥德赛》归于另一位作者,他是属于另一诗歌流派并生活于希腊世界的另一地区的人。
>
> (哈德蒙:《希腊史》,朱龙华译)

他是哪一个流派哪一类人?明袁中郎说:"行世者必真,媚世者必俗。"后一个荷马多少有点媚世的味道。

这面盾与那张弓

一个细节,足以展露《伊利亚特》那位荷马的境界,就是著名的阿基琉斯之盾。

头号英雄的密友帕特罗克洛斯战死,阿基琉斯上阵之前,他那神女的母亲忒提斯请求神匠赫淮斯托斯为儿子锻造铠甲,后者先锻造了一面精美坚固的盾牌,做了许多精美的点缀。神匠的技艺无所不能,与其说锻造了一幅恢宏的画面,不如说那是一组流动的视频。盾牌上装点着旭日、明月、繁星、大地和海洋。在大自然的映衬下,有一座正在举办欢乐婚礼的城市;在青年男女载歌载舞的广场一侧,另一群人为一桩命案的赔偿在争执不下。在另一座城市,人们正面对着掠夺者的摧毁,双方互相投掷青铜长矛殊死战斗,冲撞、扑杀,死伤狼藉,血染城郊。兴之所至,神匠还附上一座丰收的葡萄园,少男少女跳着欢快的舞蹈;又添上一片牧场,肥壮的牛群和看守的牧人,就在田园牧歌的诗情画意中,两头凶猛的狮子闯了进来,撕开公牛的腹部吞噬内脏,恐惧的牧人在一旁束手无策……

这就是《伊利亚特》诗人的襟怀和视野,一个世界万象的复合体,在每一处安详若素的画面之后紧跟着惊心动魄的争斗。这位诗人的世界博大、深厚、立体、无序、失谐,充满躁动不安的内在冲突,战争与生活是有机的组成。幸福与苦难、杀戮与反抗、溅溢的血光与丰收的佳酿呈现于同一画面,被视若人间常态。

在日月星辰的天幕下,人性的舞台时刻上演善恶美丑、爱恨交加、永无休止的切换——这就是《伊利亚特》作者的世界观。他洞悉一切,意志决然地撕开一切幻象,拨动令人为之心颤的琴弦,克制着自身情感的倾向,我们分明感受到他向人间投下慈爱怜悯的目光。

《奥德赛》的诗人则是另一番见地。最具象征意义的莫过于奥德修斯的妻子佩涅洛佩从库房中取出的那张大弓,弓弦松弛,布满灰尘,20年闲置不用,犹如一个离家外出历久不归的男人。由于家中受到一群泼皮无赖的骚扰,返乡后,凭着这张弓,奥德修斯以狡黠的谋划和过度的杀戮恢复了自己当初的王位。纵观全诗,他的心灵支离破碎,一地鸡毛,却都能如愿以偿。《奥德赛》诗人的叙述虽然有趣,层层剥茧,引人入胜;不过,他迎合了一批重视娱乐功能的凡俗听众的口味。

信笔至此,读者不难察觉笔者对《伊利亚特》所持偏重的倾向。其实萝卜白菜,各有所爱。笔者仍然认为《奥德赛》是荷马时代被听众广泛接受并乐于聆听的优秀作品。其因在于,文学创作有很大的弹性,说唱艺人不会与听众执拗。《古希腊文学史》的作者吉尔伯特·莫雷对此早有论说，大意是：如果一位歌手的听众对演唱的情节和效果不满意，那么一定会有后继的诗人采取同样的"事实"另行编写版本，以战胜老诗人而迎合听众，绝不会坚持与史诗中的人物沆瀣一气。

莫雷的话没错。在文学或诸多文章体裁中，所谓"事实"的取舍皆在作家的股掌之中。以"事实"替换"事实"，以"材料"辩驳"材料"，从而获得不同的观感效果，那不过是一场游戏而已，但是版本只会站到听众的一边。因此，笔者相信《奥德赛》无疑也是经受了它那一代听众考验的好作品。

即使有两个荷马，也无损于两部史诗在西方文学史上的杰出地位。不论《伊利亚特》还是《奥德赛》，其创作规模和手法都明显高出同时代的史诗，就两部史诗的艺术比较而言，可谓春兰秋菊，各一时之秀。

现代佩涅洛佩

雅典大学的朋友在伊萨卡为我们安排了两件事：领略这里的山川地貌以及会见在当地任职20年的老市长——卸任后担任伊萨卡荷马学会的会长。

离开游艇聚集的市区，一拐弯就驶上陡峭的山冈。车子开足马力向上攀爬，山路崎岖，低头俯视下面险峻的巉岩有点头晕目眩,崖底就是弯弯曲曲的、碧蓝的海湾。山上人烟稀少,宛如一幅史前的地貌。在这空旷的山野中,我们意外遇到一对步行的男女。

雅典大学的朋友摇下车窗和对方谈起风水的话题。那位女士温文尔雅,男士高大匀称,衣着都很得体,像是一对知识分子。雅典大学的朋友用希腊语开玩笑说:"你俩是罗密欧和朱丽叶吧?"

"不!"那位女士笑着说,"我们是奥德修斯和佩涅洛佩!"

她还告诉我们,她是法国人,她的先生是希腊人,他们的三个孙子的名字都取自荷马史诗。当她听说我们来自中国时,热情邀请我们改日去她家做客。我们欣然受邀。

次日我挑选了一瓶葡萄酒作为小礼物前去拜访。他们的家坐落在半山腰,女主人出门相迎说:"不要带礼物,你们就是礼物,你们是我家第一次接待的中国人。"

男主人领着我们参观他的室外设施。这户人家占地3英亩,约合中国18亩地;在两层别墅旁有一座小型风力发电站,还有太阳能光伏板;阳台上设有收集雨水的装置,经过滤后可供饮用。这时我才有所领悟,此处没有所谓"七通一平市政设施到位"这一说,一切回归自然,全靠自力更生。女主人说:"如果你们愿意,也可以买一块地在这里盖房子呀!"我顺便打听了一下,地价真的不贵,希腊的移民政策很宽松,比起北京的楼价,活煞羡慕死人。

我们谈话的中心是"环境"。原来这对夫妇之前住在雅典的海滨,那座历史名城也面对着环境污染的困扰。雅典三面环山一面向海,每当风从海上吹来,城市上空就悬浮着黄褐色的雾霾得不到扩散,被当地人称作"尼弗斯"。市政当局又要在居民区附近修建垃圾焚化场,这对夫妇为保护环境而抗争无果,便选择了迁徙。伊萨卡以落日的美景著称,女主人手指对面的爱奥尼亚海湾和高耸的山峰告诉我们,太阳从那里升起,又在那里落下,神情怡然自得。

室内的陈设古朴而典雅,窗边一台老式的手工织布机特别引人注目,一幅华丽的挂毯刚刚织了一半。这立即引起客人对于《奥德赛》中佩涅洛佩织布情节的联想:佩涅洛佩以永无休止织布劳作搪塞那些求婚人,等待夫君的归来,织布机象征着女性的坚贞与刚毅。

在现代生活中,我们的女主人居然沉浸于3000年前的劳作方式,日复一日,锲而不舍。面对此情此景,荷马的读者都会心有灵犀。"足智多谋"又眷恋家庭的奥德修斯和完美无瑕的佩涅洛佩,直至今天仍是现代希腊人的精神楷模。

面对那台织布机,我们的女主人说:"这里有美丽的宁静。我不去天堂也不会去地狱,我只喜欢伊萨卡。"

女主人随即引领我们上楼去看她的作品,几幅精美的手工挂毯和镶在镜框里的织锦挂满二楼的墙壁,每一件都堪称艺术佳作。

荷马史诗以如此贴近的方式嵌入希腊人的现代生活,这是我们此次访问时没有料到的。

男主人和我们一起走下山坡直到路边,他要指挥自动装卸卡车卸下一车岩石。不久,这里将竖起一道围墙,环绕他的自然循环设施和布满华美织锦的厅房。听说男主人的腰不太好,这会是一项吃力的工程。

希腊在衰退,这里在建设。一点感动,一切可以这样简单,也可以这样优雅。

第十二章　水波诗韵

伊萨卡退休的老市长斯彼罗斯·阿里赛尼斯先生也是当地荷马学会的老会长。他精力旺盛，热情好客，家住伊萨卡城市中心的海滨，那里坐落着当地荷马史诗图书馆。

据说图书馆有一部稀罕的公元16世纪日文版的荷马史诗；令人联想到早在佛罗伦萨的印刷本面世不久，遥远东方的一个海洋民族就与荷马声息相通。

老会长离我们的酒店很近，彼此相约在大清早碰头，由他带领我们去寻访足智多谋的奥德修斯的"宫殿"。

我们驱车驶向伊萨卡北部的斯塔弗洛斯，沿途有几座小型博物馆，老市长不厌其详地向我们解说每一件在当地发现的文物，有荷马史诗中常提到的铜鼎，有奥德修斯的小型塑像，还请本地学者列举多项论证来支持伊萨卡就是奥德修斯的故乡。

我们跟随老会长向山冈的高处攀爬,汽车开不上去,后半段路只能靠徒步。我们被领到一个山洞前,凉风袭人,老会长说这就是奥德修斯城堡取水的地方;在古代,城堡选址必须靠近水源,以备平时饮用和战时之需。

洞口狭窄,洞深不可测。他捡起一块石子投入洞中,发出水声溅起的叮咚回响。这处泉水历千年不竭。

山洞不远处就是传说中的奥德修斯宫殿,由于陡峭路滑,笔者几乎手足并用地登上遗址。

巨石垒起的城堡早已坍塌,有一道通向二楼的楼梯却清晰可辨,老会长说那就是奥德修斯的妻子佩涅洛佩每天上楼纺织所踏的楼梯。这座石阶向上延伸的楼梯确是符合《奥德赛》中的重要细节,史诗中有多次描述。昔人已渺,芳径犹在。我又本能地去寻找史诗中佩涅洛佩用心守护的库房,四顾茫然,一无所获。

单凭目测估算,城堡占地约有几百平方米,相当于中国的一亩地左右,比迈锡尼城堡小得多。那个仍然可以辨认的大厅的面积引起笔者的困惑,这是在阅读荷马史诗时最常遇到的数字和尺度的迷思。

荷马说,这是一座"华美高大的宅邸",有着"华美的宽大厅堂",厅前还有"一片平坦的场地"可做投掷铁饼和长矛的田径运动。我们眼前的大厅面积并不宽敞。按照荷马的说法,"大厅"聚集了50多个求婚者在宴饮,这里曾经展开一场弓箭的战斗。眼前的大厅不要说拉弓射箭,就连50个座席的空间也难以容下。而且厅前也没有平坦的场地,只有陡峭的斜坡。

在伊萨卡有两件事具有恒久意义,其一是伊萨卡众居民对于奥德修斯和佩涅洛佩的世代崇敬,再有就是荷马研究者无休止的争论。

我们返回半山腰临时泊车的地点,赫然发现那里停着一辆白色警车,一位警察虎视眈眈地坐在车上,显然在守株待兔。看来当局早就察觉了这一群不速之客的动静——你拿城堡废墟未必当回事,人家可很认真哪!

幸亏我们轻轻地来又轻轻地走了,没带走一片石渣,不然被逮个正着。

虚席的王国

如今不仅有两个荷马的讨论,还有荷马笔下两个社会的质疑。有的认为荷马描述了公元前1200年之前的迈锡尼社会,也有的认为荷马描述了迈锡尼文明衰落后黑暗时代的社会,甚至是荷马生活的公元前8世纪的社会。例如对《奥德赛》历史背景的判断,如果说它描写了公元前8世纪的社会,无异于将荷马当作面对生活的现实主义作家，这也太离谱了。

《伊利亚特》通篇都在忙于讲述青铜时代的武士们如何打仗，荷马难得有喘口气的工夫去描绘社会生活的细节，除了出身高贵的英雄捉对厮杀，以及青铜时代浓烈的氛围以外，鲜见普通人生活的身影。《奥德赛》的纵向结构使后一个荷马腾出充裕的篇幅来述说一个生活节奏徐缓的社会和形形色色的人物，这个社会与《伊利亚特》的迈锡尼时代背景显然有所不同。

足智多谋的奥德修斯经历曲折的海上历险之后踏上故乡的土地，伊萨卡正处在无政府的状态。他的父亲伊萨卡的老国王拉埃尔特斯依然健在，既没有英雄气概，也不担任国王，早已赋闲务农不问世事，远离城堡，衣衫褴褛，在田园里做些杂役。这个特殊的例子，又令一些西方学者去费心考证荷马时代的下移。其实，这更可能属于文学的答案——想想看，如果老国王拉埃尔特斯依然大权在握，驾驭伊萨卡的全局，奥德修斯只是一个顺位的继承人，何来106个求婚者趋之若鹜，幻想通过与儿媳妇联姻去获得王位？在最好的情况下只能当个倒插门的干女婿罢了，整个《奥德赛》的故事就无从编起。

伊萨卡的王位虚席以待也有助于主题的展开。奥德修斯的爱子特勒马科斯外出寻父未归，昔日的仆从人心涣散，有忠有叛。伊萨卡多年没召开过的公民大会名存实亡，一群放荡的贵族青年以求婚的名义挥霍奥德修斯的财产，觊觎他的王位。当时敌众我寡，处身凶险，奥德修斯完全有可能落得如联军统帅阿伽门农返乡被害的悲惨下场，命运之所以不同得益于奥德修斯谨慎而狡黠的性格。

经保护神雅典娜的点化，足智多谋的奥德修斯伪装成一个年迈的乞丐，先去打探城外庄园昔日的牧猪奴，这个老仆原是外邦的一位王子，被腓尼基人拐骗卖到奥德修斯的门下。伪装成乞丐的奥德修斯察言观色，确认牧猪奴对旧主依然忠心耿耿，便选择庄园临时落脚以做下一步的策划。足智多谋的奥德修斯等到爱子特勒马科斯远航归来，父子在庄园惊喜相认，从儿子的口中询问求婚者的人数，得知来自本岛和周边地区的首领、贵族和纨绔子弟共有106人之多。此外还有为这些人服务的侍从、传令官、厨子和歌手，每天在大厅笙歌燕舞，吃喝玩乐，以致家里人不堪其扰。

奥德修斯细心谋划，嘱咐儿子先把厅里存放的武器搬走，如果求婚的人生疑，就说那些武器积满灰尘，并且担心求婚者纵酒之后失态，铁制的武器会诱人争斗。这个细节使我们得知，王宫的大厅摆设着威仪凛凛的铁制武器，已由青铜时代过渡到铁器时代,显然与《伊利亚特》的时代已拉开了距离。

奥德修斯还吩咐儿子:

> 不要让拉埃尔特斯(老父亲),不要让牧猪奴知道,
> 不要让任何家人,甚至佩涅洛佩知道,
> 只有你我两个人,要直接观察妇女们。
> 我们还需要探查一些男奴们的用心,
> 他们是继续敬重我们,心怀畏惧,
> 还是已不复敬重,轻视你这样一个人。

在其子特勒马科斯返回城里之后,奥德修斯为了弄清众多奴仆的忠奸与向背,也为了观察敌情而身临其境,化装成乞丐由田庄走到自家的城堡门前行乞。他忍受了羊倌的欺负、女奴的辱骂、求婚人的殴打;从第14卷到第20卷,荷马的叙述悬念环生,曲折精致;时而把一个细枝末节拓展为独立的1卷或2卷,例如真假乞丐相斗的插叙,老保姆给他洗脚时从野猪獠牙留下的伤疤认出旧主人的倒叙,还有面见妻子佩涅洛佩时编造一套谎言试探隐情;诗人的节奏从容舒缓,全然不似《伊利亚特》那般急促的推进和凌厉的收尾。《奥德赛》呈现出人性的

另一个平凡的层次,这位诗人也深谙取悦听众之妙,尽显拓展情节之笔力。

从奥德修斯踏上故乡的土地的故事中,我们可以管窥到这个社会的结构特征:这是一个涣散的王权社会。奥德修斯离家20年,伊萨卡社会的王权虚悬,面临着王权易手的危机,但国王仍然处于社会的顶端;可以取而代之的是与奥德修斯最接近的一个阶层,即贵族;贵族之间大体平等,国王手握更多的权势,但并不稳固。在贵族之下的人们可以泛称为群众,包括自由人、手工匠、艺人、雇工和奴隶。奴隶的处境不很确定,例如出身于王子的牧猪奴欧迈俄斯可以给自己买一个奴隶,他既是奴隶又是奴隶主,史诗中常常称他为"高贵的牧猪奴"。而那个背叛主人的羊倌趾高气扬,还可以和求婚的贵族们厮混在一起。奴隶的生活境况未必最悲惨,自由人也未必很惬意,端视个人的境遇怎样。

这个社会与迈锡尼社会相比,缺失了一个重要的官僚阶层:迈锡尼时代的皮洛斯和克诺索斯的宫廷中,官僚们承担着社会治理的职能;伊萨卡的城堡中没有国王的私人卫队,仅有几个从事杂务的奴仆。

在群众心目中,他们与国王关系的理想状态如诗中所说:

> 国王在统治,领主们在统治;
> 但我们基本靠自己,
> 倘若无人管束,我们便心满意足。

伊萨卡社会的涣散预示着一场暴风雨的到来。

奥德修斯的库房

此行对"奥德修斯遗址"的踏访,触动了笔者对史诗中言之凿凿的那座库房的联想。仅就笔者的具象感受来说,《伊利亚特》和《奥德赛》反映的时代背景不可一概而论,那座库房就是最好的标识。

奥德修斯嘱咐儿子特勒马科斯把大堂上置放的铁制武器搬走,表明奥德修斯早在20年前离乡时就知道它们的存在。虽然《伊利亚特》中也偶然出现过铁,《伊利亚特》的读者不会忘记大战尾声那场军中竞技时,阿基琉斯派发奖品的那几句话,述说了铁在那时多么稀罕:

> 谁想赢得这件奖品,请站出来!
> 即使他的肥田沃地离家宅很远,
> 有了这铁块他五年不用担心缺铁。

> 如果他的牧人和耕夫需要铁用,
> 他们用不着进城去取,就储在手边。

但是,庞大的希腊联军无一不在使用青铜武器,即使火神赫淮斯托斯为阿基琉斯打造那副著名的铠甲和盾牌,向风箱里扔进的仍是铜、锡、银和黄金,唯独没有铁。

奥德修斯的世界与迈锡尼文明的具象区别,在于缺少像克诺索斯或皮洛斯那样巨大无朋的库房。当奥德修斯的妻子佩涅洛佩手持一把镶嵌象牙手柄的钥匙打开最远一间仓库:

> 那里存放着主人的无数珍贵宝藏,
> 有青铜、黄金和费力地精细加工的铁器。
> 那里存放着一把松弛的弯弓和箭壶。

较早时特勒马科斯曾走进父亲的库房:

> 高大的库房,那里堆放着黄金和青铜,
> 一箱箱衣服,密密摆放着芬芳的橄榄油,
> 许多储存美味的积年陈酒的陶坛,
> 里面装满未曾掺水的神妙的佳酿。

奥德修斯探查奴仆的忠奸

奥德修斯射杀百余个求婚者

这两间仓库无疑都属于家庭的私人仓库,没有迈锡尼文明的宫廷中占地面积颇广的仓库,没有成排的、动辄两米多高的大型储物罐。迈锡尼集中分配制的经济伴随着官僚集团一起消失了。

英国学者芬利正是凭借《奥德赛》的诸多"内证",将"荷马社会"下移到公元前10世纪至公元前9世纪。笔者认为,《奥德赛》的整体氛围大体支持芬利的判断。我们已知地中海在青铜时代末期就有一波风起云涌的迁徙运动,而在公元前9世纪达到高潮;无数的水手闯过爱琴海的风浪驶向远方的岛屿,他们目睹了大海呈现的千姿百态,在他们当中必然流传着许多岛上奇闻、异象、幻觉以及历尽艰险而返乡的传说。文学总是自在地反射出一个社会的中心话题,这个海上历险的中心话题与《奥德赛》的整体背景合节合拍。

迈锡尼英雄在特洛伊城下意气风发的战争画卷,和水手们海上冒险、失魂落魄的传奇经历,拉开了两部史诗创作的时代感。犹如唐诗的气壮山河、马革裹尸,与宋词的青楼之怨、驿馆之愁的差别,两部荷马史诗映射了两个时代的心理关切。芬利厘清了两部史诗的不同风范,也嗅出两个诗人的不同气息,分辨了两个作者;但《奥德修斯的世界》的专论却在不经意间把"伊利亚特的世界"也拉近下来,将两部史诗的历史背景一概而论,致使他的论述美中不足。

置身希腊的土地,遥想迈锡尼时代,顿时脑海里闪过迈锡尼的城堡、梯林斯城堡、西西弗斯城堡以及散布在伯罗奔尼撒的大小迈锡尼遗址……它们相继毁于公元前12世纪,虽然已被废弃,却依然巍峨壮观,与黑暗时代的建筑规模不可同日而语。还有圆顶的阿特柔斯宝库,库中虽已空空如也,但是建筑的坚固和高峻无疑表明一个强大家族曾经的存在。伯罗奔尼撒半岛西南海岸的皮洛斯宫殿更加富丽,不论他的主人是否为德高望重的老将涅斯托尔,那个城堡当属迈锡尼文明的顶峰之作,其后也毁于一旦。这些历历在目的实物都呈现出一个炫目的青铜时代。

从书本到书本的讨论有时会迷失路径,绕不出圈子。至此,我们也会发现芬利的论断中的瑕疵,即所谓后代人对隔代事物的"失忆"。拜赐希腊一系列壮丽的文化遗存,这些实物都先于荷马而存在。倘若荷马对迈锡尼文明完全"失忆",将有许多具象的事物在不断提醒他。

人性不再全裸

荷马的特别之处在于他生活在公元前8世纪,他歌唱的是公元前12世纪的一场战争和战后的续篇,其间相隔400年的岁月。迄今最有力的质疑出于一个普遍的经验,即人们的记忆上溯不会超过三代,除非有文字记载。不过,虽没有文字但有口头传统又会怎样?所含的历史因素会不会畸变或淡化?于是,这上下400年仿佛构成一系列社会的光谱,处在光谱一端的是青铜时代晚期,而另一端则是荷马生活的那个"当下的现实社会"。

在英国学者芬利之前,英国学者哈德蒙语气坚定地将史诗的背景指向青铜时代的晚期,他说:

> 荷马所叙显然是根据公元前1190年以前的情况。

> 《伊利亚特》的一大特色是它对所描述的晚期青铜时代的环境力求如实保留。其中史实颠倒之处确实少得令人惊奇。这种忠实性应归功于史实传统的威力而非荷马个人的天才。

> (N.G.L.哈德蒙:《希腊史》,朱龙华译)

在哈德蒙之后,同属英国的学者芬利对这个话题的判断也十分果断,他说:

正如英雄史诗的比较研究中得到的一切都告诉我们，那个时代必定是，或最有可能的是公元前10世纪到公元前9世纪。到时为止，那场使迈锡尼文明毁灭的灾难在东部迈锡尼人中已经被遗忘了。

(《奥德修斯的世界》，畏墨译)

两者的判断相差400年甚至更多。芬利强调，所谓希腊的英雄主义对于荷马来说已经沦落为一段不复存在的记忆，荷马根本不是迈锡尼时代的"向导"。也就是说，《奥德修斯》的故事反映黑暗时代后半期的背景，并支持这部史诗出自后一个荷马之手。

芬利的话出现在《奥德修斯的世界》的专论，对《伊利亚特》着墨不多。也可说，即使芬利的研究适用于《奥德赛》，但未必适用于《伊利亚特》。

我们毫无必要把后一个"荷马"假设为只懂得上下承接的补缀与拼作，其实那是后代诗人为了证明自己师出正宗而常用的障眼法。史诗有别于史学的特征就是放纵才思，挥斥方遒，以为乐事。文学是人性的折射，优秀的文学几乎就是人性的写照，这是文学的当行本色，也是区分社会背景值得一试的方法。

从人性的角度观察，在《伊利亚特》中，几乎所有人物都缺少心灵的内在性，他们凭着欲望、本能、感情以及情绪行事放纵，尽兴宣泄他们的愤怒、恐惧、痛苦、欢乐和野性。他们敢作敢为，无所忌惮，向目标直奔而去，以致有人认为在荷马那里，有生命的人就是其身体。即使足智多谋的奥德修斯，也是为联军统帅阿伽门农跑前跑后的跟班，镇压士卒，夜探敌营，帐中劝和，一概按阿伽门农的旨意办事，丝毫没有"足智多谋"的表现。我们不要忘记，致使足智多谋的奥德修斯名扬天下的木马计出现在《奥德赛》，而不是《伊利亚特》。

尼采认为：

> 它（泛指古人）需要发展到一个人性化的较高阶段，以便"人"这种动物能够开始对"故意的""过失的""偶然的""有刑事责任能力的"等概念及其相反的概念做一些比较原始的区分。
>
> （《论道德的谱系》）

我们在《奥德赛》中看到，那个社会的人性还没有发展到这样的程度。但是足智多谋的奥德修斯已不同于《伊利亚特》的裸露人性了。他不再直来直去，不再硬打硬冲，而是时刻戒备，步步为营，编造谎言保护自己。他甚至意识到一个人可以有多重身份，"人"和"心"可以二分。但他显然还没有达到尼采所说的"刑事责任能力的区分"，这从我们将要说到的故事结尾可以一目了然。《奥德赛》里其他的人性光谱也大致如此，女主人公佩涅洛佩是个朴实无华的死心眼儿，奥德修斯虽然乔装打扮，妻子竟连近在眼前还互相冗长交谈的丈夫都认不出来。后一个荷马笔下人物的内心世界距离史学家修昔底德的人性剖析相隔甚远，距离哲学家苏格拉底与柏拉图对于心灵的思辨更是遥不可及。

于是，后一个荷马给我们提供了一个清晰的社会框架。两部史诗不但出自两个诗人之手，还映射出两个社会的人性表达。

人性古今难变，此论没错。但荷马名下的两部史诗恰恰发生在史前与史后人性裸露与似裸非裸之间，那可真正是白驹过隙的瞬间，除却荷马史诗之外，几乎在世界其他文献中难找如此微妙的呈现。这个判断无关雅斯贝斯的"轴心论"，而是处在轴心时代的边缘之外，只有荷马以成熟的语言和巨大的篇幅描绘了那个历史的瞬间。

笔者注意到，芬利的《奥德修斯的世界》一书出版于1954年，他对20世纪80年代德国考古学家考夫曼对特洛伊新的发掘成果以及瑞士学者对莱夫坎迪的发现还没来得及采纳；虽然也认为《奥德赛》出自另一诗人之手，但他出于社会学的结论却不能涵盖《伊利亚特》。我们看到，继谢里曼之后的一系列考古发掘，愈加证明特洛伊战争发生在公元前1200年之前的迈锡尼文明晚期。而《奥德赛》的历史背景却另当别论。笔者的荷马之旅还留下许多空白，如果认真加以探究，还需要对希腊做更深入的造访。

仅就眼前的收获来说，我们看到正是在两部史诗两个不同的社会背景之间，历史跨越了青铜时代与铁器时代的分界。将青铜时代的英雄社会等同于所谓荷马时代公元前8世纪的社会，如此极端的判断后果令人堪忧，势必导致一系列历史教科书叙述的混乱错位。人们在解读《伊利亚特》时失去了语境和质感。不少专家放下严谨与矜持，大段引用荷马史诗权当史料去描绘公元前8世纪的社会，如此剧烈地调整历史定位应予慎思。

疯狂的尾声

当奥德修斯装作乞丐试探妻子的心思时，佩涅洛佩在为丈夫守节的艰难处境当中似乎有所动摇。她说：

> 该诅咒的黎明正临近,他将使我离开
> 奥德修斯的宫邸,因为我想安排竞赛,
> 就是奥德修斯在自己的厅堂挨次摆放的
> 那些铁斧,如同船龙骨,一共十二把,
> 他站在很远的地方能一箭把它们穿过。
> 现在我要为求婚人安排这样的竞赛,
> 如果有人能最轻易地伸手握弓安好弦,
> 一箭射出,穿过全部十二把铁斧,
> 我便跟从他,离开结发丈夫的这座
> 美丽无比、财富充盈的巨大宅邸,
> 我相信我仍会在睡梦中把它时时纪念。

佩涅洛佩的安排平添了故事的紧迫性和不确定性,荷马同时也为奥德修斯展现他的卓越做好铺垫。奥德修斯的复仇计划残酷而血腥,将计就计,顺应妻子佩涅洛佩的安排。佩涅洛佩从仓库里取出弯弓和箭壶,交给儿子特勒马科斯;奥德修斯也向效忠于他的牧猪奴和牧牛奴分配任务。他的策略是严密封锁,以少胜多,聚而全歼。

聚集在大厅里的求婚者没有一个能够给那把强弓安上弓弦,伪装的乞丐却得心应手地完成了这个动作,从箭壶中取出箭矢,一箭射过十二把铁斧的孔洞;又佯称瞄准无人射过的目标,射穿求婚者当中的首恶安提诺奥斯的喉咙。乞丐随即抛开伪装,宣称自己就是奥德修斯。

恐慌的求婚人四下逃窜,但各个出口都被封死。一个名叫欧律马科斯的求婚者说,奥德修斯对众人恶行的谴责理所当然,可是罪魁祸首已被处死,请求有条件地宽恕其他人:

> 我们会用自己土地的收入做赔偿,
> 按照在你家耗费于吃喝的数目,
> 各人分别赔偿,送来二十头牛的代价,
> 将送给你青铜和黄金,宽慰你的心灵,
> 现在你心中的怨怒无可非议理所应当。

笔者需在这里稍作停顿。在荷马史诗里常见的殊死打斗的场景中,这一处并不多见地有人提出妥协,以等价赔偿的条件终止一场大规模仇杀。持平而议,欧律马科斯发出的声音不失理性。奥德修斯如果一味赶尽杀绝,他将杀尽伊萨卡本地12个贵族,还有附近的以及外邦的84名首领,与106个家族结下世代难解的血仇,届时伊萨卡和半个伯罗奔尼撒半岛将永无宁日。

奥德修斯置若罔闻,他回答只给对方一个机会,即允许在大厅里与他作战。他占据大厅门边顺光的优越位置，展开一场无节制的大屠杀，不分求婚人恶行的主次轻重，一律格杀勿论。他射中寻求妥协的欧律马科斯的肝脏，后者一头撞翻餐桌，扑倒在地。奥德修斯继续箭无虚发地点射，又在爱子特勒马科斯的协同下用长矛和佩剑与求婚者近身格斗，直杀得大厅里尸横遍地，血流成河，一个求婚者也不剩。接着他又吩咐儿子特勒马科斯用绳索绞死12个不洁的女奴。

求婚人魂归冥府，其中的安菲墨冬向阿伽门农的鬼魂哀诉道：

> 奥德修斯久久离家，我们求娶他的妻子，
> 她不拒绝可恶的求婚，但也不应允，
> 却为我们谋划死亡和黑色的毁灭……

安菲墨冬在另一个世界的哀诉，多是实情。他说佩涅洛佩要求推延婚期，要为公公拉埃尔特斯织造寿衣，白天动手编织，夜晚又把织布拆毁，一连拖了三年；等到奥德修斯以伪装的乞丐出现，设置计谋，诛杀众人。在外界看来足智多谋的奥德修斯和贤淑圣洁的佩涅洛佩，在被害的安菲墨冬眼中则是阴险欺诈，有所预谋；求婚人含冤不

白,死于无辜。安菲墨冬的哀怨可能代表了求婚者中间许多人的感受。

对于佩涅洛佩以织布拖延时间那生动感人、内涵丰富的情节,中国读者的确不明就里。因为中国正经人家的寡妇,自古以来皆有拒绝再嫁的权利,不需耗费心机去寻找借口。而佩涅洛佩盼夫心切,又不得不与一大群竞相登堂的求婚者虚与周旋,却不可据理将他们一概逐出门外,可能出于古希腊或伊萨卡当地社会的习俗。

如此看来,求婚者的主要罪行是聚众挥霍奥德修斯的财产。就像高贵的牧猪奴所说:

> 他们每天宰杀并非一两头猪羊,
> 他们纵情狂饮,消耗主人的酒酿。
> 主人家的家财无比丰盈,任何人都难
> 与他相比拟,无论是在黑色的大陆,
> 还是在伊萨卡本土,即使二十个人的
> 财产总和仍不及他富有……

《奥德赛》给人以强烈的印象——那个社会有明确的私人财产意识,有海洋民族道德规范的端倪,也有若干地方性的习俗,还有巧取豪夺的智慧。亦因此,奥德修斯的报复就来得特别猛烈。他不容妥协，不接受赔偿，也毫无分寸可言。他的行为堪称标准的英雄模式，只是在《奥德赛》中对于物质因素有更多的强调。他事后对妻子说："高傲的无耻的求婚人宰杀了许多肥羊，大部分将由我靠劫夺补充。"

这场屠杀彻底撕裂了伊萨卡社会共同体，也严重伤害了周边的部落，一大笔血仇必定引起冤冤相报，一大批死者的家人上门来讨命，就如一个死者的父亲所说："如果我们不因为我们的儿子或兄弟的死亡复仇的话，将来的人听说后，会给我们以巨大的耻辱。"

就叙事艺术的水准而言，《奥德赛》的首尾很不相称；在开篇之后的大多章节里，后一位荷马表现出取悦于听众的娴熟技巧，对于情节乃至细节的铺陈，其心思尤为缜密；但结尾的草率却拙劣不堪。我们还记得，《伊利亚特》的结局是难能可贵的人文风采的闪光，《奥德赛》的收尾则是不折不扣的"机械降神"。在最后一节，复仇的人们已迫不可待，在城市前面集合，叫嚷报复的声音"多得超过半数"；他们纷纷取来武器，披挂闪亮的铜装，涌向奥德修斯的宅院。后者在大堂上能以少胜多，取决于关门打狗的策略，封锁了对外的信息，而此刻这个只有老少四人的家族面对着群情愤起的灭顶之灾。这时高居云天的宙斯发话了：

> 既然英雄奥德修斯业已报复求婚人，
> 便让他们立盟誓，奥德修斯永远为国君。

12000行的史诗最后只用宙斯的一句话来扭转结局，读者当会感到这句话的勉强和虚伪。何来谈国君？奥德修斯已成为一个双手染满鲜血的暴君。他的英雄行为，使他在伊萨卡永无立锥之地。在他与佩涅洛佩悲欢离合故事的背后，隐藏了西方暴力文化的滥觞。

故事逻辑可供奥德修斯的唯一的选择，就是从此隐名埋姓，浪迹天涯。此前，奥德修斯在访问冥府时早就听到预言家对他的预言：

> 这时你要出游，背一把合用的船桨，
> 直到你找到这样的部族，那里的人们
> 未见过大海，不知道食用掺盐的食物……

这样的部族属于陆地文明，奥德修斯相当于远远地自我放逐。难道这个被自身共同体所不容的枭雄只能混迹于东方？这是另一个荷马的未尽之意。

综上所述，必定如此也可能如此——两部史诗，两个社会，两位作者，都是集口头文学之大成又各自有所升华。如果你想领略人文精神的深沉厚重，就去读《伊利亚特》；如果你想猎奇文学的千姿百媚，非《奥德赛》莫属。

水波诗韵

在阿萨卡的旅途，眼看就要在信步踏访的浏览中结束了。临走前却留下了一次难忘的记忆，那完全是意料之外的邂逅。

尽管我们每个人都不难找到一部厚厚的荷马史诗潜心阅读，然而3000年前的荷马人去音渺，后人皆以未能倾听他的美妙歌声而引为憾事。古希腊语早就失传，现代希腊人对于当初荷马融合的各种方言也是闻所未闻，曾经是鲜活的、震撼的、赏心悦耳的声音久已消散于人间。想不到，在此次的爱琴海之旅，我们竟然遇到一个意外的机会，在夜色迷人的海边，听到一位老者用近似荷马的语言朗诵史诗的篇章。

在伊萨卡，为了答谢当地荷马学会会长的热心引领，临别前请他共进晚餐。白天灼人的暑气已经消退，我们挑选了一处幽静的海滨餐厅，年过七旬的老会长如约而至。

我们在一处木板搭建的码头上坐下来，座位的三面环绕着涟漪的海水。夜色清凉如水，满天星斗闪耀，对岸山坡上层层叠叠的万家灯火倒映在海水中，宛如漂金荡银一般漾散在我们的脚边。我特意去吧台为老会长选好可口的红酒，会长先生去叮嘱餐厅做好用锡箔包封的新鲜烤鱼，在座的众人开怀谈笑、互斟对酌。

听着老会长纵横捭阖、谈古论今时，我忽然心生一念，只知道荷马诗句采用六音步格和古老的希腊方言，却从来没有领略它的朗诵实效，便试探地问他，可否用荷马的语言朗诵一段荷马史诗。老会长没有拒绝，静默片刻，好像在沉思着什么，随后为我们朗读了一段《奥德赛》的开端。

中文译本的开头是这样的：

> 请为我叙说，缪斯啊，那位机敏的英雄，
> 在摧毁特洛伊的神圣城堡后又到处漂泊，
> 见识过不少种族的城邦和他们的思想；
> 他在广阔的大海上身受无数的苦难，
> 为保全自己的性命，使同伴们返回家园……

会长先生脱口而出的是一种陌生的语言。他的语气平和，有鲜明的节奏、美妙的格律，分外动听。虽然没有

琴声伴奏,却有着极强的音乐感,时续时顿,顿挫有致;在稍稍停顿的间隙,因为等候韵律的呼应,一种特别诱人的期待像磁石一般吸引着在座屏息静待的每一个人。诗歌一旦诉诸节奏和韵律就获得了生命,随之每个节拍的呼应都具有一往无前、碾压一切障碍的流动感。在这静谧的夜晚,在波光浪影的岸边,他的吟咏宛如一支来自远古的苍劲曲调在水面上盘旋回荡……

会长先生停下来,在座的人回味良久。我问身边一位年轻的希腊朋友:"你能听懂吗?"

他笑着摇摇头。

会长先生说:"现在的人们听不懂那时候的话了。"

仅凭格律、节奏而不解其意的轻吟就能引人屏息静听,从这形式的美感,声乐的魅力,可以推想当年的荷马不同凡响。

遥想3000年前,也是在这样的岸边,也可能在一个夜晚,荷马弹奏着他的七弦琴引吭高歌,唱的是令人仰慕的青铜时代的英雄和起伏跌宕的传奇故事,围绕着荷马的是一群身披绛紫色长袍的贵族。荷马以他天赋的歌喉高唱;听众既向往那些激扬澎湃的业绩,又沉醉于荷马动人的歌喉,发出一阵阵欢呼与喝彩,那该是多么诱人的场景……

离开伊萨卡很久了,会长先生的声音犹在我耳边回荡。我们在希腊的行程原先没有奢望有此项安排,海滨夜吟得之于侥幸。此曲只应天上有,人间难得几回闻!

又是出于直觉,一个熟悉中国传统诗词格律的读者的直觉,帕里－洛德理论或可用于荷马史诗在口头生成期的解释,但是存在艺术水准的局限。可以想象荷马史诗在形成文本时,必定经过了高手的文字加工,早在公元前8世纪就以文字的形式呈现于世人面前。工整的格律,匀称的节奏,超长篇幅叙事的整齐划一,并非信口开河就可达致文学的完善。常识告诉我们,仅仅依据录音笔记全话照录是无法杀青的。

第十三章　文明的断崖

希腊长达400年的黑暗时代恰恰是荷马史诗酝酿和传递的生长期,可惜考古发现的文化遗存太少,笔者手头的资料有限,此行专为探访黑暗时代而来。

海岬寻访

我们的车子停在一座高耸的海岬下,车窗面对灼热的阳光和光秃秃的山冈。山不算高,却很陡峭。如果没有右侧的海水光芒在闪烁,只看正前方那一片单调的黄褐色,或可想象自己置身在荒漠般的火星上。车内开着空调,全车人都在习习凉风中静候。连日来旅途奔波,我第一次疲惫得不想下车,只想躲避暴晒的烈日。

这是我对希腊的又一次踏访,与上次相隔一年多,中东的战火更加猛烈,地中海的难民潮空前汹涌,欧洲遭受的恐怖袭击愈加频仍，袭击的手法极端残忍。"逆向迁徙"势不可当，欧盟各国在难民潮的重压下呻吟，伴随着如何安置难民的激烈争吵。我的写作已完成大半篇幅，总觉得还缺少什么而犹有不足，便选择了从广州起飞的法航航班。

法航预定经巴黎戴高乐机场稍事停留就转飞雅典。但是就在我们登机前的数日，巴黎机场传来发现可疑行李的消息，紧接着巴黎机场员工宣布因劳资纠纷举行大罢工，但我们事先在希腊方面的酒店、车务、接驳安排等已不可更改，因此在广州登机时心中未免惴惴不安。

起飞后已是午夜时分，望着机窗外茫茫夜空，脑际忽而闪过许多年前和一位年轻服装设计师朋友的交谈，那时谁也不会料想海湾战争的爆发。他刚从美国学成归来，毕业后的第一件事就是绕着地中海走了一圈儿。他说，地中海周边是风情万种之地，绚丽多彩，安宁祥和，令他大偿平生所愿。我想，如今这样美妙的旅行不再可能，就连两河流域的圣地也化为一片废墟。近来又冒出一批奇葩旅行者，冒险穿越交战的火线，去体验战争的刺激和暴力的畸美，由此使人感慨丛生，难道一晃之间的白云苍狗又把人们带回血腥的史前时代？

在遐想中酣然入梦，一觉醒来听到好消息，巴黎机场员工暂停罢工，于是到巴黎降落、办中转、再登机，一直匆匆赶路，飞机沿着海岸线直飞雅典。

这天清晨驶出雅典，向东越过跨海大桥，驶入狭长的尤卑亚岛，驶向莱夫坎迪。为了便于记住这一次希腊之行关注的重点，我向同伴们强调三个词——泥板、墓葬、人殉。

所谓泥板，系指皮洛斯考古发掘的两枚线形文字 B 的泥板文书，编号 Tn 316 以及 An 657。而墓葬和人殉都关系着我们此刻面对的这座荒寂的海岬冈。两枚泥板和此处墓葬都指向古希腊的黑暗时代，都是稀罕的证物遗存。

20 世纪 80 年代初，考古学家在莱夫坎迪掘出一处墓葬，那是继迈锡尼文明之后长约 400 年的黑暗时期最重大的考古发现，时间断代为公元前 1000 年至公元前 950 年。墓葬分为两个坑，一个坑里埋葬着一位武士的骨灰瓮，它的身旁是一位未经火化的妇女的遗骸，穿戴着黄金饰品，头部佩戴黄金饰卷，颈部有精美的项链，最珍贵的一件金箔胸衣可谓稀世异宝。希腊黑暗时期的考古发现本来就寥寥无几、乏善可陈，这一处的发掘格外引人注目。莱夫坎迪当地从无土葬习俗，有人猜测那位盛装妇女是自愿或非自愿的殉葬品。她头侧的一把象牙柄铁制短刀，以及另一个坑里埋着的四匹献祭给武士的战马,更加强了这种猜测。

在黑暗时代,尤卑亚的经济、贸易和海外殖民都曾活跃一时。莱夫坎迪守护的拉伦丁平原富甲一方,乃兵家必争之地,宛如高悬于爱琴海夜空中的一颗最明亮的星。出发前我期盼不虚此行。

我们的汽车跟着导航定位已经围绕这一带的海岬和现代居民社区兜了几圈儿,沿途不见路牌标识,卫星导航也失去目标。我记得在书中看过一幅照片,显示了海峡高耸的地形,这处遗址背靠有着悠久定居史的拉伦丁平原。于是,仅凭对地形地貌的猜测,我们选择了在这处山冈停下车来。同行的一位雅典大学的年轻的博士生第一个下车,头顶正午骄阳攀上山冈踏察良久,此刻正一脸迷茫地走下斜坡,看来一无所获,其余的人都在车上无奈地等待。

当那位年轻的朋友下到坡底,车外似乎出现转机。我们右侧那一处平静的港湾,有一些当地居民身穿泳衣泡在海水里纳凉,这当儿恰巧有两位中年女士回到岸上,与雅典大学的博士生相遇,双方交谈起来,其中一位女士用手指向海岬的顶端。车上人听不到他们的声音却看得清动作,出乎意料,那两位女士没有返回平坦的岸上,反而转过身来领先去登上那道艰难的陡坡。

车上发出一阵欢呼,感受到人性的良善,一股暖流掠过每个人的心头。这时不需要语言,同伴们打开车门纷纷跳下去,也跟着奔向山坡。笔者由衷感谢一行的四位同伴,山路很滑,久经风化的海岬形成一层松动的碎石和浮土,双脚几乎没有附着力,一不小心就会摔倒,我被好心的年轻同伴一左一右地挟扶到坡顶。那位身穿比基尼的希腊女士回过头来说:"对不起,我的衣衫不整。"笔者深深感谢她们义务担当我们的向导,以及令人起敬的教养。

炎热的天气使得去坡顶的路显得比实际漫长,一路草木稀疏,偶然见到一些浅蓝色的小花,听说叫麝香花。走到尽头,我们才领悟这处遗址为什么难以寻找。空旷的土地被铁丝网包围起来,没有任何说明或标记。踮起脚尖隔着铁丝网向里看去,只见一个长方形的墓坑,周围空荡荡的。

两位当地女士向我们道别,其中一位还邀请我们返途时到她的家中做客,并指点了地址所在。

我沿着铁丝网转了一遭,感叹道:"这么荒凉的地方,谁也想不到曾经有过一度的辉煌。"

一位同伴说:"这一声'曾经',3000年就过去了。"

这位同伴采集了一束浅蓝色的麝香花,系在铁丝网上，向很少有人问津的考古遗址致意。

笔者记得在读过的史料中，有一幅这处遗址的复原图。墓坑有一个上盖，上盖之上搭建了一座大厅，可能是当地长官的官邸，也可能是纪念性的建筑物。大厅总长约五十米，宽十数米。泥土夯实的地面，土坯砌成的墙体，屋顶覆盖着茅草。它比伯罗奔尼撒半岛西南部同属黑暗时期的尼克利亚"酋长之家"要大三倍，更比当时一般人的居所要大很多，也比黑暗时期迄今所有的考古发掘的建筑物遗存都"壮观"，堪称鹤立鸡群了。

我们还有一个参照系，比对雄伟的迈锡尼城堡和华丽的皮洛斯宫殿，这个武士大宅的所谓"壮观"实为简陋、寒酸，其开发成本不及前两处之中任何一处的万分之一。这就是迈锡尼时代与黑暗时代的巨大区别，希腊辉煌的史前史经历了空前的大倒退。想必在迈锡尼文明末期，古希腊社会有过一次突然的、断崖式的堕落，堕入黑暗的深渊。

烽火狼烟

公元前1300年，迈锡尼文明一派盛世气象：宫殿巍峨，市井繁荣，海上商船如梭，前程光明似锦，考古学家用他们的第一手材料向我们描绘了一幅胜景。

同是来自考古发现的证据,公元前1175年至公元前1125年,在短短的50年之间,一股无坚不摧的暴力浪潮席卷了爱琴海东北部地区,人们手擎着熊熊火炬,焚烧了伯罗奔尼撒一座座华美的宫殿,在坍塌的城堡留下烟熏火燎的痕迹,并在无意间把湿软的泥板文书烧成坚固的陶片。所到之处一片狼藉。一般认为,荷马所说的特洛伊战争也发生在这个时期。

灾难不止殃及东部爱琴海,破坏的规模几乎相当于环地中海的大动荡。安纳托利亚的赫梯帝国曾经与周边签署过著名的《赫梯条约》相安共处,这一强大的帝国却骤然消失得无影无踪,连首都都被付之一炬。美索不达米亚的城镇也未能幸免,意大利南部诸岛接连受到冲击。埃及帝国遭受海上民族的入侵,虽然自称歼灭了侵略者,国运却从此一蹶不振,庞大的版图急剧缩小,退守着尼罗河小方圆的冲积扇。

尽管这场浩劫遍及广泛地区,却尤以希腊本土遭受的打击既惨重又深远。

考古学家向我们描绘了这样的情形——希腊灾难的主要标志是全境人口锐减。迈锡尼当地人口荡然无存,邻近的梯林斯城堡也被遗弃。稍后曾有一批难民来到这里,不久又人去音渺。想当年雄踞一方的斯巴达地区变成只剩20

来户人家的小村落。富丽堂皇的皮洛斯化为一片荒野。原先就因农田资源匮乏而倍显珍稀的土地，此时人们不但弃城远走，就连周围农村也人烟稀少，土地荒芜。雅典虽然侥幸在灾难中逃过一劫，人口也大幅减少，只落得困守愁城。考古学家依据黑暗时代人口聚落的发掘统计，全境人口仅相当于公元前1300年黑暗降临之前的三分之一。似乎有一大批人从人间悄然蒸发。

黑暗来临的又一迹象是海上贸易戛然中断，希腊全境再也不见商品交流的迹象。光彩熠熠的迈锡尼文明成为远去的背影，莱夫坎迪的发现仅是凤毛麟角。在黑暗时代地层发现的文物遗存寥寥无几，只有不多的瓶瓶罐罐，一切有生命的形象从瓶罐图案中消失，所绘皆是单调草率的条纹，被称作"原始几何陶"。只需多看几家希腊博物馆就会发觉，黑暗时代的展区是最小的展区，几乎一步就可以跨过。博大者如雅典考古博物馆，藏品丰富令人目不暇接，笔者曾来回跑了三遍却找不到黑暗时代的展区，后来经工作人员指点爬上二楼，在琳琅满目的陶瓷馆中仔细辨认，好不容易找到黑暗时代行将结束时的六件彩罐。当然这是不完全统计，博物馆库藏应当不止这些，但数量必然很少。

各处宫殿的焚毁、金银珠宝和近似现代浴缸的奢侈品的消失，以及大片土地的荒芜，意味着国王连同他的臣民都不复存在，迈锡尼文明就此落下帷幕。

文字的消失自不待言。线形文字 B 原先就是用于宫廷小范围的配给制账本，伴随宫殿坍塌深埋于地下，古希腊世界留下寂寂无闻的历史空白。放眼望大地，白茫茫一片真干净……

两块泥板

专门从事各国历代社会崩溃研究的学者从来不把大灾难的发生归咎于单一因素。美国的贾雷德·戴蒙德在《崩溃》一书中为社会崩溃的机制列开了五个诱因，首先是人们对生态环境肆意妄为的破坏导致资源枯竭、气候剧烈变化带来饥荒的蔓延。再有，火山爆发之类的自然灾害造成周期性的寒冷或干旱，以致饿殍遍野。还有，强邻在侧引爆的战争一旦失利，兵败如山倒。另有，地缘政治的失衡致使国家之间的相互支持不复存在，贸易锐减，丧失赖以支撑的条件。

不过，该书作者认为前面四点并非决定性因素，至关重要的是第五点，即面临危机的社会如何做出应对。这纯属内在因素，关涉文化、体制、决心和举国上下的策略。

围绕着迈锡尼文明的消失以及黑暗时代的降临，原因也不外乎以上推测。大致各持三种说法，即火山爆发的大自然灾害、友邻相残的内讧，以及来自北方多利安人的入侵。

爱琴海周边地震多发，正如克诺索斯的发掘者伊文思亲身体验过的那般剧烈。我们探访过的几处城堡也有墙体错落情况，巨大的岩石形成闪电状裂纹。不过，地震的颠簸可以在转瞬间传播千里，而迈锡尼的宫殿的焚毁却有先有后，迭次蔓延，相隔了不短的时间。并且不像地震灾害之后的通常反应那样，这里不见人们重建家园的努力。

内讧之说获得许多拥趸。迈锡尼圈域的各个邦国历来强弱不一，征伐不已。进攻者或是来自内陆或是来自海上。考古学家认为大难临头早有征兆，公元前1300年，迈锡尼和相邻的梯林斯城堡属于同一家族，互为犄角，都同时加强了城墙和供水设施。位于西南海滨一向自信十足的皮洛斯也频频布防。控制伯罗奔尼撒咽喉的科林斯在地峡之处筑起高墙，就连一些内陆小国也忙于修建工事。此说的可取之处在于指出迈锡尼社会高度集中分配制的脆弱，这一体制的初旨是保证王公贵族的权益，但是它依赖于极端的计划性，面向环境与气候的波动——丰则俱丰，欠则俱欠,没有转圜,成为社会崩溃的诱因。不过,此论仍可质疑——内讧常见的行为模式往往实施兼并,结局是强者愈强、弱者愈弱。为何胜者和败者的人口一起急剧萎缩,烟消云散,只留下劫后余生的少数农民分散在稀稀疏疏的小村落?

多利安人入侵说流行一时,希腊本土人多持此见。但是,进一步的考古发掘却没有发现大规模战斗的迹象。说希腊语的多利安人从西北部山区沿着西部海岸线分散为若干小股缓慢地渗透,更似乘虚而入。

美国学者莫里斯和鲍威尔所著《希腊人历史、文化和社会》较为详尽,其中记载了两枚皮洛斯泥板文书的译文。这两枚泥板作为珍贵的文物藏于雅典考古博物馆。

一天上午,笔者特地在博物馆找到泥板 An 657,品相良好。长方形,黄褐色,两面微凸,一只手可以握住,便于另一只手书写,当初用泥巴做成时就像一块肥皂的形状;遭遇一场意外的大火烧焙变成厚实的陶片,刻在上面的文字凝固在恒久的时光中,对照书中的文字,译文如下:

> 守军方位海岸地区,其情形如下。
>
> 马列乌斯坐镇奥维托诺:

安佩利塔万、奥雷斯塔斯、埃特瓦斯、科基翁。

来自奥维托诺的 50 个 ×××× 守卫奥查利亚。

奈德瓦塔斯部：埃克米德斯、安菲埃塔、马拉丢、塔呢科。

来自凯帕伊萨的 20 个 ××× 守卫阿鲁沃特，

来自凯帕伊萨的 10 个 ××× 守卫埃萨勒维斯，科尔基奥斯随后赶到。

伊里夸伊塔斯、埃拉福斯、里米亚。

30 个人从奥查利亚到达奥维托诺，20 个 ××× 从阿普卡赶来，埃科塔随后赶到。

看起来事态紧急，调兵遣将，多处设防，总数 130 人。我们通常所说的事件五要素，人物、地点两者具备；事件发生的时间通过碳 14 测定也可以得到一个大概。不过，事件的原因依然不得其详。敌人是谁？破坏者是谁？这是灾难发生的一次迎战强敌，还是皮洛斯例行的一次布防？

Tn 316 详细记录了向波塞冬神庙和其他诸神频繁献祭的清单，祭品有金杯、金碗、男人和女人……状似大难当头临时抱佛脚。这枚泥板的看点在于书写状态，据说是在紧急中匆匆写就，正面写完翻过反面再写，愈写愈潦草，下文不知所终。雅典考古博物馆的这枚泥板陈设在 An 657 的左侧,却被一小块塑料板象征性地代替。原先两面都有书写,眼前只有一面的几行符号,笔者最期盼的看点却没有看到。

面对博物馆的展柜,脑海闪过一个问号:人们为了寻找黑暗时代的肇因费尽心机,直至认为永远不会有答案,为什么不请出荷马做个咨询?

人们曾经相信过修昔底德的话:

> 即便在特洛伊战争以后,希腊也依然常常处于迁徙和移居状态之中,因而没有获得和平发展的时间。希腊人离开伊利昂之后很久才返回故乡,这一事实本身引发了很多革命。几乎每个地方都发生了内部纷争,而建立城邦的人们就是那些被驱逐的流浪者。

不过,当人们发现修昔底德的话有可能来自荷马,而荷马也属于不可靠的第二手资料时,就把上述的话弃之如敝屣了。

说起迈锡尼的社会崩溃,荷马真的一无可取吗?

荷马的文学靠不住,如前文所说。谁要是偏执地硬去对号入座就愈加钻不出牛角尖儿。回顾最贴近迈锡尼文明末期的文字，除了泥板文书的第一手资料，就是荷马的第二手资料了。荷马的史诗作为史料的意义很小，但作为一代人文概貌的意义很大。荷马不光揭示了迈锡尼文明走向崩溃的内在机制，也把握了这个文明江河日下的整体氛围。

谁为罪魁祸首？

一条红线贯彻《伊利亚特》始终，即古希腊的英雄主义，作为史诗的精髓所在，被荷马以无数生死博弈的残酷形象反复演绎着。荷马将特洛伊城下那一大批呼风唤雨的英雄锁入前文所述的一个程序性的链条：英雄—卓越—荣誉—物质信证—杀戮或被杀戮。换言之，在人性裸露时的价值体系，形同自杀。

这是青铜时代晚期贵族精神的概貌，也是他们的崇高信念。这群无法无天的英雄习惯于用长矛和佩剑交流，容不得任何人比自己高强。除了结盟一致对外掠夺的松散维系，他们之间的争斗永无宁日。国王兼武士身先士卒临危赴险虽然难能可贵，但也易于树倒猢狲散。这个程序性的链条必定指向社会崩溃，无人可以独善其身。特洛伊的尾声和奥德修斯的结局，诸如阿基琉斯之死，埃阿斯自戕，阿伽门农返乡遇害，奥德修斯杀死106个贵族结下的血海深仇……都强烈暗示在希腊英雄主义中有一个自毁的机制。荷马史诗的内在蕴含与黑暗时代到来的史实惊人地合拍。

然而，荷马史诗毕竟不是第一手资料，不可当作"信证"。那么，就让我们稍稍放宽眼界，来看看环地中海南岸发现的第一手资料。以下文字曾被多种史书出于各种需要加以引用。

埃及国王拉美西斯三世墓矗立的石碑和陪葬文书记述了公元前1176年的一场厮杀，译文中间的括弧夹杂着学者们的注释：

> 在拉美西斯三世陛下治下的第八年……一些异国在其岛屿（基克拉泽斯群岛？）上进行了密谋。顷刻之间，诸多地方在争斗中被夷为平地，人民离散。没有一个地方能抵挡他们的入侵，赫梯人的赫梯王国（位于安纳托利亚中部）、科德（安纳托利亚南部的西里西亚、卡尔基米什，位于幼发拉底河沿岸）、阿尔萨瓦（可能是塞浦路斯），一时间，所有这些地方均遭重创。他们在埃墨（可能是在叙利亚）安营扎寨，此地人民深受重灾。这块土地好像从来没有存在过。

泥板文书皮洛斯 657

埃及国王拉美西斯三世庙墙上的图案

他们向埃及挺进，而愤怒之火正等待着他们。他们是由巴勒塞特人（可能是身为迈锡尼希腊人的腓力斯丁人）、特耶克尔人、舍客勒什人（可能是西西里人）、德捻人（可能是达奈人，"达奈人"是荷马指称希腊人的一个词）、温什密什人组成的一个联盟。他们将手伸向地极之地，壮志满怀且坚信："我们的计划一定会成功！"

这些海上民族勇于犯境的高昂斗志，拉帮结盟、劫掠扩张的行为方式，与《伊利亚特》的内容何其相似。还有初译者的注释，入侵者都来自迈锡尼文明圈域，简言之，他们就是希腊人。在今日加沙地带发掘的城镇遗址中，也有迈锡尼人留下的踪迹。

我们在谈论古希腊时，常常忘记他们狭小的土地和脆弱的农业，还有集中分配制的难以为继。这种经济在高度统一的指令下决定生产计划和分配计划；一旦环境有变就导致物质匮乏。民众饥饿的目光只能投向王宫的储备，而王者唯一的选择就是把祸水引向外界，相比肥沃的大河流域，这里几乎没有回旋余地。

古希腊的英雄们几乎个个身兼国王，他们应对的驱动力最有可能来自迈锡尼文明狂野的人性。人性的确有时会发疯,疯狂的人性多次改写人类的历史。

迈锡尼人有强烈的动因需要对外扩张。拉美西斯三世记载这个事件发生在公元前1176年,与一般认为特洛伊战争发生的公元前1200年左右相当接近。拉美西斯三世自诩将入侵者悉数全歼。铭刻在石碑上的铭文,几乎可以视为《伊利亚特》的续集或姊妹篇。那几百字的铭文完全可以构成一部史诗的故事梗概。可惜尼罗河和两河流域都缺少像荷马那样响亮的歌喉、如椽的大笔、洋溢的文采。叙事艺术属于希腊人的专擅。在诗歌艺术的比较中,早从苏美尔人的《吉尔伽美什》那里就不占上风。

一种古今中外常见的崩溃模式——肆无忌惮的穷兵黩武,连年征战而大伤元气,导致迈锡尼文明的外强中空,只需一次灾难或失败就轰然倒塌。在导致黑暗降临的诸多分析当中,征伐与内讧似应排在首位。细读后来的希罗多德和修昔底德的记述就会知道,希腊城邦之间的外交多么反复无常,忽而合纵连横,忽而倒戈相残。这个文明形态既热爱自由和独立,却又随时见利忘义。更何况在人性裸露的年代听任放荡不羁的本能,对弱肉强食法则的天然崇拜,把自身和他人的生命视若朝花晨露般的轻率,导致爱琴海文明的崩溃具有命运的必然。

拉美西斯三世的铭文向后人提供了迈锡尼文明消亡的

旁证,这个海上民族伤亡惨重,他们的后方也将朝夕不保。希腊的英雄们既是这场大灾难的制造者,也是受害者。

缓慢的"入侵"

花开并蒂,各表一枝。英国学者哈德蒙当属多利安人入侵论的重量级支持者。按照他的说法,在沉沉暗夜中,希腊人可一天都没闲着。

哈德蒙在20世纪50年代所著的《希腊史》说到黑暗时代那一章的题目是"大移民运动"。他的资料来源于希罗多德、修昔底德、荷马、亚里士多德,也有部分来自考古发掘。那些资料虽然未可尽信,但是叙述的细腻和谨慎仍然为我们开启了另一新的视角。这一章节对中国读者来说涉及太多细小的地名、族名和种姓,除非对古希腊地方史了若指掌者莫可悉知。笔者以为,大致归纳一下这场大移民运动的脉络可方便阅读。

大致来说,入侵者来自希腊北部的山区和高原,他们的首领是神话传说中的宙斯之子赫拉克勒斯,出身于伯罗奔尼撒,他和他的后裔因为受到迫害流放于荒远的北地,被看作斯巴达人的祖先。多利安人分为几个支系散落在高原牧场。他们也说希腊语,带地方口音,自称"希仑人"。其中值得一提的是位于品达山脉西麓的东多纳,当初他们脚下的地名就叫希腊,这里也是攻打特洛伊的盖世英雄阿基琉斯的老家。凡此种种因由,多利安人的南下之举也被认作收复失地的返乡之旅。后来,人们都把希仑人说成希腊人;再后来,希腊人成为所有说希腊语部族的统称。提到希腊民族变迁的这段历史,有人打趣说:希腊人最终变成了希腊人。

多利安人通常被看成一群文化落后的粗犷牧民,但他们对航海技术并不陌生。他们居住地的东西两侧都不乏天然的出海口。几处港湾都像深深揳入陆地的内湖,只有狭窄的水道通向大海。这一带背山面海的港湾恰是人类角色转换的玄关,把彪悍的高山牧民转变为精明的水手。早在特洛伊战争之前,他们就有一批人凭借航海技艺迁徙到克里特和罗德岛,变身为海上民族的一员。

哈德蒙所说的"大移民运动"一波推一波,在攻下特洛伊20年之后,约公元前1180年,多利安人似乎从高原向南倾泻如注。但按照哈德蒙的说法,令人费解的是,对于师老兵疲的迈锡尼人来说,多利安人并没有形成螳螂捕蝉黄雀在后的迅疾扑杀,更像一小步一小步地向南挪动。直至公元前1120年,他们才沿水路进逼科林斯地峡。依照哈德蒙的推测,我们发觉多利安人在60年间只向南移动了500公里,平均每年前进不到10公里。与其说他们大规模入侵，不如说在逐水草而居，或在从容不迫地寻找宜于农耕的土地。

东路的多利安人占据了帖撒利平原沃土，再向前推进到彼奥提亚，也就是后来宗教圣地德尔斐所在地，最终形成皮提娅赛会的中心。这一路征服过程极为缓慢，可能持续了数百年。

约在公元前1120年抵达科林斯地峡的多利安人，沿水路攻下科林斯，进入伯罗奔尼撒，占据了半岛东部和南部地区——阿尔戈斯、美塞尼亚、拉栖第蒙、皮洛斯、迈锡尼。在多利安人主力推进的同时，其中有些人则与早已迁徙到克里特、罗德岛的同族人联手，在岛上扩疆辟土，进而占据了米洛斯、塞拉岛、基克拉底群岛……

但是，考古学没有发现更多证据，沿着多利安人入侵路线的文化遗存，不能给哈德蒙的入侵说法提供支撑。再加上多利安人的移动速度缓慢得不可思议，他们不像前来打劫的，更像来收拾残局，或填补空白的。自北向南由高向低，许多支小股人口持续地迁移，沿途搭起一座座临时的"窝棚"，每一处居民点都不超过几十人，许多家庭的父母子女在一处的逗留都不超过两代人以上，很快又不知其踪。原本十分珍贵的农田被大片抛荒，变为休耕的土地。

多利安人在斯巴达地区站稳了脚跟儿当无疑义,给希腊带来建筑艺术的影响也有目共睹,但大举入侵说并不可信。

权力的销蚀

很明显,人口骤减集中发生在爱琴海大动荡之后100年的断裂期。那期间迈锡尼境内几近真空,多利安人却姗姗来迟。较为严重的估计是希腊全境居民点消失80%,总人口减少90%。十之八九的人口消失了,只剩下十分之一二。一场骇人听闻的大灾难,很多人默默无闻地死去,我们甚至不知他们经历了怎样的折磨与痛苦。有一点可以确认,人口稀释的结果必定是资源的再分配。迈锡尼那些强大的国王一个个死于非命,剩下的小首领"巴昔琉斯"也苟延残喘。当代学者沙伊德尔引经据典地把战争和瘟疫视为"伟大的平衡器",可以有效地缩小社会不平等,把灾难视为唯一的解药。此论只是一种描述性的现象,但拿来论说希腊的黑暗时代却很难令人信服。

很多人死于战乱,当然也可能发生集体大逃亡。如果属于后者,哈德蒙用"大移民运动"来做黑暗时代的标题却也不失为点睛之笔。

有迹象显示,迈锡尼人起初向深山峻岭疏散,或逃向以雅典为核心的阿提卡地区避难。雅典受到的伤害较少,仿佛惊涛骇浪中的孤岛,人口大约有2000人至5000人。我们有理由相信,它仍然是一个屹立的国家,不同于乌合之众。当时雅典人聚集在卫城周围地区,数以千计人口必有体系化的行政组织,而且还有一支力量不俗的海军舰队,才能帮助一批又一批的难民迁徙到海外。

迁徙行动分作东西两路。东路一支协助帖撒利的原住民以及来自伯罗奔尼撒半岛的许多部落向小亚细亚沿岸转移,其中包括值得关注的爱奥尼亚人。迁徙者后来建立了小亚细亚一连串12座城市。此外,还抵达了基克拉底群岛和克里特,也在后来被盛传为荷马出生地的希俄斯或士麦那小岛定居。考古学在这一路发现的雅典原始几何陶印证了这一判断。

不言而喻,这一条脉络与迈锡尼的雅典文化具有家族相似性,携带着母邦的语言、宗教、文化习俗,尽管天各一方,至少藕断丝连。

西路迁徙驶向伊萨卡并跨越亚得里亚海到达意大利南部。我们已知,意大利的"脚尖儿"又是此后希腊哲学、科学和城邦民主的另一个爆发点。东西两路迁徙不论是否遇到当地人的反抗或妥协,总算找到新的安身立命之地,蓄势待发。

迁徙过程并非迈锡尼文明的延伸,却更像一台权力的搅拌机,完成了一场天然的革命。在荷马史诗中就像头号英雄般的阿基琉斯、强大的埃阿斯、足智多谋的奥德修斯那一类骁勇善战所向无敌的国王,悄然间连影子都没了。迁徙是不断打散与重组的过程,由大组合打散为小组合,由大聚落分散为零星的碎片。一次成功的海上迁徙往往承载着20来人,至多100来人,后继而来的种姓也有随机性而不一定属于同族。

面对着新的环境、新的人际关系和新的生存挑战,既有的权威主义不可能维持。同是天涯沦落人,相逢何必曾相识。人与人之间更可能形成较多的平等,还要学会团结妥协和民主治理,摒弃欺凌独霸和坐享其成。

这是人类发展史上罕见的权力缺位。中国殷商历17世31王约496年的国祚,国不可一日无君,政权从未中断。相较之下,爱琴海周边权力的骤然塌陷尤为剧烈。我们在前文说过,海洋民族的环境利于孕育自由平等的萌芽,那也仅仅是萌芽而已,尚没料到还需要黑暗时代的养分来灌注,才令这萌芽得以成长。这就是我们在此后希腊

城邦文明鼎盛时期,所看到辐射至欧、亚、非大片地区多达数百个大小城邦的共同的民主治理模式:

> 在迈锡尼文明的崩溃造成的衰落之后,在公元前11—前8世纪之间,技术、人口、经济方面的变化以及新的土地占有方式和农业方式是怎样出现的。这些变化和新方式导致了英国人斯诺德格拉斯所说的"结构革命",古代的城市国家就是在这场"结构革命"中产生的。
>
> (让-皮埃尔·韦尔南:《希腊思想的起源》,
> 秦海鹰译)

历史倥偬中又度过了300年,希腊渐渐恢复元气。有迹象显示来自近东的迦南人的后裔腓尼基人卷动了地中海周边的复苏。希腊本土人口成倍地增长,农田被有效地利用;当没人向农民发出计划指令时,辛勤的耕耘促使农业增收。久违的海上贸易重现生机。社会平等意识的抬头和阶层分化带来的集权主义苗头同时呈现,但民众的抵触限制了"巴昔琉斯"们的野心,迈锡尼时代的王权失不再得。庙宇建设在扩大,向神明的祭献也愈加精致起来。色泽浓郁的晚期几何陶代替了简朴的原始几何陶。尤其是希腊拼音字母与荷马史诗几乎同时面世，统一的文字和高亢的诗歌使爱琴海人民躬逢其盛。阳光照射着隧道的尽头，有人将这场变革称为创新大爆炸，一步就告别了希腊的史前史。

学界新近的说法是黑暗时代并不黑，此论也属于间接的揣度。即便不黑，但是够长。400年寂寂无闻的历史，相当于在中国失去整整一个朝代。

回首公元前1200年青铜时代迈锡尼那些嗜血成性的英雄们和他们贫瘠的国土，希腊并非必然走向城邦民主的巅峰，结果非常偶然。一个问题，可能永远不会有答案，但并非没有意义——如果希腊人预知他们将要走向城邦民主的巅峰，却要付出100年的崩溃期、大量人口的丧失、300年休养生息的沉重代价，不知会有多少人举手赞成？

有一个社会曾给出明确回答，就是殷商。

站在今日遥看，殷商和迈锡尼有许多相似之处。两者都属于青铜时代，都是集权政体，都有强邻在侧和方国林立，也都穷兵黩武。殷商衰败的解释之一就是"纣克东夷而损其身"。两者都发明了文字，殷商的甲骨文和迈锡尼的线形文字B都在宫廷内小范围使用并没有被普及，后来也都被现代学者所破解。而且，两者的崩溃都很迅速，如果说迈锡尼的消亡还有些磨磨蹭蹭，帝辛的垮台几乎在一天之内完成。

殷商末期的统治太过残酷，纣王刨比干、醢九侯、脯鄂侯、烹伯邑考，以及炮烙汤刖之刑，倘若用荷马直接的笔法去描绘必定令人毛骨悚然，那是君王对属下臣子妄加的生杀予夺。殷商给后世留下一个既不像是合作又不允许竞争的社会，在社会内部建立起一个命令与服从的层级系统。当社会只有一个声音布达天下时，人们对它的绝对服从必定出于恐惧而非拥护。牧野大战，帝辛的兵力数倍于周武王，"殷商之旅，其会如林"，却一触即溃，前徒倒戈，帝辛逃到鹿台用玉器包裹全身自焚。

不过，两者之间最大的不同在于，迈锡尼文明历黑暗时代而完全中断香火；周武王在灭商大业之后，给帝辛的谥号是"纣"，不否认他在历史上的法统地位。商王朝的集权制度也一如既往地延续下来。

一般来说，在极端的无政府状态之后，通常随之而来的是专制的集权统治；反观希腊走向恰恰相反，开始崭露城邦民主的雏形。"平等合作远比专制难以实行，远不及专制符合人的本性。"哲学家罗素说："当人们试图平等合作的时候，自然各人都要力争取得全面的优势，因为这时服从的动力是不发挥作用的。"罗素给出一个两难的命题，我们或可把他的话理解为图个省心省事是人性，追求平等合作则是文化。

海洋民族的生存状态，高扬人性的宗教，体育赛会的风行，对卓越个性的追求以及对公平规则的计较，这一切都指向希腊的自由精神；却仍嫌不够，似乎还要加上数百年专制权力的崩塌，才会走向城邦民主自理的辉煌。希腊的历史现象绝无仅有。人类本来具有天然接受权威主义的倾向——民主是理性的概念，领袖是具象的人物，具象事物毕竟比理性概念通俗易懂。但是，希腊黑暗时代所经历的这一举世无双的历史现象，铸就了3000年后的世界格局。

在主人家的阳台上

告别莱夫坎迪之前，我们一行人前往那位担当义务向导的热心的女士家做客，感谢她给我们的帮助。

这是一栋别墅式的建筑，门前有一株月桂树。女主人看见我们走下山岗，已在宽大的阳台上等候。我们顺着阶梯登上二楼，只见厅房舒适、实用，窗明几净，一尘不染。一个同伴去过主人家的洗手间，出来用普通话小声说："这家人好干净呀！就连墙角都擦得锃亮。"

阳台的长桌足够容下客人落座。女主人先给每位客人端上一碟果脯，金黄色，入口后一股甜丝丝、橘柑味道的清香留于齿颊。我们一边品尝一边称道。女主人说："这是用橘子皮酿制的。"

接着又上来一瓶好酒，深红色，酒香扑鼻。女主人给每个人斟了一杯，说："这是用葡萄梗发酵蒸馏，再加冰水调制的。"我想，这相当于白兰地了。尝了一口，借用法国人品酒的套话也不为过：舌尖流过爽利，酒骨坚挺，嗓子好似被戴着天鹅绒的手套抚摸了一下。

素不相识，初见于莱夫坎迪武士的山冈，便倾情款待。同伴们纷纷赞叹女主人心灵手巧，女主人却也爽快，她说这栋房子从设计到装修都是他们全家人动手，很多生活所需都是就地取材。她指了指阳台的角落："那些都是我儿子采集的，准备用于过圣诞节的。"我顺势看去，地上堆着许多硕大的松塔和果穗，只需涂上颜色就是圣诞树饰物。眼下是7月酷暑时节，距离圣诞节还有半年时日，这家人早已提前准备。女主人的儿子走出来，一个身材高挑的英俊少年也加入了生活情趣的话语圈。

笔者再次惊叹希腊人与自然界浑然一体的生活观念。他们习惯于事事亲自动手，善用周围的天然环境，在适度的简朴中充溢着情趣。橘皮、果梗、松塔这类在中国人手中势必丢弃的东西,在他们的眼中都可以慧至灵归,化为待客的佳肴。坐在海风怡人的阳台上,现实的经济衰退、难民蜂拥、恐怖袭击似乎是另一个世界的事了,不禁由衷地感叹人性中的美好与友善。

第十四章　雅典漫步

雅典是值得一看再看的好地方。这里有最辉煌的古代建筑艺术，有很现代的希腊人文风情，如今还有对历史传统包容的市政规划管理。在雅典的城市中心地区，常常可以看到一片又一片的空地，仅有几根残存的古代廊柱或几块基石，便慷慨地腾出大片的空间，任满园荒草自由生长，却悭吝地用铁丝网围起来，毅然杜绝商业性的建设开发，以给下一届或下一代的管理者留下更多宝藏。每当笔者走过那些闹市中的空地，心中便油然起敬。

我们已经跑过希腊全境的许多地方，却对近在眼前的雅典多有疏忽，遗留了许多知识的空白。其因不言而喻，在荷马之前的那个年代，雅典还不是希腊的重心。在联军统帅阿伽门农率领的庞大舰队中，雅典只有50艘战船。对于希腊的史前史来说，雅典是后起之秀。笔者只宜在尾声留给雅典一个篇章。

质变与量变

历史的帷幕重新拉开,希腊世界来到有纪元有文字的古风时代。所谓"古风"是依照陶瓶上的绘画风格来界定的,其实古风时代一点儿也不古朴,一阵阵变革的新风扑面而来——抒情诗,大赛会,重装步兵方阵,人口激增,城邦崛起,梭伦改革,僭主篡权,波希战争……人性与文化的纠缠一再塑造着希腊的性格,这是个人主义畅行无阻的时代,又是公民精神空前高涨的时代。

荷马史诗依然是古风时代的重头戏,在节日庆典,在学园的讲堂,在乡村的小广场,游吟诗人弹起七弦琴高唱着荷马编织的英雄故事,荷马被供奉为希腊的百科全书。

同时,浅斟低吟的抒情诗拓展了个性的空间。日落黄昏的雅典城邦,一个相当于酒吧的房间里,几个男人斜倚在各自的睡榻上,身材姣好的艺伎吹奏双管长笛,一枝香桃枝在男人之间传递。当传到一个人手里,他就献上即兴演唱,有点儿像当今的KTV:

> 那个色雷斯人爱上我的盾,我在树林中
> 不得已抛下它,无可厚非,

> 我总算没落到丧命下场。那个盾
> 由它去！我再弄个一样好的。

这显然是战场上一个弃械的逃兵以调侃的口气为自己开脱，相对于荷马的英雄主义简直大逆不道。酒过三巡，有人酩酊大醉，有人伸手触摸艺伎的胴体，有人玩着投掷的小游戏。这就是风行已久的"会饮"。贵族、平民、奴隶都乐在其中。场所有公共酒吧，也有像柏拉图描述的私人会饮。抒情诗可高贵可粗俗，或缠绵悱恻或牢骚满腹，一张口百无禁忌，从哲学到性都是会饮寻常的主题。

荷马已属于过去，会饮则属于当下。酒精浇灌的诗情，任意驰骋的想象力，恣意张扬的个性，会饮就像自由的浮舟在海上随波漂荡。令我们不解的是，希腊人并未因此沉沦涣散，反而众志成城，请看他们的重装步兵方阵——

纵深八行的步兵方阵酷似一部移动的装甲车。战士们肩并肩，脚对脚，横竖成行。每个人盔甲辉煌，手持长枪和大盾，腰佩短剑。坚固的盾牌宽达一米，既可以遮挡自己的左侧又可以保护相邻士兵的右侧，而自己的右侧又受到右邻盾牌的保护，构成一行又一行密不透风的盾墙。战斗残酷而血腥，一场战役至少需要投入数百人，每当前面的战友倒下，后面的人迅疾补位。克敌制胜的要诀在于拼死保持阵列，聚则吉，散则败。这种作战方式很快就在即将到来的一场大战中表现出它的雄风。

重装步兵代替了荷马史诗中一对一的英雄决斗以及随扈们混乱的厮杀，方阵中贵族和平民并肩奋战。总重约30公斤的盔甲和武器一概由公民自行掏腰包配置，既出钱又卖命。每当一个平民有了余裕，方阵里就多了一名新锐。当一座城邦有三分之一的公民能够负担各自的武装时，政治结构就发生决定性的变化。让少数人先享有民主，这是城邦的历程。天生高人一等的贵族再不能趾高气扬地对待同生共死的平民战友，而浴血奋战的平民也会捍卫自身应有的权利。队列改革了习俗，规范了个性，也把人们的认知带向新的境地；自由与秩序共舞，个性张扬与团结一致本来互不搭界，居然可以在城邦上空奏出雄壮的和声。

不过，任意单一因素都不能解释城邦的崛起。希腊贵族势力天然弱小，他们生活在这片狭隘而贫瘠的土地，即使一个顶级的富人在波斯帝国的富豪面前也显得寒酸。历经久远的海洋生活形同社会平衡器，与现代社会比较，雅典城邦的贫富差距相对有限。此外还不要忘记刚刚结束的黑暗时代熬过一场人口与资源的大洗牌，需要多个视点去看待城邦发展的轨迹。

万人空巷的四大节日盛典，举国一半以上的公民登上大剧院的看台，狂热的人们发出山呼海啸般喊声，城邦当局对这类危险的集会却不担心发生骚乱，非但不予钳制，反而加以提倡，这在中国读者看来不可思议。希腊神人同格的宗教崇拜或许给出部分解答。回看处在同一时间坐标的中国商周两代，从未见过以民众为主角的大规模公共生活，把公民的社会生活扼杀在襁褓里乃是历代帝王的传世秘籍；直至推翻末代王朝的民国期间，"莫谈国事"的警告依然贴在茶馆的每一面墙上。

什么是城邦？尽管有无数学者试图解读，而以汉语的表意文字却往往把城邦想象为一座高大的城墙围起的市井社会，事实并非如此。以希腊强大的城邦斯巴达为例，它是五个村庄的融合，压根儿就不设城墙。雅典可以视作城市，但雅典的城市意义早在城邦形成之前就已确立，而且居住在城里的人口不到总数的一半，即使居住在远离雅典卫城40公里的阿提卡的农民也可以自称雅典公民。如果在这两个城邦寻找感性的相似，那就是各自都有一个中心广场，可供召开公民大会。大会由元老院来主持。斯巴达的元老院由28个长者加上两个国王组成；雅典元老院的成员大多是任期不长随后退休的执政官。城邦清一色的男性公民以呼喊声音的大小或跺脚来表达他们的意愿。

初看之下，城邦形态更似贵族与平民因妥协而形成的一个两维平面，由成年男性组成的政治实体，把他们黏合在一起的是认知、愿望、价值判断，彼此之间大体平等。在这个平面之下，躲藏着人数众多的非公民，例如女性、未成年人、外来者、奴隶。在斯巴达，公民与非公民的比例高达1∶7；但在雅典这个比例要低一些。

不过，顽强的人性从来不安于任何平面的社会结构，城邦时时处于动荡之中。斯巴达大肆扩充领土，先后征服了周边的拉科尼亚和美塞尼亚。铁腕国王吕库古引导斯巴达的公民开展了堪称历史上最彻底的平均主义改革：均田地、吃大锅饭、消灭民间流动资产，厉行节俭，全民皆兵，孩子们从七岁就要集中进行严酷的军事训练。吕库古试图在9000名斯巴达人当中实现经济平等、人格平等和法律平等。斯巴达走得更远，直接干预人民的家庭生活，每家的孩子法律上是属于城邦的。他们让公民心甘情愿地接受短时间的换妻或换夫，被史家称为共产共妻，以便为城邦孕育强壮而有战斗力的后代。

每年的特定日子，城邦鼓励少年埋伏在路边任意截杀奴隶，这些奴隶被称作"黑劳士"，其实皮肤并不黑，都是被斯巴达征服的近邻国民，平日为主人辛勤地耕种土地。截杀"黑劳士"既可以锻炼少年的胆量也能保持对奴隶的高压。事实上，斯巴达是一个梯形社会结构，一个较小平面置于一个更大的平面之上。斯巴达的百年功业在于不断镇压奴隶起义。统治一旦形成，其余的全部努力都是对权力的维稳。

不论是雅典或斯巴达，都有众多现代学者指责存在奴隶制而非真民主，只在少数人当中施与平等；这又是以今论古的苛求。想想看，如果能够在100人之间平等相待，排除操弄，以少数服从多数做出决策，已然难能可贵。倘若像雅典那样在几千人当中实行民主，那是破天荒的壮举了。雅典告诉我们，文明的进步质变先于量变，质变推动量变。西方世界确立人格平等观念，是18世纪启蒙运动的成果；美国废除奴隶制，是林肯的功绩。两者距今都只有200多年，都是相当近切的事件。而希腊早在2000多年前就播下平等的火种，磕磕绊绊、拖拖拉拉才照亮了今天的西方。

老城遗韵

我们一而再造访希腊，每天都忙于从宪法广场奔赴外地，却对眼皮底下的雅典失于疏忽。这次专门安排了三天的时间在雅典闲逛。

从现代旅游的意义来说，斯巴达显得吃亏，它没有留下值得一顾的人文景观。而现代雅典却三步一景，五步一叹，每一寸土地都被研究者和旅行家挖空心思地琢磨过。

雅典的城郭并不算大。国家考古博物馆、新卫城博物馆和帕特农神殿早已看过几次；这次选择一条新路，一位雅典老朋友引领我们登上南面一座被称为"战神山议事会"的山，脚下的石灰岩历经千年的风雨和踩踏，变得就像大理石一般光滑。向北望去，雅典的精华尽收眼底：火神庙，也就是给头号英雄阿基琉斯打造盾牌的那位火神赫淮斯托斯的庙宇，还有不可忽略的柱廊博物馆、五百人议事会堂，以及古老的市场……目光向北，正对卫城北坡。这条不长的路线呈现了雅典历史变革的主轴；迈开脚步，首先令人想到伟大的改革家梭伦。

改革家梭伦大智大勇、宅心仁厚，又对权力毫不恋眷。在他执政之前，雅典面临着任何一个政治家都难以收拾的混乱——土地兼并，贫富悬殊。许多平民还不起债务沦为"六一汉"，即必须把土地收成的六分之五交给债主，自己只剩六分之一，这显然不够糊口。接下去就卖身为奴，丧失人身自由。城邦权力被议事会的贵族们把持，公民大会形同虚设。

更糟糕的是雅典为了获得土地资源发起对外战争，却一败涂地，反而失去萨拉米的疆土。城邦分裂为山地派、平原派和海滨派，互相之间的怨恨犹如干柴烈火一点即燃。倘若在斯巴达和雅典之间进行比较，前者像是一个人为定制的乌托邦，后者走投无路却处在顺其自然的状态。

梭伦在混乱的雅典成为众人瞩目的人物。他早就是一位家喻户晓的诗人，他的诗中有抒情也有政治。当时雅典的舆论窝囊到这般地步，贵族们甚至不许民间提及萨拉米斯战争的失败以遮蔽耻辱。梭伦写了一百行的诗到集市去朗诵，令民众热血沸腾，并率领五百名志愿军开往萨拉米斯，一举击败强敌。面对领土归属的仲裁，梭伦引用荷马《伊利亚特》的船舰录，以证明雅典对萨拉米斯的主权。一时间，他在城邦的声望如日中天。公元前594年，梭伦被选为雅典的执政官，致力于长达十年的立法。

改革家梭伦迅速颁布"解负令"，解除"六一汉"的债务，禁止以人身为抵押的借贷，还给奴隶以自由公民的权利。许多流散在外的雅典人纷纷返乡。

城邦面貌焕然一新,梭伦在诗中写道:"除却欠债千家乐,重获自由万民祥。"

梭伦一向憎恶富人的贪婪无厌,但也没有利用平民对富人的不满掀起仇恨的风浪。他不像斯巴达那般热衷于少数人的大平均,而是把雅典人分作五百斗级、骑士级、公牛级、雇佣级。为数众多的雇佣级贫民虽然不能担任公职,但可以参加选举和陪审,势力明显加强。他还组建了四百人议会,把战神山议事会的权力向民众一方倾斜。梭伦在诗中写道:

> 我给了一般人民以恰到足够的权力,
> 也不使他们失掉尊严,也不给他们太多,
> 即使那些既有势力而又豪富的人们,
> 我也设法不使他们受到损害。
> 我手执一个有力的盾牌,站在两个阶级的前面,
> 不许他们任何一方不公平地占着优势。

改革家梭伦的政治理念就是"置于中间",他深谙过犹不及之道。他把立法典律刻在木板上立在卫城。待任期届满,即拂袖而去,百无牵挂,云游四方。

后人对于梭伦的评价褒贬不一。有人质疑他并非民主政治家而是实用主义者。有人说他虽然长于立法却拙于治理，也有人尊崇他为希腊的民主之父。七嘴八舌的杂议或可折射出一个事实：哪怕在一个只有几万人口甚至只有几千公民的蕞尔小国，走向民主也很不容易。

纵观古风时代，城邦民主的敌人来自僭主，亦即不经合法选举而篡夺权力的人。僭主的敌人则来自他的同类——也是贵族。僭主的拿手好戏就是煽动下层民众反对其政敌，以提高自己的声望，很像当今世界一些民主政治家在选举中的作为。改革家梭伦拒绝成为僭主，他宁愿为身后的政治家做出表率。梭伦扭转了乾坤，同时彰显了人性美好的一面。

人性或善或恶，一旦处于权位的高端，人就屡屡改变历史，历史却难以改变人性。三千年的人类文明史掠影，这个"梭伦现象"一再应验。所谓"英雄造时势"之论，其势有正有反，有的积极有的负面。在之后的史学家修昔底德的著作里，则把这种现象归结于"人性不变论"，被称为"人总是人性的人"。别看它的论说有点武断，用来讲述历史却屡试不爽。

梭伦远游期间，野心勃勃的庇西特拉图几次试图篡夺雅典城邦政权。在史学家希罗多德看来，庇西特拉图篡权的手法是"历史上最愚蠢的方法",却骗过了"素称是最聪明伶俐的雅典人"。庇西特拉图从雅典郊区挑选了一个高个子妇女,她容貌标致,打扮成雅典娜女神的模样,坐上战车在城里招摇过市,高呼雅典娜把荣誉给了庇西特拉图。人们遂口口相传,于是万民归顺庇西特拉图。这场政变不过是人性之中的小把戏,权欲的张狂和人们的轻信。

庇西特拉图为了笼络人心,对于改革家梭伦的立法萧规曹随,进而改良市政建设,推动出口贸易,振兴泛雅典娜节,规范荷马史诗的文本在节日演唱,还对演唱技艺予以评奖,却也一派盛世气象。庇西特拉图死后,他的两个儿子与另一个有势力的家族发生流血冲突,当时的人们对推翻僭主统治的内情不明就里,傻乎乎地欢庆一番。事实却又是人性的恶端戏剧化的重演,纯属两个家族之间的性、怨恨与情杀。历史表明,庇西特拉图家族的倒台归结于同属贵族阶层的政敌的反扑,以及邻邦斯巴达的趁机介入,人性又一次裹挟了历史。

若与荷马口中人性的裸露比较,那时在人性之外多了一点"文饰"。头号英雄阿基琉斯做事从来不需要像庇西特拉图和他的政敌那般颇费周章。

打散、轮换与抽签

雅典人在走向民主时对权力的分配具有天然的敏感，他们几乎用数学排列组合的运算重组社会。公元前507年，又一位改革家克利斯提尼执政，他意识到僭主的家族势力对城邦的危害，索性人为地把部落打散重来。面对以雅典为中心的阿提卡，按照地理位置断然划分为城市、内陆和海岸三大块，每大块又划分十个"三一区"，全国总共有30个"三一区"——这是先打散再重来的排列组合。我们看到，柏拉图在理论上赞同这样的做法，他说：

> 这样的划分会产生兄弟般的关系、守卫队、社区、战时组织、小分队等等问题，更不要说还有货币的问题和衡器问题，用来测量固体和液体，用来称重量。

（《柏拉图全集·法篇》，王晓朝译）

如此一来，整个阿提卡就有十个与家族势力脱离的新部落。部落之下是基层单位，我们找不出中文对应词，姑且叫作小镇和村落之类的居民点。接下来，指定每个新部落各出50名代表组成500人议会。代表由抽签产生，把复杂的选举程序交给数学的或然率去解决，谁抽中就是谁。《伊利亚特》当中常见的抓阄细节在城邦发扬光大，取代了先前的改革家梭伦以四个族群部落为根底的400人议会，断绝了每个代表与其背后势力或利益的关联。

改革家克利斯提尼还嫌不够，规定每个"部落"的代表只在每年的十分之一的时间里轮流问政，任期大约相当于36.5天。而它的负责人必须每天轮换。如果有人想行贿办事走后门，都摸不着头脑不知该找谁。

如此设计煞费苦心，在一段不长的周期里，譬如五个星期，权力从一拨人转移给另一拨人，从一个人手里传递给另一个人之手，均匀对称，循环往复。每一个雅典公民在理论上的一生中都有机会成为议会代表，甚至最高执政官。即使只当过一天执政官，也要耐心等待向公民大会述职和审计，审查他执政的这一天里有没有渎职，有没有不动产交易。大会通过才可以自由进出城邦。简言之，民主城邦对单个人的权力很不放心。

我们一行人由战神山议事会所在地的陡坡走下来，一路上暗自赞叹希腊人的好脚力，偏偏选择了这样一片"地无三尺平"的地方作为他们伟大城邦的城址。

沿途走进美国人帮助重建的柱廊博物馆，展品目不暇接，我在一个展橱前停下来。看到一块长方形的岩石，上面雕琢出横竖成行的小缝缝，那是供雅典公民参加陪审团抽签的设备。面对这个勉强称作"设备"的古老石块，不由得暗自思忖：当年古希腊的人口只有几万人，比当今中国一个小型乡镇的规模还小。早已习惯于当局者安排一切的中国人，如果能够听清楚改革家克利斯提尼那一连串绕来绕去的数学游戏，再加想象雅典人个个忙来忙去地张罗公务，人们第一反应可能是："你们累不累得慌呀！"

雅典人似乎不累，尤其当后来的改革对参加公共事务的公民有一些经济补贴时，人们乐此不疲。沉下心来静想，他们绝不轻松。希腊城邦的直接民主不同于现代西方的代议制政体，雅典公民不但参与选举，还直接参与决策，任何公共事务的决定都需要通过公民大会的讨论和表决，为数不多的公职人员只相当于会议记录员和文件保管员。我们需要知晓，当初的雅典并不存在一套民主理论，实际上，当时雅典最有知识的一些精英如柏拉图和亚里士多德等人恰恰是反对城邦民主的。雅典人所做的一切，都是直接面对社会诸多的冲突和挑战，先干起来再说。他们是践行者而不是理论家。雅典人的创举就在于把公民大会放在最高位置并亲身参与治理。因此，绝不可能像现代某些国家总统那样一朝心血来潮,再由精英机构提供假情报,交给精英组成的国会表决,听任精英媒体的忽悠,贸然启动一场给人类带来灾难的战争。后来的历史证明,希腊公民大会并不能保证每项决策一概正确,但可以保证公共事务人人有份。

从未承担过公共事务管理的中国人,早已习惯于把命运托付给上级,我们与古希腊人的思路互不搭界,不免难以理解他们的行为。中西方的历史经验各异,几乎超出人们的想象:"人是受自己的想象力支配的,但更确切的说法是,人是受自己的想象力的贫乏支配的。"(英国宪法学者巴佐特语)我们很难想象,把权力分散后收获了团结,把自由分享后得到了纪律——前提是人民需要久经历练的自理能力和满腔热忱。

在改革家克利斯提尼数学游戏和民众取得共识的背后,隐含着对权力被擅用的戒备、防范和忧虑。他们的设计几乎断绝了一切专权、游说、腐败的可能。出于对人性中贪妄欲的警觉,再麻烦也要防患于未然。

在博物馆的另一展柜,看到久闻其名的"陶片放逐法"的陶片。每块破碎的陶片被废物利用,刻上某人的姓名。每年一度,公民们将有可能篡权的隐形僭主刻在陶片上加以统计,刚冒头就将之逐出城邦,这一放逐就是十年。他们的逻辑是先发制人,不容坐大。雅典人想堵住有碍民主的一切漏洞,虽然结果差强人意,却也难防贪婪者时不时地登台表演。

古代世界大战

让我们略过雅典改革的一些小插曲,来说古代雅典面临的一场世界大战。

如果我们手边有一幅公元前500年左右的地图,就会看到波斯帝国的版图犹如一头庞大的猛兽,它的身躯横亘亚洲大陆,前爪穿过埃及伸向地中海南岸,而头顶欧洲的黑海。它的一张大口吞噬了爱琴海东部,包括米利都在内的爱奥尼亚城邦也归顺到波斯国王大流士的名下。小巧玲珑的雅典和斯巴达就像近在巨兽嘴边的一小块三明治,国力、军力和地缘形势的悬殊,呈现出波斯向西扩张的强烈欲望。

战争导火索是公元前499年米利都的起义被镇压,雅典人与波斯人正面对阵则是公元前490年著名的马拉松战役。波斯人约三万大军在马拉松海湾登陆,雅典则倾其所能派出9000名重装步兵,并得到友邦普拉提亚1000名重装步兵的支援,率先占领了马拉松的山头。雅典人面临的凶险不光来自兵力占压倒优势的强敌,还来自他们自身的指挥效率。军队由十将军委员会指挥,这是克利斯提尼改革的定制。军事决策由十人集体讨论,每天轮流由一个人执掌军权。在敌众我寡的局面下,许多雅典将军恐惧、畏缩、犹豫不决,其中米泰亚德将军坚决主战。两军相持一个星期,终于轮到主战的米泰亚德担任委员会主席的那天。他调整排兵布阵,加强两翼,虚其中线,拂晓时分率领全军由山上直扑而下,方阵队形纹丝不乱。波斯人在中线似乎取得胜利,在接下来的持续战斗中,两翼却被雅典人击溃,落荒而逃。雅典人两翼合围攻击波斯的中线主力,波斯人死伤狼藉,溃逃到马拉松岸边。战斗结果波斯阵亡6400人,而雅典只损失192人,还俘获了七艘战船。

波斯人虽然惨败但军力仍不可小觑,于是疲惫不堪的雅典军队每人携带30公斤重装设备迅速回防雅典,用了一天时间跑过42公里。后来成为现代奥运会马拉松项目的标准里程,今天的选手们只是省却了每人30公斤的负重。

马拉松一役最大战果莫过于一扫雅典人对波斯的恐惧,也激起大流士的恼怒。后者当即下令辖下各地调兵筹粮,只待卷土重来。马拉松战役第四年,大流士驾崩,其子薛西斯继承王位。

马拉松战役报捷

萨拉米斯大海战

拯救了雅典城邦的米泰亚德将军的结局出人意料。在马拉松期间，伯罗奔尼撒的皮洛斯城邦派出三艘战舰帮助波斯人；米泰亚德声称要对皮洛斯做出惩罚，可以使雅典人发一笔财。接下去的战事并不顺利，米泰亚德带着受伤的大腿回到雅典，接受公民大会的指控；大会指责他没能兑现承诺欺骗了雅典，主张将他处死。经过一番辩论之后，大会决定对他处以一笔数额不菲的罚款。不久米泰亚德因腿伤恶化而死，他的儿子代他还完这笔罚金。雅典人眼里不揉沙子的性格、公民大会的情绪化以及城邦决策的偏激曾在此后的历史时而重演。

公元前483年，薛西斯率波斯人再次开战。"薛西斯远征希腊的时候，并非缺吃少穿没有妻妾。"哲学家罗素在《权力论》中说到人和动物的区别："属于感情方面的主要区别之一，是人类的某些欲望跟动物的欲望不同，是根本无止境的，是不能得到完全满足的……只有认识到爱好权力是社会事务中重要活动的起因，才能正确地解释历史——无论是古代的还是近代的历史。"

波斯集结两百多万大军，后世史家认为这个数字被夸大，推测大致有五十万至一百万；即便如此也数倍于雅典和斯巴达的总人口。这支黑压压的大军途经特洛伊城下，在荷马史诗中多次提到那条水量充沛的斯卡曼德河畔驻留兵马,将士们抱怨水流不敷饮用,几乎把河水喝干。薛西斯对年代久远的特洛伊之战似乎满怀敬意,那场大战的故事早已因荷马史诗而远播天下。薛西斯向特洛伊的雅典娜女神献祭1000头牛,军中僧侣举行向战争英雄的"灌奠之礼",膜拜首屈一指的英雄阿基琉斯。

特洛伊邻近风高浪急的科勒斯滂海峡,也就是今日的达达尼尔海峡。薛西斯预先命令用几百艘桡船连锁而成跨海浮桥,这在当时就被视作疯狂的冒险之举:"用长钉固定的通道如辕轭,套住大海的项脖。"笔者在前文曾经叙述横渡达达尼尔海峡的亲历。按希罗多德的说法,波斯大军走了七天七夜才渡过科勒斯滂海峡。薛西斯同时发舰一千多艘,这支强大的海军在风暴中损失400艘战舰却仍然保有实力。

公元前481年,波斯大军以泰山压顶之势进逼,希腊世界一片惊慌。许多城邦闻风投降,有的宣布中立,余下31个城邦在科林斯结盟,推举斯巴达为海陆军统帅。斯巴达国王李奥尼达亲率300名重装步兵和几千名盟军紧急开赴温泉关,利用狭隘的关口阻击轮番进攻敌方精锐。波斯人死伤无数,观战的薛西斯几次从王座上跳下来,焦急得无计可施。在连日的厮杀中一个希腊叛徒向薛西斯告密有一条小路可以穿过群山，波斯人连夜绕到斯巴达人的后方。李奥尼达知道大势已去，遣散了大部分盟军士兵，他和斯巴达300名勇士怀着必死的决心留下来，盟军中也有700名勇士决定与他们共存亡。腹背受敌的勇士们气势高昂，枪折断了就用刀砍，刀断了就用拳打牙咬，直到全部战死。波斯人伤亡更加惨重，薛西斯的两个兄弟也死在山谷中。

温泉关战役重挫了敌人，赢得了时间，还成为斯巴达人引以为豪的精神楷模，也为人类社会留下一个疑难问题：某些现代学者对人性的研究不确认人性中有无条件的利他主义，只确认有带条件的利他主义。温泉关的勇士属于前者还是后者？

后来，人们在温泉关竖起一座铭碑：

> 去，过路客，告诉斯巴达人，
> 在这里，顺从他们的意愿，我们躺了下来。

战争聚焦于雅典。雅典的水师一位有远见的将领狄米斯托克利认定希腊人的希望和力量在海上，在舰队，在萨拉米斯湾。他早已经动员雅典大批适龄作战的男人登上战舰，又把希腊其余的男女老少安置在安全的小岛，躲过雅典沦陷的劫难，听任敌人火烧卫城。此君值得一提，他神机妙算又率性而行。波斯入侵之前，雅典发现银矿而获得一大笔收入，有人主张把这笔钱给雅典人分光，他坚持用这笔钱打造了200艘战舰，此时这些战舰成为对抗波斯人最有效的利器。温泉关战役期间，他与盟军水师驻守在附近海湾，受人托请，接受了30塔兰特的金钱贿赂；他转送斯巴达水军统帅五塔兰特，又送给科林斯水军统帅三塔兰特，假他人之手行事又不辜负他人之托，自己净赚20多塔兰特。温泉关战役之后，他力排众议，说服斯巴达水师统帅留在萨拉米斯湾，又释出一份假情报迷惑薛西斯，把敌人引入圈套。

当波斯人闯进萨拉米斯湾时，他们的战舰数量多出希腊人一倍以上，但在狭窄弯曲的湾道无从施展。修长的雅典战舰秩序井然地撞向笨重的波斯战船，波斯水师一片混乱。前面的船试图掉头，后面的船仍在向前挤，波斯人自相冲撞起来。希腊战舰乘机用船头的撞锤击毁一艘又一艘敌舰，波斯人不会游泳，尸体和船只碎片随波逐流。希腊联军将俘获的多艘敌舰拖到岸上，腾出手来以备再战。不过，薛西斯此时的心思已不在萨拉米斯，而在科勒斯滂的浮桥。他最担心希腊水师切断后路，被瓮中捉鳖，遂即指挥水师残军一去不再返。酷爱希腊的后世诗人拜伦写下诙谐的诗句：

> 俯瞰萨拉米斯海岛的石崖，
> 曾经有一位国王来坐下；
> 成千条战船，人山人海，
> 排开在下面——全都属于他！
> 天刚亮，他还数不清呢，
> 太阳落山时他们的踪影呢？

萨拉米斯大海战结束了，以少胜多，干脆利索，雅典人挽救了希腊世界。此战不仅成为希波战争的转折点，也彪炳于人类海军史册。在次年的普拉提亚战役中，雅典人和斯巴达人并肩战斗，将波斯的骑兵和步兵几乎全歼。

希波战争充满了始料不及的戏剧性，我们从史料所看到的几次战役都很相似，波斯人每次都恃强凌弱，有雷霆万钧之势，可每次都虎头蛇尾，一败涂地。以寡敌众，质胜于量，几乎是希腊战争的要津。史家把希腊的胜利归结于重装步兵的坚甲、雅典人的决心、斯巴达人的纪律、暴风灾害适时而至的帮忙，还有水师将军狄米斯托克利挥洒自如的天分。我们是否也可以反问一下：为什么波斯人就缺少决心，又不遵守纪律？为什么波斯找不出像狄米斯托克利那般的天才?几乎被每位史家都言必强调的重装步兵,在冷兵器时代称不上高科技,波斯人为什么不能照方抓药?

要寻找这些问题的答案,不妨去读埃斯库罗斯的悲剧《波斯人》,那不是史书,却胜似史书。剧作家将历史学家修昔底德的视角翻转了一下,侥幸逃命的报信人跑回波斯宫廷,向薛西斯的母后报告,引起波斯举国上下孤儿寡母天塌地陷般的悲恸,大流士的亡魂也被从冥府请出参与反思,对于一个人好大喜功、专横傲慢所带来灾难的哭诉,饱含对人类命运的思辨。

水师将军狄米斯托克利因萨拉米斯海战而声威大振,但此君故事一波三折。公元前477年,雅典和它的盟友在提洛岛开会,筹划组建一支常备舰队,当时可孚众望的人选唯有这位狄米斯托克利。但是此君一年后就被公民大会认为可能成为僭主而遭放逐,不久元老院又声称他与波斯暗通款曲,下令追杀他。狄米托斯克利先到科孚岛避难,辗转中发现到处对他设下埋伏,索性投奔波斯宫廷,享受上宾礼遇。一个功勋卓著的将军何以归顺他的手下败将,颠覆自己的人格?狄米托斯克利遭到放逐的缘起有城邦党争的倾轧,有来自法律的戒备,也有希腊公众对权势人物天然的提防和不假思索的羊群效应。后来,波斯国王征召他出战希腊，令他陷入两难境地，其人良知尚在，他邀请众多好友赴宴示别，席间服毒自裁。在他之前还有一位战功赫赫的斯巴达将军恳求波斯赐给他一块领地担任总督，以求荣华富贵，一反温泉关的铁血精神，结果被元老院以饿死法处置。

在来自中国的笔者看来，大凡在人群中只要诉诸直接民主，就夹杂着短视、弱智、粗暴、情绪化或被操弄，犹如以现代网络的即兴点击率做出决策那样不可靠；修昔底德笔下城邦民主的翻云覆雨和人性的趋利避害犹如走马灯那般回转，从而为西方的后来者既欣赏古希腊的民主精神又强调精英文化的代议制政体留下了提升空间。简言之，在伯罗奔尼撒惨烈的战争中，人性善也罢恶也罢，都生动地呈现在同一个舞台之上。

巅峰时代

雅典卫城是笔者几度重游之地，每当从稍远之处看帕特农神殿，它更像一件后现代主义的抽象作品。一行行垂直线条支起空空如也的矩形线条，融化在蓝色的天幕之中。这次在夕阳余晖中细细欣赏每一根多利安式廊柱，尤其感受到它的雄奇伟岸。其实每一根廊柱都并不是直线，而是以微妙的弧线向内微斜收拢，来纠正人们的视感错觉，造成拔地冲天的效果。在夕阳映射下，大理石廊柱像玉石般晶莹闪烁，几乎可以看到细腻肌理。帕特农神殿只剩下一个约略的框架，它的屋顶不翼而飞，它那十米来高用黄金和象牙建造的雅典娜神像不知所终，它的艺术精华被贪婪的英国额尔金勋爵拆运到伦敦，那些人字墙楣板精美的雕塑被视为至今也无法超越的伟大艺术。公元之初的传记作家普鲁塔克在《伯利克里传》中说："每一项工程都十分完美，立刻成为古迹，但又万古常新，直到今天仍像刚刚建成一样。它是永世开放的鲜花，看来永远不受时间的触动，仿佛这些作品都被注入了永不衰竭的气息和永不衰老的灵魂。"

雅典卫城的重建和帕特农神殿都出自伯利克里和艺术家菲狄亚斯的杰出合作，他们两个都没亲自动手抡过斧錾。就像古代伟大艺术的发生大多出于实用目的，雅典在波希战争之后富得流油。城邦自身的繁荣加上提洛同盟成员的纳贡，将军出身的伯利克里也想让下层民众通过兴师动众的就业来分享大把的银子。不过，实用主义的艺术追求毕竟有限，还需仰仗于整体文化氛围的烘托。波希战争后雅典流落着大量伊奥尼亚的知识分子，他们激起从哲学到艺术的勃兴，触发了人们空前的活力。在艺术家菲狄亚斯的指导下，工匠们创造了前所未有的舒展风格，挣脱了模仿的框架，自然、生动、稍显夸张，收放有度，具有艺术家自我表现的性格色彩，从而旷古烁今。

倘若细心寻访，在雅典街头可以买到一种古今建筑组合的小册子，且有中文版的，难得雅典人替中国人想得这样周到。一张透明的胶片覆盖着一张不透明的画片；画片是如今可见的建筑遗貌，胶片印着失却的那一部分，两页合起来就是古典建筑的原貌。

当时雅典公民人数只有四万多，比起如今北京、上海等城市最小的街道居民委员会辖下片儿区的人口还少。一位美国学者30年前对2300多年前帕特农神殿的建筑成本进行过测算，数字远远大于十亿美元。如果他算得没错，现如今经历2008年全球金融海啸，又经过了多年的货币超发，那笔钱该是多少？可能相当于我们的一个片儿区就可以建造一艘巨型航母！同时，考古发掘也告诉我们，雅典人的贫富相对平均，有钱人并没有住在几千平方米的别墅里。新卫城博物馆下面用玻璃板展示了考古现场，有钱人的住宅只比穷人略大而已。或许雅典富人很克制，他们将钱捐给公共事业，或者建造并长期维护50名桨手的军舰以保家卫国，这样的事例屡见史料记载。

由卫城下来向西走出不远就来到普鲁克斯山丘,这里就是雅典公民大会的露天会场。裸露的黄色土地只剩下一个低矮的石座,伯利克里曾站在这里对雅典人说:"任何人,只要他能够对国家有所贡献,绝对不会因为贫穷而在政治上湮没无闻。"

伯利克里进行了激进的民主改革,公民大会大权在握,一年一换,每年大约要开40来场大会。他首创给500人的议员以及一般公务员发津贴,钱不多,相当于普通工人一天的劳务费。陪审员也有份儿,只有普通人收入的三分之一。每桩审判要在一天之内完成,这笔津贴实在很微薄。但是,津贴弥补了人们日常误工的收入,激励了公民参与城邦治理的热忱。每个公民在理论上都有权在普鲁克斯山丘的会场发言,以长幼为序,撩起袍子迈上台阶就可以在那个石座上演讲。选举产生的十将军委员会享有优先发言权,他们都是老练的军事家,在和平时期反倒没有津贴也没有任期限制。这场改革的不足之处在于对口才的过分强调,能说会道的人占便宜,笨嘴拙舌的人吃亏,辩论术大行其道,伯利克里就参加过专门的培训班。

雅典民主的成就在于它释放出人性中对平等精神的渴望,这引起爱琴海诸邦纷纷效仿,直至今日西方世界也对之心驰神往。与此同时，雅典挟波希战争大胜的余威，主持提洛同盟向诸邦收取保护费，纳贡的现金就储藏在帕特农神殿的隔间。雅典对各邦的控制、入侵、殖民、镇压也成为家常便饭。

雅典开创了一种地缘模式，既联盟又不统一。它好管闲事又懒得大包大揽，煽动他邦人民推翻僭主统治是其拿手好戏。于是，雅典成为名副其实的帝国。雅典帝国是雅典民主的副产品、伴生物和随机应变的另一副面孔。

兄弟阋墙

公元前431年，伯罗奔尼撒战争爆发。雅典和斯巴达同文同宗又山水相连，当年却有过你死我活的恶战，今日看来那似同手足相残。

战争的导火索是双方的盟邦或属邦之间打了一串罗圈架——被后来学者称为新兴大国与守成大国之间的"修昔底德陷阱"。深层的原因似乎更为原始，则是两强之间的猜疑、嫉妒，从彼此提防到先下手为强；而且双方都过于自信，都坚信自己能打赢而不会打输，必胜的信心超爆。再加上两地之间的科林斯像阴损小人那般一个劲儿地挑拨，导致一场并非不可避免的大战一触即发。

这场仗打打停停，云谲波诡，前后二十七年。史学家修昔底德在《伯罗奔尼撒战争史》中特别说到人在战争中的畸变，理性灭绝，劣性发作，人在和平时期好不容易建立的道德、文化以及秩序的底线荡然无存，几乎每个城邦内部都发生残酷的派性斗争。修昔底德叹道："只要人性不变，这种灾殃现在发生了，将来永远也会发生……战争是一个严厉的教师，战争使他们不易得到他们的日常需要，因此使大多数人的心志降低到他们实际环境的水平之下。"

斯巴达人首先入侵阿提卡挑起战端，头十年双方各有斩获，难分胜负，但都已经精疲力竭，于是签约休战。喘息了六年之后，雅典要求伯罗奔尼撒西南端的皮洛斯归顺，以冷酷的语言发出最后通牒："我们相信自然界的普遍和必要的规律，就是在可能范围扩张统治的势力……正义的标准是以同等的强迫力量为基础的；同时也知道，强者能够做他们有权力做的一切，弱者只能接受他们必须接受的一切。"曾经自诩正义的城邦竟然以恶霸的逻辑发出威胁。

皮洛斯当即拒绝了这项通牒，雅典遂对皮洛斯展开大屠杀，把所有的成年男子杀死，把妇女和儿童贩卖为奴隶。雅典人的行为退回到青铜时代，荷马在特洛伊战争中所描绘的裸露的人性再次重演。

这场拖泥带水的大战打到第十七年,雅典公民大会决定远征西西里。开战前的会议又一次发生激烈争论,保守持重的尼西阿斯将军认为这是一场出于仓促、考虑肤浅的冒险,雅典不光在远方对敌人作战,还把众多的敌人留在自己的后方。他还表示自己抱病在身难当此任。接下去,年轻英俊的阿西比德斯发言,坚决主战。他认为"一定不能满足于保持我们现有的帝国,而必须制订计划扩展帝国,因为如果我们不统治别人,我们自己就有被别人统治的危险"。主战的氛围早已在雅典心高志大的公众中高涨,谁反对就是不爱城邦,主战派以压倒的声势占上风。

岂料起航前发生一件怪事。在雅典人的房前、路口和神庙,往往设有一根石柱作为驱邪避灾之宝。长方形的石柱只在两端有简单的雕塑,上端雕出希腊主神之一赫尔墨斯的脸,下方只有一根直立的阳具,据说象征雅典的男子气概。一天夜里,许多神柱都遭到恶作剧者的凿毁,引得全城大哗。议事会下令抓人审讯,告密者把嫌疑指向年轻英俊的阿西比德斯。阿西比德斯当即反驳,并要求先审判后出征,如果判他有罪甘愿接受惩罚。但是,政敌担心他声誉正隆,闹不好适得其反,莫如把他和他的众多支持者打发上船再说。

于是,雅典派出壮观的舰队和供给船,启动雅典开埠以来航程最远的一支舰队,由三位将军率领,其中既有阿西比德斯又有尼西阿斯。

舰队抵达西西里之初的战绩乏善可陈,他们本想施展合纵连横的招数,孤立强大的对手叙拉古,不料就连雅典人的老乡们伊奥尼亚人都不予配合,舰队只能沿着海岸打转。但是,雅典城邦的内斗日趋激烈,在追查赫尔墨斯神柱被毁的案件中,有人编造假口供指向阿西比德斯,议事会下令派船召回这个远征的将军。阿西比德斯思忖凶多吉少,改乘另一条船投奔斯巴达了。

他给斯巴达人出了两个点子:其一是派兵驰援叙拉古,其二是派兵占领雅典以北19公里的一个山头。这两招都直指雅典死穴,斯巴达一一照办。

身在西西里前线的两位雅典将军,有一位在对叙拉古作战时阵亡,只剩下当初反对远征而且身患肾病的将军尼西阿斯。他写信给雅典公民大会请求撤兵,再次被驳回,但雅典承诺再派一支舰队援助。

这位尼西阿斯可真是个慢性子,他几次贻误战机,情势更加恶化,最终决定撤兵时,又发生了怪事,修昔底德写道:

就在他们马上就要起航时,出现了月蚀,而那时正好又是满月。

这一事件使大多数雅典人感到不安,他们敦促将军留下来;尼西阿斯迫不及待地相信对先兆及类似事情的解释;根据先知的命令,在他们停留"三九二十七天"之前,他甚至不愿讨论撤退。

这就是雅典人在经历一切拖延之后仍然留在那里的原因!

叙拉古人正好利用这段时间布设天罗地网,先在海上大破雅典舰队,又在岸上乘胜追杀,雅典人陷入任人屠宰的绝境,尼西阿斯将军被杀,四万大军全军覆没。生俘的七千人被扔进一个废弃的矿坑去承受人间地狱的折磨,只有很少的人得以逃生。有说这些人是背诵着经典诗歌才得以逃出的。

远征西西里成为雅典最大的一场灾难。

西西里一役是伯罗奔尼撒战争的转折点,但雅典人依然没有屈服。战争后期的焦点集中在科勒斯滂的争夺,这里是雅典从黑海沿岸获得粮食的水上命脉。这场旷日持久的战争终于在公元前405年落幕,雅典认输,加入斯巴达同盟。斯巴达也死伤半,就此江河日下。唯一的受益者是波斯，它兵不血刃地占领了小亚细亚沿岸的伊奥尼亚。

两个伟大城邦黯然消退，留下人性与历史的话题任人评说。这个话题之所以诱人，在于每当人性作用于历史时，总是似曾相识。

戎马倥偬，时光流水，公元前334年春天，一位风华正茂的年轻统帅携数万强兵悍将越过科勒斯滂，他就是一代天骄亚历山大——马其顿国王、亚里士多德的学生、所向无敌的战神。

此前他横扫了多瑙河两岸，在科林斯迫使整个希腊世界向他臣服，尊封他为远征波斯大将军；此后，他将把希腊城邦的种子远播欧亚非大陆，这一过程史称泛希腊化。亚历山大踏上亚洲土地的第一件事就是祭拜特洛伊的神庙，再向头号英雄阿基琉斯之墓献上鲜花，还绕着坟墓撒欢似的奔跑。他尊阿基琉斯为他的直系祖先，在远征途中随身带着手抄本《伊利亚特》。他站在阿基琉斯墓前高吟荷马的诗篇。

让我们姑且打住。读者可能留意到，每到历史的转折关头，科勒斯滂海峡就频频闪现，爱琴海沿岸就有血光之灾，古老的特洛伊就是人性发作的地理标识。

雅典城屠

一代天骄亚历山大在泛希腊化时代之后，希腊又经历了被罗马帝国统治的时代。早在伯罗奔尼撒战争期间,罗马就雄霸一方。他们的将士更显骁勇,步兵方阵灵活机动。他们的公众游戏更残忍,在观众的欢呼声中角斗士搏杀得血肉横飞。罗马军队洗劫了希腊大片土地,其中包括著名的科林斯、德尔斐和雅典。据传记作家普鲁塔克记载,他们杀得雅典人血流成河,鲜血从城市广场流淌到郊外。我们在雅典老城区漫步时,只愿抬头观望赏心悦目的建筑艺术,不愿低头去凝视脚下的土地;按照记载,这里的每一寸土地都浸透着雅典人被屠杀后的血迹。

但是,罗马人唯独没有摧毁希腊的精神文化。奥古斯都时期的桂冠诗人维吉尔刻意模仿荷马史诗写了一部宏大的罗马史,终身未竟其稿。公元前2世纪,希腊的文学艺术是罗马贵族优雅的话题,竞相引用荷马史诗传播他们的哲学。罗马俘获了希腊又被希腊文化所俘获,摧毁了雅典又重建了雅典,诸如我们在雅典漫步时看到的罗马广场、哈德良图书馆、风神之塔……

随后历史进入拜占庭帝国时代——这些历史断代皆是人为的划分。公元334年,拜占庭自称东罗马帝国屹立于世,奢华的君士坦丁堡被视为人间天堂。那里聚集了一大批文化学者。现存最古老的荷马史诗的文本,就是公元1100年在拜占庭制作的。这个纵贯欧洲千年的帝国确立了对基督和天主的信仰,在它衰落的时候又押解着人性走入欧洲黑暗的中世纪。其中有一批饱学之士携带羊皮手抄本流亡到意大利,来到佛罗伦萨,随后我们会看到震撼世界的"文艺复兴"。

"文艺复兴"是希腊城邦巅峰时代之后又一次人性的高扬。米开朗基罗走访罗马就是出于对希腊罗马文化的膜拜,他创造了佛罗伦萨大教堂奇妙的穹顶,又继承希腊雕塑艺术创作了神话中大卫和诸多英雄形象。达·芬奇以当地一个商人的妻子作为模特,把世俗形象化为永远的微笑。佛罗伦萨著名的美第奇家族,特意开设的学院,讨论柏拉图和西塞罗的文本。人们高唱酒神之歌盛装游行,那情境与泛雅典娜节日何其相似!文艺复兴的先驱诗人彼特拉克和薄伽丘倾力帮助希腊人里昂古奥·彼拉多,将荷马史诗翻译成拉丁文,在佛罗伦萨率先发行。意大利"文艺复兴"使古希腊文化再现辉煌。

复兴的不止是文艺,先是天文学,继而是物理学,紧跟着是化学,各科都有长足的发展。这场复兴扩散开来,解脱了被压抑的人性;人性一旦挣脱羁绊,历史就激流澎湃。宗教改革席卷西欧,工业革命高歌猛进,资本主义粉墨登场,一连串无远弗届的影响直至现代。

话虽如此,深植于人类躯体中的人性却进步不多,人类大脑的容量也没有什么变化。现代哲学家罗素描述了文艺复兴时期与相隔两千年的古希腊社会并加以对比，他说：

> 文艺复兴时期的意大利，正如古希腊一样，兼有高度的文明和卑劣的道德。这两个时期都展示了极高的天才和极低的道德堕落，而恶棍和天才彼此并不仇视。
>
> （伯特兰·罗素：《权力论》，吴友三译）

不论人性多么难有进步，在荷马之后3000年的今天，伴随着人类对自身锲而不舍的研究，我们对人性的认识毕竟有所深化。于是我们可以展开本书中最后一章对人性的讨论——

第十五章 人性与文化

信手写下尾章的标题顿感笔端沉重,人性与文化的范畴太宽,力有不逮;但阅读两部皇皇史诗不可草率收场,还是先以一次在雅典的文化娱乐作为引子。

在结束此次希腊之行前,适逢又有一次观看演出的机会。剧目为《布兰之歌》,在希罗德·阿迪库斯剧院上演。此剧院兴建于罗马时代,源自一个商人的捐助,就坐落在帕特农神殿的脚下。

我们来到剧院入口处,只见从剧院大门到舞台后方都刻意保留了古代的残垣断壁。剧场经过重建,工程处理恰到好处。陆续入场的观众,男士气质优雅,女士衣香鬓影,令人想到这个国度久远的文化底蕴。我静心观赏舞台的背景,明亮的灯光映衬着约2000年前的罗马建筑,浸透出历史的沧桑感。

《布兰之歌》的歌词来自德国巴伐利亚地区一个与世隔绝的修道院，大多出于欧洲中世纪过往漂泊流浪者随手留下的无名诗篇。当年那些游客素昧平生，日耳曼的氛围朴素豪放，在心无羁绊的环境中，最有可能尽兴发泄欧洲中世纪人们被压抑的天然情性；其后，20世纪30年代作曲家奥尔夫捕捉了诗词中心灵的律动，将之谱成一曲不朽的声乐杰作。

舞台是开敞的，乐队奏出一串教堂的钟声，儿童合唱队唱出了天籁之音。美丽的女高音歌唱家展现婉转凄美的歌喉，男中音的音色像银子一般纯净。时不时插进来的变声男高音既诙谐又妖冶。主题是命运、爱情的饥渴、放荡不羁的欢乐。乐章大致分为对命运的悲叹，对春天的赞美，接下去是饮酒、作乐，声乐的旋律和节奏发展为男女青年倾情地交欢，人性又一次美妙地坦诚相待。从头到尾没有复杂的乐章，只有简洁的音符和明快的节奏。

我和同伴们都不熟悉拉丁语的歌词。奇妙的是，语言一旦诉诸抽象的音乐，文化的隔膜荡然无存，几乎每个人都心有灵犀。两个多小时的演出结束后，被音乐感染的我，一路上耳边还萦绕着那支主题曲。

我在夜幕下边走边回味音乐的魅力，一时思绪难平——荷马向我们展示了一个久远的人性裸露的时代,那时的英雄还不知道亚当偷食了禁果而累及所有人获罪;但巴伐利亚的修道院处在欧洲中世纪,两者之间差不多相隔16个世纪,身负原罪的人们匍匐在教廷的威严下忏悔,却在《布兰之歌》的诗篇中又一次原形毕现地展露出人性。

回到酒店,上到天台,夜色清凉如水。明天我将离开雅典,结束又一程荷马之旅。这本书的话题也该收拢一下,我想到人性与文化、压抑与释放,以及人性的善恶,这些都是荷马史诗的题中之义——

上天给了我们什么?

你有一双蓝眼睛,我有一双黑眼睛,素昧平生,我望着你,你望着我,还可以交谈,诉说彼此的想法和情趣,对饮一杯果汁或小酒,并且乐于相助,就像我们在伊萨卡和莱夫坎迪不期而遇的那些友善的希腊人。倘若机缘巧合,还可能成为挚友。这可归于一个简单的缘由,因为我们都是人,属于同一类物种,人是离不开人的。

上天究竟给了我们什么,让我们在地球处于万物之灵的顶端?这一大哉之问,至今还犹如一餐夹生饭。

人性无疑是一个纵横古今的重要话题,正像刻在德尔斐神庙的铭文——"认识你自己!"不过,全世界至今没有形成一项人性的专业学科,也没听说有一所专司人性研究的实验室,而是将这一话题融化在人类学、生物学、文化学、社会学、哲学和文学的许多学系之中,散而不聚。

修昔底德的"人性不变论"或许符合既往事实,但有点绝对,世上没有不变的事物;所谓他的话符合事实,可能在于人性的形成至少经历了几万年的打磨,而人类只有几千年的文明史,尚不足以观察人性的变化。

尽管人性难变,但人对于人性的认识在不断变化,今天我们比既往有更多的积累可资谈论人性。

《布兰之歌》很容易令人联想起德国哲学家卡西尔对于艺术特征的描述,他认为艺术是符号体系:

> 我们应当把人定义为符号的动物来取代把人定义为理性的动物。只有这样,我们才能指明人的独特之处,也才能理解对人开放的新路——通向文化之路。
>
> (恩斯特·卡西尔:《人论》,甘阳译)

符号比理性的定义更具体也更精到。符号是一种象征。摆在舞台上演奏家面前的乐谱是一串高高低低的小蝌蚪,乐队随即奏出一节激扬高亢或婉转低回的旋律,唤起人们某种情感的共鸣。符号没有情感,象征与被象征之间的共同之处是被有灵性的人创造的。许多动物可能会接收信号,但信号不是符号也不等同象征的意义,动物看不懂五线谱。人是自然界唯一创造并娴熟演绎符号的物种。

人性不是一蹴而就的,但人性有过一次显著的跃升,灵性才得以脱颖而出。灵性的重要标志是语言,语言的发生是为了互相交流,有了语言才有思维的材料,有了思维才有推导和创造力,语言成就了洋洋大观的人类文化。依此说,文学、历史、宗教、数学、化学、物理等都是符号体系,想当年荷马的演唱以及今天摆在我们面前的两部史诗也是符号体系。

如此说来人性并不深奥,所谓人性就是人的动物性加之以语言为标志的灵性。动物不会说话,再聪明的动物也没有人灵。

卡西尔终于为我们划出一条清晰明确的边界,即以使用符号为标志的灵性,把人与其他生物分离开来。笔者认同他的符号体系之说,但不同意他对人性即文化的推论,这再一次使人与其他生物的区别模糊不清:

> 人的突出特征，人与众不同的标志，既不是他的形而上学本性也不是他的物理本性，而是人的劳作。正是这种劳作，正是这种人类活动的体系，规定和划定了"人性"的圆周。
>
> （恩斯特·卡西尔：《人论》，甘阳译）

卡西尔排除了人的物理本性，也否定了现代社会生物学和现代生命科学的一切成果，否定了人类具有与生俱来的本性，以劳作创造的文化取代人性，以之划定人性的圆周，把人性的先天因素与后天因素混为一谈。

众所周知，人性当中有相当部分与动物性重叠，人有狮性、狼性、猴性、犬性、羊性等；既有这些动物的兽性也有它们的社会性。在荷马史诗和各类文体中，这些动物性一再被拿来作为人的修饰或比喻——凶猛如狮，沐猴而冠，羊群效应，以及某人就像一条哈巴狗，云云。

荷马的难能可贵之处就在于他以酣畅的语言、生动的故事和饱满的细节向我们提供了古希腊史前人性的样本，主人公阿基琉斯的本性几乎是裸露的。由此我们可以来观察在阿基琉斯身上，哪些是人性，哪些是文化。

荷马口中的头号英雄阿基琉斯纯属性情中人。他行事放荡不羁,情感大起大落,说话直来直去,从不掩饰自己;他藐视文化约束,不受任何人掌控。他尤其厌恶那些心口不一、言不由衷的人,对好摆架子的阿伽门农和拐弯抹角的奥德修斯屡加斥责。但是,令读者颇感蹊跷的就是,这样一个野性十足的阿基琉斯,说起话来滔滔不绝,思路清晰,洞若观火,语言穿透力极强,句句直指要穴!面对他的振振有词,其他人的话语都相形见绌。如此说来,荷马对阿基琉斯的形象处理岂不自相矛盾?

阿基琉斯的文化教养的确有限,他少小离家,浪迹天涯;他的父亲佩琉斯把他托付给福尼克斯相伴出征,他视后者为养父。但这位养父更是一个浪荡子。福尼克斯曾经与其父亲的小妾"玩耍",生下一个孩子,又因心起杀父之念与家里闹翻,亡命出走,拜在阿基琉斯的父亲佩琉斯的门下。阿基琉斯的这位养父难说能教出什么好人来。据福尼克斯说,他教会了阿基琉斯演说的能力,但是在《伊利亚特》第9卷中唯一可见福尼克斯不长的一段话,平庸寡淡,不足征信,与阿基琉斯锐利的语言相差太远。

阿基琉斯在全书第1卷就愤然退出战斗,他的话语更多呈现第9卷的"劝和"以及第十六章直到尾章。他常常以人与人之间的"同理心"来辩驳:"是我这双手承担大部分战斗,分配战利品时你(阿伽门农)得到的却要多得多……难道凡人中只有阿特柔斯的儿子们才爱他们的妻子?一个健全的好人总是喜欢他自己的人。"他的好友帕特罗克洛斯出征战死,立即激起他的换位思考:"那就让我也死吧,既然我未能挽救朋友免遭不幸。他远离家乡死在这里,危难时我却没能救助。"他渐至参透在死亡面前人人平等,导致他的行为大开大阖,当特洛伊老国王普里阿摩斯冒险走进他的营帐,企求赎回赫克托耳的尸体时,阿基琉斯的即时反应也是设身处境:"不幸的人,你心里忍受过许多苦难,你怎敢独自到阿开奥斯人的船边来见一个杀死你许多英勇儿子的那个人?你的心一定是铁铸的。"于是全诗以人性的升华作为隽永的结尾。

"同理心"不论做何解释,总比没有要好;在中文的弹性中情理相通,也可称同情心、恻隐心,亦即己所不欲勿施于人;人同此心,情同此理,一旦诉诸语言就义正词严,锋利无比。它究竟属于文化或属于人性可能会有争议,而深植于同理心的那一份对平等的渴望,必定是人性中天然的共同诉求。先秦诸子百家争鸣,但对人性与生俱来这一点却无争议。"性者天之就也。"(荀子)"生之谓性。"（告子）"人之初性本善。"这些在中国是老少妇孺皆知的古训。更何况把遗传和文化扯在一起有可能派生种族隔膜或种族优劣之论。

回到卡西尔的《人论》，我们还有更多的例证来述说人性驱动着文化，而非文化构筑了人性。饮食男女，攻击逃避，争权夺利，这些人类的本能无须细说。俄狄浦斯情结，麦克白的洁癖，奥赛罗的嫉妒，虽然很极端也很特殊，却也有可能在其他人身上发生，大凡在不同文化群体中都会发生的，就是人性。再说李尔王，人性与文化时常抵牾；喜欢听阿谀奉迎之话是人性，喜闻忠言逆耳利于行的是文化。李尔王属于前者，结局才特别悲惨。中国读者不一定都熟悉李尔王，但在中国，类似的故事或许被人性演绎得规模更加宏大与震撼。从商纣与周幽以降到袁世凯复辟的故事，决不逊于李尔王。

人性是善还是恶？

古往今来稍加归纳，大致有"人性四论"。一曰人性善，二曰人性恶，三曰人有善恶两端，四曰人性如白板。

在中国，近年来伴随着社会变迁，人性恶的说法很流行：人不为己天诛地灭似乎是许多人的信条。这个信条不光在学术界和文学界开疆辟土，甚至还渗透到高尚的慈善公益领域——其中不乏以自私为前提去设计人们的行为模式。

在人性之恶泛滥成灾的当今,笔者无意就此多加强调;本书更愿书写人性的善端,以窥全豹。

稍加留意,就会发觉所谓人性四论实则分为两类,前面的三论都认为人性是先天的,有善恶之辨。而"白板论"独树一帜,否认人性的先天意义,一切取决于后天的教育和经历,任人随意涂写。

让我们先从"白板论"说起:

> 让我们假设,人类的心灵如同通常所说的那样,是一张没有任何印迹的白纸,不存在任何思想。那么,人的心灵是如何形成的呢?
>
> 人类大脑中所具有的复杂且无穷无尽的想象力是从哪里来的呢?
>
> 人类拥有的推理知识和能力又从何而来呢?对于该问题,我的回答是来源于"经验"。
>
> (约翰·洛克:《人类理解论》)

洛克是"白板论"的师祖级人物,到了20世纪,他的理论在美国大行其道。行为主义奠基者约翰·华生说:

给我一打健康没有缺陷的婴儿，把他们放在我设计的环境里进行培养，我可以担保，随便挑选任何一个，我都能把他训练成我所选定的任何一种类型的专家——医生、律师、艺术家、商业巨子甚至是乞丐或窃贼，而无须考虑到他的天赋、兴趣、倾向、能力或其祖先的种族和职业。

（史蒂芬·平克：《白板》，袁冬华译）

平克是擅长写作畅销书的学术大师，他并不认同华生的白板论。他在书中说到的这位"虎爸"也太自信了，吹吹而已，开列的项目当中显然有难以兑现的空头支票。如果华生先生能培养出一两个商业巨子，那他自己早就是商业巨擘了。

"白板论"在20世纪70年代风靡美国，有着恰逢其时的社会背景。当时全世界的民粹主义运动高涨，左派知识分子在美国校园里举着大喇叭撒传单闯教室喊口号，"白板论"隐含着对权威的诅咒。把人性看作最原始而没有差别的原材料，如此一来，夷平了种族、性别、社会阶层、门户出身、文化教养等的一切差别，自然大快人心。

《白板》一书的作者史蒂芬·平克深刻地批判了"白板论"：

那种认为父母可以像捏泥块一样塑造自己孩子的观点,给儿童抚养方法带来了很大的问题,其中的一些方法明显违背了儿童的天性,甚至有些显得极为残酷。

那些认为人性可以通过大规模的社会运动进行重新塑造的信念更是导致了人类历史上一些极大的暴行。

回头看看,古老的荷马当然不可能讨论"白板论",他笔下的人物个个欲火燃烧。苏格拉底和柏拉图也不可能直接讨论"白板论",这两位哲人频频劝导少年人谨防诡辩家们修辞学的误导。"白板论"是美国社会经历了越战和经济停滞以及信仰崩塌后的集体反思,进而达到讨论的全盛期。爱德华·O.威尔逊的《社会生物学》和相继发表的《论人的本性》,给了"白板论"当头棒喝:

> 环境和历史偶然性会推动文化进化,但与生俱来的人性趋向会强有力地引导文化进化的轨迹。
> 我们的心理过程依然是大脑的产物,而大脑正是在自然这块铁砧上用自然选择这把锤子锻造而成的。
> (《论人的本性》2004年版序言,胡婧译)

本书惹得愤怒激进的知识分子在一场演讲会时提来一大桶水，把威尔逊先生浇得浑身湿透。如今想想这个小插曲却也觉得好笑。双方分歧的肇因在于，泼水者对这一行为的理解是"文化"，而被泼者亲身领教了人性的"攻击性"。

又过了几十年，两路学者合二为一的努力，使"白板论"寿终正寝。一路学者发现了人类基因的化学成分脱氧核糖核酸，并且描绘出双螺旋体结构，得出人性至少有一部分来自遗传的判断。在千禧年之初，人类基因组计划公布了人类基因序列的完整图谱。

另一路是与威尔逊同行的社会生物学家和心理学家，他们早已在对社会生物的观察实验中积累了大量案例，如今也引入基因科学来解读人类的各种行为。

人性生而有之，中国一向没有"白板论"——"天命谓之性"（子思），"民之秉彝，好是懿德"（孟子），"凡性者，天之就也"（荀子），中国先贤对人性的先天性并无异议。

《利维坦》是性恶论吗？

人类社会经历了年复一年的无恶不作和代复一代的沉重苦难，性恶论似乎最能获得大批的拥趸。但是，大致翻阅一下古今的性恶论著作，或其说不能自圆，或其论争议不断。而且，历史并非不假思索的想象那般，把西方简单认定是纯粹性恶论的始作俑者。

荷马在《伊利亚特》中描绘有多处残暴的场面，其诗句经过文艺理论家乔纳森·戈特沙尔之手的"融会贯通"，就成为一段惨不忍睹的散文：

> 冰冷的青铜轻而易举地刺入肉体，带着黏稠液体的血肉四处横飞；颤抖的矛尖上挂着一块人脑，年轻人用绝望的双手将自己的脏器塞回身体，眼球被挑出眼眶，或从被砍开的头颅内流出来，在尘土中茫然地闪着微光。尖利的兵器在年轻的躯体上砍进杀出：在头颅的正中，在太阳穴，在两眼之间，在脖颈儿，从嘴巴或脸颊的一侧穿透到另一侧，刺穿肋骨、胯部、臀部、手、肚脐、后背、腹部、乳头、胸部、鼻子、耳朵和下巴……
>
> （斯蒂芬·平克：《人性中的善良天使》，安雯译）

荷马对战争的描述虽然血腥，但并没有像上面那样集中地描绘残暴。他在展示了人性恶的同时也歌唱了友谊、爱情、同情心、恻隐心。我们可以断言，如果人性有恶无善,《奥德赛》或可下得来台阶,而《伊利亚特》的故事就收不了场。这也是笔者认为两部史诗出自两个作者之手的原因之一。

再往后,一般认为《利维坦》当属西方论述人性恶的代表作之一。利维坦是《旧约·圣经》里的庞大怪兽,17世纪的英国思想家霍布斯用它来暗喻一个君主国家。通篇看来,这是一部有关人性、国家和宗教的书,全书四个部分,第一部分谈论人性。《利维坦》在中国通常被解读为主张人如禽兽的专论。

翻开《利维坦》逐行看去,却未发现对人性恶的标榜。恰恰相反,霍布斯在书中说道:"和野兽订立信约是不可能的。它们不懂我们的语言,因之便既不能理解";"没有相互间的接受就没有信约。"他还认为,语言是人类的心灵之光。霍布斯一再强调人与人之间的信约、诚信与共同目标。他说到人性的复杂用了一串排比的句子:

> 人们隐秘的思想是无所不包的,无论是神圣的、亵渎的、圣洁的、淫秽的、庄重的、轻佻的事,莫不尽有,既没有羞愧,也没有谴责。

霍布斯实在是一位人性善恶相兼论的论者。

事实上，西方并不存在古今贯通一气地主张人性恶的学术体系。在霍布斯的《利维坦》之后，18世纪英国哲学家休谟发表了具有开拓意义的《人性论》。他说：

> 同情心是人性中强有力的原则。
> 我们可以说，在大多数的道德方面，都发现有使同情发生作用的一切必要条件；这些德大部分都有促进社会福利的倾向，或是有促进这些德的人的福利倾向。

休谟所说的"同情心"与中国孟子所说的"恻隐之心"异曲同工，几近同义。它在美学意义上又被称为"移情"，移他人之情状为我的情状，这几乎成为西方现代学者论述人性的初始点。斯蒂芬·平克说：

> 移情是个好东西，我在本书中不止一次地提倡过移情。移情扩展可以解释今天人们为什么摒弃残酷处罚并更多地思考战争的人命代价。

在20世纪，许多人认为弗洛伊德是人性恶之论的旗手。但弗洛伊德也有本我、自我和超我之论。当本我受到压抑就升华为超我。如是看来，无论中西，均没有上下贯通、周衍无缺的性恶论。

在西方,彻头彻尾的性恶论冒头是相当晚近之事,但伴随基因科学的发展方兴未艾。性恶论和"白板论"的命运恰恰相反:基因科学给了"白板论"致命一击令其销声匿迹,性恶论却应运而生。

> 我们可以谈论亲代与子代之间的矛盾,亦即两代之间的争斗。这是一种微妙的斗争,双方全力以赴,不受任何清规戒律的约束。幼儿利用一切机会进行欺骗。它会装成比实际更饥饿的样子,也许装得比实际更年幼或面临比实际更大危难的模样。尽管幼儿幼小羸弱,无力欺骗父母,但它却不惜使用一切可以使用的心理战术武器:说谎、哄骗、欺瞒、利用,甚至滥用亲缘关系做出不利于其亲属的行为。
>
> (理查德·道金斯:《自私的基因》,卢允中、张岱云、陈复加、罗小舟译)

可怜天下父母心!你家幼小的孩子真有这般恶意的狡黠吗?

《自私的基因》与"白板论"都泛起于20世纪70年

代。时光匆匆又走过二三十年,"白板论"已寿终正寝,性恶论也摇摇欲坠。翻开《自私的基因》的再版前言,也看到作者在打退堂鼓,行文中不厌其烦地解释,反思当初是否该用《自私的基因》来做书名,是否用"不朽的基因"较为妥当,强调这本书的"更多的重心放在利他主义上"。我们又一次看到,即使再坚定的性恶论者,也知道过犹不及。

让我们搁置从书本到书本的讨论看看现实世界。人类跨过千禧之年,快速走入物质主义的时代。雷曼兄弟的倒台掀起金融海啸,致使许多国家濒临经济危机,不知有多少无辜的中产阶层的财产和希望灰飞烟灭。究其原因是所谓"高杠杆",它以一份资金去做36倍的疯狂赌博,足见是多么贪婪。值此种种社会氛围,人性恶论又随机泛起,我们又见到比《自私的基因》更极端的理论,这次不是老外提出的,而是两位华人同胞论述的:

> 基因是利己的,每个基因只复制自己的基因。
> 基因的天性是自私的,由基因所主导的人类天性,也是自私的。所以,人在出生之时,由遗传而来的天性是恶的而不是善的,从人性本恶而发展的文化,就不同于从人性本善而发展的文化。更不用说,

中国的人性本善是不真实的。

(孟宪铎、王登峰:《基因与人性》)

我们从这两位华人教授著作中得知了几个要点:

我们每个人生下来天性就是恶的。

我们的"人性恶"是基因决定的。

中国人所信奉的先贤所说的话是不真实的,我们曾经赖以维系和繁衍的传统文化是错误的,其中还包括宗教信仰的因素。《基因与人性》一书对于中西方的宗教信仰有所论述,把中国社会的一些恶行归因于信仰与传统的不同。

这对我们认识自己、认识他人、认识中国的传统文化都是一次颠覆。不过,这个在中国社会传播的"福音"却令人沮丧。

笔者鉴于本书主题是文学无意延伸去讨论基因科学,但需要对上述理论做出尽可能简要的回应。

基因不等于人性,基因自我复制不能证明人性的自私。将基因拟人化只可能是一种比喻,而把基因扩展到人的生物体,再加以"拟人性化"则是一种谬误。即使先前提到的《自私的基因》的作者理查德·道金斯也纠正说:

将生物体拟人化则更加麻烦。这是因为生物体不同于基因,它们拥有大脑,因此也可能真正拥有自私或利他之类的想法,让我们可以辨认。

在大多数情况下,基因并不直接支配人的行为,支配人类行为的是大脑。即便发现某些基因可能影响人的行为,不但要通过层层的生理机制间隔,还要排除环境和文化对人的强有力的塑造。因此,把基因和人性直接相连是概念的混淆。

中国传统文化的落后并非基于对人性善的假设,而是存在远为复杂的因素,中国要进步并非改变对于人性善恶的论断就能解决的。

性恶论中也含有人性一成不变的观点,但有悖于当今基因科学的研究方向。当前基因科学的努力是建立基因——心灵——文化的传递与共勉,犹如穿过深山和峡谷的弯曲地形,奔向人性更加完美的目标,其中就有利他主义的目标。

我们并不排除某些基因缺陷会直接导致先天性的疾患,但那是疾患,无关道德。我们甚至也不排除某些特殊基因会导致人的暴力倾向,一些专门治理犯罪的部门可能正在进行这类研究;但这类基因和这类行为都不具有必然性和普遍性,实验统计并不支持基因决定论。

两者不同之处在于,美国的道金斯以现代达尔文主义为方法论,而我们的华人学者更侧重行为分析,并追根溯源地把矛头指向中国的古老先贤。让我们也跟随《基因与人性》的作者回顾一下我们的先贤。

文化先贤为什么明知故问?

先秦诸子把人性当作一个问题各抒己见,孔子持性善论,荀子持性恶论。当秦昭王问道于儒家,荀子仍为儒家辩护:

> 秦昭王问孙卿曰:"儒无益于人之国?"孙卿子曰:"儒者法先王,隆礼仪,谨乎臣子而致贵其上者也。""性也者,吾所不能为也,然而可化也。"
>
> (《荀子·儒效》)

荀子劝学修身养心至善,谦谦君子,文采斐然,不愧先秦大儒之一。

孔子并未建立一套性善的理论体系,身为垂范世人的大教育家,他更注重对人的后天培养与教化。《论语》中说到"性"字之处着实不多,一处是广为人知的名言:

> 性相近也，习相远也。
>
> 　　　　　　　　　　　（《论语·阳货》）

还有一处是子贡的话：

> 夫子之言性与天道，不可得而闻也。
>
> 　　　　　　　　　　　（《论语·公冶长》）

仅此两处，都没有直言人性善。孔子的"性善论"是顺其文理的推导。儒家把人性善说到极致者是孟子，尤其是他那人有四端之论：

> 人皆有不忍人之心……今人乍见孺子将入于井，皆有怵惕恻隐之心。非所以内交于孺子之父母也，非所以要誉于乡党朋友也，非恶其声而然也。由是观之，无恻隐之心，非人也；无羞恶之心，非人也；无辞让之心，非人也；无是非之心，非人也。恻隐之心，仁之端也。羞恶之心，义之端也。辞让之心，礼之端也。是非之心，智之端也。人之有是四端也，犹其有四体也。
>
> 　　　　　　　　　　　（《公孙丑·上》）

孟子的这一段论述相当用心。他将恻隐之心视为人的天性，先去逐一排除文化环境可能造成的影响：一个儿童将要掉进井里引来他人的担心，不是因为那个人认识孩子的父母，也不是贪图村里人的赞誉，又不是讨厌落水的声音，而是完全出于同情的本能。孟子细致地划分人性和文化的界限，而且对人性的定位很高端。恻隐之心当可视为人的本性；现代人在看电视剧的时候忽而开心大笑忽而泪流满面，那就是恻隐心，也就是同理心。

孟子的论说亦有瑕疵，辞让之心和是非之心应属于后天的文化教养。孟子的疏忽瑕不掩瑜，无伤大雅，他高调提倡人性善的情怀跃然纸上，无论中西各论，恻隐心都处于人性之端。

荀子坚持反对孟子的性善论，如《荀子·性恶》：

> 今人之为性，生而有好利焉；顺是，故争夺生而辞让亡焉。生而有疾（杨《注》："疾"与"嫉"同）恶焉；顺是，故残贼生而忠信亡焉。生而有耳目之欲，有好声色焉；顺是，故淫乱生而礼仪文理亡焉。然则从人之性，顺人之情，必出于争夺，合于犯分乱理，而归于暴。……用此观之，然则人之性恶明矣。

上文其中的引注部分来自《徐复观全集：中国人性论史·先秦篇》，但是徐复观先生并不同意荀子的论说：

> 他是从官能的欲望，与官能的能力两方面来理解人性，却仅从官能的欲望方面来说性恶，而未尝从官能的能力方面来说性恶。所以他的性恶论，对于他自己而言，不是很周衍的判断。

《基因与人性》的两位作者将性恶论归为西方的专利："西方文化源于古希腊文化和古希伯来文化，主要是宗教信仰，众所周知，他们有深厚的人性本恶的观点。"其实，希腊先贤也不乏提倡人性善者，性善论并不为中国所专美，所谓西方深厚的性恶观点并非"众所周知"。

苏格拉底毕生都在追求完美、理念、至善，爱智慧，死而无憾。他不把这看作人生的过程，而视为人性的本源。请留意他的"回忆说"：

> 我们现在的论证不仅适用于平等，而且也适用于绝对的美、善、正直、神圣，以及所有在我们的讨论中可以冠以"绝对"这个术语的事物。所以我们必定是在出生前就已经获得了有关所有这些性质的知识。

> 那么我假定我们所谓的学习就是恢复我们自己的知识,称之为回忆肯定是正确的。
>
> (《柏拉图全集·斐多篇》,王晓朝译)

我们还注意到柏拉图话语中出现的"找回"。例如他假喜剧作家阿里斯托芬之口所说的那个"球形人":

> 我想说的是全体人类,包括所有男人和女人,全体人类的幸福只有一条路,这就是实现爱情,通过找到自己的伴侣来医治我们被分割了的本性。
>
> (《柏拉图全集·会饮篇》,王晓朝译)

中西方伟大的先贤都在相近的年代述说着人性善。而今看来,他们各自的论证并不重要,重要的是他们说话的"语境",亦即他们生活在什么样的环境又为什么要那样说。中西方文化的比较不在于发现更多的差异,而在于找到更近的相似。在这方面,荀子的针锋相对倒是给我们提供了线索——

> 人之生故小人,无师无法则唯利之见耳。人之生故小人,又以遇乱世,得乱俗,是以小重小也,以乱得乱

也。君子非得势以临之，则无由得开内焉。今是人之口腹，安知礼义？安知辞让？安知廉耻隅积？

《荀子·荣辱》

荀子清晰地道明了当时的"语境"：以孔子为首的先秦诸子生活在不堪其扰的乱世，他们所知道的残酷血腥的历史事件比起今人所知要近切得多。他们必定比我们更详知纣王的残暴和幽王的荒淫——连年战祸，杀伐无度。看遍了"顷刻兴亡过手"，也目睹了"北邙无数荒丘"，以孔孟的聪明、老庄的智慧，他们难道不知人性有其恶端吗？儒家的性善论实在是明知故议、明题反解、明话慎说的超级智慧，而荀子只是其中的一位"直士"。在那个人性癫狂的年代，我们诸多先贤逆流而上，广布仁爱，该有多么强大的心理定力，多么宽厚慈爱的胸怀！

再看希腊的先贤，他们也生活在战乱频仍、世风骤变的时代。苏格拉底的生存年代当比今天的人们距波希战争更近切，他必然知道波斯国王薛西斯的贪婪无厌、嗜血成性，也知道希腊人的翻云覆雨，知道爱琴海的蓝色波涛中翻滚着人类的血流。他还亲历斯巴达发起的伯罗奔尼撒战争，以重装步兵身临其阵。年轻的柏拉图接续老师苏格拉底的生活，经历过雅典伤亡惨重的失败结局。三十僭主的暴政,以及良师被城邦无辜处死的惨剧,此后云游四方,开办学园,毕生致力于对良善的追求。从柏拉图的对话录中,我们看到他多么渴望一飞冲天,俯瞰真理的大草原。他和他的老师苏格拉底都是泥中荷、雪中莲,是在人性的污浊中站起来的参天的巨人!

从中西方诸位先贤身上我们都有所领悟。如果说,对于人性的定义关乎科学与事实,例如人的动物性、社会性、灵性、基因、染色体,那是基于事实的判断。每当说到人性的本质,大凡略有人生阅历的人皆知答案,笔者和大多读者一样都心里有数——人性中既有善端,也有恶端,笔者十分同意动物行为学家弗朗斯·德瓦尔的描述:"人类社会之间的关系,坏的一面比黑猩猩还坏,好的一面又比巴诺布猿更好。"(《猿形毕露》)

我们每个人都会举出身边的无数实例,说明人性中既有好又有坏。我们都知道一个大概率事件,如果人性中只有恶,却没有善良、友爱、合作,人类作为地球上最成功的物种,早就被大型食肉类动物吞噬殆尽,或被无所不在的细菌和病毒所击垮,从物种进化的序列中被完全驱逐。

在前面所说的人性的四论当中,笔者既不同意"白板论",也不同意极端论,而认同善恶相兼于一身:再伟大的人也可能自私,再渺小的人也可能很慷慨;再凶狠的人也可能有柔情,再温良的人也可能很刚强。

但是,说起人性善恶之类的古今之辩,却是一个复杂的命题,犹如要为人性画条起跑线,可前可后,可严可松,可高可低,任人设定也任人评说。它并不基于事实也不关乎科学;无关霍布斯的《利维坦》,却有关康德谈论感性命题的《判断力批判》。人性论是各门学科当中最接近美学和人生艺术的一门学科。亦因此,给人性画条起跑的标准线,全看每个论者选择什么立场和情怀,以及每个人的审美取向。

当我们述说人性的善恶时,需知一般人确实存在一种"自我实现"的动能。记得契诃夫说过:"当你向人类展示他是什么的时候,他(们)会变得更好。"展示的确很重要,鼓励、示范、共勉,更易于激活人性中的积极因素,走向善良与美好。反之亦然,一个人听信了人性是一个自私的黑洞,他会把生活中遇到的一切都贪婪地吸向自己。

世界缘何如此多样?

说过人性再来说文化。人性与文化相伴而行,犹如一对欢喜冤家。文化关乎人们的教养、知识、操守、规范、社会制度以及整体成就等诸般要素。文化对人性有约束或修饰、压抑或激励的作用,就像为人性量身定制的套装,但文化从未能改变人性。在最好的情况下,文化可以释放人性中美好、正直、追求真理与创造活力的潜质;反过来说即劣币驱逐良币的逆淘汰。这样例证在历史上不胜枚举。人性是所有人的同一性,文化则是各民族人民的多样性。万国旗下,风情万种。国家与民族的多样性对人类学家来说是值得欣赏的,对艺术家来说是利于交流的,对旅游者来说是颇具魅力的,对哲学家来说是值得思考的,对政治家来说则常常是麻烦的。

生活在同一个文化圈域中的人们受到同一文化系统的规范,表现出同样的文化行为。在中国开车要靠右行驶,在英国开车必须靠左,这是硬性的规则,还有软性的默契。泰国人见面互相作揖,法国人相见以贴面致礼。中国人去做客可以赞叹女主人的厨艺或家庭整洁有方,但不宜于评论她的身体;而在一些拉美国家,夸奖女士的身段容颜可能更令对方开心。一些习俗事关民族气质,另一些习俗可能和环境有关:中国人见面常说的第一句话是"吃了吗?"或许由于几千年的温饱之忧而将这件事视为头等大事;而英国人的第一句话往往谈论天气,

雅典拜伦塑像

或许因为伦敦的阴晴不定令人关心,借此寻找对话的契机。

在国外,一个当地人细微的动作可能意味着下一个要求,但游客却不明就里,因为他不属于这个文化体。其实,同一文化体当中的人也千差万别,就像没有两片相同的树叶,但在外人看来全一样,因为文化的差异大于个体的差异。康德就是一例,他在《论优美感和崇高感》里写希腊人、意大利人、英格兰人、法兰西人、西班牙人和德国人之间的差别时如鱼得水,妙趣横生,但说到中国人却难免偏颇。只因欧洲各国人虽小异而大同,当说到异域文化时就不靠谱。

《利维坦》作者霍布斯无意间触碰了东方式的"老好人":

> 一个人如果对以上种种没有很大的热情,而是抱着一般所说的无所谓的态度;那么他虽然不失为好人,可以不开罪于世,却不可能有很大的想象或很多的判断。

在霍布斯之后,一位生于19世纪,与霍布斯同文同种的美国传教士阿瑟·亨德森找到这类人。后者在中国积50年的观察,写了一部《中国人的人性》。他描述普通中国人具有勤俭节约、柔顺忍耐、孝敬父母、仁慈行善、知足常乐等许多特征,同时也写了许多毛病,但一概无关人性的扩张性。后者对清末民初的社会民俗风情描述很符合中国人的自我认知。那时一般中国人普遍倾向于知足常乐、小福即安。

迄今笔者读过的一部堪称中西方文化比较的经典著作是《美国人与中国人》,作者是已故人类学家许烺光,美国西北大学教授。在尼克松访华前此书被推荐为总统必读物。许烺光写道:

> 中国人和美国人生活方式的差异,可以归纳为两点:第一,美国人的生活方式更重视个人偏好,这个特征我们称之为个人中心。与之相对,中国人的生活方式强调个人在群体中恰当的地位及行为,我们称之为情境中心。第二,美国人多情绪外露,而中国人则含蓄内敛。

该书作者认为美国的个人主义导致个人依赖,趋向对一神教的皈依,在自谦的同时又崇拜个人英雄,而愈是纯粹的一神教就愈有排他性,导致与其他宗教的多次战争,加之美国人傲慢的气质对其他意识形态也具有凌驾于上的胁迫。而中国人的情境中心导致对家庭的依赖、对人际的依赖、对政治的疏离和对土地的眷恋,而且中国人信仰的世俗性对各类宗教和文化都予包容,儒家是中国人唯一的智慧之源。作者还特地指出,虽然中国有几千年的文明史,而"美国人的生活方式的根源似乎更加久远,一般说来可以追溯至中东和欧洲文明的发源"。不言而喻,中东与欧洲的交会之处就是希腊。

"概念无直观则空,直观无概念则盲"(康德),许烺光先生的可贵之处在于他那四百多页的长卷中列举大量的事实展开方方面面的文化比较,既丰富又有说服力。他显然比前面说到的那位传教士亨德森更高一筹。

不过,许先生把中国的祖先崇拜以及由此派生的儒家信仰视为与西方文化的分化之源,却没能道尽两者的歧异。我们从荷马和赫西俄德那里已经得知,希腊的早期宗教也是祖先崇拜,宙斯既是众神之父也是众人之父,只是这位祖先行为不端没个正形儿。

在中西方文化的源头,笔者认为环境的巨大差异是更重要的因素——人是上苍的杰作,而人格是适应环境的果实。在早期希腊,星罗棋布的岛屿和港湾舒缓了人口的压力,乘风破浪的迁徙磨砺了人们的冒险意志,无拘束也无可依的氛围催生了自由精神与个人主义。爱琴海的微观环境、神人同格的宗教、持续几个世纪的大赛会的激烈竞争,陶冶了希腊人的文化风貌;加之对个人权力极为敏感的警惕,终于构筑了城邦民主。希腊的城邦民主是不可复制的,它受规模所限只适合小国寡民。但是,希腊精神的魅力历久长存,并衍生出许多国家的民主变体,从欧洲散发到美洲、澳大利亚以及亚洲的大片圈域,以绝对少数的人口占据了地球绝对多数的资源。我们再来看看哥伦布发现新大陆的作为,几乎与爱琴海的海盗如出一辙;尽管西方人未必人人都读过《伊利亚特》,我们可以并不夸张地说,西方文化的潜意识之中深植了阿基琉斯崇拜。

在中国我们看到全然不同的情形。至今不少人的青年或童年记忆中,在20世纪70年代,走出北京二环的几座城门之外,农民依然驾驭着牛和犁,固守这片古老的土地;自从人类进入铁器时代,两千多年的生活方式依然如故,就连脆弱的工商业者事业有成后,也会把资本转化为置办土地,将土地视为安全之锚。这个保守的文化体系中很难诞生抽象思维和创新理念,人们依赖自己的家族,依赖朋友的义气,依赖运气的施舍,也依赖政府给个好政策。中国旧式的知识精英抱有强烈的家国情怀,士以天下为己任,但也随时为自己留有后路:儒家讲和谐,道家讲出世,佛家讲放下,禅宗讲顿悟,一概都讲后退一步自然宽。

反观荷马,《伊利亚特》以性的主题贯穿,《奥德赛》以权力角逐为主线,两部相加对于中国读者来说展现了一种陌生的文化:海洋文化。而这种文化或文明并非打造一支强大的舰队就可以解读。

江山易改禀性难移吗?

中西方文化各有各的骄傲。西方文化是强势的骄傲,中国文化是文弱的骄傲。强势的文化有一股强大的压力向四面八方辐射。

都说青山易改,禀性难移。文化可不是禀性,文化是青山,有时比青山改得还快。昨天有一首摇滚乐刚刚在马里兰州开唱,一眨眼,今天就在世界各地流传。翻翻中国人的衣食住行,有哪几样是老祖宗的遗产?

文化形态并不像先天的人性那样稳定,可以呈现出高度的穿越性。中国一位钢琴家在世界舞台奏出最美妙的肖邦的乐曲,非裔血统的一位美国人当选该国总统,英国一位学者也可以写出比中国人更通透的中国科学发展史。不排除天分,他们的共同之处在于各自的成就主要通过努力学习而获得。

在日益全球化的当今,各个民族的文化既表现出快速的同质化,又表现出尖锐的冲突性。同质化的往往是日常生活习性,互相冲突的往往是观念认知。习性的概念相对模糊,现代语汇中习性不等于文化,它是文化的一部分,习性小于文化。

一个中国人清晨醒来,打开台灯,瞄一眼闹钟,拉开窗帘,看到天光大亮,秋色清凉,便忙着洗脸刷牙吃早饭。如果他所在的机构对着装要求不很严格,可能会选择一件夹克衫和一条牛仔裤,再去收拾背包,匆匆向周围扫视一眼,看看有没有遗漏,随即乘电梯下楼,赶往附近的地铁站。这一连串动作早已平淡无奇。让我们把这一串动作逐一解读,这位中国人的行为几乎全都不是基于自身的传统文化。

他打开的台灯中国原先没有,之前只有蜡烛和煤油灯,煤油又叫"洋油",点亮油灯的火柴也叫"洋火"。中国人以前洗脸用皂角或胰子,把肥皂叫作"洋胰子"。当清晨习惯隔着玻璃看看天色时,大概不会意识到玻璃是几千年前埃及人的杰作,而我们就在几代人之前还广泛使用窗户纸。我们穿的衬衫、牛仔裤、西装、中山服一概是"立体剪裁",而我们传统的服装是全然不同的"平面剪裁"。遍布城市的钢筋混凝土材料由法国的一位园艺家率先创造，电梯的发明者是奥的斯，地铁的源头在伦敦，飞机的鼻祖是莱特兄弟……不用多说，汽车、电视、电脑、手机、卫星导航以及许多身边须臾不可或缺的东西，读者们都会一一指明出处。如果一个人岁数够大，他可以经历由农耕时代到工业化时代再到信息时代三种面貌全非的文化，如不久前过世的周有光老人。现代变化的加速不足为奇，奇怪的是人们一路走来竟然毫无抗拒。

上述事物大都属于物质文化或消费文化层面。人的习性就是乐于接受舒适、便捷和实用，不论它来自何方为谁服务。于是我们看到和尚手持麦克风讲经，牧师利用音响代替教堂乐队，道士们焚烧纸做的智能手机和笔记本电脑主持葬礼。这般说来，青山易改，习性也易改，禀性却难移，在深刻的精神层面表现出固执、迟缓、抵触。文化的多重性令人类自相矛盾。在同一时间节点，宇航员正在一飞冲天去探索太空，许多人则在互联网上传播古老的巫术。在中国，我们还看到千人拜树、万人放灯、烧香磕头，以疯狂痴迷的仪式祈求下一代人考进现代科学殿堂的现象。

时间一长文化就深入骨子里，谁也不服谁。不要光说美国的文化短暂，他们的文化至少可以追溯到迈锡尼文化，不比咱们的文化短。美国集欧洲文化之大成，还多了点邪恶，大凡一种力量强大到谁也摁不住，就会有点邪恶。美国把英国的绅士变成牛仔，把塞万提斯的骑士变成在世界各地游弋的大兵，"二战"后对别的国家发动了多次入侵，只管捅马蜂窝不管收拾烂摊子。当然美国也有为数不少的高尚人士，心怀良知，远见卓识，大爱无疆，但他们的声音有时会被嘈杂所遮掩。而今中国与美国就像秀才见了兵，有理讲不清：中国是秀才，美国是大兵。中国人刚刚熬过最艰难的日子，美国就眼红了。我们对美国讲和谐，弗朗斯·德瓦尔提醒说：身为西方人的我们，字典中可没有"避免冲突"这四个字。西方从哲学到实践只承认"竞争的卓越"，不承认"合作的卓越"；"在西方的字典中没有避免冲突的字句"是他们的内心独白，把冲突、对抗和杀戮视为世界常态。他们从骨子里看不起中国人，自认为他们走过的桥比中国走的路还多。除非在竞争中达致卓越，与西方话谈和谐无异于与虎谋皮。

人性需要悉心呵护

西方人比较中西方文化的专著汗牛充栋、成果累累，却在一个路口感到迷茫，这个路口大致处于 20 世纪中叶。他们在此之前言之凿凿，在此之后言不及意或多有曲解。

究其原因，中国从20世纪至今的频繁变化，竟然令人类学家的语速追不上现实。

20世纪伊始，中国就经历了庚子之乱、八国联军入侵、辛亥革命、五四运动、军阀混战、南昌起义、长驱北伐、井冈会师、万里长征、举国抗日、解放战争、开国建国、"三反五反"、工商业改造、"肃反反右"、大跃进、人民公社、四清运动、"文化大革命"、粉碎"四人帮"、改革开放、从工业现代化到信息化再到人工智能化……在一百年时间里，中国频频经历了诸多里程碑式的事件，每个事件都在一批人的记忆中刻下烙印，形成斑驳纷呈的代际沟壑，造成对事实认知的碎片化。多少事不说也罢，中国人的境界是难得糊涂，大家开心。

笔者从人性的角度只说一样——"蛊惑"。

如果昨天你还和一个人相识相熟，一起吃饭，共事共处，第二天早晨一觉醒来被对方告知"你是我的敌人"，并且领受到对付敌人的全部手段，你会觉得错愕吗？

这类荒唐怪事在人类社会并不罕见。在人与人之间，群落与群落之间，国与国之间，翻脸不认人的事时有发生。那一个对你翻脸的人或者是听信了别人的蛊惑，要不然他就是蛊惑者。

人与人之间本来就存在许多差异。一个是下属，一个是上级；一个是老师，一个是学生；一个在办公室做点细活，一个要出力气干点粗活；一个生活在这个年代，一个生活在那个年代；一个住的房子大，一个住的房子小；一个人钱多，一个人钱少（只要来路正当）……人们对事物看法也不同（只要心平气和）……这些差异都再平常不过。但是，人性对各种差异具有天然的敏感；心潮本已难抚，怎堪推波助澜？平时隐而不显，一旦有人把差异扩大为嫌隙，进而上升到理念，人对差异的敏感就入心入肺，怒火中烧。这就是蛊惑与被蛊惑。

一个人与另一个人的敌对已经很难了结，一群人与一群人之间的大规模敌对更可怖：烈火干柴，血雨腥风；打不完的罗圈架，说不尽的旧恨新仇；受害者固然悲惨，施害者也毫无尊严；那是野心家的乐园，老百姓的噩梦，旷日持久的灾难。

如果这是人类文化进步必须付出的代价也还好，但事过之后学生依然需要老师，人们依然需要同事和朋友，社会还需要分工，贫富仍有差距，天平再次倾斜。经此一役的文化，必定失去几分典雅，多了几分痞气。

这类事件不分中西方都曾经大型上演，老外也叫作"运动"或"革命"，也有相似特征：给人贴标签，制造假想敌，歇斯底里。西方学者批评蛊惑之害有一篇漂亮的哲学散文——德国哲学家齐美尔的《玫瑰:一个社会学假定》,简短到一口气就能读完,优美而深刻。

人性需要悉心呵护,既要释放能量又需加以约束:释放其中的天使,压制其中的恶魔。中国最成功地顺乎人性的例子是改革开放。"中国人穷怕了,"一位历尽沧桑几度沉浮的老人说,"让少数人先富起来吧!"一句话令万众沸腾,人心酣畅。听到这句话时,笔者正在珠三角走访,亲历了当时贫穷的粤西农村还有"火柴队"和"雪糕队",一个农民干一天挣的工分只够买一盒火柴或一支雪糕,其他副业一律禁止。自那以后历经三十多年,中国由一个几乎赤贫的国家跃升为世界第二大经济体。仅一个广东省的经济规模就与澳大利亚不相上下,还超过欧洲若干较小的发达经济体。

中美之间的差距缩小了,美国的焦虑增大了,美国敏感地把缩小的差异视为更严重的差异。国与国之间本来就有利益与文化的纠葛,若受蛊惑则更加火上浇油。美国是特产盛世危言的国家,难免有一天会指着中国说:"你是我的敌人!"

这当然是危险的蛊惑,近年来蛊惑屡见报端。2016年,美国哈佛大学校长到西点军校发表演讲,他说:"《伊利亚特》要成为每个西点学员的枕边书!"美国顶级学府的校长到美国顶级的军校推荐《伊利亚特》,不知要让学什么,但绝不会是学习阿基琉斯在结尾的宽恕之道。阿基琉斯是有情有义又有对平等追求的人物,但"古希腊的英雄主义"经过西方演化的现代版,却是冷酷无情的。以达尔文的进化论奠基,奉行弱肉强食的丛林法则,只许"高尚之士杀死高尚之人"成为不容反驳的霸凌,剥下虚伪的外衣,重回裸露的人性。

英国《独立报》发出预言:"中美开战有如把地的农夫和希腊勇士阿基琉斯统率神兵天将对抗一般。"中国读者未必都能理解此话个中况味。在《伊利亚特》长卷中,阵列之中找不到一个把地的农民的身影,最小的角色也是"胫甲精美"的希腊人。此话意即在天神和头号英雄面前,中国就连无名小卒都不如。究竟是英国高估了美国还是小看了中国?单凭这句话,我们就有必要去读荷马史诗。

就算美国强大如阿基琉斯,也会有"阿基琉斯之踵";我们只需备好一张阿波罗的银弓,韬光养晦,好整以暇。韬光养晦不是谋略而是美德,在蛊惑面前的克制从来都是伟大的美德。

在一个夏日的清晨,笔者的希腊之行到了尾声。再一次离开雅典时,当地朋友少波先生开车送我们去机场。车子由宪法广场出发拐了几个弯儿,途经一座铜像,那是纪念英国诗人拜伦的雕塑。年轻的拜伦,希腊文化热忱的崇拜者，不惜以热血之躯投身希腊的解放战争，却再也没能回到祖国。他的《哀希腊》被许多中国翻译家译成各有特色的版本，且看其中的一小节：

> 起来，希腊的儿男！
> 光荣的时刻已经到来，
> 要效法我们的祖先，
> 不枉作英豪的后代！

那座雕塑有两尊人像。高挑的女性象征希腊，被她揽抱在手臂中的拜伦就像一个天真而痴迷的少年。拜伦对希腊的痴迷也勾起笔者在离别之前对希腊的眷恋。

希腊的确是值得一来再来之地，在静谧的半岛和小岛上散布着看不完的博物馆，听不完的悠远故事，还有干净得污染颗粒数为个位数的空气质量。希腊是全世界人的希腊，藏有人类文化的长长密码。这里特别宜于冥想。游弋于思索之中，荷马常伴左右，所有问题都没有答案，只有一串串旋涡，乐趣就是在旋涡里翻滚，本书就是从爱琴海的旋涡中俯身捧给读者的一小簇浪花……

2018年2月10日改于海南陵水